Theodor J. Reisdorf, geboren 1935 in Neuss, reiste quer durch Europa und Nordafrika, arbeitete in vielen Berufen, machte in Wilhelmshaven das Abitur und studierte Wirtschafts- und Sozialwissenschaften in Hamburg, Köln und Mannheim. Nach dem Abschluss zum Diplom-Handelslehrer folgte die zweite Staatsprüfung in Bielefeld mit anschließender Lehrtätigkeit in Aachen, Norden und Emden. 1997 wurde er als Oberstudienrat pensioniert. Er wohnt in Ostfriesland und schreibt als Meister des Friesenkrimis spannende Romane über Land, Leute und Leichen. Seine Geschichten sind ein mörderisches Muss für alle Nordsee-Fans.

Weitere Titel des Autors:

Tod vor Borkum
Tödliche Teestunde
Die Tote vom Nordstrand
Noch mehr Friesenmorde
Inselmorde
Letzter Törn nach Spiekeroog
13 kleine Friesenmorde
Der Tote im Maisfeld
Friesische Todessinfonie
Friesischer Tod/Mörderische Friesenhochzeit
Nebeltod auf Norderney
Mord in Norddeich
Mörderischer Nordseewind

Theodor J. Reisdorf

LETZTE AUSFAHRT OSTFRIESLAND

Kriminalroman

BASTEI LÜBBE
TASCHENBUCH

BASTEI LÜBBE TASCHENBUCH
Band 16 025

1. Auflage: Mai 2011

Bastei Lübbe Taschenbuch in der Bastei Lübbe GmbH & Co. KG

Originalausgabe

Textredaktion: Rainer Delfs
Titelillustration: Thinkstock/istockphoto
Umschlaggestaltung: Marina Boda
Satz: Urban SatzKonzept, Düsseldorf
Gesetzt aus der Garamond
Druck und Verarbeitung: CPI-Ebner & Spiegel, Ulm
Printed in Germany
ISBN 978-3-404-16025-9

Prolog

Enttäuscht legte ich den Hörer auf die Gabel zurück. Auf meiner Stirn hatte sich Schweiß gebildet. Für Sekunden war ich ratlos.

Die Auskunft, die ich soeben von Landwirt Jannssen erhalten hatte, steigerte meine Ängste, die dem Verbleib meiner Tochter galten. Sie studierte in Berlin Zeitungswissenschaften und hatte mit ihrer Schulfreundin Elisabeth Jannssen gemeinsam eine kleine Wohnung bezogen.

Seit Wochen waren die Briefe ausgeblieben, und auch der wöchentliche Telefonkontakt war von ihr unterbrochen worden – für mich unerklärlich. Meine Tochter Inga hatte mich völlig ohne Nachrichten gelassen. Und nun hatte ich erfahren, dass sie ausgezogen war, ohne Elisabeth ihre Adresse zu hinterlassen.

Meine Sorgen plagten mich schon seit Wochen und auch heute blieb das Telefon stumm. Inga war es, die mir nach dem Tod meiner Frau den Lebenssinn erhalten hatte, ihr galt meine ganze Liebe und Fürsorge.

Ich blickte in das gepflegte Wohnzimmer. Die geschmackvolle und teure Einrichtung trug die Handschrift meiner geliebten verstorbenen Frau. Bitter fühlte ich den Schmerz der Einsamkeit.

Für Sekunden ließ ich mich in ihren Lieblingssessel fallen, schloss die Augen und raffte mich auf zu einem Gebet, das ich aus Kindertagen noch vor mir hersprechen konnte. Aber selbst meine inbrünstige Hingabe half nicht, die anwachsende Unruhe loszuwerden.

Immer kreisten meine Gedanken um meine verstorbene Frau, die ich mehr denn je vermisste.

Plötzlich hielt ich es in meinem Haus nicht mehr aus. Ich verließ die Wohnung, verschloss die Haustür und holte mein Fahrrad aus der Garage.

Ohne zu überlegen radelte ich zum Friedhof.

Für nichts hatte ich einen Blick. Der graue Himmel über mir und die Vögel, die davonflogen und hinter mir zu lachen schienen, als ich schwer atmend in die Pedale trat, notierte nur mein Unterbewusstsein.

Magisch zog mich der Friedhof an, der unsichtbar von krüppeligen Ahornbäumen, breitkronigen Buchen und selten gewordenen Ulmen umrandet wurde. Ich fuhr durch die Pforte an den brüchigen Pfeilern vorbei und stieg erst vor dem Grab meiner Frau ab.

Das Rad legte ich auf den schmalen Weg, zupfte das Unkraut aus, während ich vom Grabstein Geburtstag und Sterbetag ablas.

Meine Tochter Inga war zweiundzwanzig Jahre alt.

Als ich mich aufrichtete und schweigend vor der kleinen Parzelle stand, blickte ich auf die zwerghaften Lebensbäume, deren Grün mir Hoffnung schenkte. Die Welt um mich herum verschwand, ich weinte und erlebte noch einmal in einer Bilderfolge Ankes mutigen Kampf gegen den todbringenden Krebs.

Alle hatten sie stets um ihre Schönheit beneidet, die unbarmherzig von der Krankheit zerfressen worden war. Unsere Gebete hatten ihr keine Linderung gebracht, doch ihre Zuversicht gestärkt, dass auch der Tod einen Sinn haben musste. Auf dem Sterbebett hatte sie mir ihre knochige Hand hingehalten und mir ihr bleiches Gesicht zugewandt.

»Pass auf Inga auf«, hatte sie geflüstert, während ich ihren leichten Händedruck gefühlt und durch die Tränen zugesehen hatte, wie in ihre Augen ein mir unverständliches Glück gestiegen war, bevor sie sie für immer schloss.

Es war seltsam, wie nahe ich ihr jetzt war, hier an ihrem Grab. Wohltuend durchzog mich eine Wärme. Vor meinen geschlossenen Augen stieg plötzlich ein weiches gelbes Licht auf, gewann an Intensität, färbte sich golden ein, als blickte ich in einen Sonnenaufgang. Im Vordergrund erschien Anke, meine Frau. Schön wie zu ihren Lebzeiten, schwebte sie mir mit einem friedlichen und überglücklichen Lächeln entgegen. Starr, die Umwelt nicht mehr wahrnehmend, schien auch ich mich ihr ohne Erdberührung zu nähern. Anke trug das weiße, lange Kleid, in dem ich sie in der Ludgerikirche in Norden zum Traualtar geführt hatte.

Ich wollte Fragen stellen, doch es gelang mir nicht. Tränen rannen mir übers Gesicht, und ich sah, dass sie ein Bild in den Händen hielt, das Inga zeigte, als sich ihre Gestalt im Licht aufzulösen begann und auch der Hintergrund sich eindunkelte.

Ich war nie ein Glaubensfanatiker gewesen, auch kein Kirchgänger. Meine Kinderjahre hatte ich ohne Überfütterung mit Bibeltexten verlebt. Als mich die wohlige Wärme verließ, stand ich erschüttert und zitternd vor dem kalten Grabstein. Für mich gab es keinen Zweifel, meine verstorbene Frau lebte in einer anderen Welt, zu der ich keinen Zutritt hatte.

Fast wäre ich das Opfer eines Herzschlags geworden, als ich eine knochige Hand auf meiner Schulter fühlte. Ich fuhr herum und fand zurück in die Wirklichkeit. Eine alte, gebeugte Frau schleppte einen gefüllten Wassereimer und bat mich mit frecher Altweiberstimme, ihr das Fahrrad aus dem Wege zu räumen.

Ich wischte mir die Tränen aus dem Gesicht, beseitigte das Hindernis und schaute der Alten nach, die im abgetragenen langen Rock an den Gräbern vorbeischlich, als gäbe es irgendwo am Ende des Friedhofes etwas, was irdisches Leid erklärbar machte.

Mein Mund war trocken, mein Inneres aufgewühlt und meine Gedankenwelt verwirrt.

Zwischen Traum und Wirklichkeit bestieg ich mein Fahrrad.

Den Pfarrer aufzusuchen wäre das Letzte für mich gewesen. Niemand würde mir glauben, dass ich Anke gesehen hatte! Ich selbst sträubte mich gegen die Wahrheit und konnte mein Erlebnis nur als eine Aufforderung verstehen, mich um Inga, meine Tochter zu kümmern.

Die Dämmerung nahm mich auf und schützte mich vor Neugierigen. Aufgeregt radelte ich meinem Bungalow entgegen. Ich stellte das Fahrrad ab, hastete in die Wohnung und packte eilig einige Wäschestücke in eine Reisetasche. Ich holte den Rasierapparat aus dem Bad, entschied mich im Schlafzimmer für Lederjacke und Cordhose und entschloss mich, nicht die Bahn zu nehmen, sondern mit dem Wagen zu fahren, weil ich in einer Großstadt wie Berlin beweglich sein musste.

Ich lud das Gepäck in meinen Golf, durchschritt noch einmal wachsam das Haus und zog die Stecker aus den Steckdosen, falls sich in meiner Abwesenheit Gewitter über meinem Anwesen entladen sollten.

Ich dachte an meine Schule und meine Pflichten als Beamter, verschloss die Haustür und fuhr los. Mein Direktor wohnte in einem ererbten Stadthaus in der Nähe des Marktes. Neben der herrschaftlichen Treppe vertrockneten die letzten lila Blüten übermannshoher Rhododendronsträucher.

Sein Blick und damit seine todsichere Kritik an meinem Vorhaben blieben mir erspart. Seine Frau war es, die mich wie einen Fremden betrachtete, mich die hierarchische Trennung der Gehaltsstufen spüren ließ und mir hannoverisch lispelnd kundtat, dass ihr Mann an einer Sitzung des Heimatvereines teilnehmen musste. Mit ernstem, verknöchertem Gesicht wiederholte sie den Inhalt meines Anliegens.

»O ja, Sie müssen dringend nach Berlin, ich werde es meinem Mann ausrichten.«

Die herrschaftliche Tür klappte zu, und ich wusste, dass ich jetzt einen Richter für mein Tun gefunden hatte.

Ich versuchte erst gar nicht, meine Gedanken zu ordnen, um abzuwägen zwischen innerlicher Pflicht und beamtenrechtlichen Ansprüchen.

Ich kannte nur das eine Ziel: Berlin!

Dort musste ich meine Tochter Inga suchen und finden, koste es, was es wolle!

Kapitel 1

Über Berlin spannte sich ein blauer Frühsommerhimmel. Ich musste meine gesamte Konzentration dem Verkehr widmen, denn als Landmensch fühlte ich mich unwohl auf den breiten Zubringerstraßen.

Das kolossale Kongresszentrum drückte auf meine Stimmung, und der immer wieder auftauchende Gedanke, dass meine Schüler in Kürze vergeblich vor ihrem Klassenzimmer auf mich warten mussten, während ich vielleicht einer riesigen Einbildung zum Opfer fiel, bedrückte mich.

Ich lenkte den Golf den Hinweisschildern nach in die City. Mein Ziel war der Kurfürstendamm, das Herzstück Berlins.

Als ich schließlich erschöpft unter einem schattigen Kastanienbaum meinen Wagen in eine Parknische rollen ließ, blieb ich lange mit geschlossenen Augen, den Kopf auf das Steuer gelehnt, sitzen und wartete auf irgendein Zeichen.

Ich fiel in einen langen Schlaf, aus dem ich ohne Traumerinnerungen oder Hinweise meiner verstorbenen Frau wieder aufwachte.

Durch die Scheiben meines Golfes beobachtete ich, dass Menschen Koffer aus dem Haus trugen, vor dem ich zufällig geparkt hatte.

Ich blickte auf die schlanke Fassade und las Hotel Michels.

Zufall, dachte ich. Entschlossen verließ ich meinen Wagen, fand eine dicke, watschelnde Frau, die aus einem Büro kam. Es war die Chefin, Frau Michels, bei der ich ein Zimmer für zwei Nächte buchte.

Nachdem mein Geld auf dem schwarzen Mahagonitisch vor

der Madam lag, weil ich unüblicherweise auf Vorauszahlung bestanden hatte, zählte ich erschrocken den Rest. Mir blieb nur noch Wechselgeld.

Das Zimmer wurde gerade hergerichtet und das Bett frisch überzogen.

Ich holte das Gepäck, brachte es auf mein Zimmer. Mein Golf stand gut und fürs Erste wollte ich mich der öffentlichen Verkehrsmittel bedienen.

Meine unüberlegte Geldknappheit trieb mich zurück zu Frau Michels. Sie sah mich seltsam an, als ich ihren Bürofrieden störte und sie nach der Adresse der Berliner Industrie- und Handelsbank fragte, von der ich nur die Kontonummer meiner Tochter wusste.

Frau Michels hatte ihr dichtes Haar blond gefärbt und ihre breiten, geschwungenen Lippen dick mit rotem Lippenstift belegt.

»Vertreter?«, fragte sie.

»Nein, Lehrer«, antwortete ich.

»Ach so«, sagte sie und schaute mich musternd an. Sie nahm einen Stadtplan, um den Werbefelder rund um ein Gewirr von Linien und Zahlen gedruckt waren, und legte ihn aus. Dann langte sie zum Telefon und wählte die Nummer, auf der ihr fetter Daumen saß.

»Hotel Michels, können Sie mir aufgrund einer Kontonummer die entsprechende Filiale nennen?«, fragte sie mit rauchiger Stimme. Es dauerte nicht lange, bis sie den Hörer auf die Gabel legte.

»Hier im Philosophenviertel, Ecke Leibniz- und Kantstraße, Herr Udendorf«, sagte sie und malte ein X in den Stadtplan. Sie reichte ihn mir und schaute nachdenklich hinter mir her.

Ich entschied mich für die U-Bahn, gewöhnte mich an die Menschenfülle und vergaß meine Müdigkeit.

In der Bankfiliale hörte sich ein hübsches Mädchen meine Geschichte an, hielt mich für einen dummen Bauer aus der ostfriesischen Provinz und führte mich höflich zum Filialleiter.

Der Mann war nicht viel älter als ich. Er trug einen eleganten Anzug, Krawatte und Hemd farblich abgestimmt, und selbst sein faltenloses Gesicht hatte er seinem Beruf angepasst.

»Nehmen Sie Platz. Ich bin Doktor Knieper und möchte Ihnen weiterhelfen, soweit meine Befugnisse das erlauben«, sagte er.

Ich kam mir klein vor, als ich in den Ledersessel sank. Würde ich ihm erzählen, was mich nach Berlin geführt hatte, dieser Bankmensch würde einen Knopf drücken, und innerhalb von zehn Minuten stünden Uniformierte im Büro, um mich in eine Irrenanstalt zu überführen.

»Mein Name ist Doktor Udendorf, Klaus Udendorf. Ich bin Oberstudienrat am Gymnasium in Norden, wohne in Norddeich in Ostfriesland und besuche eine Tagung in Berlin.«

»Schön«, sagte Doktor Knieper überflüssigerweise und musterte mich.

O Gott, ich hätte mich rasieren müssen, fiel mir ein, deshalb antwortete ich: »Ich bin die Nacht über durchgefahren und stellte im Hotel fest, dass ich die Euroschecks und auch die Scheckkarte zu Hause liegen gelassen habe.«

»Und nun benötigen Sie Bares?«, fragte er.

»Meine Tochter studiert hier in Berlin. Sie unterhält bei Ihnen ein Konto, auf das ich von zu Hause per Dauerauftrag Geld überweise«, brachte ich vor.

»Wollen Sie etwa an ihr Konto?«, fragte Doktor Knieper misstrauisch.

»Nein, ich dachte, da sie kurzfristig umgezogen ist, ich könnte von Ihnen ihre Anschrift erfahren«, antwortete ich wahrheitsgemäß.

Er ließ sich meine Kontonummer nennen und telefonierte

durch. Kurz danach erschien eine junge Frau und legte ihm eine Kontokarte vor.

»Wir dürfen das Bankgeheimnis leider nicht verletzen, Herr Doktor Udendorf. Ansonsten werden die Einzahlungen regelmäßig abgehoben«, sagte er.

»Und ihre Anschrift?«, fragte ich.

»Die fällt in unsere Schweigepflicht«, antwortete er.

Ich legte ihm meinen Reisepass auf den Schreibtisch.

»Dreitausend Euro würden mir Spielraum geben«, sagte ich. »Hier ist meine Bankverbindung. Wenden Sie sich an Herrn Feermoor. Er wird das Geld überweisen.«

Er verließ das Zimmer. Verrückt, dachte ich. Vielleicht wohnt Inga hier irgendwo um die Ecke, studiert brav, während ich alter Esel mich hier lächerlich mache. Was ist nur in mich gefahren? Nirgendwo erblickte ich ein Zeichen von Anke im Zimmer.

Doktor Knieper betrat das Büro. Ich sah ihn gespannt an.

»Sie können sich sogleich am Schalter das Geld auszahlen lassen«, sagte er und reichte mir ein Formular. Ich unterschrieb, bekam die Durchschrift.

Vor dem Kassenschalter verteilte ich das Geld auf Jacken- und Hosentaschen und verließ die Bank.

Als ich in die grelle Sonne schritt, kam ich mir selbst fremd vor. Menschen strömten in beide Richtungen der Bürgersteige, und über die Straße rollte der Verkehr.

»O mein Gott, meine Schule«, stöhnte ich, als mir ein Schwarm Schüler ausgelassen entgegenkam.

Ich war Beamter auf Lebenszeit. Aber wie ich meinen Direktor kannte, hielt er jetzt bereits den Telefonhörer in der Hand, um die Bezirksregierung über mein seltsames Verschwinden zu informieren. Der leitende Oberschulrat wird sofort reagieren, meine Daten irgendwo einem Computer anvertrauen, um Schlimmes zu verhüten und um mich, dem all seine Sorgen galten, zu schützen.

Ich lachte und blickte wie ein Irrer in die fragenden Gesichter der Passanten.

Gerade das war nicht sein Anliegen, denn Dezernenten suchten zuerst einmal nach Schuld und Anklage. Sie sannen nach Strafen mithilfe der Juristen, denn von der höheren Warte ihrer Karrierestufen blickten sie mit erhobenem Zeigefinger auf ihre Lehrerschaft herab.

Entschlossen löste ich mich vom Baum und schritt dem Maul der U-Bahn-Station entgegen.

»Fahren Sie bis Augsburger Straße, dort muss es sein«, sagte mir die Auskunft.

Und dort war es.

Das Haus war sauber, nicht besonders abgewohnt und voller Leben. Kinder fuhren zickzack mit ihren BMX-Rädern auf einem breiten Bürgersteig. Alte schleppten in eleganten Garderoben Einkaufstüten.

Ich stieg die Treppen hoch. Auf der dritten Etage las ich Elisabeth Jannssen und einen weiteren Namen. Die Holztür enthielt einen kleinen Spion, der mich wie ein schielendes Auge zu betrachten schien, als ich die Klingel bedient hatte. Der Name meiner Tochter fehlte, und ich machte noch den alten Klebstoff aus.

Die Tür öffnete sich, und Elisabeth starrte mich an.

»Onkel Klaus? Du?«, rief sie überrascht. Sie drückte mich an sich, wie es bei uns zu Hause üblich ist.

»Wer ist da?«, fragte eine Männerstimme.

Elisabeth hatte sich kaum verändert. Selbst hier in Berlin wirkte sie frisch und ländlich.

Ein junger Mann stellte sich vor. Er studierte, wie er angab, Ingenieurwissenschaften. Er wirkte auf mich sympathisch und passte zu ihr. Rücksichtsvoll zog er sich in die kleine Küche zurück und ließ mir damit die Gelegenheit, mit Elisabeth ein Gespräch zu führen.

Das Zimmer war einfach eingerichtet und entsprach den

Schilderungen meiner Tochter. Mein Blick erfasste aber nichts, was mich an sie erinnerte. Elisabeth trug Jeans und ein flottes T-Shirt. Sie setzte sich auf die Couch und wies mir den Sessel an. Ihre Augen verrieten mir, dass sie mit sich rang und meine Fragen zu befürchten schien.

»Wo ist Inga?«, fragte ich sie, ohne ihr Zeit zu lassen, das Gespräch auf ablenkende Nebensächlichkeiten zu bringen.

»Onkel Klaus, Inga und ich – wir haben uns gut verstanden, und ich habe versucht sie zurückzuhalten«, antwortete sie.

»Wovor?«, fragte ich.

»Nun, sie hatte einen Freund, dessen Clique sie sich anschloss. Von da an ist Inga öfter nicht nach Hause gekommen und schließlich ausgezogen. Seitdem wohnt Harald bei mir«, antwortete Elisabeth verlegen.

»Hast du ihre Adresse?«, fragte ich sie.

»Nein, Inga wollte nicht, dass ich sie besuche, da ich zu hausbacken für ihre neue Umgebung sei«, sagte sie. »Sie versprach mir, mich gelegentlich aufzusuchen.«

Eigentlich hätten ihre Aussagen erreichen müssen, meinen Verdacht zu bestätigen, dass meine Tochter, wenn nicht in Gefahr, sich jedoch irgendwie ins Abseits manövriert hatte. Aber mein Wunschdenken, Inga so schnell wie möglich ausfindig zu machen, bestimmte mein Denken.

»Dann erfahre ich sicher an der Universität ihre Anschrift«, sagte ich hoffnungsvoll.

»Mache dir da nur keine falschen Hoffnungen, Onkel Klaus«, antwortete Elisabeth. »Ich selbst habe dort nachgefragt, weil ich eine Büchersendung per Nachnahme für Inga entgegengenommen hatte.« Sie bot mir eine Zigarette an.

Ich sah, dass ihre Hände zitterten, als ich ihr Feuer reichte.

»An der Uni habe ich sie seitdem nicht mehr gesehen. Aber das sagt nicht viel, Onkel Klaus, bei dem Trubel, der dort herrscht.«

Ich vernahm Geräusche, die aus der Küche kamen. Harald klapperte dort mit dem Geschirr.

Elisabeth sprang auf.

»Kann ich dir helfen?«, rief sie in die Richtung und wie mir schien, froh über diese Ablenkung.

Sie deckte den Tisch, und Harald, ihr Freund, bediente mich höflich mit frischem Kaffee. Das Aroma stieg mir in die Nase. Dankbar trank ich einige Schlucke. Mir fiel ein, dass ich noch völlig nüchtern war, verspürte aber dennoch keinen Hunger.

Irgendwie hatte Elisabeth es verstanden, meine aufgewühlten Nerven zu beruhigen, und mir kam der Gedanke, dass Inga hier irgendwo in Berlin in einer der modernen Wohngemeinschaften leben konnte.

»Du hast also Inga seitdem nicht mehr gesehen?«, fragte ich Elisabeth.

»Gesehen schon, Onkel Klaus. Hier in Berlin studieren auch Söhne wohlhabender Eltern, und Inga sieht fabelhaft aus«, sagte sie neidlos, nahm die Tasse und blickte verlegen auf den Tisch.

Ihr Freund Harald hob den Kopf. Bisher hatte er nur da gesessen, als ginge ihn unser Gespräch und auch mein Besuch überhaupt nichts an.

»Ihre Tochter fuhr mit einem Porsche über den Kurfürstendamm, da gibt es keine Zweifel«, sagte er. »Elisabeth hat ihr zugewinkt, aber Inga hat überhaupt nicht reagiert.«

»Wann war das?«, fragte ich, bemüht, gelassen zu wirken.

»Anfang voriger Woche«, antwortete Elisabeth und beschäftigte sich mit ihrer Tasse.

Noch ist alles offen, dachte ich. Inga war hübsch. Dann hat sie sich einen reichen Kommilitonen geangelt.

»Habt ihr für mich einen Tipp, wo ich sie finden kann?«, fragte ich, hob die Kaffeetasse an und ließ sie mir von Elisabeth wieder füllen. Ich spürte die Nachwirkungen der Strapazen. Meine Kräfte waren verbraucht.

»Ich besuche für wenige Tage einen Lehrerfortbildungskurs«, log ich, um ihnen meine Anwesenheit zu erklären.

»An Ihrer Stelle würde ich mich abends im *Dallas Pa…*«, sagte Harald trocken und sah mich seltsam an, während Elisabeth blitzschnell aufgesprungen war, um ihm die Hand auf den Mund zu legen.

»Lass das! Du hast keine Beweise!«, fauchte sie ihn an.

Elisabeths Worte trafen mich wie ein Messer. Ein Schmerz ging mir durch die Brust und endete im Magen. Entsetzt starrte ich beide an. Ich kannte keine Stätte in Berlin, kein Lokal, das den Namen *Dallas Pa…* trug, doch meine Gedanken gingen in die gemeinte Richtung.

»Soll das heißen, Inga ginge …«, mir gelang es nicht, den Satz zu beenden.

Elisabeth fing sich.

»Onkel Klaus, Inga liebt die große Welt, und hier in Berlin ist viel los.«

Ich erhob mich, kämpfte mit den Tränen, die meine Enttäuschung mir in die Augen trieben. Es entsprach nicht meiner Mentalität, das sympathische Pärchen schamlos weiter auszuhorchen. Meine Beine zitterten leicht.

»Eine Frage bewegt mich noch, Elisabeth. Habe ich Inga zu wenig Geld gegeben, um ein normales Studentendasein zu führen?«

Sie winkte ab.

»Sie bekommt dreihundert Euro mehr im Monat als ich, Onkel Klaus. Aber so musst du nicht denken. Harald hat nur …«

Ich verließ grußlos das Zimmer. Auch die beiden hatten begriffen, und sie verzichteten auf das übliche Theater, mich mit dramatischem Getue zum Bleiben zu bewegen, um mit nichtssagenden Reden zu vertuschen, was sie für die Wahrheit hielten.

Die Sonne stand hoch und warf erbarmungslos die Hitze auf

die Stadt. Mich interessierte keine Richtung. Ich ging, ohne zu wissen, wohin die Straßen führten.

Ich konnte mein Hotelzimmer aufsuchen, mich aufs Bett legen, um Schlaf nachzuholen, den ich allerdings nicht vermisste.

Die ungewohnten klotzigen Wohnbauten, der ameisenhafte Rhythmus der Menschen, zwischen denen ich mich befand, und die Straßen, die wie Fließbänder gefüllt mit Autos an meinen überreizten Augen vorbeiliefen, machten aus mir den einsamsten Menschen in Berlin. Zwei Millionen lebten hier, arbeiteten in dieser Stadt und rangen mit ihren Problemen. Eine Person von ihnen musste ich finden und sprechen, koste es, was es wolle.

Die Hitze machte mir zu schaffen. Mein Blick begann sich auf Mädchen zu konzentrieren, die jung und schön waren und Inga glichen. Ich betete mit trockenen Lippen zum heiligen Antonius, den mir meine Mutter zu Lebzeiten immer als Schutzpatron empfohlen hatte, wenn ich als Kind den Schlüssel oder sonst etwas Wichtiges verloren hatte.

Ich hoffte auf den Zufall, Inga zu begegnen.

Menschen schoben mich durch Kaufhäuser und Supermärkte. In Cafés suchte ich vergeblich die Tische nach Inga ab.

Müde und erschlagen landete ich gegen Abend in einer Bierpinte in der Nähe des Kurfürstendamms vor dem Rundtresen und trank gierig das Bier aus großen Krügen, kein Blick vom Fenster nehmend, an dem die Menschen vorbeiflanierten.

Der geschäftstüchtige große Wirt mit dem ledernen Brauerschurz reichte mir die fünf Frikadellen, die ich zu seiner Verwunderung nacheinander verschlang, während seine Witze an mir vorbeiflogen.

In nur wenigen Metern Entfernung saßen zwei junge Männer in Maßanzügen vor gefüllten Sektgläsern an einem kleinen Tisch. Mit affigen Bewegungen und beringten Händen schoben sie Karten, hoben sie auf und warfen sie ab, ein Spiel, hinter dessen Regeln ich nicht kommen konnte, weil mein Blick an ihnen vorbei auf das Fenster gerichtet war. Sie trugen ihre Haare künstlich gelockt und ein süßliches Parfüm stieg zu mir hoch.

Zu meiner Verwunderung betraten hübsche, hervorragend gewachsene junge Frauen das Lokal, setzten sich kurz zu ihnen, öffneten ihre Handtaschen und schoben ihnen bündelweise Geldscheine zu. Sie nippten nur an den Sektkelchen, dann stolzierten sie davon.

»O Gott«, dachte ich, »Inga wird doch wohl nicht ...« Sorgen und Ängste überfielen mich trotz meines großen Bierkonsums. Schweiß machte meine Wäsche klebrig. Ich zahlte und bekam auf einen Hunderter nur noch wenig Silbergeld heraus.

»Wo befindet sich der *Dallas Pa ...?*«, fragte ich den Mann am Tresen.

»Der *Dallas Palace* liegt hier nur einige Hundert Meter um die Ecke«, sagte er.

Das Theater und die Kinos spukten Besuchermassen aus. Taxis starteten und brausten davon.

Traurig schritt ich zwischen Menschen einher, die nur ein Ziel kannten, nämlich sich zu vergnügen.

Kapitel 2

Im *Dallas Palace* ging es hoch her. Mit nackten, hüpfenden Busen servierten die Mädchen und nahmen Trinkgelder fürs Anfassen. Stofffetzen bedeckten ihre magischen Dreiecke.

Ich fand einen Platz an einem kleinen runden Tisch, dem man die Sessel bis auf einen genommen hatte.

In der Nähe machte ich eine Gruppe aus, die sich hier wie zu Hause fühlte. Einige ihrer Gesichter kamen mir bekannt vor. Entweder gehörten sie zu denen, die mich daheim mit billigem Klamauk für meine Fernsehgebühren zu entschädigen suchten, oder zu denen, die aufopferungsvoll im Bundestag für meine Grundrechte streiten mussten.

Die Getränkekarte, abgesehen von den Sektmarken, ähnelte Reisekatalogen.

Zulangen konnte ich! Meine Taschen steckten voller Geld.

Ein Oben-ohne-Engel erschien. Ihre Augen verrieten mir, dass sie nur deshalb auf der Erde erschienen war, um mich, den Doktor Udendorf aus Norddeich, bedienen zu dürfen.

Ich betrachtete die wohlgeformten Brüste, die leicht wackelten, als sie den Bleistift zückte, und ließ meine Blicke über ihren Nabel abwärts gleiten bis zum bläulich-silbernen, glitzernden Warndreieck.

Ihr verständnisvoller, glücklicher Blick zwang meine Konzentration auf die Getränkekarte. Hastig überflog ich die gedruckten Namen der witzig anmutenden Weine.

Meiner sündigen Stimmung entsprechend entschied ich mich für *Pfaffenberger Höllentor* und erkannte am Preis, dass ich als Gast Spitze war.

»Ein Glas?«, fragte der halb nackte Engel und ließ die Brüste hopsen.

»Warum soll ich aus zwei Gläsern trinken?«, fragte ich und bemühte mich um das Lächeln eines Playboys.

»Vielleicht finde ich zwischendurch Zeit, mir Ihre Sorgen anzuhören«, sagte sie mit einem sündigen Lächeln, das mir anzeigte, dass ich ihr sympathisch war.

»Wieso Sorgen?«, fragte ich naiv.

»Alle Gäste, die diesen Wein bestellen, haben Sorgen«, hauchte sie, drehte sich um, bot mir ihr Hinterteil zur Ansicht und fragte über die nackte Schulter: »Nun mein Herr?«

»Zwei Gläser«, antwortete ich und sah ihr nach, wie sie ihre gut geformten Beine auf hochhackigen Schuhen bewegte.

Ich bemühte mich derweil, meine Sorgen zu ordnen und mich einzufinden in das Lokal, das nur flott zahlenden Gästen den Zutritt ermöglichte.

Auf einem Laufsteg erschien eine Truppe, tanzte nach altem Pariser Vorbild in der Dienstkleidung des Hauses. Die Musik entsprach der geilen Stimmung und dem Milieu.

Die Mädchen unterschieden sich nur im Körperbau. Große, kräftige Oberweiten vorweg, gestaffelt bis hin zum kindhaften nur Brustvorhof, warfen sie ihre Beine, verrenkten sie ihre Körper.

Mein Engel erschien, setzte zwei Gläser ab, ließ mich den Wein vorkosten und goss ein.

»Ein guter Jahrgang«, sagte ich, ohne Kenntnisse von Weinen zu haben.

»Das trifft auch auf Sie zu«, sagte sie verführerisch, neigte sich leicht vor, wobei ihre Brüste wie Paradiesäpfel vor meinen Blicken baumelten.

Verdammt, dachte ich, alter Esel, du suchst deine Tochter, hast Angst, sie könne wie dieses Mädchen fremde Männer animieren, während du hier nach Liebe schmachtest.

Ich blickte ihr in die Augen. »Du könntest mir helfen«, sagte ich. Ich zeigte ihr Ingas Foto. »Hier sind hundert Euro, sie gehören dir. Kennst du die Abgebildete?«

Sie blickte überrascht auf das Foto meiner Tochter, hob ihren Oberkörper an und wurde sehr ernst.

»Nie gesehen«, antwortete sie, und ich fühlte, dass sie mich anlog.

Ich steckte das Geld wieder ein. So konnte es nicht weitergehen. Dieser Oben-ohne-Engel kannte Inga! Da gab es für mich keinen Zweifel!

Auf eine weitere Flasche *Pfaffenberger Höllentor* kam es mir nicht an. Sie sollte ihr Trinkgeld haben.

Ein paar Gäste verließen den *Dallas Palace*. Ich besorgte einen zweiten Sessel. Dabei bemühte ich mich um Fassung, dachte an Anke, meine verstorbene Frau, während die Revuemädchen den Appetit der Männer langsam anheizten.

Irritiert stellte ich fest, dass hier auch viele Frauen in Männerbegleitung ihr Vergnügen suchten.

Während ich fernab am Tresen mit meinen Blicken nach meinem Engel Ausschau hielt, dachte ich plötzlich an meine Schule. Ich hatte mein Bankkonto geplündert und saß hier wie einer, der zu den Stars gehörte, in einem teuren Amüsierschuppen unter Prominenz und wusste, dass mein Direktor alles in die Wege leiten würde, mir ein Disziplinarverfahren anzuhängen.

Auch mein ostfriesischer Oberschulrat würde sich auf die Anklageseite schlagen, da die sogenannte Fürsorgepflicht von ihm so ausgelegt werden würde, dass der Strafe verdient hat, der die Spielregeln missachtet. In Zweifelsfällen gegen den Angeklagten!

Ich musste lachen über die Kleingärtnermentalität meines Chefs und seiner nach Gebetbuch und Partei ausgesuchten Berater, die heute oder morgen, ich fand mich in den Daten nicht mehr zurecht, ihren großen Betriebsausflug unternahmen.

Ich sah ihn vor mir im Bus stehend, für alle ein joviales Lächeln auf den Lippen, den Corvit in kleinen Gläschen spendierend, als vergösse er geweihtes Wasser.

Ziel der Fahrt waren die Windmühlen, die Bauern vor lauter Angst vor der Technik in die Nachwelt gerettet hatten.

An seinem Geburtshaus würde der Bus anhalten, und mein Direktor würde dem Kollegium zeigen, wo sein Schaukelpferd gestanden hat, und sie zum Backhaus führen, aus der seine Mutter mit angesengtem Schieber die Brote gezogen hat. Meine Kolleginnen und Kollegen würden mit »Oh« und »Ah« auf die gusseiserne Platte starren.

Die Teetafel mit Butterkuchen, der auch bei Beerdigungen herhalten muss, würde dann unter Eichenbalken in Uppersum im *Alten Deichgrafen* zum Höhepunkt schulischer Geselligkeit gereicht werden.

Ich bin selbst Ostfriese, ohne je im Muff erstickt zu sein. Aber nun stand ich in einer Welt, die ich jenseits der Vorstellungen meines Direktors einordnen musste.

Ich schlürfte meinen *Pfaffenberger Höllentor* und begriff, dass ich mich selbst im konventionellen Denken verstrickte.

Inga blieb meine Tochter, egal was sie nun trieb oder getrieben hatte.

Das Lokal barst fast unter der erotischen Spannung, und ich wäre nicht überrascht gewesen, wenn Gäste sich ebenfalls entkleidet hätten. Aber das lag an der Gewohnheit und dem Grad der Abstumpfung, in dem sich der Jetset stets befand.

Lächelnd kam mir die Schöne entgegen, setzte sich zu mir in den Sessel und trank mit funkelnden Augen ihr Glas leer.

Ich füllte ihr das Glas und sagte: »Trink nur, mir kommt es auf eine Flasche nicht an.«

Der Engel war aufreizend, dennoch für mich tabu, da ich kein Abenteuer suchte, sondern meine Tochter.

»Bulle?«, fragte sie, als sie erneut das Glas hob.

Ich musste alle Kraft zusammennehmen, ihr nicht an den hübschen Hals zu fahren.

Konnte Inga so weit gesunken sein, dass man den recherchierenden Vater für einen Bullen hielt?

»Nein, Vertreter«, flüsterte ich ihr zu, griff zum *Pfaffenberger Höllentor* und begann zu ahnen, dass ich irgendwann in der Tat durch eine sich düster vor mir auftuende Hölle musste.

Dem schönen Körper meines Oben-ohne-Engels gönnte ich keinen Blick mehr, ihr Flittertuch bedeckte das, was mich jetzt am wenigsten interessierte.

Ich zog das Bild meiner Tochter erneut hervor, darauf achtend, dass niemand Zeuge wurde. Der Hundert-Euro-Schein lag unter dem Foto.

»Was ist mit dem Mädchen?«, fragte ich.

Die Schönheit prostete mir zu, als hätten wir uns gerade verlobt, und flüsterte: »Eine Studentin wie ich. Man beobachtet uns!«

Mir wurde bewusst, dass ich mein Gesicht heben musste und bemühte mich um ein strahlendes Lächeln, und als hätte ich es geahnt, blitzte es auf und ein Fotograf verneigte sich vor den Gästen des Nachbartisches, während ich den Eindruck hatte, er hätte nicht sie, sondern uns geschossen.

»Wo ist sie, ich muss sie dringend sprechen!«, sagte ich wie ein Schauspieler mit breitem Lächeln.

Der Oben-ohne-Engel griff zur Flasche, teilte ihren Inhalt gerecht auf beide Gläser auf, legte mir den nackten Arm um die Schultern, neigte ihren Kopf an mein Gesicht und hauchte: »Wir sind Animiermädchen, verdienen gutes Geld. Gelegentlich gehen wir auch mit einem ins Bett, aber nur wenn er uns gefällt! Mein Süßer, mit dir würde ich es auch versuchen.«

Ich rückte meinen Stuhl näher zu ihr, spielte den verliebten Bock, obwohl mir zum Kotzen übel war.

»Wo ist sie?«, fragte ich.

»Sie ist weg. Vielleicht nach Amsterdam, Athen oder Istanbul«, hauchte sie mir zu.

Erst jetzt sah ich, dass sich ein Mann für uns zu interessieren begann. Er schielte zu uns herüber, als suche er einen Platz.

Auch mein Engel hatte die Szene beobachtet, erhob sich und küsste mich.

Ich sah dem Mädchen nach, das mich verließ, mir vorher noch über das Haar strich, als verließe sie einen Geliebten.

Meine Nerven waren zum Zerreißen gespannt.

Wie viele Tage war ich nun schon unterwegs? Was musste ich in der kurzen Zeit alles verkraften?

Das hübsche Mädchen kam zurück. Es trug eine kleine Geldtasche in der Hand. Ich gab ihm zwei Hundert-Euro-Scheine.

»Reicht das?«, fragte ich.

Sie verbeugte sich, und ich starrte auf ihre Brüste, die wie ein Glockengeläut herabhingen, und langte nach dem Zettel, den sie mir zuschob. Ungelesen ließ ich ihn unbemerkt in meine Handfläche gleiten.

Ich verließ das Lokal und betrat die Straße des frühmorgendlichen Berlins. Als ich über den leeren Kurfürstendamm meinem Hotel entgegenschritt, hatte ich das Gefühl, verfolgt zu werden. Kein Wunder, denn ich musste mich zusammenreißen, um nicht einfach vor Erschöpfung umzufallen.

Ich nahm ein Taxi.

»Hotel *Michels*«, sagte ich heiser vor Angst, denn ich bemerkte in der Tat Männer, die sich berieten, als sei ich ihnen entwischt.

Ich war erschöpft, als ich das Taxi verließ. Dem Fahrer überließ ich das Wechselgeld. Er nickte mir freudig zu. Mir war alles egal geworden. Was ich benötigte, waren ein paar Stunden Schlaf. Meine Beine waren schwer wie Blei.

Mit leeren Augen erkannte ich Frau Michels' fettes Gesicht, das sie mir hinter dem Fensterchen ihres Büros entgegenhielt. Sie schien mich neugierig zu mustern.

Wortlos schlich ich vorbei, fand mein Zimmer, verschloss die Tür, zog den Zettel meines barbusigen Engels hervor und las:

Fedor Mai, Benthausstraße 11a.

Mehrmals wiederholte ich Namen und Adresse, zerriss den Zettel, steckte die Schnipsel in die Tasche meiner Lederjacke und warf mich auf das Bett, ohne das Licht gelöscht zu haben.

Wilde Träume überfielen mich, quälten mich, ohne meinen Schlaf zu unterbrechen.

Mein Direktor trieb mich mit einem Schwert durch die Klassenräume der Schule in die Arme des Oberschulrats, der mit Handschellen auf mich wartete.

Dann war es Anke, meine verstorbene Frau, die auf einem Felsvorsprung saß, meine Beine umklammerte, während ich heulend auf dem Steinboden lag und meine Tochter an meinen Händen über einer abgrundtiefen Schlucht baumelte, in der uns ein Feuer mit hochschlagenden Flammen die Hitze entgegenspie.

Als ich endlich erwachte, die Träume zu vergessen begann, freute ich mich über die Sonnenstrahlen, die in mein Zimmer fielen. Ich trat ans Fenster, blickte auf die Baumkronen, sah für Sekunden dem Autoverkehr zu und beobachtete die Menschen, die sommerlich gekleidet über den gegenüberliegenden Bürgersteig spazierten, als trieben sie keine Verpflichtungen an.

Ich verließ das Fenster, studierte kurz das Hotelzimmer, erfreute mich an einem Druck des Picasso-Gemäldes *Mädchen mit Taube*, das die Situation der Stadt symbolisierte und mich schlagartig mit den Gründen meiner Anwesenheit konfrontierte. Ich stellte mich an das Waschbecken, stierte in den Spiegel und glaubte einen Fremden zu sehen, dem graue Bartstoppeln und Sorgenfalten einen tiefen Ernst in das Gesicht geschrieben hatten. Doch als ich den Blick meiner Augen suchte, stieg in mir eine Kraft auf, die als Wärme durch meinen Körper fuhr.

»Inga, ich finde dich! Was du auch tust, getan hast und tun wirst, ich bleibe dein Vater! Ich werde dich finden!«, sprach ich zu mir selbst und wunderte mich über die tiefe Entschlossenheit, die von mir Besitz ergriff.

Ich rasierte mich, hielt meinen Kopf unter den kalten Wasserstrahl, tauchte meine Arme in das gefüllte Becken und weckte meine Geister.

Im Frühstücksraum waren die meisten Tische bereits abgeräumt. In einer Ecke war für mich gedeckt. Eine ältere Frau fragte mich: »Tee oder Kaffee?«

Ich entschied mich für Kaffee, denn ich ahnte, dass sie hier in Berlin vom Tee nicht viel verstanden.

Während mir die Brötchen schmeckten, die ich mit reichlich Butter und Marmelade aus Minidöschen versehen hatte, studierte ich das Berliner Telefonbuch.

Den Namen Mai gab es mehrmals, aber keinen mit Vornamen Fedor. Mir war klar, dass dieser Mann meine erste Anlaufstation sein musste. Ich entschloss mich, vorsichtig zu Werke zu gehen, denn der Abschied vom barbusigen Engel gab mir jetzt zu denken, wo ich ausgeruht beim Frühstück saß und meine Kraft zurückfand.

Hatte ich die Aufmerksamkeit irgendeines Fotografen auf mich gelenkt, oder hatte er sich wirklich nur für die Stars des Nachbartisches interessiert?

Sicher war ich in diesem Prominentenlokal manchem Anwesenden aufgefallen, nicht so sehr durch mein Äußeres, mehr noch durch meine Befangenheit im Umgang mit Menschen dieser Kategorie. Ich hatte mich zwar bemüht, weltmännisch zu wirken, doch das konnte mir auf Anhieb danebengegangen sein.

Amsterdam, Athen oder Istanbul hatte die Schönheit mir ins Ohr geflüstert.

Ich traute es Inga durchaus zu, ohne mich zu benachrichtigen, eine Reise nach Griechenland oder in die Türkei anzutreten, wenn ihr Freund über das nötige Geld verfügte.

Sie studierte schließlich Journalismus, um später was von der Welt zu sehen. Diese Version passte auch zu den Aussagen Elisabeths, die meine Tochter im Porsche sitzend übersehen haben musste.

Aber, durchfuhr mich ein quälender Gedanke, warum hatte das Animiermädchen sich so geheimnisvoll benommen? Selbst wenn sich Inga im *Dallas Palace* verdingt hatte, um schnelles Geld zu verdienen, wäre das kein Grund, mich, ihren Vater, für einen Bullen zu halten.

Mich packte erneut die Angst um meine Tochter. Ich verließ den Frühstücksraum und betrat die sonnenüberflutete Straße.

Mein Auto stand unbeschädigt auf dem schattigen Platz. Hier sollte es auch bleiben, entschied ich mich, mischte mich unter die Menschen und suchte einen Taxistand.

»Benthausstraße 11a«, sagte ich und setzte mich in den Mercedes.

Durch die Scheiben des Wagens beobachtete ich, wie wir das feine vornehme Berlin verließen und das Taxi sich regelrecht in die Viertel wühlte, von denen keine Prospekte berichten, die aber den Beamten der Polizei und des Sozialamtes die Arbeitsplätze sicherten.

Meine Großstadterinnerungen lagen weit zurück. In Ostfriesland geboren, von Luft, Meer und Grün verwöhnt, Eigenheimbesitzer, hatte ich die Bilder der Universitätsstädte Hamburg und Köln verdrängt, sie wegen des erfolgreichen Studiums nur als schöne Orte im Gedächtnis gespeichert.

Urlaubsfahrten durch Brüssel, Paris, Madrid, Rom, Stockholm, Oslo, Helsinki, Prag, Budapest, Kopenhagen, Amsterdam, Athen und Belgrad waren den Straßenplänen für Touristen entnommen und hatten mich nur zu den Sehenswürdigkeiten und Fotoobjekten geführt.

Die verwohnten Hochhäuser stießen mich ab. Die hässlichen Fassaden mit grauem, abbröckelndem Putz wirkten auf mich wie verdorbene Brotscheiben mit Schimmel. Hübsche dunkelhaarige Gastarbeiterkinder spielten im Schatten krüppeliger Bäume vor hässlichen Steinwänden.

Als das Taxi hielt, zahlte ich, überließ dem Fahrer wieder das Wechselgeld und schaute mich um.

Mir gegenüber stand das Haus 11a. Wie aufgeklebte Flecken saßen die Fenster im Mauerwerk, während mir auf der anderen Seite eine Straße den Blick in die Hinterhöfe öffnete und bunte Wäsche wie Fahnenschmuck von Balkonen grüßte.

Misstrauisch überquerte ich den Bürgersteig, stieg die wenigen Stufen hoch und entdeckte im zerflatterten Klingelknopfquadrat den Namen Fedor Mai. Ich drückte den Knopf und wartete.

Die Eisentür mit Milchglasfüllung sprang auf. Ein dunkler, hässlicher Steinflur mit beschmutzten Wänden lag vor mir.

Ein junger Mann in Jeans und Unterhemd hielt eine Tür geöffnet und blickte mich an, als wisse er nichts mit seinem Besucher anzufangen. Seine Augen waren eingefallen, sein Gesicht bleich und sein Körper knochig und dürr.

»Wer sind Sie?«, fragte er, und ich sah, dass er barfuß war.

»Mich schickt ein Engel«, sagte ich und versuchte ihn mit einem freundlichen Lächeln für mich zu gewinnen.

»Engel betreten solche Häuser nicht, Mann. Los, was wollen Sie?« Sein Gesicht und seine Haltung verrieten mir, dass er wenig Geduld besaß.

Wie sollte ich seine Frage beantworten? Schlagartig begriff ich, dass es nicht angebracht war, ihm Lügen aufzutischen. Deshalb antwortete ich: »Ich bin ein Vater, der seine Tochter sucht, weil er sich Sorgen macht.«

Der junge Mann verzog keine Miene.

»Gehen Sie hinein!«, forderte er mich auf und wies auf die Tür, die er mir überließ, weil er eiligen Schrittes zur Haustür lief, um sich dort zu versichern, dass ich allein gekommen war.

Ich hatte gewartet, ohne eine Bedrohung zu fühlen, und betrat mit ihm einen Korridor, in dem am Haken Kleidungsstücke hingen. In einer Ecke bemerkte ich aufgerollte Schlafsäcke.

Das Wohnzimmer, eine karge Studentenbude, unaufgeräumt, mit Tisch und Liege, Stühlen, kleinem Fernseher, Radio und die Wände voller Poster.

Er räumte einen Stuhl frei.

»Setzen Sie sich!«, forderte er mich auf. Auf dem Tisch lagen aufgeschlagene Bücher, die einen Schreibblock umrahmten, als brütete er zurzeit an der Anfertigung eines Referats. Er ließ sich auf der Couch nieder. Seine dunklen Augen schienen mich zu durchbohren.

»Wer gibt mir die Garantie, dass Sie kein Bulle sind?«, fragte er, grinste und fuhr fort: »Ich meine, keiner von der Polizei.«

»Dieses Foto«, antwortete ich und zog Ingas Bild aus meiner Jacke.

Fedor Mai warf nur einen kurzen Blick auf das Foto.

»Haben Sie einen Pass?«, fragte er.

Ich reichte ihm meinen Reisepass. Er studierte ihn wie ein Polizist, prüfte jede Seite, leckte selbst am Papier, holte eine Lupe und betrachtete lange das Dienstsiegel der Stadt Norden.

»Gut, Herr Udendorf – Verzeihung, Herr Doktor Udendorf. Germanist?«, fragte er unvermittelt.

»Nein, Mathe und Physik«, antwortete ich.

»Das Ding ist echt, Herr Doktor. Doch bevor ich Ihnen mit Informationen dienen kann, brauche ich eine Art Rückversicherung. Sie suchen das Mädchen, gut! Es könnte sein, dass ich Ihre Tochter kenne. Hören Sie genau hin, ich sagte, es könnte sein!«

In meinem Magen wühlte seit Sekunden eine Wut, die immer weiter fraß. Verzweifelt begriff ich, dass ich ohne diesen arroganten Bengel nicht weiterkam. Körperlich war ich ihm überlegen, wie ich, auf alles vorbereitet, taxierte. Aber selbst wenn ich ihn mir vornehmen würde, konnte es immer noch sein, dass er mir seine Kumpel auf den Leib hetzte.

Als hätte er mich durchschaut, grinste er verächtlich, erhob sich und ging in den Korridor. Er kam mit einem Schlafsack zurück, entrollte ihn und sagte: »Bei mir sind Sie sicher. Sie können hierbleiben.«

Was sollte das?, fragte ich mich und entrüstet sagte ich: »Herr Mai, ich verstehe nicht, warum Sie mir Ihre Gastfreundschaft anbieten. Außerdem ist mir nicht bekannt, dass ich in Berlin nicht sicher bin. Hören Sie, ich muss Inga, meine Tochter, finden, koste es, was es wolle!«

Meine Stimme war belegt und mein Inneres vibrierte.

»Dazu werde ich Ihnen verhelfen, wenn Sie die Regeln akzeptieren, die ich vorgebe«, antwortete er.

»Und die sind?«, fragte ich.

»Sehr einleuchtend und dazu sehr einfach. Ich nenne Ihnen den Aufenthalt Ihrer Tochter, und Sie transportieren für mich ein kleines Geschenk, das Sie ungeöffnet nur Ihrer Tochter aushändigen dürfen. Das wird eine doppelte Freude für sie sein. Zum einen ein unangemeldetes Wiedersehen mit ihrem geliebten Daddy und zum anderen wird mein Geschenk dazu beitragen, sie in Verzücken zu versetzen. Rundherum ein Weihnachtsmannauftrag.«

Er hatte ganz ruhig gesprochen, während seine knochigen Hände ein Fingersuch- und Berührspiel vorgeführt hatten. Ich suchte vergeblich nach Ironie in seinem eingefallenen Gesicht.

Naiv glaubte ich immer noch an eine redliche Rolle, die meine Tochter in diesem verwirrten Zusammenhang zu spielen schien.

»Und worin besteht die Rückversicherung?«, fragte ich deshalb.

»Nun, einerseits darin, dass Sie den Transport übernehmen, und andererseits in einer Unterschrift auf einem Blankopapier«, antwortete Fedor Mai.

»Und was hat das mit dem Schlafsack auf sich?«, fragte ich und deutete auf den Boden.

»Vielleicht haben Sie sich, Herr Doktor Udendorf, im *Dallas Palace* etwas zu auffällig benommen, oder Ihr Engel hat sich nicht genügend um Sie gekümmert. Vielleicht könnte Ihr Hotelzimmer zu Ihrer Sterbekammer werden. Ein Herzinfarkt vielleicht. Sie haben den entsprechenden Beruf und auch die Jahre. Jeder Arzt wird Ihre Aufregung richtig einordnen.«

Mir verschlug es die Stimme. Schweiß lief mir wie in der Sauna vom Körper, klebte meine Wäsche an die Haut. Ich saß mitten in der Scheiße, wie ich blitzschnell erfasste. Nur ihr Volumen konnte ich nicht abschätzen, während mir der Geruch in die Nase stieg.

»Und wenn ich zur Polizei gehe?«, sagte ich forsch.

»Dann wird Ihre Blanko-Unterschrift unter einem entsprechenden Dokument Ihre Aussagen entkräften«, sagte Fedor Mai und lachte.

Ich stand auf und wollte ihm zeigen, dass ich noch mein eigener Herr war. Ernsthaft dachte ich daran, mich der Berliner

Kripo anzuvertrauen, da mir meine Erlebnisse plötzlich mysteriös vorkamen.

»Junger Mann«, sagte ich entschlossen, »ich bin Oberstudienrat, fünfzig Jahre alt und habe mein Leben bisher noch immer selbst bestimmt. Krumme Touren liegen mir nicht.«

Ich spürte, wie sich mein Inneres einer Explosion näherte und ich dabei war, im blinden Hass dem jungen Mann an die Gurgel zu fahren, um ihm die Adresse meiner Tochter zu entlocken. Mit ausgebreiteten Armen näherte ich mich ihm drohend.

»Lassen Sie das!«, forderte mich ein Mann auf. Seine Stimme drang zu mir mit dem Klappern einer Tür.

Ich wusste nicht, ob es die Küche war oder das Bad, aus der er gekommen war.

»Ihr Foto ist bereits entwickelt, Ihr Auto präpariert, und man würde Sie noch vor Helmstedt in einen Unfall verwickeln. Sie sollten dankbar sein, wenn wir Ihnen eine Chance zum Überleben bieten«, sagte er.

Das also war die neue Situation! In Sekundenschnelle begriff ich, dass ich als Lehrer vom Land hier in Berlin zwischen zwei Gangstern stand. Und wenn ich richtig zugehört hatte, versuchten Mai und sein Kumpan mich vor einem schlimmen Schicksal zu bewahren.

Irgendwie lief die Angst ins Leere. Mein Leben war mir nicht wichtig. Inga steckte tief in einer Sache, die ich nicht ergründen konnte. Meiner Tochter galt mein Kampf und auch meine Existenz.

Ich schaute auf den Lauf einer Pistole, sah den kräftigen Mann, der, als hätte er sich tarnen wollen, grün gekleidet war.

Wie ein Jäger in Lederkniebundhose näherte er sich mir langsam. Sein Bart machte sein Gesicht alltäglich.

»Wenn ich nicht wüsste, dass es auch zum Wohle Ihrer Tochter geschehen würde und nicht darum, Ihr geschätztes Pädagogendasein zu verlängern, dann ließe ich Sie laufen. Dabei wäre es mir gleichgültig, ob man Sie tot aus einem Fluss fischen oder verbrannt in einem Autowrack finden würde«, sagte er, und seine Augen lächelten mich an, als handelte es sich um einen billigen Scherz.

»Hören Sie«, stotterte ich, »Sie müssen mich verwechseln. Ich heiße Udendorf, bin ein simpler Lehrer aus Norden und suche meine Tochter.«

»Beruhige dich, Pauker, das ist gebongt. Wir wollen nur dein Bestes. Kennst du außer Elisabeth und Harald noch irgendwen in Berlin?«, fragte der Mann, ohne die Pistole abzulegen.

Ich zuckte zusammen. Der Bärtige wusste viel.

»Ja«, antwortete ich. Mir fiel mein Freund Werner Selter ein. Wir hatten gemeinsam die Schulbank gedrückt, einige Semester an derselben Universität studiert und uns aus den Augen verloren. Doch nach vielen Jahren war er nach Hause gekommen, besaß eine Professur für Mathematik an der Berliner Universität und lebte während der Semesterferien in seinem heimatlichen Ostfriesland.

»Ein Freund ist Professor an der Uni«, sagte ich.

»Gut, das geht in Ordnung, wir rufen ihn an«, sagte Fedor Mai.

»Versuchen Sie bei ihm unterzutauchen«, fügte der Bärtige hinzu, ohne bedrohlich oder gehässig zu wirken. »Aber bringen Sie Ihren Freund nicht in Lebensgefahr, indem Sie sich bei ihm zu gesprächig erweisen. Sie erhalten unsere Instruktionen telefonisch. Ihr Horoskop sagt Ihnen eine weite Reise voraus, Doktor Udendorf. Fahrkarte und Reisetasche stellen wir Ihnen zu.«

Ich war fix und fertig. Was sollte ich den beiden entgegnen? Die Machtlosigkeit und die Angst um Inga machten mich gefügig.

In mir meldete sich der Instinkt. Alles deutete darauf hin,

dass ich meine Freiheit wiedergewinnen würde und Inga treffen konnte, wenn ich das tat, was sie von mir verlangten.

Ich unterschrieb ein Blankopapier und ließ es zu, dass sie meine Reisepassnummer auf den Schrieb setzten.

Der falsche Jäger steckte die Pistole ein, klopfte mir auf die Schulter und sagte: »Bravo, Herr Oberstudienrat. Sie stehen ab nun auf unserer Seite und helfen Ihrer Tochter. Kommen Sie mit.«

Ich folgte ihnen, muss allerdings zugeben, dass ich jedem gefolgt wäre, denn ich war demoralisiert und verstand die Welt nicht mehr.

Fedor Mai verließ uns an der Haustür. Auf der Straße stand ein Taxi. Es war ein Audi A6 ohne Fahrer.

Der Lederhosenmann öffnete die Autotür, ließ mich einsteigen, setzte sich ans Steuer und fuhr los.

Erst am Hauptbahnhof hielt er an. Er begleitete mich zu einer Telefonzelle und forderte mich auf, mich bei Werner Selter persönlich anzumelden, da er wisse, dass der Professor zu Hause sei.

Mein Schulfreund war fast außer sich vor Freude, nannte mir seine Adresse und sagte, dass er mich erwartete.

Kapitel 3

Werner Selter besaß in der Norfer Straße ein kleines Apartment.

Er stand auf dem Balkon in der Sonne und winkte mir zu, als ich das Taxi verließ.

»Er soll möglichst unauffällig Ihre Sachen aus dem Hotel holen«, flüsterte mir der Fahrer zu. Er grinste breit, stieg in den Audi und fuhr los.

Ich überquerte die Straße und näherte mich dem Häuserblock. Mein Freund kam mir entgegen.

»Solch eine Überraschung!«, rief er erfreut, umarmte mich und sagte: »Was machst du in Berlin?«

»Ich besuche eine Lehrerfortbildung«, antwortete ich. »Das Übliche. Politische Vorträge, Schnellgänge durch Historisches und Statistisches.«

Das Haus enthielt nur Apartments und lag in einem besseren Viertel. Die Straße war ohne Lärm, und Bäume warfen Schatten auf gepflegte Bürgersteige.

Wir gelangten in das Haus durch einen kleinen Vorgarten, in dem Rosen blühten.

»Hier haben viele Westdeutsche ihre Zweitwohnung«, sagte Werner.

Sein Apartment war gemütlich. Möbel und Ausstattung hatte er solide ausgewählt für eine kleine Oase in einer Weltstadt.

Werner wies mir einen Sessel an.

»Trinken wir einen Ostfriesentee. Ich bereite ihn mit Mineralwasser zu, dann schmeckt er wie zu Hause in Ostfriesland.«

Er betrat die kleine Küche. Ich vernahm, wie er Wasser aufsetzte und Geschirr aus einem Schrank holte.

»Wie gefällt es dir? Leider habe ich wenig Zeit, sonst könnten wir einen Theaterbesuch ins Auge fassen«, rief er.

Ich antwortete nicht direkt, war noch für Sekunden verstrickt in den Erlebnissen, die ich nicht deuten konnte.

»Ja«, rief ich nach einer Weile zurück und wartete. Eine Tasse Tee konnte mir gewiss nicht schaden.

Werner beobachtete mich von der Seite, als er das Geschirr auf den Tisch stellte. Er ging noch ein paar Mal in die Küche, dann goss er den Tee ein.

Wir bedienten uns. Das Getränk war ihm gelungen und schmeckte mir so gut wie in Greetsiel im *Witthus*.

»Was hast du?«, fragte er mich nachdenklich.

Ich begegnete seinem irritierten Blick. »Du musst mir helfen«, murmelte ich. »Ich sitze in einer Klemme, ohne dich ausführlich informieren zu dürfen. Mein Reisegepäck befindet sich im Hotel *Michels*, Ecke Sanderstraße, in der Nähe vom Kurfürstendamm. Kannst du es dort für mich abholen?«

Nachdenklich fragte er: »Du möchtest bei mir wohnen?«

Ich nickte. Das Telefon klingelte. Werner verschwand in dem kleinen Korridor.

Ich steckte mir eine Zigarette an und ging auf den Balkon. Die Straße war wie leer gefegt. Vor mir lag eine gepflegte Wiese, die bis an den nächsten Block reichte. Der Himmel war blau, und ich spürte die Wärme der Sonne im Gesicht.

Alles deutete darauf hin, dass Inga nicht mehr in dieser Stadt war. Ich war fest entschlossen, die Rolle zu übernehmen, die die Gangster mir zugedacht hatten.

Am liebsten hätte ich mich abgesichert und Werner in ihre Pläne eingeweiht. Seine Beurteilung der Situation hätte ich gern erfahren. Aber daran war nicht zu denken. Hinzu kam, dass er kinderlos in einer glücklichen Ehe lebte und nicht einmal ein

Haustier fütterte, an das er seine Liebe verschwenden konnte. Darum war es mir peinlich, seinen mir verständlichen egoistischen Frieden zu stören.

Ich vernahm seine Schritte und fühlte seine Hand auf meiner Schulter.

»Es tut mir leid. Du sitzt in der Patsche. Bete zu Gott, damit er dir beisteht«, sagte er mit ernstem Blick.

»Telefon?«, fragte ich.

»Ja. Niemand darf erfahren, dass du bei mir wohnst. Sie drohen mir Rache an, falls ich etwas verrate, und dein Leben hängt davon ab, dass du über Erlebtes und Zukünftiges den Mund hältst. Sie wissen alles.«

Er ging in die Wohnung.

»Trinken wir den Tee zu Ende, dann hole ich dein Reisegepäck«, sagte er.

Ich stand noch eine Weile auf dem Balkon, schaute auf die Fassade des mir gegenüberliegenden Hauses und hatte das Gefühl, beobachtet zu werden.

»Scheußlich«, sagte ich zu Werner, setzte mich und trank den Tee.

»Wie es weitergeht, weißt du nicht?«, fragte er, kannte die Antwort und fuhr deshalb fort: »Ich fahre morgen nach Hause. Niemand soll dort etwas erfahren.« Er stand auf und verließ das Apartment. Etwas später hörte ich das Tuckern seines Mercedes, als er davonfuhr.

Man kann sich von allem trennen, aber nicht von einem Kind, selbst wenn es erwachsen ist. Es war nicht so, dass ich meiner Tochter Vorwürfe machte, denn schließlich war sie es, die mich in diese miese Lage hineingesteuert hatte.

Es war mehr die Angst, ihr könnte etwas widerfahren sein, mit dem sie alleine nicht fertigwerden würde, die mein Inneres zerwühlte und meine Fantasie übermäßig strapazierte.

Skrupel in Bezug auf meine Schule empfand ich keine. Meine

Abiturienten konnten ohne mich feiern, und die jüngeren Schüler warteten bereits abgeschlafft auf die Sommerferien. Nur mein Schulleiter musste auf seinen ruhigen Schlaf verzichten, denn seine Welt würde nicht mehr in Ordnung sein.

Mich beruhigte dieser Gedanke, denn wenn ich in wenigen Tagen nicht mit einer Rückmeldung bei ihm erscheinen würde, war er der Garant dafür, dass das Rätsel um einen verschwundenen Oberstudienrat von höchster Stelle her gelöst werden musste. Wie ich ihn kannte, würde er nicht lockerlassen, bis ein aufgeblähter Apparat die Suche nach mir aufnehmen würde.

Ich rauchte, trank den restlichen Tee, nahm Ingas Bild in die Hand und kämpfte gegen Tränen und ein aufkeimendes Selbstmitleid an.

Doch plötzlich hatte ich das Gefühl, mich nicht mehr allein in Werners Wohnung aufzuhalten.

Das Licht, das vom Balkon in das Zimmer fiel, verstärkte sich. Ich zuckte zusammen, als ich meinte, jemand habe mich berührt. Ist es Einbildung?, fragte ich mich und flüsterte: »Anke.« Ich begriff, dass meine verstorbene Frau um mich war, mir beistehen und mir Mut zusprechen wollte.

Ich tauchte ein in eine Wärme und verstand ihren Hinweis, alles zu tun, um mir den Weg zu meiner Tochter zu bahnen.

Waren es Sekunden oder Minuten?

Ich wusste es nicht zu sagen, als mein Freund die Wohnung betrat. Er legte mein Reisegepäck ab.

»Die Hotelbesitzerin wollte zuerst nicht mitspielen«, sagte Werner und warf sich in den Sessel, »doch dann telefonierte sie und hat mich gefragt, ob du einen Unfall gehabt hättest. Ich habe das bestätigt und ihr einen Schrieb mit Doktor Röskens unterschrieben.«

»Danke, Werner«, sagte ich und bemühte mich, das Gespräch auf frühere gemeinsame Erlebnisse zu lenken, die uns aufheiterten.

Er freute sich darüber, dass ich mich und meine Sorgen in der Gewalt hatte. Wir bedauerten, dass wir uns zu Hause so wenig sahen, nahmen uns vor, das später zu ändern.

Er schielte bereits auf das freie Wochenende, denn er liebte nichts mehr als seinen Garten vor dem Bungalow in Groenhusen, den er mit seiner Frau in ein blühendes Paradies verwandelt hatte. Selbst im Winter gediehen Kakteen und Ziersträucher unter den Händen der liebevollen Pflege.

Seine Einladung, mir ein Essen im Balkanhaus zu spendieren, schlug ich dankend aus. Ich wollte keinen unnötigen Schritt mehr aus seinem Apartment in diese Stadt machen, die für mich zur Falle geworden war. Noch konnte ich meine Verstrickung in eine unerklärliche Geschichte nicht übersehen und musste davon ausgehen, dass sich die Weiterführung jederzeit anbahnen konnte.

Und tatsächlich unterbrach etwas später das schrille Klingeln der Hausglocke unser Gespräch.

Werner hastete an die Tür. Er war bleich. Dieses Rätselraten hatte auch seinen Nerven zugesetzt.

Ich vernahm, dass er mit jemandem sprach.

Verwirrt erschien er und setzte eine Reisetasche aus Leder auf den Tisch.

»Sie wurde für dich abgegeben«, sagte er.

Vorsichtig zog ich den Reißverschluss auf und entnahm der Tasche eine Wolldecke. Sie war bunt, neu und teuer, das sahen wir.

Dann fand ich ein Päckchen, nur ein wenig größer als eine Zigarettenschachtel. Es war in Geschenkpapier verpackt, mit einer Rosette aus goldenem Zierband geschmückt, und ein kleiner Anhänger trug mit zierlicher Handschrift die Worte: Zur Verlobung, Dein Papa.

Verwirrt steckte ich es zurück.

Werner schwieg. So, als betrachte er Unmögliches, stierte er auf meine Hände.

Eine Brieftasche, die auf dem Boden der Tasche lag, erregte meine besondere Neugier. Ich nahm sie heraus und schlug sie auf.

»Ein Flugticket Berlin-Amsterdam«, stotterte ich verwirrt und legte einen zusammengefalteten Prospekt daneben.

Ich fand ein ganzes Bündel Euro und entnahm der Brieftasche eine Visitenkarte. Ich las: *Kirk Freedendonk, Hotel Uplemur, gute Zimmer, exquisite Küche, Saal für Hochzeiten und Kongresse, Kanterstraat 47, Amsterdam.*

Sprachlos entfaltete ich den Prospekt. Er war farbig und mehrsprachig. Ich fand den deutschen Text.

Internationales Philologentreffen 2011, unter dem Motto »die EU und das anzustrebende Gemeinschaftsabitur«.

Ich überflog die glaubhaft klingenden Programmspalten.

Werner setzte sich in den Sessel. Seine Augen tasteten mich ab, als suche er nach einer Chance, aus irgendeiner Bewegung oder Äußerung Antworten auf seine Fragen zu finden.

Ich konnte seine brennende Neugierde nicht befriedigen, sah aber für mich in all den Überraschungen einen ungeschriebenen Auftrag. Im genannten Hotel würde ich meine Tochter antreffen. Dieser Gedanke erfüllte mich mit Zuversicht.

Der Vorwand war logisch untermauert. Als Oberstudienrat flog ich zu einem Kongress nach Amsterdam und nahm für meine Tochter ein Verlobungsgeschenk mit.

Neugierig nahm ich die Flugkarte auf. Es war nur der Hinflug gebucht.

»Ich fliege mit der KLM um achtzehn Uhr dreißig Uhr ab Berlin«, sagte ich und schaute auf die Uhr.

Das Telefon klingelte. Ich beobachtete, wie Werner ängstlich davonschritt.

Ich horchte atemlos, doch es war seine Frau, die ihm die Sensation verkündete, dass sein Freund, der Oberstudienrat Doktor Udendorf, verschwunden sei.

Er kam zurück und sagte: »Du bist zu Hause das Dorf- und Kleinstadtgespräch. Angeblich hältst du dich in Berlin ohne plausible Entschuldigung auf.«

Ich drückte ihm die Hand, den Tränen nahe.

»Ich wünschte, sie hätten recht. Werner, halt bitte dein Wort! Bring mich nicht zusätzlich in Gefahr«, sagte ich zu ihm und packte die Reisetasche.

Wenige Minuten später holte mich der vollbärtige Mann mit seinem Audi A 6 ab und fuhr mich zum Flughafen.

Das Flugzeug war voll besetzt. Als es abhob und die Schubkraft mich in den Sitz presste, hatte ich für wenige Sekunden das Gefühl, von meinen Sorgen und Ängsten befreit zu sein.

Dazu trug auch der Blick bei, den ich Minuten später aus dem Fenster auf Berlin warf. Um die Gedächtniskirche hatte sich der Wohlstand ausgebreitet mit prachtvollen Bauten.

Kleine Wolkenkissen schwebten an den Fenstern vorbei. Mir fiel das Lied von Reinhard May ein, und meine Gedanken wurden abgelöst von der Angst um meine Tochter.

Es gab ein Leben nach dem Tod, das hatte Anke mir bewiesen. Sterben konnte demnach nur ein Übergang sein. Aber was hatte es auf sich mit dem Leben? Warum besaß ich es, wenn man es mir wieder nehmen würde? Musste ich Rechenschaft ablegen über jede Minute des gehabten Daseins? Richtete Gott nach den Maßstäben der Kirche? War für uns hier auf der Erde der Rahmen klar genug abgesteckt, dass jeder seine Orientierung anhand von festgelegten Werten finden konnte?

Während mich die Düsen des Flugzeuges mit ihrem monotonen Gesang einschläferten, lag ich bequem im Sessel.

Ich war fünfzig Jahre alt. Die meisten Jahre hatten nur meiner Familie gegolten. Meine Frau hatte selbst aus der anderen Welt aus diesem Grunde meinen Kontakt gesucht. Und nun opferte ich mich auf für meine Tochter, die bereits erwachsen war. Es war nur natürlich, dass uns das Schicksal unserer Kinder mehr bedeutet als unser eigenes.

Inga hatte immer ein gutes Elternhaus gehabt. Dennoch konnten ihre Fehler in unserer gut gemeinten Erziehung ihre Ursachen finden. Selbstlos, immer mit dem Blick auf mögliche Bedrohungen, Gefahren oder Versagen, hatten wir ihr die Hindernisse aus dem Weg geräumt. Wir hatten uns bemüht, den wilden Lebensstrom für sie zu bremsen und zu regulieren.

Aber in jedem Leben gibt es Naturereignisse, die sich zu Katastrophen auswachsen können.

Und wie stand es um mich? Was erhoffte ich noch für die wenigen Jahre, die mir noch blieben?

In zehn Jahren würde ich sechzig sein. In zwanzig Jahren siebzig, dachte ich nach.

Wie schnell waren die fünfzig Jahre vergangen! Die Aktivseite meiner Bilanz nahm Inga ein, auf deren sorgenvollen Spuren ich nun unter der Belastung dienstlicher Unkorrektheiten reiste. Natürlich zierte auch unser Bungalow die Bilanz, während auf der Passivseite die gezahlten Zinsen einst in der Höhe der Alpen vor uns gelegen hatten. Das Schuldengebirge war geschmolzen, aber noch nicht abgetragen. Wie hart war der Urlaubsverzicht gewesen!

Ich befand mich über den Wolken. Wie die Maschine über Amsterdam, so musste auch ich zurück auf den Boden der Tatsachen.

Amsterdam war nicht Berlin. In dieser Stadt der Grachten und Kanäle wollte ich meine Tochter wiedersehen, ihr beistehen und sie fragen mit den uralten Worten: »Kind, warum hast du das getan? Deine Mutter und ich haben nach dir gesucht.«

Die Maschine flog die letzte Schleife und setzte auf.

Wie aus einem Traum erwacht, griff ich nach meinem Gepäck und hatte vergessen, dass es ein Geschenk für Inga enthielt.

Zuversichtlich und optimistisch schloss ich mich den Passagieren an, die den Weg über die Gangway suchten.

Gelassen ließ ich Pass- und Gepäckkontrolle über mich ergehen. Dann stand ich in der Halle des riesigen Flugplatzes und suchte nach einer Orientierung.

Ich lehnte mich an die Klinkerwand, um mich zu sammeln. Ein Transparent mir gegenüber hieß auch mich willkommen. Die sommerliche Schwüle war von draußen in das Gebäude eingedrungen.

Ich schaute eine Zeit lang dem Treiben zu, meine Blicke folgten hastigen Reisenden und tauchten ein in die internationale Hektik, in die immer wieder Flüge und Landungen angesagt wurden.

Ich wusste nicht, was es war, das mich trotz meines vorhandenen Optimismus, Inga wiederzusehen, noch an die Terminalhalle fesselte.

Entschlossen schritt ich dem Ausgang C entgegen. Ich hätte auch dem großen A folgen können. Ein Taxi wartete auf mich, wie es schien, denn der junge Mann winkte mir zu. Sein joviales Gesicht kam mir fast kumpelhaft vor. Er verstaute meine Tasche im Kofferraum und wartete gespannt auf meine Order.

»Hotel *Uplemur*, Kanterstraat 47«, sagte ich.

Er nickte und stieg ein, öffnete mir die Tür und stellte die Zählscheibe ein. Er verzichtete auf weitere Fragen, kurbelte die Scheibe seiner Tür nach unten und ließ den Fahrtwind Zugang in den Wagen finden.

Im Mercedes lag die schwüle Luft des Sommerabends. Ich stierte durch die Scheibe, ohne Interesse an seinen Überholmanövern zu finden, die er auf der Stadtautobahn ausübte.

Von Amsterdam sah ich nur wenig, denn erst in Geuzenveldt, so las ich vom blauen Hinweisschild, verließen wir die vierspurige Bahn.

Nun hätte mich die Fahrt durch die Innenstadt erfreuen müssen, denn wir überquerten Grachten, schoben uns mühsam durch Geschäftsstraßen, deren Lichtreklamen bereits das Werbegeschäft aufgenommen hatten.

Grüne, kronenreiche Bäume vor spitzgiebeligen Backsteinhäusern, volle Bürgersteige mit friedlich bummelnden Menschen, Straßencafés, in denen hübsche Mädchen in leichten Sommerkleidern die Hände junger Männer hielten, zogen wie eine Fata Morgana an meinen Blicken vorbei.

Auf breiten Straßen erhöhte der Fahrer die Geschwindigkeit, als hätte er meine innere Gespanntheit erahnt, meine Tochter endlich wiederzusehen.

Eine Riesenstadt, dachte ich und bewunderte die Grünflächen und Parks, die oft vergessen ließen, dass sie nur kleine Enklaven in einem Häusermeer waren.

Die Bierreklamen und grellen Lichter von Restaurants nahmen merklich zu. Die Straßen wurden voller und Parkplätze gab es so gut wie keine. Überall entlang der Bürgersteige standen die Autos Stoßstange an Stoßstange.

Überrascht blickte ich auf den Fahrer, als er in einer Gasse hielt, in die er sich hupend gezwängt hatte.

Vor mir sah ich kein Hindernis, es sei denn, er hätte Rücksicht genommen auf Menschen, die die Gasse überqueren wollten. Die Häuserwände waren hoch und ließen dem Abendlicht keine Chance.

Der Fahrer drehte die Uhr um, zeigte lächelnd auf den Zählerstand. Ich las 32,60 Euro und begriff, dass ich am Ziel war.

Ich gab ihm einen Hundert-Euro-Schein. Er griff in seine Geldtasche, aber ich winkte ab.

Entschlossen warf ich die Tür zu, nahm von ihm wenig später die Reisetasche entgegen und schritt der Helligkeit entgegen, die am Ende der schmutzigen Gasse eine Gracht beleuchtete.

Die hohen Wände neben mir wirkten unheimlich und dennoch tot. Uringeruch stieg mir in die Nase. Doch dann lag vor mir ein Stück Amsterdam, das mit unschuldiger Schönheit Maler und Fotografen reizen musste.

Weit reichte mein Blick über Giebel, Dächer und Kirchen, die unter dem Abendhimmel lagen. An den Ufern bildeten Ulmen, Buchen und Eichen eine geschwungene grüne Kette, während tiefer das blaue Wasser eines Kanals, vielleicht auch eines Hafenbeckens, ein explosionsartiges Glitzern vor dem Hintergrund der untergehenden Sonne produzierte.

Ich blieb fasziniert stehen, setzte meine Tasche ab, um das idyllische Bild zu genießen, und mir wurde instinktiv bewusst, dass diese paradiesische Aussicht nicht meine Wirklichkeit sein konnte.

Für einige Minuten verweilte ich. Doch dann meldeten sich Zweifel an. Ich vernahm das Stimmengewirr, das von beiden Seiten zu mir zu dringen schien.

Als ich weiterging und in die sich vor mir öffnenden Seitenstraßen blickte, hatte ich das Gefühl, in eine andere Welt zu schreiten.

Bis zur Hässlichkeit verunstaltete, abartig frisierte, völlig außerhalb der normalen Vorstellungen gekleidete junge Menschen standen mit lebhaften, theatralischem Getue herum. Dazu gesellten sich neben fein gekleideten Menschen Fremde aus aller Welt.

Eingeschüchtert schritt ich an den Fassaden entlang, war bemüht, nirgendwo anzuecken, und suchte nach dem Schriftzug des Hotels.

Ich fühlte mich einsam und war dennoch nicht allein. Mitten

unter flanierenden Menschen ging ich an großen Fenstern vorbei, hinter denen sich Frauen mit entblößten Brüsten den Blicken der Passanten feilboten.

Mein Herz verkrampfte sich. Wie in Berlin überfiel mich die Angst, meine Tochter hier als Schaufensterangebot mit einem Preisschild in Euro, Dollar oder Pfund anzutreffen.

Männliche Begierde spürte ich nicht. Im Gegenteil, das Gefühl der Betroffenheit machte mich aggressiv, und ich glaubte, mich unter Schweinen ohne Gefühl zu bewegen.

Wie schnell können Bastionen fallen, aber auch errichtet werden. Noch vor wenigen Tagen – oder waren es nur Stunden? – hätte ich als Witwer Gefallen gefunden an dieser sündigen Meile. Hätte mich aufreizen lassen, bis der letzte Nerv in mir bestätigt hätte, dass ich mit fünfzig Jahren noch nicht zum alten Eisen zählte und bei Weitem noch nicht zu alt für alle Sünden war.

Wie eine Erlösung aus schlimmen Träumen erkannte ich die grünliche Lichtreklame. Das musste das Hotel *Uplemur* sein!

Vor den Stufen des Hauses, das an der Kanterstraat 47 lag, blieb ich für Sekunden stehen, musste mich noch einmal sammeln, um zu begreifen, dass Inga sich in der Umgebung der sündhaften Laster einem Mann anvertraut hatte, den ich nicht kannte.

Die wenigen Stufen fielen mir schwer.

Enttäuscht schaute ich auf den schmierigen Portier. Sein Gesicht war gerötet, seine Augen wirkten flatterhaft und seine knochigen Hände verrieten mir, dass er gewiss nicht zögerte, zuzulangen, wenn es um etwas ging.

Bis zu diesem Augenblick hatte ich die schwüle, feuchte Abendluft nicht sonderlich wahrgenommen. Sicher hatte auch ich geschwitzt, doch die Erwartungen und der Weg hierher hatten genügend Ablenkung geboten.

Ich konnte nicht unterscheiden, ob der Portier ein T-Shirt

oder ein Unterhemd trug. Nur die Tätowierung auf seinem muskulösen Arm forderte meinen Blick heraus.

Eine Kringellinie deutete ich als Meer, aus der ein Delfin hochzuschießen schien.

»Suchen Sie ein Zimmer, Mijnheer?«, fragte er, während sein flackernder Augenaufschlag mir Gänsehaut schuf.

Ich nickte. »Ich möchte bei Ihnen wohnen und eine Verlobung feiern«, sagte ich.

Er ließ sich anstecken von meiner Fröhlichkeit.

»Feste zu feiern ist besser, als feste zu arbeiten«, sagte er.

»Ich komme aus Berlin und überbringe ein Geschenk!«, sagte ich.

Als er sich erhob, bekam ich einen vollen Eindruck seiner Körperfülle. Seine Schultern waren breit, seine langen Beine steckten in abgewetzten Jeans. Er beugte sich vor, genauer, er ließ sich zu mir herab, legte seine Hand auf meinen Unterarm, und ich spürte den elektrischen Schlag, selbst durch meine Lederjacke.

»Das wird ein Fest!«, sagte er.

Seine Bestätigung bestärkte meine Hoffnung, Inga hier anzutreffen.

»Wo ist die Braut?«, fragte ich deshalb gelockert.

Er grinste mich an. »Sie wartet auf ein Geschenk«, antwortete er und wies in eine Empfangshalle, in die ich mich begab.

Enttäuscht stand ich vor abgewetzten Sesseln und starrte auf eine Zimmerpalme, die halb vertrocknet auf Wasser wartete. Ich setzte mich. Die mit Plüsch bedeckte Wand trug nicht dazu bei, mein aufkeimendes Misstrauen zu verscheuchen. Unpassend befanden sich viele Spiegel zwischen den Stoffbahnen.

So hatte ich mir immer einen Puff vorgestellt.

Als hätten sich meine Gedanken verwirklicht, erschien aus einem Seitengang ein Mädchen. Es war gut gewachsen. Um ihr einfältiges Gesicht hing eine platinblonde Mähne. Ihre nackten

Brüste ruhten auf einem nur im Ansatz vorhandenen BH wie kleine Bälle. Die spitzen Brustwarzen schienen auf mich zu zielen.

Entsetzt stierte ich auf ihren Rock, der durchsichtig war und einem groben Fischernetz glich.

»Die Braut wartet«, sagte sie.

Meine Beine wurden so schwer, dass ich mich nicht erheben konnte. In ihren Augen las ich die Aufforderung: »Na, Opa, los!« Sie bückte sich seitlich und griff nach meiner Reisetasche, während ich auf ihre Brüste starrte, die von der kleinen Rampe auf den Boden zu stürzen drohten.

Ich erhob mich, sprach ein stilles Gebet und folgte ihr. Was erwartete mich? Welche Absicht verfolgten die Berliner Gangster, als ich ihnen gutmütig meine Blanko-Unterschrift gab? Hielten sie ihr Wort?

Der lange Flur nahm kein Ende. Die wackelnden Brüste des Mädchens faszinierten mich, mir kam es vor, als wären sie zu aufgepumpten Fußbällen angewachsen, und ich hoffte, sie würden explodieren und ich könnte mir in Werners Apartment in Berlin den Schweiß eines furchtbaren Albtraums abwischen.

Was mir sehr lange vorkam, das waren in Wirklichkeit nur Sekunden. Es gab keinen Knall. Die hochhackigen Schuhe des Mädchens hinterließen ein dröhnendes Geräusch in meinen Ohren und mit äußerster Spannung wartete ich auf die Braut und hoffte, dass sie wenigstens etwas mehr Stoff für ihr Verlobungskleid gekauft hatte, um zu verbergen, was wir in unserer Tradition nicht aller Welt zu zeigen gewohnt waren.

Eiche, dachte ich, als ich auf die Tür blickte. Das Mädchen öffnete sie, grinste mich frech an und schob mich in einen Raum.

Ein sekundenschneller Rundblick reichte aus, alles in mir zu mobilisieren, was ein Mensch braucht, wenn er sich entschließt, um seine nackte Existenz zu kämpfen.

Warum hat mein »Vaterunser« den lieben Gott nicht beeindruckt? Oder stand Anke für mich unsichtbar in diesem Raum?

Neonröhren blendeten für Sekunden meine Augen. Dicke Stores hingen vor den Fenstern des kleinen Saales, der stickig und muffig wirkte.

Mitten im Raum standen Poolbillardtische, und ich werde nie im Leben den Moment vergessen, als ich die Ganovengesichter erblickte.

Gangster, so schoss es mir blitzschnell durch den Kopf, als ich die Männer betrachtete, die ihre Queues wie überdimensionale Penisse in den Händen hielten, als zielten sie mit ihnen auf mich.

So, als hätten sie sich abgesprochen, trugen sie Westen über weißen Hemden und dunkelblaue Jeans. Als entstammten sie einer Familie, hatten sie alle schwarze Haare, die sie pomadig frisiert hatten. An ihren Fingern blitzten Goldringe und einer, der sehr groß war, einen Spitzbauch hatte und mich mit abschätzenden, überheblichen Blicken durch eine dicke Hornbrille musterte, sagte in perfektem Deutsch: »Herr Kollege Bräutigam, ich gratuliere. Wir glaubten schon an eine Entlobung.«

Sprachlos sah ich zu, wie er das Billardqueue auf den Boden setzte und sich seine große Hand wie ein Greifer meiner näherte.

Ich ließ es zu, dass er sie schüttelte, wehrte mich auch nicht, als er mir die Tasche abnahm und sich die übrigen Männer wie Geier um ihn scharten.

Das bisschen Wäsche, was die Tasche enthielt, schleuderte er auf den Boden, und als er das Geschenk fand, brach Jubel aus.

Mich ließ das kalt. Ich begriff, dass man mich hereingelegt hatte, glaubte aber immer noch an eine Chance, nicht nur zu überleben, sondern auch Inga irgendwie helfen und finden zu können.

Ich sah zu, wie sie die Tasche zerschnitten und kleine Leinenplättchen aus versteckten Ecken zogen, die sie auf dem Billardtisch bündelten.

Ich sammelte meine Kräfte, stemmte mich gegen den aufkeimenden Unmut und war bemüht, meine Gesichtszüge unter Kontrolle zu halten. Natürlich war des Rätsels Antwort gefunden.

Rauschgift!

Die Gangster hatten mich mit Freiflug und Geld ausgestattet und mich motiviert, meine Tochter zu finden. Ich war zu ihrem Kurier geworden. Der harmlose Oberstudienrat musste vor Zollbeamten nicht schauspielern, nein, selbstbewusst spielte er seine wirkliche Rolle.

Ich war sicher, dass es in der Tat einen entsprechenden Kongress in dieser Stadt gab. Ich war der Bräutigam und dieser widerliche arrogante Kerl mit dem vollen, glatt gekämmten Haar und der Hornbrille war also die Braut.

Ich nahm mir vor, nicht nach Inga zu fragen, sondern einfach wie ein mitspielender Bote zu reagieren.

Irgendeine Lösung musste so oder anders am Ende auf mich warten.

Das halb nackte Mädchen erschien, nahm Sektflaschen vom Tablett und stellte sie auf die Tische, die wie vergessen an den Wänden im Halbdunkel standen. Dann holte sie die Gläser und verschwand.

In mir regte sich die Angst, Zeuge einer verwerflichen Sexfete zu werden, in der Inga ihren Bräutigam finden könnte. Ich hörte das Knallen der Korken und sah zu, wie das schäumende Getränk in die Gläser floss. Der große, abstoßende Kerl reichte mir ein Glas an.

»Trink, Kamerad!«, forderte er mich auf. Sie stießen ihre

Gläser aneinander, prosteten mir zu, und ich trank das Glas in einem Zug leer. Ich war fertig und halb verdurstet. Der Sekt perlte in meinen Magen. Ich lachte, spielte den fröhlichen Helden, denn ihre Hochachtung galt mir.

Erst als ich wie sie aus der Flasche trank, wie ein Kumpel die vielen Berührungen ihrer Hände auf meiner Schulter ertrug, schritt ich an den Pooltisch, versuchte mit einem dieser Queues die Kugeln in die Löcher zu befördern, was mir nicht gelang. Dabei verriet mir ihr Gegröle, dass ich zwei Hände voller Freunde hatte.

Ich deutete an, dass ich mich zurückziehen wollte, um zu schlafen.

Nicht alle sprachen sie Deutsch oder Holländisch. War es Französisch oder Griechisch?

Der Chef nahm mich beiseite, führte mich in eine Ecke und entnahm einem Tresor Geldpakete. Sie stapelten sich zu einem Gebirge an.

»Dreißigtausend für dich. Hunderttausend für den Vater des Bräutigams als Anzahlung«, sagte er.

So viel Geld hatte ich noch nie im Leben gesehen. Es waren amerikanische Dollars. Einer, der fremdländisch aussah, reichte mir eine Sporttasche, auf der sich das Emblem einer berühmten Firma befand.

Ohne mit der Wimper zu zucken, verstaute ich wie selbstverständlich das Geld. Es war mir zugeflogen, und ich hatte keinen blassen Schimmer, wo ich meinen Schatz deponieren konnte.

Mir fiel ein, dass sich das Haus *Uplemur* mitten im Nuttenviertel befand und ich in wenigen Minuten ein toter Mann sein konnte, falls ich das Hotel verlassen würde.

Andererseits benahm ich mich unter meinen neuen Freunden wie einer, der die Spielregeln kannte und keine Fragen stellen durfte.

Die Billardspieler drückten mir die Hand, griffen nach ihren

Flaschen und feierten weiter, während das Mädchen erschien, als habe man es gerufen. Es führte mich aus dem Saal über den langen Flur, dann die Treppe hinauf. Wir gelangten auf einen Korridor mit vielen Zimmern. Ich las noch die Nummer, es war die Zwölf, als sie die Tür eines Zimmers öffnete und nach innen wies.

Ein sauberes Bett, Tisch, Sessel und ein Stuhl.

Werden sie mich diese Nacht hier abschlachten, um mein Spielgeld zurückzuholen?, fragte ich mich voller Sorgen und sah, wie das Mädchen das Fischerröckchen wie eine Stripteasetänzerin ablegte.

Sie war nackt. Ihr dunkles Schamhaar lag wie eine schwarze Hölle vor meinen Augen.

Sollte ich die Kleider von mir werfen, gestärkt vom perlenden Sekt vernaschen, was das Schicksal mir bot, um zu vergessen, was morgen sein könnte?

Schon begann die Lust in mir die Oberhand zu gewinnen. Ihre zierlichen Schritte, ihre Griffe in das Haar mit vorgestrecktem Busen hatten bereits die Partie entschieden, als mir eiskalt die Frage durch den Kopf schoss, ob Inga hier im Hause *Uplemur*, vielleicht einige Türen weiter, sich ähnlichen Aufgaben hingeben würde.

Entschlossen und heftig atmend griff ich in die Sporttasche, entnahm dem Geldstapel einen Schein, reichte ihn dem Mädchen und sagte freundlich: »Ein andermal, ich bin müde.«

Es zeigte keine große Enttäuschung. Das Geld war es, denn dass sie mich aus Liebe ins Bett zerren wollte, konnte ich mir mit meinen fünfzig Jahren abschminken.

Sie verließ nicht ohne verführerische Blicke mein Zimmer, das ich sofort hinter ihr verriegelte.

Erst jetzt fühlte ich meine Erschöpfung. Was für ein Tag, stöhnte ich, zog mir die Schuhe aus und wollte nicht mehr nachdenken.

Was auch noch geschehen würde, so sprach ich vor mich hin, das musste Gott genehmigen, auf den ich all meine Hoffnungen setzte. Sollte es mein Schicksal sein, dann lag ich eben morgen mit durchschnittener Kehle im Bett und befand mich bei Anke in der anderen, besseren Welt.

Ich ließ mich einfach fallen und schlief ein, während die Sporttasche mit einem Vermögen vor meinem Bett stand.

Das helle Sonnenlicht und der Straßenlärm weckten mich. An Träume erinnerte ich mich nicht, doch mein Kopf war schwer und meine Gedanken rangen, um die Ereignisse des gestrigen Tages zu rekonstruieren.

Erfreut darüber, dass ich noch lebte, erhob ich mich und schritt ans Fenster.

Das konnte doch nicht wahr sein, dachte ich, als ich auf ein Wasser blickte, Kähne und Schiffe ausmachte, die friedlich vor einer zauberhaften Stadtkulisse dahinzogen.

In den Taschen meiner Lederjacke fehlte nichts und auch meine Brieftasche enthielt noch meinen Pass, ebenso das Geld.

Für Sekunden starrte ich auf die Sporttasche, öffnete sie und erschrak. Das Dollarpaket hatte niemand berührt. Mir fiel ein, dass nur eine Note fehlte, mit der ich eine Schöne beglückt hatte, die mir ihre Liebe verkaufen wollte.

Ich schritt an den Spiegel, betrachtete mein verkatertes Gesicht und grinste. Alter Bock, Sprungkraft genug hättest du noch gehabt!

Doch als ich an Inga dachte, vergaß ich schnell den nackten, aufreizenden Körper der jungen Frau.

Mein Mund war belegt, mein Atem trug die Gerüche von Nikotin und Alkohol. Ich gurgelte mit klarem Wasser und ließ meine Hand über die grauen Stoppeln meiner Barthaare streichen. Mein Rasierapparat war ein Opfer der Siegesfeier geworden. Ich nahm mir vor, mir einen neuen zu besorgen, denn bei dem Reichtum in meiner Tasche hätte ich mir einen Friseur bestellen können.

Doch nun stiegen die ersten Zweifel in mir hoch. Was sollte ich mit dem Geld anfangen?

Noch hatte ich keine Hinweise über weitere Aufgaben. Mir kam der Gedanke, mich aus dem Hotel zu stehlen, um mich der Amsterdamer Polizei anzuvertrauen. Aber würden sie mir glauben?

Sicher, sie konnten den Dollarschatz beschlagnahmen. Meine reine Weste war unbeschmutzt. Mein Direktor konnte telefonisch befragt werden, denn schließlich befand ich mich in einem befreundeten Land.

Aber was würde aus Inga? Welche Aussagen bekämen die recherchierenden Beamten von dem barbusigen Engel im Berliner *Dallas Palace*?

Würden meine Billardfreunde noch aufzutreiben sein? Und das Mädchen der Nacht, was würde sie, in den Banden einer Organisation steckend, antworten, wenn ein Kommissar ihr zu Leibe rückte?

Ein durchgedrehter Pauker aus Westdeutschland, eine neue Version des Professors Unrat, der sich mit dreitausend Euro, abgehoben bei der Berliner Industrie- und Handelsbank, in die aufreizende, moderne Welt des Sexes begeben hat. Und erst recht meine Unterschrift auf einem Blankopapier pfiffiger Rauschgifthändler.

Ich entschloss mich, weiter mitzuspielen. Doch wie ging es weiter?

Ich griff nach meinen Schuhen, spuckte Hustenschleim ins Waschbecken und drückte die Zigarette im Aschenbecher aus.

Ich setzte mich auf die Bettkante und tauchte den linken Fuß in den ausgelatschten Schuh, spürte aber einen Widerstand.

Überrascht führte ich meine Hand zu dem Hindernis, und ich fand ein gefaltetes Blatt.

Mich interessierte nicht, wie die Absender es mir bei verschlossener Tür, während ich geschlafen hatte, zugesteckt haben konnten. Im Gegenteil, ich zitterte und erwartete eine geheime Botschaft meiner Tochter.

Ich hielt das Blatt so, dass das Licht der Sonne auf die Seiten fiel, und las mit aufgepeitschten Nerven:

Verlassen Sie das Zimmer, ohne auch nur das Geringste Ihres Gepäcks mit in den Frühstücksraum zu nehmen. Für die Sicherheit des Geldes ist gesorgt. Es wäre sinnlos, das Hotel fluchtartig zu verlassen, denn Sie kämen nicht weit.

Wollen Sie Ihre Tochter wiedersehen, dann verhalten Sie sich ruhig. Sie werden hervorragend frühstücken, können sich ohne Sorgen für einige Stunden in Amsterdam umsehen, falls Sie sich nicht töricht verhalten.

Betreten Sie Ihr Zimmer im Hotel Uplemur erst wieder um 15 Uhr! Für neugierige Fragen hätte niemand in diesem Hause Verständnis!

Falls Ihre pessimistischen Gedanken die Oberhand gewinnen sollten, Sie sich mit einem Sprung unter eine Straßenbahn oder in die Amstel von dieser Welt verabschieden wollen, lassen Sie Ihre Tochter im Elend zurück, die auf Ihre Energie vertraut. Es ist nicht notwendig, aber falls Sie uns misstrauen und sich vom Leben Ihrer Tochter überzeugen wollen, vielleicht auch mit ihr einen Blick austauschen wollen, dann begeben Sie sich um 12 Uhr auf den Platz vor der St.-Antonius-Kirche, in der Nähe der Leidse-Gracht, Kerkstraat, Ecke Jan Veererstraat. Dort kaufen Sie in einem der vielen Läden Taubenfutter. Vor dem Brunnen füttern Sie die Tauben. Ein Ausländer, der Ihre Sprache nicht versteht, wird Sie dort mit einem Taxi abholen. Um 15 Uhr finden Sie weitere Order in Ihrem Hotelzimmer vor. Finanzielle Schwierigkeiten haben Sie nicht zu befürchten.

Der Brief trug keine Unterschrift, sondern nur den angedeuteten Kopf eines Seehundes, wie ich feststellte.

Ich lehnte mich zurück. Einerseits war ich froh, dass mir klare Anweisungen gegeben wurden, andererseits bedrückte mich der Zwang, dem ich mich nicht entziehen konnte. Es war sinnlos, mich anders zu verhalten.

Ich trieb wie ein Floß auf dem Ozean, den zufälligen Stürmen überlassen, und hoffte, dass die Windrichtung stimmte, die mich an eine rettende Küste trieb.

Mein Selbstvertrauen wuchs. Zumindest konnte ich Inga heute sehen, mich davon überzeugen, dass sie noch lebte.

Das Frühstückszimmer war sauber, ja fast gemütlich. Ich wunderte mich darüber, dass einige Hotelgäste älter waren als ich und ihre Kleidung auf ausländische Touristen schließen ließ.

Noch größer war meine Überraschung, als mich das Mädchen, das mir in der Nacht zur Versuchung geworden war, freundlich anschaute, auf meine Entscheidung wartete, ob ich Kaffee oder Tee trinken möchte und ein Ei zum Frühstück wünschte. Die junge Frau trug ein langes Bedienungskleid, und ich konnte es nicht fassen, dass das, was sich jetzt unter ihrer weißen Tracht wölbte, mir vor wenigen Stunden zum Greifen nahe gewesen war. So appetitlich gekleidet wirkte sie anziehender auf mich.

Das Mädchen servierte mir den Kaffee, sprach nur mit ihren Augen, und ich entnahm ihnen eine gewisse Dankbarkeit.

Sicher fehlte eine Dollarnote bei der Abrechnung, aber niemand hatte mich als Bilanzbuchhalter eingestellt.

Das Frühstück mit Käse, Schinken, Wurst und Nugatcreme, Brötchen und Toast war hervorragend. Der schwarze Kaffee möbelte mich auf.

Niemand hinderte mich, als ich das Hotel verließ.

Die Sonne traf mich voll, als ich auf die Straße trat. Sie spiegelte sich in den Scheiben, hinter denen am Abend die Nutten gesessen hatten.

Doch als ich an ihnen vorbeischritt, neugierig, vielleicht auch gierig den Blick auf sie warf, wirkten sie öde und verwaist.

Die Menschen, die entlang der Gracht spazierten, wirkten bürgerlich, niemand lechzte nach sexuellem Ausleben.

Dieses Gesicht der Stadt sagte mir mehr zu. Friedlich, als hätte der Morgen die Menschen der Nacht ausgetauscht, flanierten Touristen mit umgehängten Kameras an den Häusern entlang.

Selbst die Punker passten in das Stadtpanorama und wirkten wie ein ulkiger Streich bürgerlicher Ironie.

In das Treiben, in dem ich mich befand, fielen die Schläge einer Kirchenuhr.

An einem Kiosk kaufte ich mir Zigaretten und einen Stadtplan. Ich ließ mir von dem freundlichen Mann die Antoniuskirche einzeichnen und erfuhr von ihm zu meiner Beruhigung, dass ich zu Fuß ohne Schwierigkeiten um zwölf Uhr dort sein konnte.

Ich bummelte an Geschäften vorbei. Aber wo ich mich auch befand, nie war ich allein. Tausende von Menschen begleiteten mich an Straßencafés vorbei, an Boutiquen, Buchhandlungen, Antiquitätenläden und Kaufhäusern.

Hin und wieder blieb ich stehen, beobachtete mein Umfeld, ohne einen Beschatter ausfindig zu machen. Dennoch wusste ich, dass mir jemand folgte.

Mein Weg zur Kirche des heiligen Antonius führte mitten durch die belebte Innenstadt. Mich interessierten die zoologischen Läden. Sie lagen in wenigen Abständen voneinander, als hätten sie sich hier abgesprochen.

Doch das musste sich anders verhalten, denn nie in meinem Leben hatte ich solche Geschäfte je wahrgenommen. Erst mein Auftrag hatte mein Auge für sie geschärft.

Einen Laden, der mir besonders gefiel, weil ein Affe mit blitzenden Augen und lustigen Sprüngen meine nie vorhandene Tierliebe ansprach, betrat ich.

Ich kaufte Taubenfutter und näherte mich unter einer heißen Junisonne der Stätte des heiligen Antonius, des Schutzpatrons aller Suchenden, zu dem ich schon als Kind hatte beten müssen.

Auf dem Kerkplein bildeten Straßenbahnschienen ein Kreuz. Autos standen auf dem Pflaster zwischen vorgezeichneten Parkstreifen.

Um die mit roten Backsteinen erbaute Kathedrale des heiligen Antonius, die stuckumrandete Glasfenster trug, hatten internationale Banken und Versicherungen ihre Niederlassungen mit zum Teil modernen Fassaden errichtet und sich nicht gescheut, selbst den schlanken Kirchturm an Höhe zu überflügeln.

Schmiedeeiserne Gitter umspannten wie ein Gürtel blühende Sträucher und spitze Tannen. Ein Plattenweg führte durch eine kleine Pforte seitlich zum Eingang.

Mitten auf dem Platz stand ein Brunnen. Fische mit geschwungenen Körpern, die grüne Patina zierten, spuckten Wasserfontänen aus ihren geöffneten Mäulern. Plätschernd fanden die Wasserstrahlen ihren Weg in ein rundes Becken.

Auf nostalgischen Eisenbänken mit geschwungenen Lehnen und Füßen saßen Alte in der Sonne und schauten gurrenden Tauben zu, ohne den Lärm der sich kreuzenden Straßen als störend zu empfinden. Auf den Bürgersteigen schoben sich die Menschen an Geschäften entlang.

Ich setzte mich zu den grauen Leuten und entnahm dem Zeigerstand der Uhr von St. Antonius, dass ich noch etwas Zeit hatte, die Tauben zu füttern.

Der Taxistand lag in meinem Blickfeld. Mehrere Wagen warteten mit geöffneten Türen auf Fahrgäste. Einer der gelangweilten Fahrer sah zu mir herüber. Die Minuten wurden zu Stunden.

Die Glockenschläge der Turmuhr elektrisierten mich, die dumpfen Töne trafen meinen Magen.

Ich sprang auf, holte das Taubenfutter aus meiner Tasche und warf die Körner schwungvoll den stolz daherschreitenden Tauben zu.

Vom Taxistand löste sich ein Mann. Das weiße Sommerhemd ließ seine Hautfarbe noch dunkler erscheinen. Ein Schnurrbart beherrschte das knochige Gesicht. Seine Heimat konnte Griechenland, vielleicht auch die Türkei sein, jedenfalls war er kein Holländer.

Er blieb stehen, schaute den Tauben zu, die das Futter mit eleganten Bewegungen und nickenden Köpfen aufpickten.

Als ich an ihm vorbeischritt und die leere Plastiktüte in einen Abfalleimer warf, sah ich, dass sein muskulöser Arm tätowiert war. Er folgte mir und sagte nur: »Mister.«

Ich nickte und ging neben ihm her zu seinem Audi A 6, den er so geparkt hatte, dass er seine wartenden Kollegen nicht behinderte.

Ich stieg ein, zog den Stadtplan aus meiner Jacke und breitete ihn auf meinen Oberschenkeln aus.

Der Fahrer fädelte sich in den fließenden Verkehr ein. Nieuwe Spiegelstraat, las ich, um den Weg durch die City zu verfolgen. Er schaute mich kurz an. In seinen Augen lag eine mich beeindruckende Wildheit.

»No map!«, stieß er verärgert hervor und drosch den Wagen durch den Verkehr, dass mir angst und bange wurde.

Ich faltete die Karte zusammen und konzentrierte mich auf herausragende Gebäude, Hochhäuser, Türme und Kaufhäuser, um später, falls es notwendig werden sollte, den Weg rekonstruieren zu können.

Das hatte der Taxifahrer ebenfalls begriffen, denn es kam mir so vor, als stierte ich gelegentlich auf Fassaden und Plätze, die ich bereits in meine Erinnerungen eingegliedert hatte.

Doch dann vereitelte eine eintönige Wohngegend mit gleichartigen Straßen und Häusern meine Absicht. Vielleicht befuhr der Mann ununterbrochen Parallelstraßen, um mich zu verwirren.

Erst danach sah ich brachliegendes Grünland mit Unrat. Hässliche Häuser und tote Vorgärten ließen wir hinter uns. Schrebergärten zeigten an, dass wir uns an der Peripherie von Amsterdam befanden. Weit ragten die Wohnsilos einer Trabantenstadt in den blauen Himmel.

Eine Autostraße lag zwischen uns, und ich beobachtete, wie die Autos in beide Richtungen mit hohen Geschwindigkeiten rasten.

Ich verspürte Angst. Mir kam der Gedanke, der Mann könnte mich über den schmalen Asphaltweg zu einem Autofriedhof oder an einen einsamen Baggersee fahren, um mich dort zu liquidieren. Ich besaß keine Waffe, hätte auch mit Pistolen und Revolvern nicht umgehen können.

Ein grüner Wall behinderte meine Sicht, und nervös wartete ich auf das Ziel des Audi A6.

Doch dann sah ich vor mir eine Ansammlung von Wohnwagen und Reisemobilen. So, als hätte sich dort ein Sintivolk niedergelassen.

Der Fahrer steuerte den Wagen direkt auf die Ansiedlung von Räderheimen zu.

Erst jetzt bemerkte ich, dass die fahrbaren Wohnheime so seitlich von unserer Straße abgestellt waren, dass für Besucher genügend Parkfläche blieb.

Teure Konstruktionen, aber hin und wieder auch bunte Pfingstautos junger Leute wirkten eilig abgestellt.

Mich traf es wie ein Schlag, als ich sah, dass hinter den Lenkrädern nackte Mädchen saßen, die uns aufmunternd zuwinkten.

Mir fiel auf, dass die Fenster der Wohnmobile mit Tüchern oder Plastikjalousien behängt waren. Zahlende Gäste waren die Besucher, folgerte ich, und mir wurde bewusst, dass ich mich mitten in einem Puff auf Rädern befand.

Der Fahrer fuhr langsamer. Er nahm seine Linke vom Lenkrad, griff in die Hosentasche, zog eine Pistole heraus, die er mit an den Bauch gewinkeltem Arm auf mich richtete.

Im Spiegel beobachtete ich seine wilden Augen.

»No stop!«, sagte er entschlossen.

Ich hatte begriffen und überwand meinen Ekel. Hastig suchte ich mit meinen Blicken die Wagen ab und entdeckte Inga, meine Tochter, die mit entblößten Brüsten am Steuer eines VW Globetrotter saß und unserem Taxi entgegenwinkte, ohne mich, so schien es mir, erkannt zu haben.

Ich sackte vor Enttäuschung auf meinem Sitz zusammen, unfähig zu sprechen. Selbst wenn ich eine Flucht geplant hätte, meine Arme und Beine hätten mir den Dienst versagt.

Der Taxifahrer steckte die Pistole wieder ein.

»Good, Sir«, sagte er, ließ den Wagen weiterrollen, wendete dann und fuhr zurück.

Ich stierte auf die Wohnmobile, dann sah ich Inga erneut. Sie lächelte mich an, hob ihre Hand und bildete das V-Zeichen mit ihren Fingern, als riefe sie mir Victory zu.

Das musste ich verdauen. Hatte sie mich erkannt? Oder wollte sie den eigenen Vater in ihr sündiges Nest locken? Das gab mir zu denken.

Inga war kein dummes Ding vom Lande. Sie war superintelligent, und ich begriff, dass sie eingeweiht worden war in die mir unerklärlichen Verstrickungen und sie mir Zeichen zu ihrem, ja vielleicht zu unserem Sieg gezeigt hatte.

Es konnte nicht umsonst sein, dass ich geduldig die mir aufgezwungene Rolle spielte. Neue Kräfte stiegen in mir auf, vertrieben meine Ängste und auch das Sodbrennen, das meinen Magen quälte.

Der Taxifahrer ließ seinen Audi A 6 noch über Umwege rollen, wie mir schien, doch schon lange hatte ich das Interesse an seinem Versteckspiel verloren.

Entspannt nahm ich die Rundfahrt hin, die ich nicht bezahlen musste.

Mitten in der City, es war am Rembrandtplein, setzte er mich vor einem Taxistand ab. Grußlos fuhr er davon.

Ein Straßencafé bot sich mit Korbstühlen und blumenreicher Umrandung mit dem Blick auf den Großstadtverkehr an. Die Baldachine waren herabgelassen. Seitlich lag eine kleine Grünanlage. Ich zog es vor, mich ins Innere zurückzuziehen, um im schattigen, mit Teppichen belegten Raum an einem Tisch zu sitzen.

Beim Ober bestellte ich einen Kaffee, den ich dann mit viel Milch und Zucker wie Nektar genoss.

Ich musste mich gedanklich auf einen neuen Einsatz vorbereiten. Meine Siegesprämie befand sich nackt in einem Wohnmobil, das auf dem Gelände des Puffs auf Rädern geilen Männern über viele Zufahrtsstraßen einen Genuss ohne Verlust ihrer Anonymität bescherte.

Rätsel hin, Rätsel her, Inga lebte noch, zwar gefährlich, wie mir schien, und nicht seriös. Sie wartete in der Tat auf ihre Befreiung, und ich nahm mir vor, konsequent den Weg weiterzugehen, selbst wenn ich weiter ins kriminelle Milieu absteigen musste.

Noch hatte ich etwas Zeit, denn um fünfzehn Uhr erwartete mich, wie auch immer, eine neue Überraschung.

Kapitel 4

Als ich das Café verließ und die Amstelstraat überquerte, zogen kleine Wattewolken über Amsterdam auf. Ein dünner Wind nahm die schwüle Hitze mit.

Der Taxifahrer grinste, als ich ihm das Hotel *Uplemur* als das Ziel meiner Reise nannte.

»Meisjes?«, fragte er und gab sich mit einem Nicken zufrieden.

Ich gewann Freude an der erneuten Stadtrundfahrt, blickte auf die Uhr und wusste, dass ich pünktlich sein würde.

Ingas Abstieg in den Sumpf sollte mich vorerst nicht kratzen. Meine Vorstellungen von Moral begannen sich zu ändern. In der kurzen Zeit meiner Anstrengungen, sie ausfindig zu machen und mit ihr zu reden, hatten sich meine Wertvorstellungen total gewandelt.

In einer Welt, in der Erfolge nur an immensen Geldsummen und teuren Statussymbolen gemessen wurden, hatten die Mittel zum Wohlstand und Glück nur noch für Neider Geltung.

Der pausbäckige Fahrer wunderte sich, als ich ihn ortskundig in die schmale Gasse dirigierte, ihn bezahlte und ihm großzügig das Wechselgeld überließ.

»Viel Pläsier«, rief er mir zu und fuhr davon.

Ich wusste nicht, ob es dieselben Menschen waren, die sich Abwechslung beim Bummel über die Kanterstraat erhofften, oder ob es andere waren, die das heute suchten, was die anderen gestern hier gefunden hatten.

Ich winkte den Schönen hinter den Scheiben zu, die ihre Nachmittagsschicht begannen.

Im Hotel saß wieder der starke, tätowierte Mann mit den flatternden Augen. Wortlos reichte er mir den Schlüssel, und ich spürte seinen Blick auf meinem Rücken.

Meine Hand zitterte leicht, als ich mein Zimmer aufschloss. Die Fenster waren offen, die Vorhänge flatterten in der Zugluft. Das Bett war exakt hergerichtet. Meine Reisetasche fehlte, doch dafür stand eine andere auf dem kleinen runden Tisch. Auch die Sporttasche mit dem Dollarreichtum befand sich nicht mehr in meinem Zimmer.

Vorsichtig legte ich die Hand auf die elegante Nylontasche. Sie war groß genug, um mit Gepäck für eine mehrtägige Reise gefüllt zu werden.

Ich hatte Inga gesehen und die Angst vor einer versteckten Bombe verloren.

Das Siegeszeichen ihrer Finger und ihr Blick fielen mir ein, und mit einem Ruck zog ich den Reißverschluss auf.

Zwei neue Oberhemden, eines weiß, das andere mit dezentem Karomuster, lagen obenauf. Sie waren unverpackt und ohne Nadelbestückung. Auch der gelbe V-Ausschnitt-Pullover war neu. Es folgten eine leichte Sommerhose, frische Unterwäsche und ein neues Reisenecessaire mit Rasierapparat.

Für einen Moment hielt ich inne, dachte an Anke, meine verstorbene Frau, die mir diese Tasche nicht gepackt hatte, aber genauso versorgt hatte sie mich früher entlassen, wenn ich zu einer Lehrerfortbildung für wenige Tage fuhr. Doch jetzt wollte ich nicht weich werden. Ich bemühte mich um den weiteren Inhalt der Bongotasche.

In einer versteckt liegenden Seitenabtrennung fand ich eine Brieftasche. Ich öffnete sie und spürte, wie mir der Schweiß ausbrach.

In meiner Hand lag eine Flugkarte erster Klasse nach Istanbul. Erneut schaute ich ungläubig hin, doch es gab keinen Zweifel. Amsterdam-Istanbul und dieses Mal mit Rückflug.

Hastig griff ich in die Seitenfächer. Sie enthielten Dollarscheine und türkische Lira in höheren Werten. Erst danach bemerkte ich das Faltblatt.

Eine Seite enthielt einen Informationstext in deutscher Sprache, die andere konnte Türkisch sein. Ich schaute auf die bunte Aufnahme einer Moschee, die ihre Minarette wie große Zeigefinger in einen blassen Himmel hielt. Der Untertitel lautete: Blaue Moschee Istanbul.

Das andere Foto hatte einen modernen eckigen Marmorbau mit Säulen, dessen Wände Fresken zierten, abgelichtet. Ich las: Atatürk, Ankara.

»Sie können mich doch nicht rund um die Welt jagen«, stöhnte ich ergeben, denn innerlich hatte ich mich schon bereit erklärt, den neuen Auftrag anzunehmen.

Ich setzte mich auf die Bettkante, langte nach der Lesebrille, denn der Text war klein gedruckt, und las:

Sie werden herzlich willkommen geheißen in der Türkei zum türkisch-deutschen Philologentreffen!

Beim Besuch unseres Außenministers im Frühjahr 2009 wurden die Grundlagen eines notwendigen Gedankenaustausches deutscher Lehrer mit Kollegen unserer Gymnasien festgelegt.

Türkische Schüler haben keine großen Chancen, im deutschen Bildungssystem den Weg zu den Universitäten zu finden. Andererseits haben wir den Eindruck gewonnen, dass deutsche Lehrer unsere Bildungsstufeneinheiten und deren Inhalte überhaupt nicht kennen. Unsere Veranstaltung soll Neuland betreten.

Leider musste die Teilnehmerzahl beschränkt bleiben, und nicht alle Meldungen konnten Berücksichtigung finden.

Sie gehören zu denen, die zu uns kommen können.

Wir wünschen Ihnen eine gute Reise und freuen uns mit unserem Land auf Ihren Besuch.

Ich legte den Prospekt auf das Bett. In meiner Heimatstadt Norden gab es zwar auch Ausländer, aber nicht sehr viele. In meinen Klassen befanden sich sehr wenige Türkenkinder, und nur ein Junge hatte im vergangenen Jahr in meinen Fächern am Abitur teilgenommen.

Das Schreiben war sicher echt, nur stand mir der Platz nicht zu. Gut, sagte ich entschlossen, fahre ich zu meinem zweiten Kongress!

Ich suchte die Brieftasche ab, fand aber keine weiteren Hinweise.

Dieses Mal kein Verlobungsgeschenk?, fragte ich mich misstrauisch. Ich studierte die Reisetasche von einem Instinkt getrieben. Unter der dicken Stabilitätseinlage fand ich eine kleine eingesetzte Tasche.

Meine Finger betasteten den Inhalt. Es konnte eine Karte sein, die dort von jemandem deponiert worden war, der wusste, dass ich begriffen hatte.

Bemüht, sie nicht zu knicken, gelang es mir, sie hervorzuholen.

Überrascht schaute ich auf ein Foto meiner Tochter. Ich war gerührt, doch mir kamen keine Tränen. Auf der Rückseite entdeckte ich ihre Schriftzüge.

»Papa, vielleicht am Bosporus! Sofort vernichten!«, las ich, und erst jetzt spürte ich, wie mir eine innere Wallung das Blut ins Gesicht trieb.

Gab es neben meinen Auftraggebern noch eine geheime Gegentruppe?

Jedenfalls musste ich meinen Auftrag mit aller Ernsthaftigkeit erfüllen, und ich konnte aus Ingas Hinweis schließen, dass auch sie Amsterdam verließ oder verlassen musste.

Ich nahm das Foto, zog mein Feuerzeug aus der Tasche und verbrannte das Bild über dem Aschenbecher. Die Rückstände drückte ich unter dem Strahl des Wasserhahns platt und beobachtete, wie die schwarzen Rußteilchen gurgelnd verschwanden.

Erleichtert packte ich alles wieder in die Tasche, studierte noch einmal das Flugticket und stellte fest, dass ich in wenigen Minuten ein Taxi erwarten durfte.

Es juckte mir in den Fingern, als ich an der Telefonzelle vor der Rezeption vorbeischritt, den Telefonhörer in die Hand zu nehmen und meinen Chef anzurufen, um ihm mitzuteilen, dass ich ein Ausgewählter war, der am deutsch-türkischen Pädagogentreffen sein Gymnasium mit dem nötigen Ernst vertreten würde.

Ich musste schrecklich lachen, denn ich sah sein dummes Gesicht vor mir, mit dem er alle Hürden bis zur Spitze genommen hatte.

Er, der seinen Urlaub auf Borkum verbrachte, für den Oldenburg schon zum Ausland zählte, würde meinen Witz nicht verstehen, erst recht nicht die Situation, die jenseits seiner Vorstellungen lag.

Mir kam der Mann entgegen, der mich von den Tauben vor dem Hause des heiligen Antonius weggeholt und zu diesem Puff auf Rädern gebracht hatte.

»Good, Mister«, sagte er mit ernstem Blick, als gäbe es nichts einzuwenden und sein Dienst wäre eine Gefälligkeit mir gegenüber, den er hinter sich bringen wollte.

Ich trug die Tasche selbst, folgte ihm über die Kanterstraat in die kleine Gasse, warf Blicke auf die vollen Brüste und langen Beine einer Schwarzen und ließ meinen sündigen Gedanken freien Lauf.

Ich atmete noch einmal tief durch, als ich in seinen Wagen stieg. Den Uringeruch der Gasse nahm ich mit als Andenken an unerfüllte Träume.

Dieses Mal wählte der schweigsame Mann den direkten Weg. Ich lehnte mich in die Polstersitze, während er zum Flughafen fuhr.

Ich fand, dass man trickreich mit mir verfuhr. Mein Pass stimmte. Ich war Oberstudienrat, und sowohl die Holländer als auch die Türken rochen sofort nach dem Aufschlagen des Passes und einem Blick auf mein Gesicht und Gehabe, dass ich ein Pauker war, und zudem war ich bestückt mit beweisenden Dokumenten.

Das war nicht schlecht!

Ich nickte ein, denn das Brummen des Motors hatte mich schläfrig gemacht. Hinzu kam, dass ich bewusst auf Schonung meiner Kräfte umgeschaltet hatte, da niemand mir gesagt hatte, was mich in Istanbul erwartete.

»Mister, wir sind da!«, rief der Fahrer. Seine Stimme riss mich aus meinen Träumen.

Er parkte das Taxi, und als müsse er sich überzeugen, dass ich keinen Schlenker zur Polizei unternehmen würde, begleitete er mich zum Flugschalter, wartete geduldig, bis die Stewardessen mir die Bordkarte ausgehändigt hatten und ich zum Bus schritt, der mich zum Flugzeug fuhr.

Er rief noch etwas hinter mir her, was ich nicht verstand.

Er hatte seinen Auftrag erfüllt. Meiner lag noch vor mir, und ich konnte dessen Dimensionen noch nicht einmal ahnen.

Erst als ich über die Gangway schritt, traf mich ein vernichtender Schreck.

Das durfte und konnte nicht wahr sein!

Unverkennbar! Die Gesprächsbrocken, die gebügelten Anzüge, die frisch geschnittenen Haare, die affigen Bärte, die aufgesetzte Würde der Männer und die Damen in Kostümen, die Geist statt Kurven verrieten.

Ich befand mich mittendrin in einem Schwarm deutscher Lehrer, die sich hochnäsig, mit der ewigen hysterischen Angst der Leistungsgesellschaft, nicht beachtet zu werden, durch den Gang des Jumbos drängelten.

Mir wurde übel, als eine von ihnen mit grauem Zopfhaar,

gewölbter Bluse unter blauem Tuch und dicken Schenkeln neben mir Platz nahm und mich mit grinsendem Altjungferngesicht fragte:

»Von welcher Schule kommen Sie, Herr Kollege?«

»Um das zu vergessen, sitze ich hier«, antwortete ich bissig. Lieber wollte ich mit geschlossenen Augen fliegen, als diesem Weib auch nur eine Chance zu bieten, mich den ganzen Flug über zu nerven.

Ich dachte unentwegt über meine Situation nach. Als scheinbarer Angehöriger der Pädagogengruppe befand ich mich zurzeit in Sicherheit.

Doch wie sollte es in Istanbul weitergehen? Ich stand auf, verließ meinen Sitz, ging langsam zur Toilette und suchte die Gesichter der Reisenden ab, soweit mir das gelingen wollte.

Niemand folgte, um mir einen Brief zuzustecken oder eine Order zuzuflüstern. Für einige Minuten verharrte ich vor dem Spiegel, doch dann suchte ich wieder meinen Sitz auf, bemüht, nicht in ein Gespräch gezogen zu werden.

Die Flugplätze der europäischen Großstädte ähneln sich, haben aber dennoch ihre Eigenheiten.

Dazu zählte nicht nur die Hitze, die uns empfing und uns sofort den Schweiß aus den Poren trieb, obwohl der Himmel bereits den Abend ankündigte.

Die Pass- und Gepäckkontrollen, ohne Hektik, dafür aber von den Uniformierten umso gründlicher durchgeführt, zerrten an meinen Nerven. Überhaupt entdeckte ich mehr Polizisten und Soldaten als anderswo.

Noch befand ich mich als schweigsamer Kollege wie ein Eigenbrötler in der Lehrergruppe, die sich langsam in Bewegung setzte, nachdem die Formalitäten überstanden waren.

Vorsichtig, sichtbar bemüht, sich in dem Gewühle nicht zu

verlieren, schleppten sie die Koffer und betraten die große Halle.

Ich suchte nach einer Möglichkeit, mich abzusetzen, als aus dem Lautsprecher eine akzentfreie deutsche Durchsage erscholl.

»Die deutsche Pädagogengruppe wird gebeten, den Ausgang vier zu benutzen. Dort erwartet sie ein bereitstehender Bus.«

Während die sonore Damenstimme den Text wiederholte, kam Leben in die eingeschüchterte Gruppe.

Ich blieb einige Schritte zurück und steuerte eine Telefonzelle an, die hinter einem Mauervorsprung stand.

Erst als die Lehrerinnen und Lehrer meinen Blicken entschwunden waren, verließ ich das muffige Versteck, betrat die Halle, näherte mich einem Auskunftsschalter und wartete dort, ohne die neugierigen Blicke der Bedienung wahrzunehmen.

Niemand kümmerte sich um mich, und ich spielte mit dem Gedanken, mir auf eigene Faust ein Hotel zu suchen.

Nirgendwo entdeckte ich Typen mit verkniffenen Gesichtern. Keine Ganovenvisage umschlich mich. Hatte man mich vergessen, oder erwartete man von mir den Alleingang?

Ein gut aussehendes Paar, sauber und adrett gekleidet, schlenderte am Schalter entlang. So, als hätten sie auf meine Entscheidung gewartet, näherte sich mir der junge Mann, die Hand seiner dunkelhaarigen Begleiterin haltend.

Ihre Gesichter strahlten mich an, als täte es ihnen gut, mich aus einer hilflosen Situation zu befreien.

»Sie suchen ein Zimmer?«, fragte das hübsche Mädchen.

»Ja«, antwortete ich. »Nur hatte ich angenommen, man würde mich abholen.«

»Sie kommen aus Amsterdam?«, fragte der junge Mann, der wie ein Student aussah.

Ich nickte müde.

»Dort wohnten Sie im Hotel *Uplemur?*«, fragte er.

»Ja«, antwortete ich und hatte begriffen, dass ich den Faden wieder aufgenommen hatte.

»Kommen Sie mit uns. Wir kennen ein hübsches Hotel mit Blick auf die Stadt und die Hagia Sophia«, sagte das schöne Mädchen, und ich sah erst jetzt, wie zierlich und klein sie war.

Sie ließ die Hand ihres Freundes los und hakte sich bei mir ein, als hätte sie einen Onkel vom Flughafen abgeholt.

»Ich habe in Dortmund ein deutsches Gymnasium besucht und mein Begleiter in Aachen eine Fachoberschule für Technik«, sagte sie lachend.

»Und nun verdienen Sie sich Geld als Fremdenführerin?«, fragte ich und wollte herausfinden, welche Rolle diese netten jungen Leute in dem Verwirrspiel um Inga und mich einnahmen. Beide schauten sich überrascht an.

»Es gibt Dinge, die einem zur Aufgabe gemacht werden, weil andere das Sagen haben«, antwortete sie ernst.

Während wir wie alte Freunde dem Ausgang zwei entgegenschritten, studierte ich die bunten, orientalischen Wandgestaltungen und Werbeplakate, deren Beschriftungen ich nicht entziffern konnte.

Das Pärchen besaß einen Mercedes und voller Vertrauen nahm ich auf der hinteren Sitzbank Platz.

Während der langen Fahrt in die Stadt unterhielt mich das Mädchen mit einem Vortrag über Istanbul.

Der Student fuhr konzentriert und schien uns nicht zuzuhören.

Immer, wenn ich versteckt nachhakte, wer ihre Auftraggeber seien, hob das Mädchen die Schultern und fuhr fort, mir über ihre Heimatstadt zu erzählen. Im Moment stand mir allerdings nicht der Sinn danach.

Mehr als ihr Gerede gefielen mir ihre vollen Lippen und ihr langes schwarzes Haar.

Am liebsten hätte ich beide gefragt, ob sie mir eine Pistole besorgen könnten, und ich hätte großzügig meine Spesendollar dafür gegeben, denn sicher hatten mir die Gangster in Amsterdam, mit denen ich Sekt getrunken hatte, keine Vergnügungsreise zukommen lassen wollen.

So nett das Pärchen auch aussah, so liebevoll die Schönheit sich auch um mich kümmerte, mir konnte Gefahr aus allen Ecken drohen.

Ich beobachtete, wie der Student den Wagen über eine hohe Spannbrücke in den dichten Verkehr lenkte, und blickte fasziniert auf die grau-grünen Hügel, vor denen sich Dörfer duckten, während sich ein blaues Meer hinter einer Bucht im Unendlichen zu verlieren schien.

Auf der anderen Seite der Brücke lugten Minarette vor hohen Kuppelbauten in den blassblauen Himmel.

Fasziniert blickte ich auf den Verkehr, der sich vor uns auftat. Eselskarren bildeten Hindernisse, und Autos aus aller Herren Länder suchten hupend und blinkend ihren Weg. Trotz roter Ampeln strömten Menschenschwärme über die Fahrbahnen.

Vor uns saß ein fast in Lumpen gekleideter Mann quer auf seinem Esel und rauchte genüsslich. Es machte ihm und seinem Lasttier nichts aus, dass die Autos ihn hupend umschwirrten.

In einer mit robusten Pflastersteinen bedeckten Straße hielt der Student seinen Mercedes an. Eine gelbe Sandsteinfassade trug eine bläuliche Neonlichtreklame, die ins Halbdunkel schien. Ich erkannte kleine Fenster und eine Tür, zu der einige Stufen führten.

»Ihr Hotel«, sagte der junge Mann, ließ mich aussteigen und fuhr zu meiner Überraschung sofort an, als ich die Tasche aufgenommen hatte.

Ich wollte mich von ihnen verabschieden, doch nur die kleine dunkle Hand des Mädchens winkte aus dem Auto, das an Geschwindigkeit gewann.

Das Haus stand auf einem kleinen Felsen, und ich konnte hinunter in eine abfallende Gasse blicken. In einigen Hundert Metern Entfernung sah ich alte Menschen in dunklen Garderoben, die den Weg abwärts schritten.

Ich stieg die Stufen hoch, öffnete die Glastür und schaute mich um. Die Empfangshalle war sauber und kühl. Dürftige Palmen wuchsen aus Kübeln, der Steinfußboden war geschrubbt. Auf einer Tür las ich von Messingbuchstaben: Rezeption.

Niemand beobachtete mich. Ich vernahm nur meine Schritte.

Ich klopfte an die Tür, öffnete sie und blickte in ein sauberes Büro. Ein kleiner Tresen teilte den Raum und deutete die Sperrgrenze für mich an.

Vor der roten Fahne mit dem weißen Halbmond saß ein Mann auf einem Stuhl, der träge Belege zu ordnen schien. Er war korpulent und hatte einen Ventilator so gestellt, dass kühlende Luft sein blasses Gesicht bestrich. Er trug eine dunkelblaue Hose und ein offenes weißes Hemd. Sein Gesicht war fett und dennoch gutmütig. Nur wenige schwarze Haare bedeckten seinen Schädel.

»Doktor Udendorf, Klaus Udendorf«, sagte ich. »Für mich ist ein Zimmer bestellt worden.« Ich zog die Brieftasche hervor und legte meinen Reisepass auf den Tresen.

»Yes, I understand«, antwortete er, erhob sich, legte mir das übliche Anmeldeformular vor und wies auf einen Kugelschreiber, der an einer Werbeattrappe hing.

Mein Englisch reichte aus, die Fragen zu beantworten, und als Grund meines Aufenthaltes gab ich Studienzwecke an, womit ich sicher nicht gelogen hatte.

Der Hotelier studierte meinen Pass und nickte: »Room thirty-four.« Er griff unter den Tresen, reichte mir den Schlüssel und fügte einen prallen Briefumschlag bei, der meinen Kreislauf in Wallung brachte.

»For you! Floor three.«

Das Kuvert brannte in meiner Hand, dennoch überfiel mich eine Müdigkeit, als ich die Treppen nahm, ohne nach einem Aufzug zu suchen.

Auch die Etage, auf der mein Zimmer lag, verriet kein Leben. Überall herrschte akkurate Sauberkeit.

Das Zimmer war gut. WC und Dusche lagen hinter einer Seitentür.

Ich schritt an das große Fenster, zog die Vorhänge auf und genoss einen Blick zum Träumen. Es gelang mir für Sekunden nicht, mich wegzureißen von dem, was ich sah.

Eine prächtige Moschee mit riesigen Kuppeln, um die sich unterhalb und seitlich kleine Runddächer ausbreiteten, umgeben von schlanken Minaretten, die friedlich vor dem gelbblauen Himmel standen, der die ersten Zeichen der Dämmerung über sie warf.

Alte Häuser mit flachen Dächern, in grau-braunen Tönen stuften sich wie Terrassen nach unten, wo ein Markt mit buntem Treiben vor den Kulissen alter Handelshäuser von einer Pontonbrücke umrahmt war, auf der kirmesartige Buden eine riesige Anzahl von Menschen angelockt hatten.

Vor allem das blaue Wasser, auf dem farbige Schiffe schaukelten und Ausflugsboote warteten.

Und über allem lag der Friede und das Gold der Sonne, die unterging.

Der Lärm der Menschen drang zu mir, nicht störend, nein im Gegenteil, er klang für mich wie Engelsgebete.

Ich wandte mich ab von der Pracht einer Stadt, die mir etwas zu geben versprach, von dem ich insgeheim träumte.

Ich stellte die Tasche ab und mir wurde bewusst, dass meine Reisegestalter mich nicht wegen dieser ergreifenden Schönheit der Riesenstadt hierhergelockt hatten.

Die Sorgen um meine Tochter schoben sich wieder in den Vordergrund. Ich spürte, wie der Umschlag in meiner Hand zu glühen begann. Vorsichtshalber verschloss ich die Tür und setzte mich dann in den Sessel, der neben einem kleinen Tisch stand.

Das Kuvert trug meinen Namen, und ich machte einen kleinen schwarzen Stempel aus. Er war nicht größer als ein Fingernagel. Ich langte nach meiner Lesebrille und erkannte einen stilisierten Fisch. Eine angedeutete Wasserfontäne ließ darauf schließen, dass der Absender sich einen Wal als Firmenzeichen ausgedacht hatte.

Für Sekunden tauchten Bilder aus meiner Erinnerung auf.

Vielleicht war es ein Zufall, dachte ich, als mir einfiel, dass der Portier im Amsterdamer Hotel *Uplemur* eine Tätowierung trug, die einem springenden Delfin nahekam, und der schweigsame Taxifahrer hatte sich einen Seehund oder Seelöwen in seine Haut einritzen lassen.

Ich öffnete den Umschlag und zog den Inhalt hervor.

Obenauf lag ein Stadtplan von Istanbul. Es folgte ein Brief, mit einer Schreibmaschine verfasst. Er trug keine Anschrift. Eine halbe grüne Dollarnote war mit Heftklammern angesteckt.

Halblaut las ich:

Sie wohnen in einem guten Hotel. Der Inhaber wird sich nicht um Sie kümmern, da Sie außerhalb frühstücken und Ihre Mahlzeiten einnehmen werden.

Für uns ist es wichtig, dass Sie sich wie ein Tourist frei in Istanbul bewegen. Wir werden unser Versprechen halten, aber erwarten von Ihnen einige kleine Dienste.

Besuchen Sie morgen gegen 12 Uhr türkischer Zeit den Kiosk Tistar Rasay auf. Sie können von Ihrem Fenster auf die rotweiße Reklame schauen. Dort suchen Sie nach Ansichtskarten, fragen nach Camel Filter und ziehen die halbe Dollarnote hervor. Man wird Ihnen die andere Hälfte zeigen und Ihnen weitere Ordern erteilen.

Falls Sie versuchen, sich der Polizei oder dem deutschen Konsulat zu nähern, bringen Sie nicht nur Ihr Leben in Gefahr, sondern auch das Ihrer Tochter.

Wir wünschen Ihnen einen guten Aufenthalt. Vernichten Sie sofort diesen Brief, das dient Ihrer und unserer Sicherheit!

Ich war verwirrt, da ich zwar erneut aus dem Brief das Versprechen herauslas, Inga würde nichts geschehen, andererseits aber nichts erfahren hatte, worin meine Aufgabe schließlich bestand.

Mir fehlte es nicht an Geld und gutem Willen, den Touristen zu spielen, denn nie hatte mich ein Ort so fasziniert wie diese schöne Stadt.

Doch wie sah am Ende meine Mission aus?

Wie in einem Agentenroman konnte ich aus den vielen Sicherungsvorkehrungen schließen, dass diejenigen, von denen ich hier zum Blindekuh-Spiel verdammt worden war, ebenfalls Feinde hatten.

Und was geschah mit meiner Tochter, falls der Zufall mich in die Hände der anderen Seite trieb?

Ich stand auf. Vom Fenster blickte ich lange auf Istanbul. Jetzt leuchteten die Lichter voll in die Dunkelheit, auf dem Bosporus spiegelten sich die Farben der Transparente. In grüner Leuchtschrift entzifferte ich Damaribank, und dann fiel mein Blick auf die Leuchtbuchstaben oberhalb der Pontonbrücke. Ich las ohne Mühe den Schriftzug *Tistar Rasay*, dessen grelles Rot in den Bosporus fiel.

Entschlossen öffnete ich die Tür, drückte sie hinter mir zu und suchte den Mann an der Rezeption auf. Müde saß er auf einem Stuhl.

»Please?«, fragte er.

»I want beer«, sagte ich.

»German?«, fragte er, und wie eine Verheißung sagte er: »Six bottles.«

Er verließ das Büro und setzte mir dann einen Einwegpack Beck's-Bier auf den Tresen.

»Good night«, wünschte er mir. Bezahlen musste ich nicht, und ich trug den Karton in mein Zimmer.

Mit dem Blick auf die Moschee, bei einer wunderbaren Temperatur, hatte ich die Füße zur Erholung auf den kleinen Tisch gelegt, hielt meine Zigarette zwischen den Fingern und genoss mein Bier, das nicht nur meinen Durst stillte, sondern auch meine Unruhe besänftigte. Selbst der orientalische Lärm, der in mein Zimmer drang, passte in meinen kleinen Abendfrieden.

Wie aus einer fremden Welt drang Lärm in mein Zimmer.

Erschrocken fuhr ich aus dem Schlaf, warf die leichte Sommerdecke ab und stellte mich ans Fenster. Die trockene, frühe Hitze brannte auf meiner Haut, während das grelle Sonnenlicht meine Augen blendete. Wie eine Kulisse zur Aufführung eines orientalischen Märchens lag Istanbul vor mir.

Ich wandte mich ab und fragte mich, welche Geheimnisse diese Stadt für mich in sich barg.

Ich betrat die Dusche, ließ das spärlich fließende, aber wohltuend kalte Wasser über meinen Körper rieseln und vertrieb damit noch für eine Weile das Hungergefühl.

Die frische Wäsche trug mit dazu bei, dass ich mich wie neugeboren fühlte. Selbst die mir von den Gangstern gespendete Cordhose saß fest im Bund.

Ich entschied mich für das bunte Sporthemd, es passte ebenfalls. Mein kleiner Bauch war verschwunden, denn der Stress hatte an meinem Gewicht gezehrt. Nur von meiner Lederjacke wollte ich mich nicht trennen, lieber schwitzte ich in ihr.

Ich steckte die Brieftasche ein, zog den Reißverschluss zu und hängte die Jacke locker über meine Schulter.

Im Hotel herrschte Trubel und Hektik. Ich hatte bereits

geschlafen, als sich die Zimmer mit Gästen gefüllt hatten. Auf der Straße standen Autos, auf die die Sonne, die fast senkrecht über mir stand, knallte.

Ich schritt über die holprige Straße an den gelben, blassgrauen Fassaden der verputzten Steinhäuser vorbei. Kleine Läden, von Frauen in schwarzen Tüchern besucht, wechselten nicht ihr Aussehen, nur ihr Sortiment. Es roch nach frischem Brot, Gewürzen und Hammelfleisch.

An den Tischen eines Straßencafés saßen Männer auf Holzstühlen vor kleinen Holztischen und tranken Tee, rauchten und stierten in den Verkehr.

Das Rauschen der Autos und Busse, ihr pausenloses Hupen drang zu mir und zeigte an, dass ich mich der Innenstadt näherte.

Plötzlich befand ich mich mittendrin im Geschiebe und Gedränge einer übervölkerten Straße. Kinder mit geschorenen Köpfen und lustigen Augen lärmten. Fliegende Händler saßen vor Töpfen und Stoffen auf dem Boden. Obst, Gemüse, Honig, Ziegen- und Schafskäse, Milch, selbst Wasserverkäufer trugen ihre Messingkessel auf mageren Rücken.

Alle wollten sie verkaufen, sehen, gesehen werden und handeln. Hupende Autos suchten sich den Weg an den Händlern entlang, während Esel geduldig ihre Lasten trugen.

Wuchtig erschien vor kleineren Bauten eine riesige Moschee, während seitlich das alte, große Gebäude des Bahnhofes lag.

Im Schwarm der Fußgänger überquerte ich den Platz und erreichte die Reihe mit den vielen Verkaufsbuden, die unmittelbar am Ufer des Goldenen Horns lagen.

Frauen in orientalischen Gewändern trugen Einkaufskörbe, junge Mädchen in Jeans waren auf dem Weg zu den Gymnasien. Angestellte in exakter Sommerkleidung eilten ihren Jobs bei Banken und Versicherungen entgegen.

Ich wusste, dass in dieser bunten Zeile vor dem Wasser des

Bosporus der Kiosk *Tistar Rasay* stand, in dem eine halbe Dollarnote auf mein Erscheinen wartete. Aber noch konnte ich die Zeit bestimmen, und mir lag daran, zuerst einmal meinen Hunger zu stillen.

Einige Hundert Meter weiter, neben einem modernen Hochhaus in einer Häuserzusammenballung, standen Korbstühle vor kleinen Holztischen. Ein schnauzbärtiger Ober bediente die wenigen Gäste. Es waren Touristen, wie ihre Fotoausrüstungen verrieten.

Ich suchte mir einen schattigen Platz unter dem herabgelassenen Baldachin, bestellte das teuerste Breakfast, das in Englisch ausgedruckt war.

Der Boden unter mir war mit Wasser abgespritzt worden, und die Kühle, die er spendete, war angenehm.

Aus drei riesigen Boulevards ergoss sich der Verkehr auf den Platz und floss danach wieder in mehreren Richtungen ab. Ich bewunderte einen Polizisten, der einen Tropenhelm trug und mit wilden Armbewegungen Herr der Ordnung blieb und Eselskarren ebenso wie amerikanische Luxuslimousinen und schwere Lastwagen unbeschadet durch das Chaos brachte.

Brötchen, Fladenschnitten, Butter, Wurst und Käse, dazu eine Kanne bitteren Kaffee nebst Orangensaft mit Eiswürfeln stillten nicht nur meinen Hunger, sondern sie verhalfen mir zu Minuten, in denen ich aller Sorgen ledig war, mich wohl wie ein Abenteurer fühlte, der von allen Pflichten entbunden war.

Keine bohrenden Fragen ließ ich aufkommen, um meinen Magen endlich einmal das anzubieten, worauf er lange hatte warten müssen.

Es war bereits kurz vor zwölf Uhr, als ich meine Zeche bezahlte.

Ich schlenderte dann den Bürgersteig entlang, stand kurz vor der Auslage eines Herrenausstatters, dessen Angebot sich nur an eine kleine Oberschicht richtete. Vertraute Marken, die

Krokodile und Hufeisen zu Statussymbolen hatten werden lassen.

Eine kleine Treppe führte mich zum Bosporus hinab. Kühlend strich der Wind vom Wasser zu mir hoch, und die Luft schmeckte nach Salz. Hinter mir lagen die Häuser und vor mir die Pontonbrücke.

Unter Zeltläden das gleiche Bild handelnder und feilschender Männer, die Kupfertöpfe und Kessel, handgeknüpfte Teppiche und Schmuck feilboten.

Vor dem Verkaufsladen des *Tistar Rasay* befanden sich drehbare Ständer mit bunten Ansichtskarten.

Ich ließ sie kreisen, entschloss mich für einige Karten, die den Blick wiedergaben, den ich beim Frühstück für immer in mich eingesogen hatte, und trat entschlossen an den Verkaufstresen.

Drei dunkelhaarige Verkäuferinnen und ein schlanker Türke in mittleren Jahren wurden von den Käufern in Trab gehalten. Umständlich machte ich den Mann auf mich aufmerksam, als ich die Brieftasche aufklappte und den halben Dollarschein sichtbar werden ließ.

»Camel Filter, three«, sagte ich. Der Verkäufer langte unter den Tisch und zeigte mir die fehlende Seite der Note. Erst dann legte er drei Packungen der gewünschten Zigaretten auf den Tresen. Er fügte die Karten dazu und fragte: »Stamps?«

Ich nickte.

Er riss Briefmarken aus einer Mappe, und ich sah die blassblaue Tätowierung auf seinem Arm. Es konnte das Bild eines Fisches sein.

Er steckte die Zigaretten, Karten und Briefmarken in eine Tüte, ließ dann blitzschnell noch ein Kuvert folgen und reichte mir die mit Reklame bedruckte Tüte. Ich bezahlte, verzichtete auf das Wechselgeld und verließ hastig den *Tistar Rasay*, nahm den Steg zur Galatabrücke und kämpfte mich auf die andere

Straßenseite. Erst als ich mich sicher fühlte und niemanden entdecken konnte, der mich verfolgte, ging ich weiter.

Ich betrat eine kleine Einbahnstraße und verwarf den Gedanken, meinem Freund Werner Selter eine Postkarte zu schicken, als ich vor dem stuckreichen Postamt stand.

Die Tüte brannte in meiner Hand, dennoch wollte ich, obwohl eigentlich logisch, das Postamt nicht betreten, um dort den Brief zu lesen. Die Hektik und die vielen Menschen konnten mir nicht die Ruhe liefern und irgendeiner konnte den Auftrag haben, mich zu beobachten.

Ich entschied mich deshalb, nach einer Teestube zu suchen. Ich las nicht die Namen der Straßen, sondern folgte dem Strom der Passanten.

Dann fand ich, was ich gesucht hatte. Eine kleine Teestube, sie wirkte düster, hatte verrauchte Holzwände und vor den Tischen standen Polstersessel.

Als sich meine Augen an die Dunkelheit gewöhnt hatten, sah ich die alten Männer, die vor Brettspielen saßen und mich nicht beachteten. Ein Ventilator trieb den Rauch ihrer Wasserpfeifen davon.

Der Wirt mit der üblichen blauen Hose und dem weißen Hemd, ein Typ, wie ich sie tausendfach in der Stadt gesehen hatte, nickte, als ich Tee bestellte.

Ich ließ mich an einem kleinen Fenster nieder und hatte Einblick in die Straße. Mir gegenüber lag eine Schlachterei, vor deren Schaufenster im Freien Hammelkörper am Haken hingen.

Der Wirt stellte den Tee vor mich hin, dazu hatte er eine kleine Schale mit bräunlichen Kuchen gebracht, die Miniberlinern glichen. Dann ließ er mich in Ruhe.

Ich trank den Tee und aß einen von den Kuchen. Dann öffnete ich die Tüte, entnahm einer Packung eine Camel, und erst als ich rauchte, zwang ich mich zur Ruhe und riss den Briefumschlag auf.

Besuchen Sie um 16 Uhr das Fotohaus Ahmed Kalsati in der Türkocag Cadde Nr. 118. Fragen Sie nach einem Fotoapparat. Man wird Ihnen mehrere vorlegen. Sie entscheiden sich für eine alte Rollei 35 LED, wünschen außerdem ein Passfoto.

Man wird Sie fotografieren. Sie bezahlen nicht, sondern unterschreiben nur die Empfangsbestätigung.

Dort erhalten Sie weitere Anweisungen. Denken Sie daran, dass Sie sich in Istanbul als Tourist aufhalten, fotografieren Sie möglichst viele Sehenswürdigkeiten.

Vernichten Sie diesen Brief.

Katz und Maus spielen sie mit mir, dachte ich, und ich suchte nach den Absichten meines Auftrages. Sicher, in einer Stadt wie Istanbul mit gezückter Kamera umherzuspazieren und mit türkischen Lira im Werte von etwa zweitausend Euro ausgestattet, hätten die meisten Reisenden mich beneidet. Doch irgendetwas musste ich doch damit für sie bezwecken!

Die Prämie war meine Tochter Inga. Ihre Freiheit musste ich mit der Erledigung ihrer Aufträge erkaufen. Außerdem konnte es auch nicht schaden, wenn ich mich in meinem Umfeld ein wenig nach Orientierungshilfen umsah.

In meine Gedanken klickten die Berührungen der Steine, wenn die Brettspieler mit Schwarz oder Weiß Sprünge auf den Feldern setzten.

Ich zog meinen Stadtplan hervor und begann die Suche. Die Passanten auf der Straße lieferten mir dabei eine angenehme Abwechslung, denn ich unterbrach sofort die Reise meines Zeigefingers, wenn sich am Fenster Interessantes tat.

Frauen in Pluderhosen, mit bunten, eng anliegenden Kopftüchern, mit schwarzen Umhängen, warfen oft neugierige Blicke in mein Fenster. Männer und Kinder mit knochigen Gesichtern erinnerten mich an Fotos meiner Großeltern, die, vom Lande kommend, für wenig Lohn für die aufblühende Industrie schufteten. Erst wir Enkel konnten von ihren Kämpfen profitieren.

Mir gegenüber säbelte der Schlachter Stück für Stück der abgezogenen Hammelkörper ab, und einfache Menschen trugen die Fleischfetzen wie Heiligtümer nach Hause.

Selbstverständlich gab es in dieser Stadt auch Luxusviertel mit Villen und dicken Autos, mit Swimmingpools und Bosporusblick und auch schöne Mädchen, die sich verkauften.

Mit den Lira in meiner Tasche hätte ich für Tage einen ganzen Puff mieten können.

Entsetzt kam mir der Gedanke, meine Tochter säße hier in Istanbul in einem dieser Freudenhäuser und als Exotin unter schwarzhaarigen, asiatisch wirkenden Mädchen, als sei sie das nordeuropäische Spitzenangebot.

Ich verwarf den Gedanken, trank den Tee und studierte die Karte, die wegen der beziehungslosen Wortstämme für mich nur schwer verständlich war.

Sie wollen von mir ein Passfoto! Aussteigen ist zurzeit nicht drin! Der Fotoapparat diente zu meiner Tarnung.

Ich wollte die Schönheit dieser Stadt fotografieren, denn ein voller Film bestätigte meine Touristenrolle, falls etwas schiefgehen würde. Vielleicht wollten sie meiner Tochter ein Lebenszeichen geben.

Aber, wenn mein Passfoto dazu diente, dann besaß auch Inga ein Druckmittel.

Ich wunderte mich, denn ich blieb bei all den Gedanken gelassen.

War es die Nähe Asiens, die mir die Ruhe schenkte? Ich winkte den Wirt an meinen Tisch. Vor mir lag der Stadtplan. Er begriff sofort.

Ich fragte nach der Türkocag Cadde, und er machte mit dem Kugelschreiber ein Kreuz auf der Karte.

Nachdem ich meine Zeche bezahlt hatte, blieb ich noch für eine kleine Weile sitzen, denn so weit lag mein Ziel nicht entfernt. Außerdem konnte ich auch ein Taxi nehmen.

Während ich den Stadtplan zusammenklappte, durchschoss mich wie ein Blitz ein logischer Gedanke. Für Sekunden schien mir die Rolle, die ich zu spielen hatte, durchsichtig und verständlich.

Sie erpressten Inga, weil sie mich in der Gewalt hatten, und mich, weil sie auch auf Inga Druck ausüben konnten.

Das Leben meiner Tochter war an das meinige gekoppelt! Die Drahtzieher hatten Inga in ihre Dienste eingeplant und nun, da sie sich vielleicht aus ihren Machenschaften befreit hatte, spannten sie mich vor ihren dreckigen Karren! O Gott, wie soll ich da durchsteigen?, fragte ich mich und entschloss mich, die Dinge gelassen auf mich zukommen zu lassen.

Ein Türke betrat die Teestube, trug wie die besser Situierten die dunkelblaue Sommerhose und ein offenes Hemd.

Sein Gesicht wirkte auf mich unsympathisch. Es zeigte den überheblichen Ausdruck, den ich bei vielen beobachtet hatte, die Uniform trugen.

Der Mann bestellte gelangweilt Tee, rauchte, und als ich die Tätowierung bemerkte, die seinen Oberarm schmückte, packte ich die Tüte und verließ eilig die Teestube.

Der Wirt winkte mir zu, und ich hatte das Gefühl, doch beschattet zu werden.

Die Sonne warf unbarmherzig ihre Glut auf die Stadt, und nur in die Straßen, die sich zum Bosporus hin öffneten, strich ein angenehm kühlender Wind. Selbst die Palmen spendeten keinen Schatten, wenn ich mich für eine Zigarettenlänge gegen ihre Stämme lehnte.

Erst als ich vor der prachtvollen Süleyman-Moschee stand, wusste ich, dass ich mich total verlaufen hatte.

Müde vom langen Marschieren, erschöpft von der Hitze und aus Angst, den Anschlussweg nicht mehr zu finden, ging ich zum Taxistand und gesellte mich zu den Wartenden, die eine Schlange bildeten.

Geduldig, mit dem Blick auf die Moschee, stieg ich mit mehreren Fahrgästen in einen amerikanischen Straßenkreuzer. Wie auf einem Rummelplatz kassierte der Fahrer Geld von jedem, erkundigte sich nach den Fahrwünschen und drosch los.

Als Vierter verließ ich den nach allen Gewürzen des Orients riechenden Wagen und blickte auf die Lichtreklame des Geschäftes.

»Kodak«, las ich, verglich den Namen, alles stimmte.

Der schnauzbärtige Mann, dem dichtes Haar tief in die Stirn wuchs, trug einen weißen Kittel, unter dem die blaue Hose hervorsah. Er musterte mich, lächelte freundlich.

»Fotoapparat«, sagte ich. Er wies hinter sich auf ein gefülltes Regal auf japanische, deutsche und amerikanische Erzeugnisse.

»Rollei 35 LED«, sagte ich.

Ohne hinzusehen, fand er, was ich mir auftragsgemäß wünschen musste. Gekonnt legte er einen Film in den alten Apparat und hielt ihn mir entgegen. Seine Bewegungen verrieten die mir bekannten Bedienungsanweisungen.

Ich schaute in seine fragenden Augen.

»Foto«, sagte ich und umschrieb mit einer Handbewegung ein Viereck um meinen Kopf.

Er führte mich in ein Atelier. Es war genauso eingerichtet, wie das in Norden, in dem ich mir schon einmal Passbilder hatte anfertigen lassen müssen.

Ich setzte mich auf den Hocker, während er die Scheinwerfer erstrahlen ließ. Er drehte mich auf Linsenhöhe, hielt mir einen Spiegel vor, in dem ich nur das Gesicht eines Mannes sah, der entschlossen war, zu kämpfen.

Vergeblich suchte ich seine Handgelenke nach einer Tätowierung ab, wenn sich die Ärmel des Kittels ein wenig hochschoben. Doch erst am Verkaufstisch, als er den Lieferschein ausstellte und mich unterschreiben ließ, entdeckte ich auf seinem dicken Siegelring drei kleine Fische in blauer Emaille.

Er legte mir ein blassrotes Papier vor, auf dem ich den weißen Halbmond im roten Feld erkannte. Es enthielt nur wenige Sätze, die ich unterschreiben sollte.

Ich gab mir einen Ruck und unterschrieb.

Bisher hatte ich, ausgenommen sei der Rauschgiftschmuggel, von dem ich vorher nicht unterrichtet war, nichts Kriminelles getan. Deshalb fürchtete ich weder Tod noch Teufel.

Es war für meine und Ingas Freiheit.

Seine Augen musterten mich kalt, als ich den Fotoapparat an mich nahm und er mir noch eine Tüte zuschob, die die Werbung der Firma Kodak trug.

Ohne Hast verließ ich das Fotohaus Ahmed Kalsati.

Ich schritt an den Geschäften vorbei, hatte mir die Kamera zum Zeichen meiner harmlosen Touristenrolle umgehängt. Erst aus sicherer Entfernung fotografierte ich das Geschäft. Konnte mir das später nützen?

Ich mischte mich unter die Passanten.

Für meinen Fotoauftrag hätte ich die Richtung nicht besser wählen können, denn ich gelangte in ein Viertel, das es mit allen Städten der Welt aufnehmen konnte.

Vor mir lag der riesige Mauerbau mit den aufgesetzten Dachkuppeln des Grand Bazar.

Vor lauter Eifer, nichts auszulassen, gab ich mir Mühe, selbst mit dem Aufbau der Bilder zu ringen, dabei vergaß ich, dass in meiner Jackentasche ein Brief steckte, der vielleicht das Ende meiner Irrfahrten beinhalten konnte.

Mir stand der Schweiß auf der Stirn, es war weniger die Hitze als meine Versuche, Palmen und bunte Sommerblumen vor dem Hintergrund der Prachtbauten abzulichten.

Dabei entdeckte ich die kleine Bank. Von hier aus hatte ich einen schönen Blick auf eine Moschee und die Menschen.

Niemand nahm von mir Notiz. Ich war ein Tourist, wie so viele Fremde, die hier tagaus, tagein mit ihren Kameras herumtigerten.

Ich holte den Brief aus meiner Tasche. Im Schatten reichte das Licht nicht aus, und ich musste die Lesebrille aufsetzen.

Doktor Udendorf, ein paar Hinweise, die Sie als Hobbyfotograf und Besucher unserer Stadt sicher verwenden können.

Istanbul ist die Stadt der Moscheen. Diese sind es, die Fremde am meisten aufsuchen, um sie zu fotografieren.

Sie werden sich gegen 19 Uhr mit einem Taxi zum Topkapi-Palast, dem alten Stadttor, fahren lassen. Geld haben Sie genügend, um während der Zeit nicht vom Hunger oder Durst gequält zu werden.

Am Topkapi wechseln Sie das Taxi und lassen sich zum Flughafen Atatürk fahren.

Dort erwartet Sie das junge Paar, das Sie auch empfangen hat. Die beiden jungen Leute tragen Ihr Reisegepäck bei sich, in dem Sie weitere Instruktionen finden.

Alles ist für Sie bestens gerichtet.

Für Sekunden war ich sprachlos, las den Text mehrmals und spürte den Schweiß, der aus meinen Poren drang. Ich steckte den Brief ein, erhob mich, trat über den Rasen in die grelle Sonne und sagte zu mir: »Na, Alter, dann auf Fotojagd.«

Ich wollte mich jedoch nicht in die Hektik stürzen und wie Amerikaner mit dem Taxi durch die Stadt dreschen, um ja nichts auszulassen.

Ich fand ein ruhiges, schattiges Straßencafé, von dem ich sowohl auf den Basar als auch auf die Beyazit-Moschee blicken konnte, legte den Stadtplan aus und bestellte mir Tee. Ich verspürte keinen Hunger.

Noch musste ich nicht Abschied nehmen von dieser schönen Stadt. Während ich den Tee trank, entschloss ich mich, die Hagia Sophia als letzte Station meiner Fototour in mein Programm aufzunehmen, um zum vereinbarten Termin am Stadttor zu sein.

Meine Beine waren schwer wie Blei. Um mich herum dröhnte der Lärm der an- und abreisenden Fluggäste. Die Lautsprecherdurchsagen in vielen Sprachen erforderten meine volle Konzentration.

Gerade startete eine Maschine nach Berlin, und ich erfuhr, dass in etwa vierzig Minuten ein Direktflug nach Hamburg angesagt war. Auch nach Amsterdam hätte ich in der nächsten Stunde fliegen können, wenn ich nicht ein Gefangener ohne Fesseln gewesen wäre.

Immer noch enthielten sie mir Inga vor, und ich wusste nicht, ob ich auf diesem Flughafen endlich mit einem Wiedersehen belohnt werden sollte.

Ich wartete aufgeregt auf das Pärchen und freute mich auf die kleine Person, die mir mit ihrer Herzlichkeit und ihrem asiatischen Aussehen für kurze Zeit die Sorgen vertrieben hatte. Ich hoffte, dass sie als Glücksfee guten Einfluss auf meine Karten genommen hatte.

Endlich sah ich sie, wie sie Hand in Hand näher schlenderten, ohne Hast, als gehörten sie nur sich selbst. Der Student trug meine Reisetasche.

Sie näherten sich, und der junge Mann setzte die Tasche vor mir ab.

Zu meiner Verwunderung ergriff das schöne schwarzhaarige Mädchen meine Hand, legte wie eine Tochter ihren Kopf an meine Brust, und ich sah für Sekunden hinab auf volle, geschwungene Lippen, die sich wie eine sich entfaltende Blüte öffneten.

Ich musste mich beherrschen, denn in diesen Sekunden entschwanden alle Sorgen und Erlebnisse aus meinen Gedanken, und vor mir lag die Versuchung, meine vertrockneten Lippen auf die ihrigen zu pressen, während ihre kleinen, harten Brüste auf meinem Bauch drückten.

»Maschallah«, flüsterte sie, und ihre Augen leuchteten und wurden eins mit meinen.

Der junge Student riss mich in die Wirklichkeit zurück, als er sagte: »Alles Gute, Mann!« Er drückte mir die Griffe meiner Tasche in die Hand, und ich bemerkte noch, wie die süße Kleine mir etwas in die Seitentasche meiner Lederjacke schob.

Sie löste sich blitzschnell von mir. Der Student griff nach ihrer Hand und zog sie mit sich. Sie liefen davon und winkten mir noch zu.

Ich schaute ihnen nach, bis sie verschwunden waren. Dann folgte ich dem Pfeil auf der Wand zu einer Cafeteria.

Die Hitze lag noch in den Räumen des Cafés. Ich saß vor dem Fenster und blickte auf die Start- und Landebahnen. So beobachtete ich die Jumbos und Airbusse, die wie riesige Vögel unter dem blauen Himmel standen. Vom Marmarameer stieg ein abendliches Gold auf, das mir kitschig vorkam in Anbetracht meiner ungewissen Situation.

Ich griff in die Tasche der Lederjacke, zog eine Ansichtskarte hervor, blickte kurz auf das übertriebene Rot des Himmels, sah das Blau des Meeres als einen zarten Strich und zählte die Minarette. Es waren sechs, und ich wusste, dass ich diese Moschee fotografiert hatte, allerdings ohne Möwen, die auf der Karte wie riesige Vögel am Himmel schwebten.

Nervös drehte ich die Ansichtskarte um und las atemlos die blaue zarte Tintenschrift, die von der kleinen Türkin stammen musste.

Halte durch für Inga! Ich bin Kaya, ihre Schicksalsgenossin und Freundin. Vernichte sofort die Karte! Maschallah!

Als hätte mich ein Blitz getroffen, so war ich zusammengezuckt.

Unter dem Tisch zerriss ich die Karte in kleine Schnipsel. Ich wollte die Toilette aufsuchen und sie wegspülen. Doch vor mir erschien der Ober und erwartete meine Bestellung. Ich bestellte mir Kaffee, allerdings europäischen, denn auf die sämigen Moccas stand mein aufgebrachter Magen nicht.

Misstrauen stieg in mir hoch. Langsam öffnete ich einen Schuh. Es tat gut, als ich den Fuß aus seinem Gefängnis befreite. Doch trotz der Hitze hätte ich meine Wanderschuhe nicht mit leichtem Schuhwerk tauschen wollen. Ich schob die Schnipsel der Karte auf das Fußbett und zog den Schuh wieder an. Die Reisetasche stand auf dem Stuhl neben mir.

Der Ober brachte den Kaffee und ich zahlte sofort.

Durchhalten!, hatte mir die süße junge Türkin signalisiert.

Und das entsprach auch meiner Absicht.

Ich griff in die Tasche. Frische Wäsche, Socken, dann stieß ich auf die Brieftasche, die ich nicht benötigt hatte, da ich Papiere und Geld immer in meiner eigenen bei mir trug.

Ich schob sie auf die Wäsche, öffnete sie und fand erneut einen Stapel von Hundert-Dollar- und Hundert-Euro-Scheinen vor. Sie zu zählen hielt ich für überflüssig, denn bisher hatte man mich mit Zahlungsmitteln großzügig ausgestattet.

Hastig durchsuchte ich die Brieftasche und fand den üblichen Brief. Ich ließ ihn in der Tasche, beschäftigte mich mit dem Kaffee, weil ich nicht wusste, ob ich hier beobachtet wurde. Der Kaffee schmeckte, obwohl gesüßt, herb.

Meine Blicke gingen in die Runde. Doch niemand der Gäste schien Interesse an meiner Person zu finden.

Ich zog den Brief hervor, legte ihn auf den Tisch, setzte meine Lesebrille auf und las:

Doktor Udendorf, zahlen Sie in Dollar den für Sie gebuchten Flug nach Izmir.

Die Maschine geht um 22 Uhr. Sie werden gegen 23 Uhr dort ankommen und ein Taxi zum Almabahce-Hotel nehmen.

Dort ist für Sie das Zimmer 321 vorbestellt.
Alles Weitere in Izmir.
Vernichten Sie den Brief wie bisher!

Ich war enttäuscht. In einer Stunde musste ich in Richtung Kleinasien fliegen. War das Schikane, um mich für irgendetwas weichzukochen? Dafür sprach die Aufforderung des Mädchens! Sie war eine Freundin und Schicksalsgenossin von Inga, meiner Tochter.

Was sollte ich daraus schließen?

»Maschallah«, hatte sie gesagt, und ich übersetzte es frei: Gott möge es gut mit dir meinen! Ich hoffte, dass ihre guten Wünsche mich begleiten würden.

Kapitel 5

Izmir, eine mittlere Handels-, Industrie- und Messestadt, war das Ziel der 35-sitzigen zweimotorigen Turboprop-Maschine.

Ich hatte gelegentlich aus dem Fenster auf die nackten, grauen Felsen geblickt, die nur an Hängen schattenhaftes Grün trugen.

Die Passagiere waren meist Einheimische, die sich auf Geschäftsreisen befanden, und Familien, die sich den Flug in ihre Metropole zusammengespart hatten.

Ich hatte still vor mich hingedöst und wie beim autogenen Training versucht, mich mit Ruhe anzufüllen, um für die Aufgaben bereitzustehen, die auf mich zukommen würden.

Der Flughafen war klein, und ohne jegliche Formalitäten schloss ich mich den Passagieren an.

In der offenen Halle befand sich eine Cafeteria, die von wartenden Menschen besetzt war. Vor der Halle warteten die Taxen.

Der Fahrer nickte, las den Namen des Hotels vom Zettel, den ich ihm hinhielt. Er stellte keine Fragen, wozu auch, ich hätte ihn doch nicht verstanden.

Von Izmir sah ich nur wenig, abgesehen von einer Altstadthauptstraße, durch die sich der Fahrer mit Hupen zwängen musste. Wenig später fuhr das Taxi über eine gewundene Bergstraße und erreichte, nachdem der Fahrer dem Motor fast alles abverlangt hatte, einen Platz, den Palmen einsäumten.

Moderne Verwaltungsgebäude, Banken und Versicherungsbauten, so nahm ich an, eröffneten den modernen Teil der Stadt. In Beeten wuchsen Blumen, deren Farbenpracht bereits von der Dämmerung geschluckt wurde.

Nach kurzer Fahrt erreichten wir das Hotel. Es war sauber.

Vor der Rezeption standen Reisende, die von hübschen Mädchen beraten wurden.

Ich hielt meinen Reisepass bereit, genoss den freundlichen Empfang und füllte meine Anmeldung aus, dirigiert von Blicken aus hübschen dunklen Augen.

»Willkommen, mein Herr«, sagte eines der Mädchen, nachdem ich an der Reihe war. Sie händigte mir den Schlüssel aus.

»Ihr Zimmer ist bereits bezahlt, Sie können im Restaurant noch speisen.«

»Danke«, antwortete ich und schritt über die Treppe zur ersten Etage. Ein Teppichboden schluckte meine Schritte.

Das Zimmer war hervorragend. Dusche und WC, mit dunklem Holz bedeckte Wände, ausgestattet mit Schreibtisch, Tisch und Sessel und einem breiten Bett mit bunter Tagesdecke.

Doch die Krone gehörte dem Blick. Ich öffnete das Fenster und schaute auf das Marmarameer. Ein kleiner Leuchtturm warf fern vom dunklen Wasser seinen Strahl auf die Küste, während sich der Himmel am Horizont von Blau bis hin zum Goldgelb eingefärbt hatte.

Mich bewegte die Frage: Was wollen sie jetzt von mir?

Ich ging zur Tür und verschloss sie.

Ich suchte meine Tochter! Sie lebte! Auch mir war noch kein Haar gekrümmt worden. Worin bestand der Dienst, den ich noch leisten musste oder bereits geleistet haben konnte?

Gut, ich war zum Rauschgiftkurier geworden. Doch das war lange her, wie mir schien, sehr lange!

Ich durchstöberte das Zimmer. Keine Ecke ließ ich aus. Aber nichts. Kein neuer Auftrag, keine frisch gepackte Reisetasche.

Ratlos setzte ich mich aufs Bett und stierte auf den Schreibtisch.

Das Telefon zog mich an. Ich erhob mich, nahm den Hörer und wählte eine Null und eine Eins. Jemand meldete sich mit großem Wortschwall. Ich wartete geduldig. Dann rief ich in den Hörer hysterisch: »Sechs Flaschen Bier! Six bottles of beer!« Ich hängte ein und betrat die Toilette. Sie war penibel sauber. Die Dusche funktionierte. Doch das hatte noch Zeit.

Jemand klopfte an die Tür. Ich ließ den Ober eintreten. Er trug sechs geöffnete Flaschen Dortmunder Pils auf einem Tablett und entdeckte mit entsetzten Blicken, dass ich mich allein im Zimmer befand. Ich nahm ihm ein Glas ab und ließ ihn fünf Gläser wieder mitnehmen.

Ich setzte mich in den Sessel, löschte das Licht und blickte auf den fernen Leuchtturm. Oh, was für ein Genuss! Das süffige, vertraute Bier der Heimat und vor mir das weite Meer.

Der Strahl des Leuchtfeuers kam mir vor wie ein Symbol der Hoffnung. Wann und wo würde meine Mission enden?

Ich trank gierig mein Bier. In diesem Klima schwitzt man weniger als zu Hause im Sommer, da die Luftfeuchtigkeit geringer ist, aber dennoch konnte ich mich über Schweißausbrüche nicht beklagen, sei es, dass innerliche Ängste oder plötzliche Hoffnungen sie hervorgerufen hatten.

Und wieder gab es einen Moment, in dem die Flüssigkeit, die ich mit dem Bier aufgenommen hatte, schlagartig meinen Körper verließ.

Jemand klopfe energisch an meine Hoteltür! Es war nicht das vornehme, rücksichtsvolle Sichbemerkbarmachen eines dienstbaren Geistes.

Da befand sich jemand vor meinem Zimmer, der meinte, das Sagen zu haben, der nicht bitten musste, sondern befehlen konnte.

Mein Herz schlug mir bis zum Hals. Ich schritt zur Tür und öffnete sie.

Mir gegenüber stand ein Mann, der meine Größe hatte, aber trotz seines kantigen und zerfurchten Gesichtes jünger sein musste. Er trug ein weißes Hemd, eine dunkelblaue Hose und seine linke Hand steckte in der Hosentasche, die sich bedrohlich ausbeulte.

Hinter ihm lehnte ein Kumpan an der Wand, an dem mir das volle, wuschelige Haar auffiel.

Mein Gegenüber schritt ohne Begrüßung und ohne zu fragen in mein Zimmer. Er ließ sich im Sessel nieder und grinste mich an, wies auf das Bett. Ich begriff und setzte mich auf die Kante.

Nun konnte er die Katze aus dem Sack lassen.

Endlich stand ich jemandem gegenüber, der an den Fäden zog, die mein Leben bestimmten.

Sein Deutsch war gut, als er zu mir sprach. »Ich war Gastarbeiter in Deutschland. Arbeit auf der Werft in Papenburg war gut. Es gibt gute Deutsche und schlechte.«

Ich holte tief Luft, wollte antworten, doch er fuhr fort: »Doch du musst sorgen für gute Partei. Es gibt auch böse Partei. Ich muss haben deine Passport!«

Ich erschrak. Ohne Pass war ich in diesem Lande verloren. Ohne Sprachkenntnisse, ohne jemanden zu kennen, an den ich mich hätte wenden können.

Mein Gegenüber grinste. Nicht höhnisch, nein, auch nicht schadenfroh.

»Was wollen Sie von mir?«, fragte ich und erhob mich, bereit, um meinen Reisepass zu kämpfen.

Ich sah, wie er seine Hand, die er immer noch in der verbeulten Hosentasche hielt, bewegte, als richte er eine Pistole auf meine Stirn.

»Du bekommen neues, gültiges Passport. Gute Arbeit. Sicheres Dokument! Aber nicht mehr Lehrer«, sagte er, als unterhielten wir uns wie Freunde.

Er ging zur Tür, ließ seinen Begleiter eintreten. Ein Blick auf dessen durchtrainierten Körper verriet mir, dass ich keine Chance hatte, selbst wenn die Pistole in seiner Tasche eine

Attrappe sein sollte. Sie würden mich gnadenlos zusammenschlagen.

Der Mann trug einen kleinen schwarzen Lackkoffer. Er ging an den Schreibtisch, legte ihn dort ab, ließ die Schlösser klicken und reichte mir einen Pass.

»Ihr alter Pass«, forderte mich erneut der andere auf.

Ich zog meine Brieftasche aus der Jacke, die über dem Stuhl hing, zog meinen Reisepass hervor und tauschte ihn gegen den neuen ein, der sich äußerlich nicht von meinem unterschied.

Ich schlug ihn neugierig und mit zitternden Händen auf, sah auf mein Foto, das in Farbe mein von der türkischen Sonne gebräuntes Gesicht zeigte.

Mein Geburtstag stimmte. Nur war ich nicht mehr Doktor Klaus Udendorf, der Oberstudienrat, sondern, wie ich flüchtig las, der Kapitän Bodo Harms.

»Was soll das?«, fragte ich empört, verwirrt und überrascht.

»Sie steigen um, vom Land auf ein Schiff, Herr Harms! Sie waren bei der Bundeswehr, Marine, und Sie sind gesegelt viel nach Helgoland! Sie müssen fahren ein Schiff nach Spanien, aber nicht allein, nein, ein echter Kapitän, erfahren in der Seefahrt, ist Ihr Erster Offizier. Die Mannschaft ist okay«, sagte er, als wäre ich sein Angestellter und hätte zu gehorchen.

»Ich bin nur als Matrose zur See gefahren«, sagte ich verärgert und musste mit mir ringen, alles nicht für einen Traum zu halten.

Er lächelte dünn. »Ihre Tochter ist noch nie zur See gefahren. Sie wird an Bord sein.«

»O mein Gott«, stöhnte ich, und blitzschnell begriff ich, dass beides zusammenhing. Die Prämie und die Aufgabe, und als müsse der Mann, der noch immer die Pistole in seiner Tasche auf mich richtete, mich durchschaut haben, fuhr er fort: »Die Ladung, die wir Ihnen anvertrauen, ist wertvoll, sehr wertvoll, und Ihnen ist das Leben Ihrer Tochter ebenfalls wertvoll. Bringen Sie beides unversehrt nach Sant Feliu de Guixols. Ihre Mannschaft ist erfahren. Sie, ein Mann der unbescholten ist, der, ohne Verdacht zu erregen, ein Schiff leitet, ist für uns der beste Garant.«

Vor meinem Studium hatte ich den Wehrdienst abgegolten. Gelegentlich hatten wir auf der Ostsee am Ende der Ausbildung Seetörns unternommen. Aber ein Schiff zu besteigen, als Kapitän, das kam mir wie eine Verrücktheit vor.

»Damit Sie sich auch durchsetzen können, denn Sie werden die Autorität an Bord sein, befinden sich Waffen in Ihrer Kapitänskajüte. Ihr Erster Offizier ist ein hervorragender Mann. Nutzen Sie Ihre und unsere Chancen.«

Die beiden erhoben sich. Ich stierte auf das kleine Köfferchen, in dem mein Pass lag und mit ihm meine Lehrerlaufbahn, die mir, wie ich dachte, geraubt wurde.

»Frühstücken Sie im Hotel. Gegen elf Uhr werden Sie abgeholt und zu Ihrem Schiff gebracht. Und keinen Ton!« Ich sah, dass er einen Finger auf seine Lippen legte.

Wie ein Schlafwandler folgte ich den Männern und schloss die Tür ab, nachdem sie mein Zimmer verlassen hatten. Ich kniff in meine Wangen, fühlte den Schmerz und begriff, dass ich nicht geträumt hatte.

Ich legte meine Kleidung ab und duschte. Trotz der sommerlichen Hitze ließ ich das Wasser heiß über meinen verschwitzten Körper und die verkrampften Muskeln laufen. Der Dampf umgab mich wie Nebel. Die Umschaltung auf kaltes, erfrischendes Wasser trieb mir ein Kribbeln bis in die Fußspitzen.

Die Badelaken waren mollig und weich. In meiner Reisetasche fand ich frische Wäsche.

An Schlaf war noch nicht zu denken. Ich setzte mich ans Fenster, trank mein Bier und fühlte mich wohl und stark. Ich hätte Bäume ausreißen können.

Der Leuchtturm warf in regelmäßigen Abständen den Schein über das eingedunkelte Meer, während sich am Horizont weit draußen das orangefarbene Abendlicht auflöste.

Mir wurde bewusst, dass ich bald das Marmarameer als Heimat empfinden musste. Nie im Leben wäre mir der Gedanke gekommen, die Brücke eines Schiffes zu betreten.

Sicher lebte ich seit meiner Geburt, abgesehen von Studienzeiten, im Schatten der Deiche, war vertraut mit dem Pulsschlag von Ebbe und Flut. Auch konnte ich zurückgreifen auf Erfahrungen meiner Bundeswehrzeit, die ich aber zum größten Teil in einer Kaserne verbracht hatte. Auch als Segler war ich stets nur eine Hilfe meines Zahnarztes gewesen, wenn wir seine Jacht nach Helgoland, nur selten unter extremen Winden, gesteuert hatten.

Und nun war ich Bodo Harms, der Kapitän, der ein Schiff mit einer wertvollen Fracht, zu der auch meine Tochter zählte, nach Spanien schippern sollte.

Ich langte zum Bier, sagte »Prost!« und machte mir immer wieder klar, dass das kein Witz war.

Um was für ein Schiff es sich handelte, hatten meine Besucher nicht gesagt. Klein konnte es nicht sein, denn mein Erster Offizier, der wirkliche Seemann, befand sich mit seiner Mannschaft mit Sicherheit nicht auf einem kleinen Segelschiff.

Mir wurde bewusst, dass nicht nur meine Papiere nicht stimmten, sondern auch die Ladung nicht aus regulären Handelsgütern bestehen konnte. Bodo Harms, in dessen Rolle ich nun zu schlüpfen hatte, dessen Seebuch und Kapitänspatent vielleicht auf mich warteten, konnte eine Aktenleiche sein. Oder existierte der Mann tatsächlich?

Ich goss mir Bier nach und geriet fast in Panik, als ich feststellte, dass nur noch zwei gefüllte Flaschen meinen immensen Durst löschen sollten. Noch fehlte mir die beruhigende Wirkung für den Schlaf.

Das Telefon war die Rettung. Ich bestellte weitere sechs Flaschen Bier, die der Kellner kurz danach auf den Tisch stellte. Er verließ mich mit einem geringschätzigen Blick.

Hinter der verschlossenen Tür kuschelte ich mich in den Sessel und entließ meine Gedanken mit der notwendigen Fantasie eines Spielers in Richtung Marmarameer.

Möglichkeiten begannen sich abzuzeichnen. Meine Spekulation ging so weit, dass ich annahm, dass sich nun ein Mann mit meinem Pass in die Rolle eines deutschen Gymnasiallehrers einleben musste, um seinerseits einen Auftrag für eine unsichtbare Organisation zu übernehmen, die sich über Europa ausdehnte.

Verzweifelt versuchte ich mich zu erinnern, ob der Typ, der meinen Reisepass kassiert hatte, seine Arme mit Fischen oder sonstigen Meerestieren hatte tätowieren lassen. Doch das erschien mir unwichtig.

In meinen Gedanken begann ich eine Reise durch die Dardanellen, sah Griechenland auf der Landkarte vor mir, näherte mich dem italienischen Stiefel, ließ mein gedachtes Schiff durch die Straße von Sizilien segeln und stellte mir vor, dass Sant Feliu de Guixols irgendwo an der Costa Brava liegen musste.

Ich stellte eine frische Flasche Bier auf den Tisch, öffnete das Fenster bis zum Anschlag und atmete die würzige Luft ein, die der leichte Seewind gekühlt hatte.

Für einen echten Kapitän war das Unternehmen zu dieser Jahreszeit sicher ein leichtes Brot. Doch ich hatte begriffen, dass die wertvolle Fracht schließlich an griechischen, italienischen und afrikanischen Küsten entlang gesteuert werden musste, deren Polizei- und Zollschiffe ihre Hoheitsgewässer streng bewachten.

Das Bier blubberte in meinem Glas. Misstrauisch begann ich eine weitere Leseart meines Auftrags zu entdecken. Hatte der bisherige Kapitän nicht mehr mitgespielt, sich geweigert, die Fracht in einen europäischen Hafen zu steuern?

Warum war nicht Barcelona die Endstation der Reise?

Feliu de Guixols, falls ich den Namen des Reiseziels richtig mitbekommen hatte, konnte nach meinen geografischen Kenntnissen nur ein unbedeutender Fischereihafen sein.

Die Sache stinkt, stellte ich fest, aber das war nichts Neues. Meine gesamte Reise hatte bisher gestunken. Doch mir war es nicht gegeben, den Rückzug anzutreten. Selbst wenn ich jetzt versuchen würde, den Polizeibehörden von Izmir mein Wissen zu verkaufen, hatte ich weder eine Gewähr dafür, dass sie meiner unheimlichen Geschichte Glauben schenken würden, noch frei waren von Verfilzungen.

Hinzu kam, dass Inga, meine Tochter, hier in der Türkei zum Opfer werden würde.

Ich steckte meine Möglichkeiten ab. Sie waren äußerst dürftig. Nach außen musste ich naiv bleiben, den Auftrag annehmen und dabei rücksichtslos meine Chance suchen, den fernen Hafen von Feliu de Guixols unbeschadet zu erreichen.

»Gott stehe mir bei«, sprach ich leise.

Über dem Meer lag jetzt die schwarze Dunkelheit, die nur der kleine Leuchtturm mit seinem zuckenden Lichtstrahl durchbrach. Ich heftete meinen Blick auf ihn, schickte ihm ein Prost mit erhobenem Bierglas und sagte mit fester Stimme: »Kapitän Bodo Harms, sei ein ganzer Kerl!«

Während ich trank, wurde der Lichtstrahl größer, flackerte bläulich, und ich wusste, dass ich nicht alleingelassen wurde.

Zu meiner eigenen Überraschung erwachte ich gut gelaunt, fühlte keine hässlichen Folgen meines übermäßigen Biergenusses, und mir fehlten ebenso Erinnerungen an aufregende Traumszenen. Meine Armbanduhr zeigte zehn Uhr. Ich duschte, zog mich an, warf noch einen Blick auf das im Licht der Sonne flimmernde Marmarameer und verließ mein Zimmer.

Mir stand Neues bevor, und ich hatte nicht das Gefühl, als schritte ich meinen letzten Stunden entgegen.

Im Gegenteil, ich freute mich auf das Frühstück, nahm mir vor, mich zu stärken, dass auch mein Körper Kraftreserven bilden konnte.

Der Kellner wies mir den Weg zu einem kleinen Tisch, der nur für mich gedeckt war. Ich saß in einer Ecke mit dem Blick auf den von Palmen gesäumten Vorgarten, in dem Kakteen ihre exotischen roten Blüten auf mattgrünen Zungenblättern mit drohenden Stacheln paradiesisch zum Leuchten brachten.

Vor mir an der Wand der Nische strahlte hinter Glas ein Mann von einem pompösen Bild Optimismus aus. Sicher ein Kämpfer der türkischen Geschichte, denn sein wilder Schnurrbart stand auf Sieg. Die übrigen Hotelgäste frühstückten quasi hinter meinem Rücken. Möglicherweise saß unter ihnen einer, dessen Augen prüfend auf mich gerichtet waren.

Ich hatte und nahm mir Zeit. Nur im überreichlichen Käseangebot unterschied sich das Frühstück von den üblichen. Ziegen- und Schafskäse statt Holländer, dazu die wie Halbmonde geschnittenen saftigen, rötlichen Wassermelonen. Der Kaffee war würzig und kräftig und schmeckte mir erst mit viel Milch.

Die Tür des Frühstücksraums lag in meinem Blickfeld. Den Gästen, die nach ihrem Frühstück das Hotel aufsuchten, sah ich auf den Rücken, Neuankömmlingen ins Gesicht.

Nach meiner Uhr war es kurz vor elf. Irgendwer musste also bald in mein Blickfeld geraten und mir Anweisungen überbringen.

Eine erste heiße Welle, die aus meinem Inneren hochstieg und mir Aufregung bescherte, erfasste mich, als es elf Uhr war. Ich rauchte eine Camel, stierte auf den Eingang und vergaß das paradiesische Rot der Kaktusblüten.

Sollten die beiden Männer, die mir in der Nacht den Pass abgenommen und mich unter Druck zum Kapitän Bodo Harms gemacht hatten, plötzlich erscheinen, mit Pistolen in den Taschen ihrer Jacken?

Es wurde elf Uhr sieben. Niemand kümmerte sich um mich.

Ich trank den Rest Kaffee schwarz und pur. Doch dann fiel mir die Tasse aus der Hand.

Die Überraschung war perfekt!

Der Student stand im Eingang, ließ Kaya frei, die sich mit wehenden Haaren meinem Tisch näherte. Wie in Zeitlupe sah ich ihre Bewegungen.

Sie blieb vor meinem Tisch stehen, schaute mich glücklich an. Wie eine vergessene Puppe einer Porzellanmanufaktur stand sie neben mir. Ihre Brüste strafften das weiße T-Shirt, und um ihre schmale Taille lag das Bündchen des Folklorerocks.

In ihren schwarzen Augen lag eine Freude, die mich meiner Sorgen für Sekunden enthob.

»Kapitän, ich muss Sie auffordern, uns zu folgen! Ihr Schiff liegt im Hafen, Ihre Mannschaft erwartet Sie!« Das war ihre Stimme.

Ich hatte einen Gorilla erwartet, der eine Pistole unter der Achsel trug. Doch so charmant in meine neue Aufgabe eingeführt zu werden überstieg alle meine Träume.

Entschlossen griff ich nach meiner Reisetasche, warf mir meine Lederjacke über die Schulter und folgte Kaya, die sich zu dem Studenten gesellte.

Vor dem Hotel stand der Mercedes. Ich nahm auf der hinteren Sitzbank Platz, wie damals in Istanbul. Doch so lange war es nicht her, dachte ich, während ich durch die Scheiben blickte, als wir das Hotel verließen.

Izmir, am frühen Morgen unter der Sonne des Mittelmeeres, war schon eine herrliche Stadt, wie ich den Bildern entnehmen konnte, die an meinem Fenster vorbeiflogen.

Erst als der Student mit angemessener Geschwindigkeit den Serpentinenweg nahm, schaute ich auf das Meer, ohne Hafenanlagen oder Fischerboote auszumachen. Dabei liefen selbst große Fährschiffe den Hafen an.

Wir landeten an der Küste auf einem Asphaltweg. Erst als wir nach vielen Kilometern eine Felsnase umrundeten, lag der Blick in einen Hafen offen vor mir. Seezeichen kündigten die Bucht an. Fischereifahrzeuge und kleinere Frachtschiffe schaukelten hinter einer Mauer. Weit vor uns an einer Mole, die weit ins Meer hinausragte, lag ein weißes Schiff. Es wirkte auf mich wie ein riesiges Fährschiff.

Mein Herz begann zu rasen. War meine Tochter an Bord dieses Schiffes? Und wenn die Gangster Wort gehalten hatten, war sie gesund? Spritzte sie Rauschgift? Hatte sie sich an Männer verkauft?

Wortlos starrte ich durch die Windschutzscheibe. Ich suchte den Kai nach Männern ab, die mich empfangen würden. Ich war vorbereitet, mich in der Gewalt zu haben, falls man mich mit Drohungen und Waffengewalt an Bord zwingen wollte.

Aber nichts von dem! Auch Kaya und ihr Freund schwiegen.

Der Mercedes rollte im Schritt über die Steine der Mole. Das Wasser seitlich kräuselte sich nur leicht und wirkte tintenblau. Am Horizont entdeckte ich keine Wolke, die mich hätte warnen wollen.

Ich machte die rote Fahne aus, die mit dem weißen Halbmond vom Heck des Schiffes hing, ohne dass der Wind nach ihr griff.

Das Schiff wurde größer, wuchs an und die Deckaufbauten kamen mir wie Häuser vor, die aus weißem Stahl erbaut waren. Niemand stand an Deck. Vom Bug hingen die Taue wie Fäden herab.

Ich las Sea Ghost in schwarzer Schrift vom weißen Stahl.

Der Student zog mit dem Wagen vor dem Schiff eine Schleife, und als er anhielt und mich aussteigen ließ, hatte ich das Gefühl, ein Geisterschiff besteigen zu müssen.

Trotz meiner Verwunderung verließen Kaya und er den Wagen. Ich hielt meine Tasche, während der Student aus dem

Kofferraum einen großen Lederkoffer hob und Kaya reichte. Er küsste sie auf die Wange, winkte mir kurz zu, stieg in den Wagen und fuhr ab.

»Gehen wir«, sagte Kaya zu meiner Überraschung, den Koffer schleppend, der ihr fast bis an die Oberschenkel reichte.

Verwirrt folgte ich ihr in Richtung Gangway.

»Ich gehöre zur Mannschaft«, flüsterte sie, und ich begriff, dass wir uns nicht kennen durften.

Das Deck war wie leer gefegt. Die hohen weißen Aufbauten imponierten mir und wirkten keineswegs einschüchternd auf mich. Im Gegenteil, mich packte eine abenteuerliche Neugier.

Ich schritt an Kayas Seite einer geöffneten Tür entgegen.

Vor uns lag ein gepflegter, teppichbelegter Gang, von dem aus Holztreppen nach oben und unten abzweigten. Für Sekunden blieben wir stehen, und auch Kaya schien für einen Moment dem ersten Reiz der Schiffsromantik zu verfallen.

Wir hörten Stimmen, die uns aus dem unteren Deck entgegenschallten.

Wir nahmen wie Passagiere, die auf der Suche nach ihren Unterkünften waren, schweigend die Stufen abwärts. Auch hier nahm ein Teppichboden unsere Schritte auf. Sauberkeit herrschte vor, Messingbeschläge blinkten. Vor uns lag eine dicke Holztür, während seitlich Pendeltüren in Gänge führten.

Ich klopfte an, gab mir einen Ruck und entschloss mich in Sekundenschnelle, den vor mir liegenden Raum als Kapitän Bodo Harms zu betreten.

Mitten in der Messe stand ein gewaltiger Tisch, um den Männer saßen. Ein vielstimmiges »Ahoi« schallte mir entgegen. Blitzschnell schaute ich mich um. Mich empfing ein eingeschworenes Team, wie ich sofort begriff.

Mir gegenüber am Kopfende des Tisches erhob sich ein Mann.

Meine Blicke hingen an ihm, ja fast magisch zog er mich an. Er war groß und schlank und trug einen verwegenen Vollbart mit grauen Spitzen. Seine Augen waren auf mich gerichtet, nicht unfreundlich, aber abschätzend. Sein Gesicht wirkte offen und selbstbewusst, und dennoch schien es ein Geheimnis zu bergen.

Das fühlte ich, denn der lange Umgang mit Schülern hatte meinen Blick für solche Feststellungen geschärft.

»Dear friends, our captain! Welcome him«, rief er, verließ seinen Platz, kam auf mich zu, reichte mir die Hand und fuhr fort: »With him is Miss Kaya Bayranük, our new stewardess!«

Der Beifall schwoll an wie ein Orkan. Während der Sprecher, den ich für den Offizier hielt, Kaya seitlich führte und ihr einen Platz am langen Tisch anbot, sagte ich: »Thanks. I am sure, you are all members of a good team. I wish you much luck!«

Nachdem der Beifall abebbte, fuhr ich fort: »You understand English, but who speaks German?«

Zu meiner Überraschung nickte ein blasser junger Mann, der bartlos zwischen den Seebären saß.

»Ich bin Deutscher und als Funker an Bord. Meine Mannschaftsmitglieder verstehen alle Deutsch, zum Teil beherrschen sie unsere Sprache gut. Sie sind unter anderen auch auf deutschen Schiffen gefahren und sprechen mehrere Sprachen.«

»Danke«, sagte ich.

Der lange Mann trat zu mir.

»Es ist sicher nicht das beste Deutsch, Herr Kapitän, aber wir können alles verstehen.«

»Das ist hervorragend«, antwortete ich und fuhr fort: »Ich heiße Harms. Nennen Sie mir bitte einzeln Ihre Namen und die Funktion, die Sie an Bord haben.«

Ich sah das belustigte Lächeln im Gesicht des Mannes und deutete es als Zustimmung.

»Ich heiße Nababik, bin Erster Offizier, neunzehn Jahre im Dienst«, sagte er.

»Mein Name ist Beppowitsch, bin Zweiter Offizier, komme aus Serbien. Fahre seit zweiundzwanzig Jahren zur See.«

Ein stabiler, dunkelhäutiger Mann erhob sich. »Ben Salotto, Bootsmaat, war vorher immer auf Tanker.«

Der Nachbar stellte sich vor: »Maru Malky, Türke, einfacher Seemann, seit vielen Jahren hier auf Schiff.« Auch er war kräftig, aber schlanker.

»Zermi Zusaakyl, bin Maschineningenieur, zu Hause in Türkei, habe deutsches Patent.«

Die Reihe kam an meinen Landsmann. »Ich heiße Ulrich Liebenau, fahre meine letzte Reise, denn ich werde als Funker bei Radio Norddeich arbeiten.«

Der letzte der Männer erhob sich. Er war nicht nur groß, sondern auch breit und fett. Ein Koloss von Kerl. »Bin Achmed Abu Dota, koche auf Schiff, habe gekocht auf viele große Tanker.«

Zu meiner Überraschung erhob Kaya sich: »Ich heiße Kaya Bayranük, bin Stewardess und seit heute an Bord.«

Ich bedankte mich und wandte mich an die Crew: »Wir haben noch viel Gelegenheit, uns während der langen Reise näher kennenzulernen. Aber was auch geschehen mag, wie auch die Reise verlaufen wird, ab heute stehen Sie unter meinem Kommando! Ich treffe die Entscheidungen und werde dabei immer Ihr persönliches Wohlergehen im Auge haben. Unsere gemeinsame Aufgabe ist es, unsere Sea Ghost, koste es selbst den Einsatz unseres Lebens, mit der wertvollen Fracht als Team in den Hafen von Sant Feliu de Guixols zu bringen! Jeder der hier Anwesenden muss sich darüber im Klaren sein, dass unsere Fahrt kein Sonntagsausflug und keine Kreuzfahrt ist, sondern von Risiken und Gefahren begleitet wird. Wer mit der Hoffnung auf Prämien nicht bereit ist, alles zu geben, der verlasse sofort das Schiff.«

Ich war seit mehr als zwanzig Jahren Lehrer und verstand den Umgang mit Drohungen und Belohnungen.

Die Männer schwiegen, und ich sah, dass der Erste Offizier mir sympathische Blicke zuwarf. Kaya blinzelte mir hoffnungsvoll zu.

Ich wandte mich ab vom langen Tisch und sagte forsch zu dem Mann, der sich Nababik genannt hatte: »Mister, kommen Sie hinterher auf die Brücke, damit wir alles Nötige besprechen können, wenn die Direktion uns damit beauftragt.«

Ich verließ die Messe und war froh, dass niemand zusah, als ich mich erschöpft gegen die kalte Stahlwand lehnte, bevor ich die Treppe nach oben nahm.

Meine Kleider klebten mir am Leib, Arme und Beine entkrampften sich mit einem leichten Zittern, das ich aber vor Glück wegen der erfolgreich übernommenen Rolle als Kapitän Bodo Harms schnell überwand.

Selbst die bange Frage, wie diese Mannschaft reagieren würde, falls sich herumsprechen sollte, dass ich von der Seefahrt nichts verstand, schob ich von mir, erfüllt mit einem Riesenmaß an Optimismus.

Mit diesem Nababik musste ich auskommen! Er vertrat das Seemännische, während die Gangster mich zum Strohmann aufs Schiff gebracht hatten, der für sie den Kopf hinhalten musste.

Prämien hatte ich den Seeleuten versprochen, von wertvoller Fracht geredet, wobei ich mehr an meine Tochter gedacht hatte als an ihren Job.

Ob der Erste Offizier mehr wusste? Hatte man ihn eingeweiht? Davon konnte ich ausgehen, und wenn dem so war, dann hatte er bemerkt, wie ich »Alles oder nichts« gespielt hatte.

Den Weg zur Brücke fand ich ohne Schwierigkeiten, denn er lag dort, wo es zu vermuten war, nämlich oberhalb des höchsten Decks.

Von der Höhe eines Einfamilienhauses blickte ich durch die Scheiben auf das Deck der Sea Ghost, und mir fiel erneut die Sauberkeit des Schiffes auf. Ich warf einen Blick auf die Armaturen, den toten Radarschirm und wusste, dass ich dieses Schiff nicht einmal für wenige Zentimeter bewegen konnte.

Aber meine Aufgabe, mehr noch, mein Wille zu überleben und auch meine Tochter zu retten, zwangen mich dazu, hier oben das Heft in der Hand zu halten.

Ein Auto näherte sich über die Mole meinem Schiff. Von oben sah ich auf das Dach des Fahrzeugs, als es hielt. Doch dann durchschoss mich ein Gefühl des Glücks.

Ich jubelte innerlich wie ein Sieger, ohne zu ahnen, welche Hürden noch zu überwinden waren.

Meine Tochter Inga verließ mit Gepäck in Begleitung eines Mannes den Wagen!

Wer war dieser Begleiter?, fragte ich mich aufgeregt. Aber ich war nicht nur der Vater des Mädchens, sondern auch der Kapitän der Sea Ghost, nämlich Bodo Harms, und ich begriff, dass ich in seiner Rolle keine Tochter hatte, die Inga hieß.

Zweifel stiegen in mir hoch. Minuten wurden zu Stunden, denn mir war klar, dass ich im Moment die Brücke nicht verlassen durfte und meine Gefühle einfrieren lassen musste.

Der Erste Offizier erschien. Er wirkte gelassen und reichte mir einen Umschlag.

»Kapitän, wir haben Gäste. Die Direktion hat sie uns zugewiesen«, sagte er, ohne seine Augen von mir zu nehmen.

Verwirrt nahm ich das Kuvert in die Hand, als sich die Tür öffnete und ich hinter einem Mann meine Tochter erkannte.

Es muss Anke, meine verstorbene Frau gewesen sein, die mir die Kraft geschenkt hatte, mit lauter Stimme loszubrüllen: »Lassen Sie die Besucher draußen! Ich habe mit Ihnen zu reden!«

Nababik schlug die Tür zu. Ich lehnte mich wie ein Chef an das Steuerrad und sagte: »Herr Nababik, ich muss vorsichtig sein!«

Der Erste Offizier hatte weder meine forsche Art, noch meine Bedenken ernst genommen. »Kapitän, Ihre Tochter darf Sie nicht kennen!«, flüsterte er. »Sie ist uns mit Kaya als Stewardess zugeteilt worden.«

Mir verschlug es den Atem. Nababik war eingeweiht oder hatte einiges erfahren, um im Umgang mit mir keine Fehler zu machen.

»Und ihr Begleiter?«, fragte ich ihn und hoffte, er könnte mir helfen, die nächsten Situationen erfolgreich zu überstehen.

»Er wird nicht nur auf Ihre Tochter achten, Kapitän, sondern als Einziger für die Ladung unseres Schiffes zuständig sein«, sagte er.

Ich öffnete den Brief, entnahm ihm das Schreiben und las:

Ihr Erster Offizier ist Ihr Vertrauter, was die Navigation und Führung des Schiffes betrifft.

Für Ihre Tochter sind Sie ein Fremder! Vermeiden Sie jeden verräterischen Kontakt, er könnte nur zu Ihrem Schaden sein!

Der Begleiter Ihrer Tochter, Herr Steenblock, überwacht Ihre Arbeit an Bord. Er ist auch der Mann, der für die Ladung verantwortlich ist.

In Krisen oder äußerst schwierigen Situationen haben Sie seinen Anweisungen zu folgen!

Verlassen Sie den Hafen um 15 Uhr. Ihr Ziel ist es, wohlbehalten mit Ladung und Mannschaft den spanischen Hafen Sant Feliu de Guixols zu erreichen, dann können Sie unbeschadet die Heimreise mit Ihrer Tochter antreten.

Eine Geldprämie zahlen wir Ihnen in Dollar aus! Vernichten Sie den Brief!

Da stand nun ein Dritter zwischen Nababik und mir, allerdings avisiert für Krisen und äußerst schwierige Situationen. Wer sollte bestimmen, wann diese gegeben waren? Das behagte mir nicht.

Mein Erster Offizier musste ebenfalls wissen, wann er oder dieser Steenblock der tatsächliche Führer des Schiffes war.

»Herr Nababik, hier, lesen Sie das, was uns die Direktion schreibt.«

Ich reichte ihm den Brief und vernahm von draußen den protestierenden Ton des Mannes, der uns soeben als ein Verantwortlicher angekündigt worden war.

Dem Ersten Offizier tat mein Vertrauen gut. Mit ernstem Gesicht und verkniffenen Augen las er das Schreiben. Als er es mir zurückgab, sagte er: »Kapitän, ich regele die Kabinenfrage in Ihrem Sinne. Wir haben für Mitreisende der Direktion eine Doppelkabine, luxuriös, das versteht sich. Sie liegt vom Mannschaftsdeck weit genug entfernt, damit ein ruhiges Verweilen garantiert wird. Ihre Tochter und Kaya sollen in den Genuss dieser Annehmlichkeiten gelangen. Diesen Steenblock quartiere ich mit Ihrer Erlaubnis in die vakante Kabine des fehlenden Dritten Offiziers ein.«

Ich war froh, dass er mir das abnahm, denn wie hätte ich entscheiden sollen, wo ich das Schiff noch nicht einmal kennengelernt hatte?

Als er mich verließ, grinste er und sagte: »Ich nehme die Besucher gleich mit, dieser ›technische Direktor‹ kann sich für einen Kapitänsbesuch vormerken lassen.«

Als er die Tür hinter sich schloss, schickte ich ein Dankgebet gegen den wolkenlosen Himmel der türkischen Küste.

Inga war an Bord, und der Erste Offizier hatte sich als ein Mann entpuppt, der mir die Sorgen quasi von den Lippen las. In einer Stunde sollten wir ablegen. Ich vertraute auf den Mann, der ein gutes Deutsch sprach und alles zu durchschauen schien.

Gern hätte ich meine Tochter gesprochen, doch ich hatte begriffen.

Fürs Erste galt es, den Raum nicht zu verlassen, den ich auch in Zukunft hüten musste, wollte ich die mir gebotenen Chancen nicht verspielen.

Kapitel 6

O Gott, was sollte noch auf mich zukommen!

Als Oberstudienrat für Mathematik hatte ich mich in meiner kleinbürgerlichen Idylle wohl gefühlt. Erst der Tod meiner geliebten Frau hatte mich einsam werden lassen. Der Nabelbruch mit meiner Tochter hatte mich herausgelockt, und nun stand ich auf der Brücke eines seetüchtigen Schiffes, das mit den modernsten Navigationsmitteln ausgerüstet war und eine wertvolle Fracht nach Spanien bringen sollte.

Abgesehen von meinen Umwegen, meine Tochter aus etwas zu retten oder vor etwas zu schützen, hatten mir Unbekannte eine Verantwortung aufgebürdet, die zu übernehmen ich nicht ablehnen konnte, wollte ich das Leben meiner Tochter Inga und auch das eigene retten. Ohne Zweifel ging dieser Überlebenskampf zulasten bestehender Gesetze, führte in die Unterwelt, sorgte für Mitschuld an irgendwelchen Verbrechen.

Ich löste mich aus meinen Gedanken, als Nababik die Brücke betrat. Ich hätte ihn umarmen können! Konnte doch nur er mir helfen, mich aus diesem Knäuel von unentwirrbaren Verstrickungen zu befreien.

Sein gutmütiges Lächeln tat mir gut.

»Kapitän, nehmen Sie das alles erst einmal hin. Das meiste, was Sie bedrückt, wird die Zeit Ihnen abnehmen. Ich jedenfalls stehe zu Ihnen«, sagte er, reichte mir die Hand, und ich spürte seinen kräftigen Händedruck.

»Das ist für mich erfreulich, doch für die mir gestellte Aufgabe benötige ich schnell ein paar Auskünfte. Sind Ihnen die Mannschaftsmitglieder alle vertraut?«

Der Erste Offizier überlegte kurz: »Mehr oder weniger. Wir kommen vom Libanon. Dort haben wir Waffen abgeliefert und sind nun auf der Reise, um erneut Kriegsmaterial zu laden. Wir verdienen gutes Geld und leben entsprechend gefährlich. Deswegen kann ich von den Männern alles verlangen. Sie bilden ein zusammengeschweißtes Team. Nur der Neue, der Ihre Tochter an Bord brachte, bildet für mich ein bedrohliches Fragezeichen.«

»Er ist der Mann, dem das Sagen über die Fracht zusteht«, sagte ich.

»Kapitän, wir fahren seit Jahren mit gefährlichen Frachten. Dazu hat noch niemand uns an Bord begleiten müssen«, antwortete er.

»Und was ist unsere Fracht?«, fragte ich.

»Offiziell fahren wir nach Spanien, allerdings angeblich ohne Ladung. Wein, Oliven und Fruchtkonserven holen wir dort ab, doch in Wirklichkeit sind es Handgranaten, Pistolen und Munition. Inoffiziell führen wir viertausend Tonnen Ware mit an Bord. Sie ist in Jutesäcken seefest verpackt, und ich überlasse es Ihrer Fantasie, Kapitän, deren Inhalte zu erraten.« Er grinste, und ich bemerkte seinen Stolz im kernigen Gesicht.

»Nababik, Sie sind ein Abenteurer«, sagte ich.

»Kapitän, noch ein paar gesunde Jahre durch die Scheiße, dann habe ich es geschafft. Dann schaukle ich fette alte Großmäuler, die Moos haben, mit einem eigenen Kahn durch die Südsee und ich werde sie nicht fragen, was sie reich gemacht hat, und sie werden mich nicht fragen, wie ich zu dem Luxuspott gekommen bin.«

»Wir haben also Rauschgift an Bord«, sagte ich, ohne ihn zu fragen.

»Möglich, ich kenne die Fracht nicht. Ich befand mich an Land, als zwei Barkassen ihre Fracht an die Sea Ghost weitergaben. Ihr Vorgänger hat die Ladepapiere unterschrieben und ging von Bord und kam nicht wieder. Schade ist es, dass die dort im schönen Libanon so herumballern müssen. Dort ließe sich leben.«

Ich hatte begriffen, wer letzten Endes die Verantwortung trug.

»Wie steht es mit dem Proviant?«, fragte ich ihn, denn so weit gelang es mir, mich in den Betrieb eines Seeschiffes hineinzudenken.

»Bestens, Kapitän. Wer solche Reisen unternimmt, muss erster Klasse leben.«

»Nababik, halten Sie die Sea Ghost für ein sicheres Schiff?«, fragte ich und dachte an Stürme und Unwetter, die auch über dem Mittelmeer nicht selten sind.

Er lachte, als hätte ich ihn beleidigt.

»Kapitän, fünftausend Bruttoregistertonnen, aber dafür mit zwanzig Knoten ein stabiles und schnelles Schiff.«

»Gut, Ihre Mannschaft ist eingespielt. Sie gestalten deren Dienstplan in Ihrer Verantwortung. Meine Bitte ist es, dass die Mädchen vor Zudringlichkeiten sicher sind.«

»Dafür ist Sorge getragen, Kapitän. Sie helfen Achmed Abu Dota in der Küche, sorgen sich um die Reinigung der Offizierskabinen, aber nur in den Zeiten, wenn diese unbesetzt sind. Das habe ich angeordnet.«

»Führen Sie mich durch das Schiff, Nababik. Ich möchte meine neue Heimat kennenlernen, denn auf der Sea Ghost werde ich mich für eine Weile wohl fühlen müssen, und wenn mich nicht alles täuscht, für vieles zuständig sein«, sagte ich.

Wir verließen wie Freunde die Brücke.

Die Sea Ghost war sechsundneunzig Meter lang und zwölf Meter breit, und mich faszinierten die hoch aufragenden Aufbauten.

Neben der Brücke führte eine Treppe hinauf zur Funkstation.

Wir stiegen die Stufen abwärts, und Nababik führte mich zur Kapitänskabine.

Ich warf nur einen kurzen Blick in den kombinierten Raum und folgte dem Ersten Offizier über den kleinen Korridor, der zu den Offizierskabinen führte.

Ein Deck tiefer lag die Messe, die ich bereits kennengelernt hatte. Das nächste Deck enthielt einen Mannschaftsraum und die Kabinen der Seeleute. Es folgten Toiletten, ein Krankenzimmer und schließlich die Küche, die eine Verbindung mit dem Mannschaftsraum hatte. Die Vorratsräume und Werkstätten befanden sich vor dem getrennten Maschinenraum, an dem vorbei der Erste Offizier mich zu den Ladekammern führte.

Im dunklen Licht der dürftigen Lampen sah ich die Fracht, die nur einen Raum mit Jutesäcken und Kanistern füllte.

»Das ist also die wertvolle Ladung«, sagte ich und versuchte mir die Wege durch das Schiff einzuprägen.

Mir war aufgefallen, dass er mir die Kabine, in der die Mädchen schlafen sollten, nicht gezeigt hatte. Als wir die unteren Decks hinter uns gelassen hatten, fragte ich ihn deshalb.

»Sie sprachen von einer Besucherkabine, wo befindet sie sich?«

»Wir kommen erst jetzt an ihr vorbei«, sagte er und führte mich vom Korridor seitlich in einen Gang durch eine Tür, die ich fast übersehen hätte. Sie lag neben einer kleinen Kammer, die Säuberungsmittel, Toilettenpapier und Besen enthielt. Er wies auf die Kabine und sagte: »Das ist der ruhigste Raum.« Ich begriff, denn die Kabine lag quasi ganz am Ende der Aufbauten.

Wir schritten an meiner Kapitänskajüte vorbei und betraten die Brücke.

»Bevor wir auslaufen, schauen wir uns den Plan an, der auch für Sie ein unbeschriebenes Blatt ist«, sagte ich.

Der Erste Offizier drückte einen der vielen Knöpfe, deren Funktionen ich noch kennenlernen musste.

»Herr Steenblock wird zur Brücke gebeten.«

Sekunden später erschien der Mann.

Er war untersetzt, kräftig und, wie ich schon vermutet hatte, Holländer. Sein Gesicht war gepflegt, sonnengebräunt und trug die Züge eines Managers, der zu befehlen gewohnt war. Ihm fehlte die menschliche Ausstrahlung und seine spöttisch schief gezogenen Lippen verrieten, dass er brutal das durchzusetzen gewohnt war, was ihm nur passte.

Er wirkte weniger wie ein Abenteurer, sondern glich mehr den Typen, die Konzerne leiten und Menschen feuern, die ihnen nicht in den Kram passten.

Sein Blick begegnete meinem. Er war geringschätzig.

»Bevor wir auslaufen, Herr Steenblock, hätte ich gern von Ihnen gewusst, worin Ihre Sondermission besteht und wieweit Sie, sagen wir in kritischen Stunden, uns hilfreich zur Verfügung stehen können.«

Ich hatte mich bemüht, ruhig zu bleiben, gelassen zu wirken und meine Sprache im höflichen Ton zu halten, um meine innere Abneigung nicht zu zeigen.

Steenblock grinste breit und verächtlich.

»Sie haben Ihre Rolle wie ein gelernter Schauspieler gut übernommen. Ich gratuliere. Aber, Herr Harms, mir machen Sie nichts vor. Wenn Sie es genau von mir wissen wollen, dann hören Sie zu. In Stunden, die gefährlich für die Ladung werden können, müssen Sie sich meinem Kommando unterwerfen, Herr Operettenkapitän!« Er lachte, und sein abstoßendes Gesicht warnte mich erneut.

Dass Nababik für mich eine Stütze werden könnte, hatte ich bereits festgestellt, doch dass er mir das so schnell beweisen würde, überraschte mich.

Seine festen Hände schossen vor, griffen in den Stoff des weißen Sommerhemdes. Steenblock wurde blass, während Nababik seine rechte Hand unterhalb seines Kinns legte und seinen Kopf nach hinten drückte.

»Am Bord befiehlt der Kapitän! Und nun sag uns hübsch deinen Vornamen und wo du herkommst, Landratte.«

Die Augen des Mannes schienen anzuschwellen. Steenblock rang nach Luft. Nababik lockerte seinen Griff.

»Jan, ich heiße Jan Steenblock, bin Holländer«, hauchte er.

»Und jetzt nenne uns deine Aufgaben an Bord, mein Goldjunge«, sagte Nababik erbarmungslos.

»Die Ware ist für uns äußerst wichtig, und damit der Kurs des Schiffes stimmt und Sie und der Kapitän keine Mätzchen machen, fahre ich mit.«

Ich war ungeübt im Umgang mit Gewalt, ging eigentlich stets allen Streitereien aus dem Weg und begriff, dass ich mir eine andere Haut zulegen musste.

Ich regte mich sehr auf und musste dennoch meine Position an Bord festigen.

»Erster, lassen Sie den Mann los! Wenn es sich als notwendig erweisen sollte, dann ordnen Sie ihn in den Dienstplan ein, denn wir unternehmen keine Kreuzfahrt«, sagte ich, und meine Stimme klang drohend.

Nababik stieß Steenblock von sich. Der Holländer atmete schwer und ordnete sein Hemd, das ihm aus den Jeans gerutscht war.

»Suchen Sie Ihre Kabine auf!«, befahl der Erste Offizier und hielt dem Holländer die Tür auf.

Steenblock verließ uns, kochend vor Wut.

»Der Junge kann gefährlich werden«, sagte ich.

»Gehen wir zu Ihrer Kabine, Kapitän. Ich muss Sie noch mit einigen Dingen vertraut machen, bevor wir ablegen«, sagte Nababik seelenruhig, als hätte sich auf der Brücke nichts Sonderliches ereignet.

Wir verließen die Brücke. Er reichte mir einen Schlüssel, und ich öffnete die Kabine, die nun für eine gewisse Zeit mein Zuhause sein würde.

Die Ausstattung war fast luxuriös. Im vorderen Teil der großen Kabine befand sich das Büro, etwa ausgestattet wie das eines mittleren Direktorzimmers. Den Rest des Raumes füllte eine Schlafstatt, Sessel, Tisch und Schrankregale.

Ich setzte mich vor den Schreibtisch. Mein Erster Offizier nahm sich einen Stuhl und setzte sich schräg davor.

»Hier ist ein zweiter Schlüssel, Kapitän«, sagte er und holte aus seiner Jeans ein Schlüsselbund hervor, von dem er einen Schlüssel löste.

»Wozu dient er?«, fragte ich.

Er lachte. »Das Tragen von Waffen an Bord ist verboten. Wir besitzen hier aber ein kleines eigenes Arsenal, gefüllt mit MPis der Marke Kalaschnikow, dazu ein paar Walther-Pistolen und die entsprechende Munition.«

»O Gott«, stöhnte ich und starrte in sein gutmütiges Gesicht.

»Das heißt ja nicht, dass wir sie benutzen, Kapitän«, sagte er beschwichtigend.

Ich wusste, dass es notwendig war, meine Paukermentalität endgültig abzulegen. Hier hatten Wolkenträume keinen Platz, und wenn es allen um diese heiße Fracht ging, dann wollte ich wenigstens das Leben meiner Tochter retten und selbst mit heiler Haut irgendwo dieses Schiff verlassen.

Nababik hielt mir seine geöffnete Hand entgegen. Ich legte den kleinen Schlüssel auf seine gewaltige Handfläche.

Er erhob sich, schritt an die Wand, schob ein vergilbtes Bild der Sea Ghost, das sie vor einer Palmenkulisse zeigte, beiseite und öffnete den Tresor.

Ich ging zu ihm. Mein Blick fiel auf Maschinenpistolen, Pistolen und Munition, die für die gesamte Mannschaft reichen würden. Er verschloss den Tresor wieder und legte mir den Schlüssel in die Hand.

»Nur Sie und ich kennen diesen geheimen Hort unserer Verteidigungsmöglichkeit, Kapitän.«

Ich schaute auf die Uhr.

»Es wird Zeit, abzulegen«, sagte ich.

Wir gingen zur Brücke.

»Bringen Sie die Leute auf Station«, forderte ich ihn auf, während er schmunzelnd eine Taste im Armaturenkasten drückte und ein Signal ertönte. Die Sea Ghost füllte sich mit Leben.

Beppowitsch, der Zweite Offizier, erschien, grüßte kurz und übernahm das Ruder.

Ich beobachtete, wie ein Matrose vorn auf dem Bug die elektrische Winde bediente, die die befreiten Taue aufrollte.

Der Erste Offizier gab die Kommandos. Er stand mit wachen Augen vor den Armaturen.

Das Schiff kam in Bewegung. Ich spürte eine unerklärliche Freude, obwohl ich mit der Sea Ghost in eine mir nebelhaft erscheinende Zukunft fuhr.

Ich schaute auf die Mole, warf einen Blick auf das felsige Festland, folgte mit den Augen den Bergstraßen, während sich die Sea Ghost seitlich von der Steinmauer löste, dann mit voller Kraft voraus dem offenen Meer entgegenstampfte, und nahm das bunte Bild des Fischereihafens bewusst in meine Erinnerungen auf.

Nababik gesellte sich zu mir. Er klopfte mir auf die Schulter.

»Hier oben geht alles klar, Kapitän. Suchen Sie Ihre Kabine auf, holen Sie etwas Schlaf nach und fordern Sie Achmed Abu Dota auf, Ihnen etwas zu brutzeln. Das muss sein, sonst verlieren Sie seine Achtung. Bescheidenheit ist das Nährklima für solche Typen wie Steenblock.«

Ich stieg die Treppe abwärts, ging zu meiner Kabine, schloss sie auf, setzte mich an den Schreibtisch und schaute mich um.

Schnell wollte ich mich der neuen Umwelt anpassen und mich den Aufgaben stellen.

Ich entdeckte einen Kühlschrank. Den Durst hatte ich bisher unterdrückt, den Schweiß vergessen, doch nun, die Ruhe findend, meldete sich mein Verlangen nach einem Getränk.

Der Kühlschrank war zu meiner Freude mit kühlem Beck's-Bier gefüllt. Ich fand Gläser in einem Geschirrschrank und auch einen Öffner. Unbeschreiblich der Genuss, als ich einen tiefen Zug aus dem Glas nahm.

Ich spielte mit der Tastatur der Sprechanlage, fand schließlich den Anschluss zu unserem Koch und bat Achmed Abu Dota, mir Spiegeleier mit Speck auf Schwarzbrot herzurichten.

Erst jetzt mit dem aufkommenden Hunger fühlte ich, dass ich den Strapazen erlegen war. Ich war am Ende und hätte weiteren Belastungen nicht widerstehen können.

Meinem Ersten Offizier war ich nun schon mehrmals zu Dank verpflichtet, weil er die Dinge im Griff hatte.

Weiteres Bier ließ ich in das Glas blubbern, die Schaumkrone stieg weiß an der Glaswand empor.

Sollte ich hundert Jahre alt werden, niemals würde mir ein Pils so schmecken, wie nach der ersten Ruhe meiner aufregenden Stunden als Kapitän eines Seeschiffes!

Während ich die Schublade meines Schreibtisches aufzog, fand ich nichts Aufregendes, nur, als hätte mein Vorgänger es gut mit mir gemeint, lagen Zigarettenpackungen ungeöffnet wie ein Vorrat in ihr.

Seitlich in der Wand saß ein Bullauge, und ich blickte auf ein Stück blaues Meer, das mir nun zur Heimat werden würde.

Mein Erster Offizier Nababik stand jetzt auf der Brücke. Er steuerte die Sea Ghost und wusste, dass auf der einen Seite die Prämien, auf der anderen das Zuchthaus stand.

Ich erschrak nicht, als es an meine Tür klopfte.

Das Spiegelei, folgerte ich und rief: »Herein!«

Doch es war nicht der erwartete dicke Koch, sondern Kaya, die mein Essen auf einem Tablett hereintrug.

Ich wunderte mich darüber, dass Kaya sehr ernst dreinblickte, und noch mehr überraschte es mich, dass Mijnheer Steenblock unangemeldet hinter ihr meine Kabine betrat.

Noch bevor Kaya das duftende Essen vor mir auf dem Schreibtisch abgestellt hatte, fuhr ich den Holländer an: »Was fällt Ihnen ein, mich ohne Voranmeldung aufzusuchen! Verschwinden Sie!«

Er trug ein blaues T-Shirt. Seine Schultern waren breit, seine Arme muskulös. Ich schaute auf seine Armtätowierung.

»Ich bin verantwortlich für die Weiber«, knurrte er.

»Raus! Für Schiff und Besatzung ist nur einer zuständig, und das bin ich, der Kapitän!«, brüllte ich.

Ich war aufgesprungen und wäre ihm bei einem Zweikampf unterlegen gewesen. Nicht, weil ich als Fünfzigjähriger meinen Körper nicht so beherrschte, sondern einfach deshalb, weil mir das Vertrauen zu einem Sieg fehlte.

Aber das wusste Steenblock nicht. Auf See herrschten andere Gesetze als in seinem Büro einer imaginären Firma, die Waffen in den Libanon importierte und Europa mit Rauschgift überschwemmte.

Er verließ das Zimmer. Die Tür fiel krachend ins Schloss.

Von den Spiegeleiern duftete mir der Pfeffer in die Nase. Mir fehlte plötzlich der Appetit, und ich blickte verwirrt auf Kaya, die es nicht wagte zu sprechen.

»Na schön, beruhige dich«, sagte ich zu ihr und fragte: »Hast du Nachrichten von Inga, meiner Tochter?«

Sie zuckte leicht zusammen und wurde bleich. Dann gab sie sich einen Ruck. Ihre schwarzen Augen wurden ganz groß.

»Inga ist in Ordnung. Das soll ich Ihnen sagen.«

»Danke«, antwortete ich und musste meinen Wünschen widerstehen, diese zwergenhafte Schönheit einfach an mich zu ziehen, um die Sorgen dieser Welt zu vergessen.

»Wir haben Angst. Dieser Mann hat uns bedroht. Er will uns erschießen, wenn wir nicht schweigen«, hauchte sie mir entgegen, und ich begriff, dass sie Steenblock, den Holländer, meinte.

Mir schoss der Gedanke durch den Kopf, dass man ihn nicht nur zur Bewachung der Ladung, sondern zusätzlich als Wärter der beiden Mädchen auf die Sea Ghost geschickt hatte.

»Kaya, ihr müsst schweigen und euch ruhig verhalten. Bald werde ich mit euch über alles sprechen können. Grüß Inga von mir, und sag ihr, dass ihr an Bord sicher seid.«

Kaya nickte dankbar, aber nicht überzeugt, und verließ gehetzt meine Kabine.

Ich machte mich über die Spiegeleier her, die auf saftigem Vollkornbrot hervorragend schmeckten.

Fürs Erste war ich zufrieden mit dem, was bisher gelaufen war. Diesen Steenblock musste ich bremsen, koste es, was es wolle. Er war der gefährlichste Mann an Bord der Sea Ghost, obwohl Nababik ihm bereits eine erste Abfuhr erteilt hatte.

Doch dazu benötigte ich Zeit. Wenn ich mir überlegte, dass ich erst wenige Stunden an Bord der Sea Ghost war, dann konnte ich mit dem Erreichten zufrieden sein.

Gesättigt schob ich den Teller beiseite, erhob mich, schritt an das Bullauge und beobachtete für Minuten den Sonnenuntergang. Fern am Horizont entdeckte ich gelbe, krustige Inseln, die kaum einen Hauch Grün trugen.

Zu meiner Kabine gehörten ein separates Bad und ein WC. Ich freute mich über die Sauberkeit, entleerte mich und holte mir ein kühles Bier aus dem Kühlschrank.

Mein Vorgänger musste nicht nur ein Liebhaber des hanseatischen Bieres gewesen sein, sondern auch harte Getränke geliebt haben. Einige Whiskyflaschen saßen eingeklemmt zwischen dem großen Biervorrat.

Eine Klimaanlage trieb frische und gekühlte Luft in meine Kabine. Selbst der Rauch meiner Zigaretten zog in Richtung Decke.

Achmed Abu Dota erschien, sein freundliches, gutmütiges, fettes Gesicht strahlte fast weihnachtliche Stimmung aus. Er passte fast nicht durch die Tür und freute sich wie ein Kind über mein Lob, dass er ein Meister sei, der ein einfaches Gericht zu einer Art Delikatesse zubereitet hatte.

Glücklich nahm er das Geschirr auf und verließ mich wieder. Dass der Koch selbst das Geschirr abholte, deutete darauf hin, dass sowohl Kaya als auch Inga bereits dienstfrei oder – in der Übersetzung gesprochen – Ausgehverbot hatten.

Kaya hatte mir mehr anvertraut, als es ihr gestattet war, so schloss ich, und das Resümee aus ihrer Botschaft deutete ich dahingehend, dass meine Tochter nicht rauschgiftsüchtig war.

Das erleichterte meine Situation, denn die Argumente, mit denen sie mich erpressten, nahmen an Schrecken ab.

Glücklich über diese Erkenntnisse, holte ich mir ein weiteres Bier aus dem Kühlschrank.

Ich rauchte und genoss das Pils und auch den Frieden, den der Abend in meine Kabine trug.

Sicher musste ich wachsam bleiben, war noch nicht aus der Gefahrenzone. Dieser Steenblock gefiel mir nicht. Er spielte sich auf wie der Eigner der Sea Ghost, und ich konnte ihn nicht einfach in die Rolle eines Handlangers der Organisation einordnen.

Die Angst vor diesem Steenblock, er könnte mich plötzlich wehrlos in meiner Kabine über den Haufen schießen, trieb mich dazu, den kleinen Schlüssel zu benutzen und das vergilbte Foto des Schiffes beiseitezurücken. Ich bewaffnete mich mit einer Walther.

Nie im Leben hatte ich eine Waffe in der Hand gehabt. Doch die Handhabung war einfach. Ich versteckte die Pistole in meiner Hosentasche und fühlte mich sicherer.

Aus dem Kühlschrank entnahm ich zwei Flaschen Bier, stellte sie auf ein Tablett, das im Hängeschrank lag, und verließ meine Kabine, die Büro und Schlafraum war.

Voller Dankbarkeit trug ich das Bier zur Brücke. Dort hatten

Nababik und sein Freund, der Zweite Offizier Beppowitsch, das Geschehen voll in der Hand.

Beppowitsch, ein kleiner, drahtiger Mann, sah kaum auf. Nababik sagte lachend: »Kapitän, auf der Brücke ist Alkohol verboten, aber lassen Sie die Flaschen ruhig stehen.«

Ich fühlte mich unsicher, doch mein Erster Offizier zeigte mir die Seekarten und gab mir Erklärungen, die mir das Lesen erleichterten.

Wir rauchten, und ich schaute lange mit den Männern auf das Meer, auf das die Scheinwerfer fielen.

Schließlich wünschte ich beiden eine gute Nacht und nahm mir vor, am kommenden Tag mehr hier auf der Brücke zu lernen.

Zurück in meiner Kabine, musste ich lachen, denn ich dachte daran, dass das Land Niedersachsen die Sommerferien genoss und dass mein Direktor, dieser Paragrafenreiter, mit Sicherheit ernsthafte Schritte gegen den Aussteiger Doktor Udendorf in die Wege geleitet hatte.

Seinen Urlaub auf Borkum oder zumindest auf Norderney hatte er mit Sicherheit nicht angetreten, weil er nicht damit fertigwurde, was ein Kollege seines Gymnasiums ihm angetan hatte.

Mir schmeckte das Bier, voller Hoffnung auf meinen Ersten Offizier und in der Gewissheit, dass Inga nicht süchtig nach dem Rauschgift war, von dem wir, wie ich vermutete, mehrere Tausend Kilo an Bord hatten.

Wie ein Glücksritter kam ich mir vor. Eine Ironie des Schicksals wollte es, dass ich der Kapitän eines Schmugglerschiffes war.

Kapitel 7

Das Dröhnen der Motoren, das zirpende Vibrieren der Kabinenwände hatten meinen Schlaf mit Monotonie begleitet. Es war früher Morgen, als ich aufwachte, und noch bevor ich mich auf Träume besinnen konnte, begriff ich meine Lage.

Hastig kleidete ich mich an, stürzte zur Brücke und begrüßte die Männer, die die Sea Ghost durch die Nacht gesteuert hatten.

Es war Beppowitsch, dem Ben Salotto, der Bootsmann, assistiert hatte. Sie hoben kurz ihre Mützen an und hielten den Blick auf das Meer gerichtet, das ruhig im Licht der aufgehenden Sonne dem Bug entgegenzufließen schien. Seitlich flogen weiße Schaumwellen keilförmig davon.

»Keine besonderen Vorkommnisse«, sagte Beppowitsch.

Die Männer hatten viel geraucht, der Ascher quoll fast über. Ich griff zum Logbuch, las die Eintragungen, die der Erste Offizier in Stundenabschnitten vorgenommen hatte.

Ich verließ die Brücke und sah Nababik, der mir entgegenkam.

»Ich habe gehört, dass Sie auf sind. Das Frühstück wartet«, sagte er und führte mich in die Offiziersmesse.

Der Raum hatte große Bullaugen, durch die das Licht des frühen Morgens fiel. Solides Mobiliar machte ihn wohnlich. Erst jetzt sah ich, wie geräumig er war, denn als ich mich hier der Mannschaft vorgestellt hatte, waren mir einige Dinge entgangen, wie die angeschraubten Ledersessel und der kleine Spieltisch.

Auf dem langen Tisch standen zwei Gedecke, und Kaya erschien, setzte gekochte Eier, einen Wurstteller, Käseschale, Butter und frisch gebackene Brötchen auf den Tisch.

Sie strahlte mich an, und ich nahm ihr frisches Lächeln als Hinweis dafür, dass sich auch meine Tochter wohl fühlen würde. Ich schaute ihr nach, als sie mit zierlichen Schritten die Messe verließ.

»Ich danke Ihnen, Herr Nababik«, sagte ich. »Ich hätte mich während der Nacht hin und wieder auf der Brücke zeigen müssen.«

»Dafür bin ich zuständig, Kapitän«, antwortete er. »Sie bilden an Bord die Spitze und führen die Oberaufsicht. Sie werden noch sehen, wie langsam die Zeit vergeht, wenn man wie Sie einen Hafen herbeisehnt. Für mich ist das Routine.« Er langte zu, denn er hatte mit dem Frühstück auf mich gewartet.

Als wir die Teller gesättigt von uns schoben, erhob er sich, zwinkerte mir zu und sagte: »In einer halben Stunde komme ich zu Ihnen. Ich muss Sie noch mit dem Bürokram vertraut machen.« Er schlug die Tür hinter sich zu, und ich hatte seinen erneuten Wink verstanden.

Wenige Minuten nach ihm betrat meine Tochter mit einem Tablett den Raum. Mein Herz begann zu rasen, mir wurde schwindlig vor Augen, und ich sprang auf, ließ ihr die notwendigen Sekunden, das Tablett abzustellen, dann schloss ich sie in meine Arme. Inga küsste mich, während ihr Tränen über das Gesicht liefen, die sich mit den meinigen vermischten.

Es dauerte Minuten, bis ich den Kloß loswurde, der meine Sprache lähmte, und ich sie fragte: »Kind, nimmst du Rauschgift?«

»Nein«, schluchzte sie, und ihre Erregung schüttelte ihren Körper. »Ich bin in einen Dealerring geraten, aus dem es kein Entkommen gibt! Jetzt hege ich ein wenig Hoffnung, Vater.«

Plötzlich vernahmen wir Stimmengewirr und Gepolter. Erschrocken trennten wir uns. Inga lud das Geschirr auf das Tablett und wischte sich die Tränen aus dem verheulten Gesicht, während ich zur Tür eilte und sie aufriss.

Ich wurde gerade noch Zeuge einer Auseinandersetzung. Ich sah, wie Nababik seine Rechte in das Gesicht des Holländers stieß, der gegen die Wand torkelte, sich Blut aus dem Gesicht wischte und nach dem Geländer der Treppe griff.

Ich folgerte, dass Nababik Steenblock das Betreten der Messe untersagt und ihn mit Gewalt daran gehindert hatte.

Der Erste Offizier hatte erneut meine Partei ergriffen. Laut und mit der notwendigen Schärfe rief ich: »Mister Nababik, machen Sie Meldung über den Vorfall!« Ich ließ meine Tochter vorbei, ohne mit ihr zu sprechen, und suchte meine Kabine auf.

Ich setzte mich an den Schreibtisch, rauchte und wartete auf den Ersten Offizier.

Das kurze Wiedersehen mit meiner Tochter hatte mein Inneres aufgewühlt, mir aber gleichzeitig neuen Mut gegeben. Bisher hatten die Männer dieser Verbrecherorganisation Wort gehalten, doch dass ich noch nicht befreit aufatmen konnte, bewies mir ihre Bewachung und die Aussage, sie sitze in einer Dealerorganisation, aus der es kein Entkommen gäbe.

Glaubte Inga nicht wie ich an eine faire Lösung, nachdem ich den Verbrechern äußerst wichtige Dienste erwiesen hatte, deren Tragweite mir allerdings noch zum Teil verborgen blieb?

Ich gab mir einen Ruck, wollte mich fürs Erste mit den Ergebnissen zufriedengeben und mir weitere Gedanken am Abend machen, wenn sich meine Nerven beim Bier erholen konnten.

Vor meinem geistigen Auge erschien noch einmal der torkelnde Holländer. Es war die Tätowierung auf seinem Arm, die mich plötzlich unruhig stimmte.

Es war ein Rochen oder ähnlicher Fisch. Der Mann hatte seine Feindschaft vom ersten Augenblick offen gezeigt, und seine Drohungen konnte ich nicht einfach in den Wind schlagen, falls ich Inga retten wollte.

Gehörte Mijnheer Steenblock zur Dealerbande? Ich studierte die Knöpfe der Sprechanlage, und es gelang mir, meinen Landsmann Ulrich Liebenau zu einem Gespräch zu mir zu bitten.

Sekunden später betrat er mein Büro. Das heiße Mittelmeerklima hatte seiner zarten Haut kein nachhaltiges Braun verliehen, und um seine Gesundheit schien es nicht zum Besten zu stehen.

»Setzen Sie sich, Herr Liebenau«, begrüßte ich den Funker und wies ihm einen Stuhl zu.

Der Seemann war nervös, schluckte pausenlos und hatte Schwierigkeiten, seine Hände unter Kontrolle zu halten. Dankbar nahm er eine Zigarette an.

»Herr Liebenau, der Dienst auf der Sea Ghost ist Ihre letzte Fahrt als Seemann, wie Sie sagten«, sprach ich zu ihm.

Er nickte und seine Augen studierten mich mit flackernden Blicken.

»Seit wann fahren Sie auf diesem Schiff?«, fragte ich.

»Seit einem Jahr«, antwortete er.

»Und was machten Sie vorher?«, fragte ich und beobachtete, wie er die Asche seiner Zigarette abstrich. Er rang mit sich, das verrieten seine zuckenden Bewegungen.

»Ich hatte mich im Libanon selbstständig gemacht. Ein Café am Strand mit gutem Blick und mit vielen Schulden. Nicht der Krieg hat meine Existenz zerstört, sondern die unbarmherzigen Geldgeber, denn ich verkehrte mit Leuten, die nicht reich, aber auf der falschen Seite standen. Sie verstehen?«, sagte er kleinlaut.

»Herr Liebenau, und wenn wir die Prämie bekommen, den Hafen Sant Feliu de Guixols wohlerhalten erreichen, dann sind Sie frei und fangen neu an«, sagte ich mitfühlend.

»Ja«, antwortete er, »aber nicht in Spanien. Die Reise geht weiter nach Holland. Dort mustere ich ab, denn erst dort gibt es das Geld.«

Der Erste Offizier betrat meine Kabine. Er nahm einen freien Stuhl und setzte sich dazu. Ich hatte den Eindruck, dass er bereits meine Absicht durchschaut hatte, denn auf seinem sonnengebräunten Gesicht lag ein feines Grinsen.

Deshalb gab ich mich nicht weiter höflich und mitfühlend, sondern sagte hart und anklagend: »Herr Liebenau, in der Nacht war Jan Steenblock bei Ihnen, um einen Funkspruch absetzen zu lassen!«

Der arme Liebenau wurde bleich. Seine Hände zitterten, als er die Zigarette ausdrückte.

»Ich habe aus Gewissensbissen seine Nachricht noch nicht durchgegeben! Der Text liegt noch in meiner Kabine in der Schublade. Er hat mich bedroht und will mir ans Leben, falls ich nicht gehorche.« Der Funker schaute auf den Boden. Er war ein geschlagener Mann.

»Sie werden uns seine Nachricht sogleich übergeben, und ich kündige Ihnen hier im Beisein meines Ersten Offiziers an, dass ich Sie über Bord werfen werde, wenn Sie auch nur den geringsten Funkkontakt aufnehmen werden, es sei denn, Herr Nababik oder ich beauftragen Sie damit! Verstanden?«

Mir war bewusst, dass ich in meinem bisherigen Leben noch nie so brutal mit einem Menschen geredet hatte, schlimmer noch, ich war fest entschlossen, meine Drohung in die Tat umzusetzen.

Inga und ich besaßen eine Chance, die ich mir nicht nehmen lassen wollte.

Nababik erhob sich.

»Na los, Liebenau, begleiten Sie uns in Ihre Funkkabine«, sagte er.

Wir begleiteten den Funker die Treppen hoch.

Die Kabine war klein, ließ ihm nur wenig Spielraum, da die moderne Anlage sehr viel Platz in Anspruch nahm. Liebenau öffnete die Schublade seines Schreibtisches und reichte mir einen Zettel, der aus einem Kalender herausgerissen worden war.

Ich schaute neugierig auf den Text, sah aber nur Zahlen und reichte ihn an Nababik weiter. Er steckte ihn ein, wandte sich an den Funker und sagte: »Herr Liebenau, die Fronten sind abgesteckt! Wenn Sie Spanien lebend erreichen wollen, dann verhalten Sie sich so, wie die Schiffsführung sich das vorstellt.«

Schweigend ließen wir den geknickten Funker allein, der mit seinem Elend selbst fertigwerden musste.

Wir gingen in meine Kabine und Nababik sagte: »Sie sind ein Fuchs, Kapitän! Sie haben uns mit Ihrem Trick eine Menge Ärger erspart und möglicherweise Ihr Leben in letzter Sekunde gerettet.«

Ich starrte ihn sprachlos an. Selbstverständlich hatte ich die Gefährlichkeit des Holländers erkannt und seine Tätowierung hatte mich zu der inneren Eingebung geführt, seinen Kontakt mit dem Funker zu erahnen. Aber von akuter Lebensgefahr für mich war ich nicht ausgegangen.

»Herr Nababik, so weit reicht mein Durchblick nicht«, sagte ich.

»Dieser Steenblock ist mehr als nur ein Gast in der Schiedsrichterrolle. Seine Besorgnis, was unsere Fracht betrifft, ist mehr als echt, denn der Holländer dürfte einer der Eigner der heißen Ware sein. Er gehört der Spitze des Rauschgift- und Waffenhandelskonzerns an. Sein Zahlenrätsel bestätigt meinen Verdacht, denn der Funkspruch, grob entschlüsselt, fordert eine totale Auswechslung der Sea-Ghost-Führung. Er meint Sie, mich und vielleicht auch Beppowitsch. Er schlägt Zypern vor.«

»O Gott«, stöhnte ich und fragte: »Wir hätten demnach einen Funkspruch erhalten, der uns zum Anlaufen des türkischen Hafens auf Zypern aufgefordert hätte?«

»So ist es, Herr Kapitän, denn wir sind nur die Frachtführer und leben von den Prämien«, antwortete Nababik.

»Und was machen wir mit diesem gefährlichen Steenblock?«, fragte ich.

»Fürs Erste bewaffnen wir uns, und ich setze Zermi Zusaakyl auf ihn an. Er muss ihn beschatten«, antwortete er seelenruhig, als sei die Gefahr damit behoben und der gefährliche Mann bereits ausgeschaltet.

Er schritt an den Tresor, öffnete ihn mit seinem eigenen Schlüssel und entnahm ihm eine Walther und einige Magazine.

»Das ist für Sie, Kapitän«, sagte er, als reiche er mir eine Zigarette.

»Geben Sie sie Zermi Zusaakyl, denn ich habe mich schon bedient«, antwortete ich und zeigte auf die Tasche meiner Lederjacke, von der ich mich nicht trennen konnte.

»Das hätte ich mir denken können«, sagte er lachend und verschloss den Tresor.

»Doch nun zurück zum Alltag«, sagte er und schritt an den Wandschrank, deren Stauräume dicke Rollläden verdeckten. Er steckte den Schlüssel in das Schloss, ließ die Rollläden krachend nach unten sausen. Die Regale waren prall gefüllt mit Ordnern und Akten.

Er kannte sich aus. Er stellte eine Stahlkassette auf den Schreibtisch. Der Schlüssel passte erneut.

»Es ist der vom Tresor«, warf er ein, als er den Kassettendeckel hochhob.

Die Plastikhüllen reflektierten das Licht. Er legte sie auf den Schreibtisch.

»Ihr Patent, Kapitän«, sagte er.

Ich las den Namen Bodo Harms, das Geburtsdatum stimmte mit meinem Reisepass überein.

Es hätte viel Zeit gekostet, die Namen der Schiffe aufzuzählen, auf denen ich Dienst gemacht hatte. Erst als Zweiter Offizier, dann als Erster und schließlich hatte ich als Kapitän einen

Erzfrachter übernommen, der den ehrwürdigen Namen *Hanna von Sillenstedt* getragen hatte. Mein ausgefranstes Seebuch war Zeuge einer enormen maritimen Laufbahn.

»Jetzt wissen Sie, wo sich die Papiere befinden, Kapitän«, sagte Nababik, während ich die geöffnete Truhe anstarrte.

»Unser jetziger Auftrag kommt von der *Spanish Fruit Corporation*«, hörte ich ihn sagen.

Die Einweisung nahm kein Ende. Das Konnossement, die Besatzungsliste, Impfbescheinigungen und so weiter.

Gegen Mittag waren wir so weit, dass wir die Rollverschläge hochschoben.

»Eine Frage habe ich noch«, sagte ich, als ich meine Kabine, die sowohl mein Büro als auch meine Wohnung war, verschloss.

Nababik, der etwas größer war als ich, schaute mich gutmütig an.

»Wie hieß der Kapitän, der die Ladung im Libanon an Bord bringen ließ, die ja nach unseren Papieren überhaupt nicht existiert?«

Ich spürte seine harte Hand auf meiner Schulter.

»Bodo Harms!«, sagte er hart und sah, wie ich leicht zusammenzuckte.

Ich blieb stehen.

»Und was wurde aus ihm?«, fragte ich.

»Ich stehe auf Ihrer Seite, Kapitän«, sagte er. »Fürs Erste geht unser Kurs nach Spanien und nicht nach Zypern. Und dort herrscht kein Bürgerkrieg.«

Mir wurde wieder klar, dass dieser Mann für Prämien sein Leben aufs Spiel setzte, das ihm bestimmt so wertvoll war wie mir das eigene.

Ich hatte verstanden. Noch wollte und konnte er mich nicht in die Geheimnisse seines gefährlichen Auftrags einweihen.

Ich musste wachsam bleiben und gegebenenfalls früher schießen als ein anderer, wenn ich Inga retten wollte.

Nababik verzichtete auf das Mittagessen. Er ließ Zermi Zusaakyl, den kräftigen Türken aus Kurdistan, zu sich rufen und weihte ihn in seine Aufgabe ein.

Nababik löste Beppowitsch am Steuer ab, der mit mir in der Offiziersmesse zu Mittag aß.

Achmed Abu Dota, der Koch, hatte, so nahm ich an, mir zuliebe Sauerkraut mit Kasseler auf die Menükarte gesetzt.

Kaya bediente uns, wie mir schien, mit sorgenvoller Miene. Sie war streng darauf bedacht, vor dem Zweiten Offizier unsere Verbundenheit versteckt zu halten.

Dennoch aß ich mit großem Appetit, während mir der Zweite Offizier Beppo, wie sie ihn nannten, von seinen Kindern erzählte, dass er sich nach seiner Frau sehnte und von dem historischen Lokal, das seine Mutter hatte schließen müssen, als sein Vater verstorben war. Es war nun schlecht geführt, und er wollte es zurückkaufen. Auch er schuftete für das Geld. Auch ihm war bewusst, dass eine der streitenden Parteien ihr mit Waffen beladenes Schiff nicht nur im Libanon in die Luft gehen lassen konnte.

Sicher war auch das Strafmaß hoch, was sie erwartete, wenn ihr Schiff mit der Rauschgiftladung spanischen oder türkischen Zöllnern in die Hände fiel. Aber die Prämien waren Bestandteile des schnellen Weges zum Glück.

Als ich ihn darauf ansprach, empörte er sich mit den Gebärden der Südländer.

»Rauschgift, da mache ich nicht mit«, dabei blickten mich seine hellen Augen listig an, »meine Seele gehört der Mutter Maria.«

Kaya räumte schließlich ab. Doch nun erschien versteckt das süße Lächeln, auf das ich gewartet hatte.

Ihr kleiner Wuchs, die dunklen Augen und ihr schwarzes Haar wirkten auf mich wie eine exotische Blüte, die selbst einem Paradies die Schau stehlen konnte.

Ich ging zur Brücke und horchte den Erklärungen meines

Ersten Offiziers, wenn er den Kurs festlegte oder änderte, studierte die Seekarten und beobachtete die Funktionen des Radarschirms.

Am Nachmittag brachte uns Achmed Abu Dota persönlich den Kaffee, und während wir unsere Pause mit Zigaretten würzten, kam Beppo und löste Ben Salotto am Ruder ab.

Plötzlich tat sich vor uns ein Schauspiel auf. Steenblock erschien mit meiner Tochter und Kaya. Sie setzten sich auf die Lukenbretter, um, wie es schien, Luft und Sonne, die ständig einzige Abwechslung, die ihnen blieb, zu genießen.

Wir sahen, wie er sich um die Gunst der Mädchen bemühte, während weder Inga noch Kaya großen Gefallen an ihrem Begleiter zeigten.

»Er spielt die Aufpasserrolle«, sagte ich gleichgültig, denn Inga war zu meiner Freude nicht nur clean, sondern sie erholte sich. Sie sah sehr schön aus und wirkte mit ihren langen blonden Haaren neben Kaya wie eine Schwedin.

»Das ist er nicht gewohnt, dieser Boulevardhengst«, sagte Nababik in meine Gedanken, und er fuhr fort: »Mit seinen Millionen aus dem dreckigen Geschäft ist er gewohnt, zu kaufen, wozu er Lust verspürt. Nun muss er kleine Brötchen backen an Bord der Sea Ghost.«

Ich nahm das Fernglas, richtete es über den Bug auf die weite See und ließ meinen Blick kreisen. Im Glas entdeckte ich einige griechische Inseln.

»Das ist Ikaria«, sagte Nababik, »wir schippern durch das Ägäische Meer. Die Insel backbord ist Mykonos. Bisher haben wir Glück gehabt und Chios ohne Schwierigkeiten passiert. Einige Grade vom Kurs ab, und schon sind sie da, die Kanonenboote. Die Griechen mögen die Türken nicht, und umgekehrt die Türken nicht die Griechen.«

»Ich verstehe«, sagte ich.

Beppo verließ die Brücke. Er vertrieb Steenblock und die

Mädchen vom Deck, und ich vernahm einige Geräusche, und auch Schritte drangen auf die Brücke.

So als drohte der Sea Ghost eine Gefahr, stierte Nababik konzentriert auf den Radarschirm. Wir hatten Ikaria hinter uns gelassen, das entnahm ich der Seekarte. Das weite Meer lag nun vor uns. Frachter zogen vorbei, und ich entdeckte an Fischerbooten die weißen Streifen im Blau ihrer Fahnen.

Beppo erschien auf der Brücke.

»Die Lenzhöhe ist optimal«, sagte er und lachte.

»Beppo, leg dich aufs Ohr«, ordnete Nababik an. »Die Nacht kann aufregend werden. Du übernimmst um dreiundzwanzig Uhr.«

Beppo verließ uns.

Naiv fragte ich: »Ist schlechtes Wetter angesagt?«

Nababik lachte: »Kapitän, wir haben unsere teure Fracht zur Sicherheit in einem der beiden Trinkwassertanks verstaut. Dort liegen sie verankert, einige Meter unter der Wasseroberfläche, denn unser Frachtraum ist leer. Kapitän, Sie haben keine Ladung an Bord. Wir sind auf dem Weg nach Spanien, um in Sant Feliu de Guixols eine Ladung der *Spanish Fruit Corporation* aufzunehmen. Es herrscht zurzeit eine große Flaute in der christlichen Seefahrt. Fracht ist rar. Das wissen auch die Griechen. Ihre große Zeit ist sowieso vorbei.«

»Und wenn sie dahinterkommen?«, fragte ich.

»Wir gehen davon aus, dass sie nichts finden, falls sie überhaupt auf uns aufmerksam werden sollten. Klar?«

Ich nickte, doch mir war es nicht verständlich, wie man eine Rauschgiftladung in einem Wassertank verstecken konnte. Fragen wollte ich Nababik nicht. Außerdem konnte es von Vorteil für mich sein, wenn ich unschuldig wie ein Lamm eventuellen Polizeibesuchern entgegentreten konnte.

Als Ben Salotto die Brücke betrat, um Nababik abzulösen, ging ich nach unten.

Ich konnte der Versuchung nicht widerstehen, mich der Besucherkabine zu nähern, um für Sekunden mit Inga und Kaya zu sprechen, ihre Sorgen zu erfahren und ihnen Mut zuzusprechen.

Die Pistole in meiner Jacke gab mir Sicherheit, und ich hoffte, dass nun meine von Nababik untermauerte Autorität ausreichte, wenn der mutmaßliche Rauschgifthändler mich einzuschüchtern versuchen würde.

Aber nicht er saß auf der Lauer, sondern Zermi Zusaakyl. Er kniete auf dem Boden und schmirgelte im Overall das Holzgeländer, um es auf einen frischen Farbanstrich vorzubereiten. Er grinste freundlich, als ich an die Kabinentür klopfte.

Kaya öffnete und ließ mich mit verängstigten Augen eintreten.

Meine Tochter trug Jeans und ein T-Shirt. Sie saß auf der Pritsche und schrieb.

»Vater«, rief sie erfreut und hastete zu mir. Kaya sagte: »Es ist zu gefährlich. Sie dürfen nicht bleiben. Unser Leben ist in Gefahr.«

Ich strich Inga durch das Haar.

»Mein Kind, viel Zeit bleibt uns nicht. Was bedroht euch? Worin besteht die Gefahr?« Ich war bemüht, mich ihnen ruhig zu zeigen.

»Sie sind in der gleichen Gefahr! Der Mann, der sich Steenblock nennt, ist einer der Chefs des großen Rauschgiftsyndikats. Er hat Vertraute in Berlin, Amsterdam, Istanbul und vielleicht in Spanien«, sagte Kaya. Sie schlotterte vor Angst.

»Vater, sie haben dich geködert. Du hast Rauschgift nach Amsterdam transportiert. Sie holten dich nach Istanbul, weil du dort für sie unheimlich wichtig warst. Sie machten dich zum Kapitän, weil dein Vorgänger dem blassen Liebenau geheime Nachrichten anvertraut hat, die er an Norddeich Radio weitergeben sollte. Sie waren verschlüsselt für Interpol! Den echten

Kapitän Harms haben sie deshalb im Libanon liquidiert! Kaya und ich sind ihre Köder!«

Inga hatte mir das schluchzend mitgeteilt, und ich begriff, dass es besser war, ungesehen die Kabine zu verlassen. Ich öffnete einen Spalt die Tür, schlich mich davon und beobachtete, dass der schmirgelnde Zermi mir kaum merklich zunickte.

Ich begab mich in meine Kabine, verschloss sie hinter mir, holte mir aus dem Kühlschrank ein Bier, öffnete die Flasche und verzichtete auf ein Glas.

Wie ein Verdurstender nahm ich einen großen Schluck, dann drückte ich den Knopf der Sprechanlage. Nababik meldete sich kurz.

»Hören Sie, Herr Nababik, es gibt eine Menge, über die es sich lohnt nachzudenken. Rufen Sie mich, falls das erforderlich ist«, sagte ich.

Beim Rückempfang klang seine ruhige Stimme zu mir: »Habe verstanden, Kapitän!«

Ich überwand das Bedürfnis nach einem kühlen Schnaps. Das konnte nur meiner Rolle schaden, falls griechische Polizei nach meinem Patent und dem Chartervertrag fragen würde.

Inga und die türkische Studentin waren das Faustpfand, mich zu erpressen. Das war mir nicht neu. Mein Vorgänger, der echte Bodo Harms, hatte versucht, über Norddeich Radio eine verschlüsselte Meldung an Interpol zu lancieren. Was der wackere Mann nicht gewusst hatte, war, dass Liebenau erpresst worden war, vielleicht nur diesem Spitzeldienst seine Anstellung auf der Sea Ghost verdankte.

Fest stand, dass einer der großen Bosse im internationalen Rauschgiftgeschäft dieser Steenblock war, der mich bereits auf Zypern liquidieren lassen wollte, hätte mein Instinkt nicht für Rettung gesorgt.

Damit hätten weder Inga noch Kaya eine Chance gehabt, lebend von Bord zu kommen.

Wie ein Blitz durchfuhr mich plötzlich ein Gedanke. Es war, als zuckte plötzlich Licht um mich, als ich aufsprang und nach der Pistole fühlte. Ich entnahm sie meiner Lederjacke und steckte sie in meine Hosentasche. Dann verschloss ich meine Kabine und sauste die Treppe abwärts.

Zermi Zusaakyl fuhr erschrocken zusammen und zog seine Walther, doch dann steckte er sie erleichtert wieder weg.

Ich donnerte mit den Fäusten gegen die Kabine der Mädchen.

Inga öffnete verwirrt und ängstlich.

»Vater, was ist?«, fragte sie außer Atem.

Ich nannte keinen Grund.

»Kaya, hör zu!«, rief ich und sah, dass sie nur im BH und Schlüpfer wie ein Figürchen aus Meißner Porzellan vor mir stand.

Sie hob den Kopf, die Blicke ihrer schwarzen Augen drangen tief in mich ein.

»Kaya, was macht dein Vater?«, fragte ich, und das Mädchen erkannte den Ernst meiner Störung.

»Er war Gastarbeiter und hat sich auf Zypern ein Geschäft gekauft. Eine Buchhandlung, denn er hat studiert.«

»Danke«, rief ich, küsste kurz Inga auf die Stirn und flüsterte ihr zu: »Ich finde einen Weg für unsere Rettung.«

Etwas ruhiger schritt ich meiner Kabine entgegen. Ich durfte jetzt nichts überhasten. Es ging um das Leben von Inga, Kaya und mein eigenes. Ich öffnete die Tür, schloss sie hinter mir wieder ab.

Mein Telefon klingelte. Es war Achmed Abu Dota, der sich nach meinen Wünschen erkundigte. Er war enttäuscht, als er von mir erfuhr, dass ich kein Abendessen wünschte.

Ich saß vor meinem Schreibtisch und hatte begriffen, dass die griechische Polizei eine Gefahr für die Ladung und das Schiff darstellte, mich aber eine andere bedrohte.

Ich goss mir Bier ein und überlegte, ob ein Besuch der Polizei mir die Chance bieten könnte, Schiff und Mannschaft gegen meine, Ingas und Kayas Freiheit auszutauschen.

Ohne Sprachkenntnisse musste das danebengehen, und außerdem konnte ich Nababik und Beppo gegenüber nicht zum Judas werden!

Während meine Gedanken fieberhaft nach Lösungen suchten, rauchte ich Zigaretten und stieß immer wieder auf die Schwachstellen. Das waren der Boss einer über Europa verzweigten Organisation und der Funker.

Kayas Vater hatten sie, wie ich vermutete, erpresst, und ohne die Aufdeckung des verschlüsselten Funkspruchs hätte er vielleicht die Sea Ghost übernommen, denn bei diesen eingespielten Seeleuten war es gleichgültig, wer schließlich die Stahlkassette öffnete.

Ich sprang auf, drückte die Taste meines Sprechgerätes. Nababik meldete sich von der Brücke.

»Kapitän, die See meint es gut mit uns. Wir machen achtzehn Knoten und noch sitzt uns kein Grieche auf der Pelle.«

»Nababik, halte mich nicht für überspannt«, brüllte ich, und mir fiel auf, dass ich ihn geduzt hatte. »Mein Leben hängt davon ab, dass Liebenau oder Steenblock schweigen!«

Ich vernahm, wie er lachte, sah sein bärtiges Gesicht vor mir und gestand ein, dass er der eigentliche Boss war.

»Kapitän, jedes weitere Wort ist zu viel.« Es knackte in der Leitung. Gierig trank ich mein Becks Bier und rauchte.

Liebenau wollte von Bord der Sea Ghost. Er hatte einen Job bei Norddeich Radio. Er sprach von Holland, während ich von Nababik und auch Beppo erfahren hatte, dass es die Prämien geben sollte, wenn wir Sant Feliu de Guixols an der spanischen Küste erreicht hatten. Von einem holländischen Hafen war keine Rede gewesen.

Steenblock war Holländer! War dieser spanische Hafen eine

Art von letzter Sicherheitsreserve, Inga, Kaya und mich loszuwerden?

Kam dann ein neuer Plan an Bord, der das Rauschgiftgeschäft weiterführte?

Holland als Ziel dieser Ladung, das leuchtete ein. Auch in meine Heimat gelangte dieses Gift über Kanäle von Amsterdam nach Groningen, Leer und Aurich. Doch verglichen mit Berlin waren das sicher nur wenige Prozente in der Statistik.

Sollte Sant Feliu de Guixols nur zur Tarnung angelaufen werden? Nahmen wir dort echt Obstkonserven auf oder in Dosen verpackte Gewehre? Oder sollten die dort ein Ende finden, die mit ihrem Wissen der Organisation gefährlich werden konnten?

Sollte mein Leben damit enden, dass ich als Oberstudienrat eine geballte Ladung Gift an die spanische Küste transportierte?

Ich sehnte mich plötzlich danach, mit der kleinen Kaya zu schlafen, das wäre ein Preis für meine fast sinnlosen Strapazen gewesen.

Ich langte nach dem Bier, sah Kaya vor mir mit ihrem niedlichen Körper.

Das energische Klopfen gegen meine Kabinentür vertrieb mir die Gelüste und brachte mich auf den Boden der Tatsachen zurück.

»Wer ist da?«, fragte ich und hielt die Pistole in der Hand.

»Nababik«, dröhnte es mir entgegen, und ich begann mich zu beruhigen, denn überall witterte ich plötzlich Gefahren.

Ich öffnete die Tür und sah wie immer in sein optimistisches Gesicht.

»Der Funker Liebenau liegt im Krankenzimmer«, sagte er forsch, als handelte es sich um eine Wettermeldung.

So schnell konnte ich nicht schalten und blickte Nababik entgeistert an.

»Die Funkanlage ist von mir zerstört worden. Kapitän, wir fahren jetzt ohne jeden Funkkontakt mit der Außenwelt. Selbst ein SOS zu funken wäre uns jetzt nicht mehr möglich.«

Er hatte das ohne Ironie gesagt, und seinem Grinsen entnahm ich, dass er in meinem Sinne gehandelt hatte.

»Danke«, sagte ich nur.

»Steenblock sitzt in der Falle, Kapitän, wir haben ihn sozusagen kastriert. Denn Liebenau war schwach geworden.« Er drückte mir die Hand. »Schlafen Sie ruhig, Kapitän.«

Er verließ mich, und mir fiel ein Stein vom Herzen, und erst recht schmeckte mir jetzt das gekühlte Beck's-Bier.

Es war gegen Mitternacht, als mich das schrille Klingeln aus dem Schlaf riss.

Alarm, schoss es mir durch den Kopf. Blitzschnell rechnete ich in Seemeilen und Stunden und siedelte unsere Position in der Nähe von Kreta an.

Hastig setzte ich meine Kapitänsmütze auf den Kopf, die mir gerade passte und ein Erbe meines Vorgängers war.

Überall brannten Scheinwerfer, und das Schiff war von einer befremdenden Hektik befallen.

Ich hastete zur Brücke und warf einen Blick auf die angestrahlte See. Unser Schiff lag ruhig im Wasser, während die Motoren im Leerlauf arbeiteten.

Ein Schnellboot näherte sich uns mit weißer Bugwelle. Eine Kanone war auf uns gerichtet.

»Sie kommen an Bord«, sagte Nababik, der mit Beppo auf der Brücke stand. Beide wirkten gelassen und seelenruhig.

Die Mannschaft ließ das Fallreep herab und war den Männern behilflich, die an Bord stiegen.

Der Besuch bestand aus drei Männern, die klein von Wuchs waren und in ihren Uniformen mit den umgegürteten Pistolentaschen bedrohlich wirkten. Ihre Gesichter waren braun gebrannt, aber ihre Blicke nicht unfreundlich.

»Kapitän?«, fragte einer der Männer und drückte uns allen die Hand.

Es war nicht nötig, dass wir uns um internationale Sprachfloskeln bemühten. Ich hielt ihnen das Logbuch entgegen, in dem sie lustlos blätterten.

»Libanon?«, fragte einer der Polizisten. Nababik antwortete mit Ja.

Ich führte die Männer in meine Kabine und war froh, dass ich am späten Abend die leeren Flaschen und den Ascher weggeräumt hatte. Ich schritt an den Kühlschrank und fragte: »German beer?«

Nababik war mir gefolgt. Er deutete die höflichen Gesten der Besucher richtig.

»Kapitän, Sie wollen zuerst die Ladepapiere, Ihr Patent, die Mannschaftsliste und die Policen der Seeversicherung sehen«, sagte er.

Nababik schloss mir den Schrank auf, dann holte ich die Stahlkassette hervor, öffnete sie und schob sie den Männern entgegen.

So, als betrachteten sie Fotos, legten sie die unter Klarsichtfolien verwahrten Dokumente wieder ab. Mein Pass, mein Patent, die Papiere der Mannschaft und die Registrierung unserer Sea Ghost stellten sie zufrieden.

Einer der Herren, der wohl das Sagen hatte, zeigte nach unten.

»Kapitän, bleiben Sie, das ist üblich«, sagte Nababik. »Ich führe die Herren durch den Laderaum.«

Er wandte sich mit kleinen Sätzen, vielleicht war es türkisch oder griechisch, freundlich den Polizisten zu.

Mit dem Gesicht eines Engels verließ er die Kabine, wobei ich mit gemischten Gefühlen betete, denn wenn sie auf das Versteck stießen, würde ich in einer unübersehbaren Kette von Verwicklungen landen, die mich selbst bei günstigster Auslegung wenigstens für Jahre aus dem Verkehr ziehen würde.

Wer sollte mir in Griechenland glauben, dass ich nicht Harms, der Kapitän, sondern der Oberstudienrat Udendorf aus Norddeich war?

Ich hätte die kleinen Männer umarmen können, als sie mit Nababik freundlich zurückkamen und sich für ein Bier um den Schreibtisch setzten. Sie blieben eine Zigarettenlänge und mein Erster Offizier verstand es, sie mit irgendwelchen Nebensächlichkeiten zu unterhalten.

O Gott, war das ein Gefühl, als wir an der Reling standen, der kühle Seewind uns den Schweiß wegnahm und wir den Uniformierten zuwinkten.

»Nette Kerle«, sagte Nababik grinsend. »Aber hätten wir die türkische Flagge auch nur als winzigen Wimpel gezeigt, Kapitän, sie hätten unsere Sea Ghost auf den Kopf gestellt.«

Wir gingen zur Brücke. Beppo schaltete verschmitzt auf volle Fahrt. Wusste er wirklich nicht, dass er ein Schmugglerschiff mit einer brisanten Ladung aus einer gefährlichen Situation hinaussteuerte?

Nababik bestand darauf, dass ich meinen unterbrochenen Schlaf wieder aufnehmen sollte.

Wir fühlten uns befreit, und die Sea Ghost konnte bei einer hervorragenden Wetterlage mit voller Geschwindigkeit dem Ionischen Meer entgegenstampfen.

Ich verließ die Brücke. In meiner Kabine gönnte ich mir noch ein Bier, um meine Nerven zu beruhigen. Dabei stöberte ich noch für einige Zeit in den Unterlagen der Stahlkassette herum.

Der arme echte Kapitän Bodo Harms fand dabei mein tiefstes Mitgefühl, denn seine Unterlagen verrieten mir, dass er in der Tat ein Seemann war, der die sieben Weltmeere mit Erfolg befahren hatte.

Über sein Schicksal wollte ich nicht nachdenken, vielleicht ein anderes Mal, wenn mich die drohende Parallele nicht mehr ängstigen konnte.

Ich raffte mich zu einem Gebet auf, das ich seiner armen Seele widmete, bevor ich mich schlafen legte.

Kapitel 8

Die herrlichen Sonnentage bleiben mir unvergesslich.

Wir hatten Malta hinter uns gelassen und näherten uns der Sizilianischen Straße. Die Tage hatten Erholung und Muße gebracht, und obwohl sich Steenblock nicht von den Mädchen trennte, sie wie ein Bewacher ständig umstrich, konnten wir uns doch hin und wieder besprechen.

Der Holländer war kleinlauter geworden. Er fand keinen Kontakt zur Mannschaft. Sie lehnte ihn instinktiv ab.

Dabei unterschätzte ich nicht seine Gefährlichkeit.

Mir gegenüber zeigte er mehr Respekt, einerseits, weil ich noch die Macht über die Sea Ghost besaß, andererseits, weil er versuchte, meine Tochter für sich zu gewinnen.

Der Funker Liebenau hatte die Prellungen überwunden, die er davongetragen hatte, als er trotz unseres Verbots den Versuch gewagt hatte – Gott sei Dank ohne Erfolg –, einen Funkspruch abzusetzen, den er von Steenblock erhalten hatte. Er schlich wie eine geprügelte Katze zu den Mahlzeiten und ging den Aufträgen nach, die zwar unter seiner Würde lagen, aber für unser Schiff wichtig waren.

Auch Nababik suchte und fand häufig Gelegenheit, sich zu uns zu setzen, wenn wir uns in Badesachen auf dem Deck sonnten, während der kühlende Wind die hohen Temperaturen erträglich machte.

Achmed Abu Dota servierte uns erfrischende Drinks und gesellte sich gelegentlich zu uns, ließ seinen fetten Bauch von der Sonne aufwärmen, denn sein brauner Körper konnte nichts mehr an Farbe dazugewinnen.

Mir war bewusst, dass Steenblock auf Rache sann. Zurzeit jedoch waren ihm die Flügel gestutzt und mehr noch als mich schien er meinen Ersten Offizier zu hassen.

Ob der Holländer echte Gefühle für Inga entwickelte oder es nur sein Trotz war, zu erobern, was er sich vorgenommen hatte, konnte ich nicht beurteilen, aber sein Inneres kochte, wenn meine Tochter mit Nababik flirtete.

Wenn unser Leben zu diesem Zeitpunkt bereits unter einer Bedrohung stand, dann befanden wir uns in einer Vorstufe zum Paradies, kurz vor dem Sturz. Selbst auf die Mannschaft übertrug sich die Harmonie, wie wir der Stimmung an Bord entnehmen konnten.

Inga und Kaya besuchten Nababik auf der Brücke, sie sahen zu, wenn er mit Beppo die Sea Ghost dem fernen Spanien entgegensteuerte.

Ohne mich um Steenblock zu kümmern, betrat ich die Kabine der Mädchen so oft mir danach der Sinn stand und hatte alle Geheimnisse erfahren, die Steenblock hätte mit Drohungen verhindern müssen, hätte er seinen Aufgaben nachgehen können.

Abends schmiedete ich Pläne beim Bier, die allerdings Schachpartien glichen, bei denen ich sowohl Weiß als auch Schwarz war.

Nie werde ich den 13. August vergessen, der kalendermäßig auf einen Freitag fiel.

Ich bin nicht abergläubisch, aber an solchen Tagen lehnten es meine Schüler rundweg ab, Klassenarbeiten zu schreiben.

Das Kalenderblatt lag auf meinem Tisch, und ich stellte den Aschenbecher darauf, weil ich mich darüber ärgerte, dass ich an meine Schule denken musste und damit den Direktor, wenn auch nur in Gedanken, meine Kabine hatte betreten lassen.

Nun lebte ich in einer anderen Welt, in der es für ihn keinen Platz gab, und er war für mich eine Mumie, die man mit Paragrafen einbalsamiert hatte.

Ich genoss mein Beck's-Bier und hatte meinen Gedankenschach gegen Schwarz verloren oder als Weiß gewonnen.

Das leise Klopfen gegen meine Kabinentür riss mich aus meiner Welt der Fantasie.

Ich warf einen Blick durch das Bullauge und sah das abgedunkelte Meer und den fernen Lichtpunkt eines Schiffes.

Meine Hand suchte die Pistole, ohne die ich mich nicht mehr an Deck wagte, denn der Friede an Bord konnte von dem Holländer jederzeit abrupt unterbrochen werden.

Ich schritt zur Tür, öffnete sie und blickte in das schöne Gesicht von Kaya. Ich ließ sie eintreten. Sie trug ein leichtes, weites Sommerkleid, das wie Segel ihren Körper zu umflattern schien, als sie in die Kabine schritt.

Es war wohl mehr ein Reflex, dass ich die Tür hinter ihr sofort wieder schloss.

Für Sekunden war ich verwirrt, als mein Blick in ihren dunklen, glänzenden Augen Asien entdeckte.

Wie eine geöffnete Sommerblüte mit ihrem Bunt die Biene anlockt, so stand ich für Sekunden verwirrt auf der Stelle, bevor ich zwei Schritte machte und Kaya unendlich sanft an mich zog und ihren kleinen Körper umfasste.

Ich strich über ihr langes schwarzes Haar und meine Lippen vibrierten dem schön geschwungenen Mund entgegen.

Meine Frau Anke hatte ich oft geküsst. Zum Abschied, wenn ich zum Dienst fuhr, zur Begrüßung, wenn ich unausstehlich war, vor Freude und Glück.

Die Leidenschaft meiner Jugend hatte nur ihr gehört. Bis zu ihrem Tod hatten ihr meine Küsse gegolten, selbst als ihre Schönheit verblüht war und der Tod ihren Lippen die Farbe genommen hatte. Doch nun barst ein Vulkan in mir, schleuderte hinaus, was Stunden der Einsamkeit begraben hatten, ließen dem Unterbewusstsein, das sich allmählich mit dem Altwerden abgefunden hatte, freien Lauf.

Nicht nur Anke galt meine Liebe, sondern auch Inga.

Doch nun fanden meine Gefühle zurück in vergessene Jahre, suchten Anschluss an das, was man die Jugend nennt.

Es war vielleicht ein letztes Aufbäumen gegen das sich nähernde Altern.

Ich konnte noch einer jungen Frau Liebe geben!

Meine Hände glitten über den gut gewachsenen Körper Kayas. Sie zitterte, als ich ihr Sommerkleid über ihre gestreckten Arme zog, den Blick nicht von ihren mit dichtem Haar bewachsenen Armhöhlen nahm, ihr den BH öffnete und ihr den Slip über die vollendeten Schenkel zog.

Ich nahm das nackte Mädchen auf die Arme, trug es zu meiner Bettstatt und zog mich aus, legte mich zu ihr und spürte ihre heißen Küsse und ihren heftig gehenden Atem auf der Haut meines Bauches.

Meine Kabine wurde zum Paradies, und als Kaya sich erschöpft auf mich sinken ließ, legte sich ihr schwarzes Haar wie ein Schleier über das, was geschehen war.

Mir war bewusst, dass meine Verantwortung angewachsen war. Die naive Liebe des schönen Mädchens machte mir deutlich, dass sich auch ihr Glück ab jetzt mit meinem verband.

Willenlos ließ Kaya sich anziehen, sparte nicht mit Küssen, und ich schämte mich nicht, sie an die Hand zu nehmen und – als wäre sie ein Kind – in ihre Kabine zu führen.

Die Tür war verschlossen, und Kaya und ich lachten, denn Nababik hielt sich bei meiner Tochter auf, und als Vater wusste ich, dass meine Tochter ebenfalls das gesucht hatte, was Kaya mir geschenkt hatte.

Mit zerwühltem Haar verließ mein Erster Offizier die Kabine, in die ich Kaya schickte.

Schweigend und wissend reichte der Mann mir seine Hand.

Als Freund verließ er mich, und ich betrat meine Kabine, um auszuloten, ob es einen Sinn hatte, an eine Zukunft zu glauben.

Die übrige Schiffsbesatzung verbrachte ihre karg bemessene Freizeit auf dem Heck des Schiffes. Dort standen ihre Sonnenstühle im Schatten der Aufbauten. Eine Außendusche mit kühlendem Wasser diente ihnen zur Erfrischung.

Auf einem unangekündigten Rundgang an der Seite meines Ersten Offiziers entdeckten wir den blassen Funker Liebenau in lebhaftem Gespräch mit Steenblock und dem Matrosen Maru Malky. Ihre Unterhaltung erstarb schlagartig, als wir die letzten Stufen der Zugangstreppe verließen.

Das Motorengeräusch drang in das Rauschen des vom Schiffspropeller aufgewühlten Wassers. An der libanesischen Heckfahne zerrte der Wind. Unser Blick reichte bis zum blauen Horizont.

Ich beobachtete, wie sich Steenblock lässig erhob. Er näherte sich uns und hielt wie ein Prolet seine Hände in den ausgebeulten Hosentaschen.

»Hi!«, rief er, und ich fragte mich, ob er wohl getrunken haben könnte. Ich machte mir Vorwürfe, dass wir sein Gepäck nicht heimlich durchsucht hatten, was zwar gegen die Vorschriften verstieß, doch wer von meinen Drahtziehern hielt sich schon an sie.

»Kapitän, drei gegen zwei«, flüsterte Nababik, ohne seine Stellung zu verändern. Seine Brust lag auf der Reling des Hecks, und er stierte auf das Meer.

Ich drehte mich um und fragte höflich, bemüht, meine innere Unruhe zu unterdrücken: »Meinen Sie mich?«

Auch Liebenau und der bullige Maru Malky erhoben sich von den Sonnenstühlen.

»Ihre Rolle geht dem Ende entgegen, Herr Theaterdirektor. Es wird keinen Beifall geben. Wir üben ein neues Stück ein. Ein kleinbürgerlicher Provinzler verkuppelt seine Tochter an einen Kanaken und vögelt ein kleines Türkenmädchen, weil ihm die Kapitänsmütze seines toten Vorgängers die Grütze zum Kochen gebracht hat.«

Er hatte sich uns einen weiteren Schritt genähert.

»Mann, an Bord habe ich das Sagen! Nehmen Sie sich zusammen!«, rief ich ihm im scharfen Ton entgegen.

»Das wird sich noch herausstellen. Oder glauben Sie, die wenigen gekappten Drähte der Funkzentrale hätten unserer Macht und unserem Einfluss Schaden zufügen können?« Sein Gesicht war zur Fratze geworden.

Liebenau und der Türke Maru Malky schwärmten seitlich aus.

Ich wollte sie anbrüllen, wurde jedoch von dem losstürzenden Nababik zur Seite gestoßen.

Ich sah noch, wie er sich auf Steenblock warf, ihn unterlief, sofort mit seinen Schultern wieder hochkam, den überraschten Holländer packte und ihn gegen die Stahlwand der Aufbauten schleuderte.

Liebenau und Maru Malky eilten dazu und schlugen mit ihren Fäusten auf Nababik ein.

Ich bemerkte eine Blutspur in seinem Gesicht und starrte auf die Pistole in der Hand des Holländers, der auf dem Boden lag.

Mich erfasste Zorn und der Mut der Verzweiflung. Noch bevor Steenblock die Pistole auf jemanden richten konnte, trat ich sie ihm aus der Hand und spürte danach die dünnen Finger des Funkers an meiner Gurgel. Für Sekunden ging mir die Luft aus. Ein Schleier verdunkelte meine Augen. Mit letzter Kraft fuhren meine Hände hoch, und ich erwischte Liebenaus Haarschopf.

Meine Finger verkrallten sich darin, und als müsse ich ihm die Kopfhaut abziehen, legte ich alle Kraft in meine Hände.

Mein Atem setzte wieder ein, und ich hörte einen Schrei, der mir durch Mark und Bein ging.

Für Sekunden war ich befreit, starrte auf die Stahlbrüstung und sah, wie Steenblock auf das blubbernde, blitzende, vom

Schiffspropeller aufgewühlte Wasser aufschlug, untertauchte, seine Hände hochriss, noch einmal auftauchte, kraulartige Bewegungen machte und dann für immer unter Wasser verschwand.

Ein harter Schlag gegen meinen Kopf nahm mir direkt danach die Besinnung.

Hatte ich lange ohne Bewusstsein auf den Stahlplatten der Sea Ghost gelegen?

Es war ein Schuss, der wie ein Donnerschlag meine Ohren traf und mich erzittern ließ.

Ich öffnete die Augen, kämpfte mit meiner Verwirrung und beobachtete wie auf einer entfernten Bühne, wie der schwere Körper des Matrosen Maru Malky abknickte und sich in Zeitlupe dem Boden näherte.

Ein Wimmern, mehr ein Weinen, lenkte mich ab, und da ich selbst nicht fähig war, auch nur einen Ton von mir zu geben, musste es ein anderer sein.

Ich schaute mich um. Liebenau war es, der wie ein Häuflein Elend an der Ankerwinde lehnte und seine Nerven nicht mehr unter Kontrolle hatte.

Für Sekunden tat er mir leid. Der chronische Geldmangel hatte ihn erpressbar gemacht. Geld war es, was ihn bewegt hatte, sich gegen uns zu stellen. Vielleicht war auch der türkische Seemann den Versprechungen Steenblocks auf den Leim gegangen.

An der Stahlbrüstung stand Nababik und schaute wie vorher, als die Abtrünnigen ihren Angriff unternommen hatten, auf das Meer, als suche er den abgetauchten Steenblock.

Es gelang mir mit Mühe, mich zu erheben. Ich torkelte dem Ersten Offizier entgegen, stellte mich neben ihn.

Er sah mich nicht an.

»Du«, sagte ich, »das war meine erste Klopperei nach zweiunddreißig Jahren.«

Er legte mir den Arm auf die Schulter. »Und wo war das?«, fragte er und rieb sich mit der Hand die Blutspuren ab.

»In Pewsum, als der Schiedsrichter einen Elfmeter gegen mich gab«, antwortete ich glücklich, doch Nababik schob mich zur Seite und hastete davon.

Ein Schuss durchdrang den Maschinenlärm und das Wasserbrodeln.

Ich starrte in die Richtung, aus der die Detonation gekommen war, und sah Nababik, der dem verletzten Maru Malky die Waffe aus der Hand nahm.

»Ein Opfer ist genug, du geistloser Affe!«, brüllte er und kam wieder zu mir.

Ich beobachtete den Blutfleck am Oberschenkel des türkischen Seemanns, der anwuchs und von seinen Jeans auf den Stahlboden rann.

»Ich habe ihn angeschossen. Vielleicht wird er zum winselnden Hund, wenn er erfährt, auf welcher Seite er gestanden hat«, sagte Nababik.

Ich erwiderte nichts, denn ich sah die blaue Tätowierung auf dem Arm des Matrosen, den er hilflos von sich gestreckt hatte.

Meine Kapitänsmütze lag hinter dem Anker. Ich hob sie auf, setzte sie mir auf den Kopf und sagte zu Nababik: »Ich hole Beppo und Ben Salotto. Maru Malky muss auf die Station, und der Liebenau kann sich in seiner Kabine ausheulen. Er soll froh sein, dass wir ihn nicht zur Begleitung des Gangsters über Bord kippen.«

Während ich ging, sah ich, wie Nababik sich dem Funker näherte.

Ben Salotto und Zermi Zusaakyl, die ich zu mir rief, vernahmen von mir den Augenzeugenbericht, den ich ihnen nervös vortrug. Sie handelten sofort, holten aus dem Krankenzimmer die

Trage und rannten zum Heck, während ich mit schweren Schritten meine Kabine aufsuchte.

Ich konnte meinem Ersten Offizier keinen Vorwurf machen, im Gegenteil, er hatte sein und auch mein Leben gerettet, denn dieser Steenblock hatte es auf uns abgesehen. Er hatte unseren Tod gewollt. Über die Konsequenzen, die sein Ende nach sich ziehen würden, wollte ich jetzt nicht nachdenken.

Ich rief den Koch an, bestellte mir Kaffee, den er mir wenige Minuten später selbst servierte.

Eigentlich hätte ich mich freuen müssen, diesen gefährlichen Gangster los zu sein. Aber ich war Pädagoge und kein Abenteurer, und wenn es vielleicht auch falsch war, so bedauerte ich doch das Schicksal des Mannes, der zu denen gehörte, die mich zu dieser Reise zwangen, hinter deren Ende für mich und Inga immer noch bedrohliche Fragezeichen standen.

Ich war froh, als Nababik kam und sich zu mir setzte.

»Das Schwein von Maru Malky hat noch Glück gehabt«, sagte er. »Die Kugel hat nur die Muskeln durchschlagen, soweit Zermi Zusaakyl, unser Erste-Hilfe-Mann, das beurteilen kann.«

Ich wunderte mich darüber, dass er kein Wort über den Holländer verlor, den er in Notwehr über Bord geworfen hatte.

Allerdings hatten weder er noch ich den Gedanken gefasst, Alarm zu geben. Wir waren volle Fahrt gelaufen, und es war fraglich gewesen, ob wir mit einer Such- und Rettungsaktion Erfolg gehabt hätten.

»Sympathie genoss Steenblock an Bord keine, nur Malky und den Liebenau hat er mit seinen Versprechungen ködern können«, murmelte Nababik.

»Wie nimmt die Mannschaft die Vorfälle auf?«, fragte ich.

»Noch tuscheln die Männer, doch ich schlage vor, dass wir zu einer kleinen Betriebsversammlung einladen und ihnen die Vorgänge schildern, wie sie sich abgespielt haben.«

Wir verließen meine Kabine, gingen zur Brücke und klärten Beppo auf, dass sich dieser Holländer nicht mehr an Bord befand.

Ich bemerkte, dass ihn diese Nachricht zu erfreuen schien.

Nababik drückte die Sprechtaste und forderte mit harter Stimme: »Bis auf Beppowitsch versammeln sich alle an Bord für eine kurze Besprechung in der Mannschaftsmesse.«

Die Sea Ghost fuhr volle Kraft, während sich vor uns der Horizont abzudunkeln begann. Beppo drosselte die Geschwindigkeit, da er nun allein den Dienst auf der Brücke versehen musste und auch der Maschinenraum unbesetzt blieb.

Als Nababik und ich die Messe betraten, waren alle anwesend. Selbst Inga und Kaya saßen unter den Männern und fühlten sich unwohl, den frotzelnden Bemerkungen der Seeleute ausgesetzt.

Zermi Zusaakyl hatte fairerweise auch den angeschossenen Malky hereintragen lassen, der uns mit missmutigem Gesicht von der Trage aus entgegenstarrte. Auch Liebenau saß kleinlaut und bleich am großen Tisch.

Ich eröffnete die Versammlung. Mein kurzer Lagebericht schilderte keine Einzelheiten, sondern zeigte ihnen mein Bedauern über die Vorfälle, die einen Menschen das Leben und unseren Matrosen Malky die Gesundheit gekostet hatten.

Dann wies ich auf den Ersten Offizier und kündigte an, dass er den genauen Verlauf darstellen werde.

Malky stöhnte vor Schmerzen, doch er lehnte es ab, sich hinaustragen zu lassen.

Nababik suchte keine Rechtfertigung. Sachlich kam ihm der Bericht über die Lippen, schob die Angriffslust Steenblocks auf dessen mutmaßlichen Alkoholgenuss und machte deutlich, dass auch unser Matrose Malky uns mit der Waffe bedroht hatte.

Das Gemurmel verstummte schnell, und da wir – so schien

es den Besatzungsmitgliedern – den Verletzten fair behandelten und der Matrose die Vorwürfe mit einem Nicken bestätigte, zollten sie Nababik Beifall, als er sich zu mir setzte.

Ich erhob mich, ergriff noch einmal das Wort und sagte: »Unser Ziel ist der spanische Hafen Sant Feliu de Guixols. Wir haben nur eine geringe Ladung an Bord, die aber für jeden mehr Prämien bringen wird als üblich, weil dank des Mutes und selbstlosen Einsatzes unseres Ersten Offiziers die wenigen unschädlich gemacht wurden, die das verhindern wollten. Leute, wir leben nicht ohne Gefahren! Aber wir schaffen es, wenn jeder seinen Dienst in diesem Sinne versieht. Mächtige wollen mit uns verdienen. Doch auch unsere Prämien können sich sehen lassen, wenn wir eine Mannschaft bleiben, ein Team sind. Männer der Sea Ghost, geht wieder an eure Plätze, denkt an das Geld, das uns dazu verhelfen wird, bald auf der Sonnenseite des Lebens zu stehen!«

Ich erhielt tosenden Beifall.

Nababik stand auf und sagte: »Wir machen keine Kreuzfahrt! Augen auf, wo immer ihr auch seid und was immer ihr auch tut!«

Die Messe leerte sich. Ich nahm Achmed Abu Dota beiseite.

»Gib den Männern, was ihnen eine Freude bereitet«, flüsterte ich ihm zu.

Er rieb sich den dicken Bauch und ging grinsend davon.

Die Sea Ghost nahm wieder volle Fahrt auf. Ben Salotto hatte von Nababik den Auftrag erhalten, Beppo auf der Brücke zu assistieren.

»Dieser Steenblock war nie an Bord«, sagte Nababik entschlossen, als wir die Kabine des Holländers betraten.

Ich zog den Vorhang beiseite und ließ Licht durch das Bullauge herein.

Der holzvertäfelte Raum war etwa fünf Quadratmeter groß, enthielt eine zur Couch umfunktionierte Liege, einen Tisch und einen Sessel.

»Beginnen wir mit der Durchsuchung«, sagte ich und öffnete die Tür des Einbauschranks.

Auf den seitlichen Fächerbrettern lagen ein frisches Hemd, saubere Wäsche und Socken. Als hätte er keine weitere Garderobe bei sich gehabt, hingen billige Plastikbügel leer an den Haken.

Ich nahm die Ledertasche vom Schrankboden und setzte sie auf den Tisch.

»Soll ich?«, fragte Nababik, den das Jagdfieber nach verborgenen Geheimnissen gepackt hatte.

Ich nickte, und er holte eine Brieftasche aus dem Inneren, die – das sahen wir sofort, als wir sie öffneten – eine Menge Dokumente enthielt.

Sein Führerschein war auf den Namen Jan Steenblock in Groningen ausgestellt. Ein Foto zeigte eine Frau in mittleren Jahren, die zwei kleine Jungen an der Hand hielt. Der Friede des Bildes, im Hintergrund der bescheidene Bungalow mit viel Grün, musste jedem Grenzbeamten ans Herz gehen.

Sein Reisepass wies ihn als niederländischen Staatsbürger aus, dokumentiert durch das Siegel der Stadt Groningen. Natürlich ging Steenblock auch einem Beruf nach. Die Dienstbehörde wies ihn als technischen Berater im Außendienst aus.

Ein billiger Werbekalender einer Molkereimaschinenfabrik aus Venlo enthielt Geburtstage und Termine. Der letzte, den er noch erlebt hatte, nannte eine Adresse in Istanbul, die abgehakt war.

Einige Tageszeilen weiter fanden wir eine Anschrift von Zypern, die noch vor seinem Tode lag, aber von ihm nicht mehr wahrgenommen werden konnte, da Nababik um diese Zeit bereits den Funkkontakt der Sea Ghost mit der Außenwelt unterbrochen hatte.

»Den Termin einzuhalten hat wahrscheinlich Liebenau die Ehre gekostet«, sagte ich, und mir war ein wenig flau im Magen, als mir bewusst wurde, die Papiere eines Toten in Händen zu halten.

»Vielleicht schwimmt er jetzt hin«, sagte Nababik sarkastisch.

Meine bisherigen Erlebnisse hatten meine Gefühle bereits so weit abgestumpft, dass ich über seinen Witz lachte.

Die Brieftasche enthielt zweihundert amerikanische Dollar, neben einem Stapel türkischer Lira. Der Rest waren Euros.

»Nach Spanien wollte der Knabe wohl nicht«, sagte ich und dachte an das Telegramm. Mir wurde wieder bewusst, dass ich bereits als Leiche auf dem Meeresgrund hätte liegen können, falls meine Wachsamkeit und die Freundschaft des Mannes, der in der Reisetasche eines toten Gangsters herumstöberte, es nicht verhindert hätten.

»Aber wir«, antwortete Nababik und legte Taschenbücher, in holländischer Sprache gedruckt, auf den Tisch. Auch eine billige Bronzenachahmung der Blauen Moschee, die hohl und kitschig war, beförderte der Erste Offizier aus der Tasche.

Aber auch ich war nun schon lange genug im Geschäft, um mich mit den Ergebnissen nicht zufriedenzugeben.

Nababik begann systematisch damit, die schweinslederne Tasche in Stücke zu zerlegen. Er hielt sein Taschenmesser, das die Größe eines Dolches hatte, an die mit Perlon verstärkten Fäden der Nähte und legte Füllböden frei.

Die Ausbeute, die wir aus den Verstecken holten, hätte mit Sicherheit jedem Interpolbeamten eine Beförderung, aber zumindest einen Orden eingebracht.

Unser verunglückter Jan Steenblock, 180 cm groß, Haare mittelblond, von gesetzter Figur, geboren am 24. 8. 1964 in Weener, strahlte uns von einem Passbild entgegen, das auf der ersten Innenseite eines Reisepasses der Bundesrepublik Deutschland saß.

Ein Schweizer Reisepass wies ihn aus als Hubertus Untermatt, während ein weiteres Reisedokument der Vereinigten Staaten ihm bestätigte, dass er als Mr James Spilhous im Staate Alabama zu Hause war. Und auch den Libanon schien er sich als Heimat auserkoren zu haben, denn in dem entsprechenden Pass hieß er Henry Jussuff.

Seine Reisekasse bestand nicht nur aus den Devisen seiner Brieftasche. Diese wirkten sich spärlich aus neben fast fünfzigtausend Schweizer Franken, vierzehntausend Dollar und zwölftausend Euro. Hinzu zählten wir noch einige libanesische Pfunde.

Doch, wie sich erst später herausstellte, befand sich im Kleinkram – und es hätte nicht viel gefehlt, und wir wären seiner List auf den Leim gegangen – noch Sensationelles.

Beim zweiten Hinsehen, die Devisen hatte Nababik gestapelt, die Reisepässe lagen daneben, langte ich in den Berg nebensächlicher Dinge.

Nicht beschriebene Ansichtskarten, ein Taschenspiegel, mehrere Kugelschreiber, ein Fernglas, nur mit einem Klarsichttuch umwickelt, eine in Serviettenpapier gewickelte Lupe.

Doch mir fiel ein in grobem Papier gewickelter Füllfederhalter auf, der vom blitzenden Metall auffällig die Spitzenmarke *Mont Blanc* trug.

Doch nicht das Luxusprodukt als solches erregte meine Aufmerksamkeit, sondern das als Umhüllung gewählte Papier. Es war eine Fotokopie, auf der sich Linien kreuzten, Schraffierungen und kleine Gebilde meine Aufmerksamkeit fanden.

Ich entfaltete das Blatt und fand Parallelen zu den Seekarten auf der Brücke, um deren Deutung ich mich nun seit Tagen bemühte. Ich sah, dass Nababik mich beobachtete.

»Sonderbar«, sagte ich nur und reichte ihm das Blatt.

»Das kenne ich doch!«, rief der Erste Offizier überrascht

aus. Er faltete das Blatt und steckte es ohne weiteren Kommentar in seine Tasche.

»Das ist es«, sagte ich und schaute auf das, was der ertrunkene Rauschgifthändler an Bord der Sea Ghost hinterlassen hatte. Und das war nicht wenig.

»Und nun?«, fragte ich meinen Offizier ratlos.

Nababik schaute mich mit treuen Augen an.

»Kapitän, einen Mijnheer Steenblock hat es an Bord unseres Schiffes nie gegeben. Die Mannschaft wird das bestätigen. Selbst Liebenau der Funker und auch der verletzte Maru Malky werden sich an einen Mann, der diesen Namen trug, nie erinnern können!«

»Und das hier alles?«, fragte ich.

»Von hier aus darf es keine Spur geben«, antwortete er fest.

»Nababik, jemand könnte quatschen«, sagte ich besorgt.

Er lachte: »Kapitän, das Geld kann gut angelegt werden, den Rest wird es in wenigen Minuten nie gegeben haben.« Er grinste mich an.

Ich wartete in der Kabine, die der nun Tote bewohnt hatte, während Nababik eine Tasche holte. Ich steckte mir eine Zigarette an und wunderte mich über mich selbst.

Oberstudienrat, du sackst immer tiefer in die Scheiße und hoffst dennoch irgendwie, das alles dir Unverständliche zu überwinden, sprach ich zu mir.

Nababik kam, steckte alles ein, was vorher in der nun zerfetzten Reisetasche des kriminellen Steenblock gelegen hatte.

»Schaffen wir alles zuerst einmal in dein Büro«, sagte Nababik, und mir fiel ein, dass wir uns duzten.

Ich schloss die Tür auf, und während wir meine Kabine betraten, sagte Nababik: »Ich kenne ein gutes Versteck für den Schatz des toten Gauners.«

Er näherte sich meinem Schreibtisch, setzte die Tasche ab

und kroch unter das Schreibmöbel. Ich beobachtete, wie er dort auf dem Boden mit den Fingern Schrauben löste, ein Brett beiseite schob und in einer Vertiefung den Devisenvorrat bunkerte.

Mir verschlug es die Sprache. Niemand würde je auf die Idee kommen, dort zu suchen, wo meine Füße standen, wenn ich hinter meinem Schreibtisch saß.

»Den Rest erledige ich im Handumdrehen«, sagte er und verließ mit der Tasche meine Kabine.

Ich wusste, dass es in wenigen Minuten, abgesehen von dem Geheimfach, keine Spuren mehr an Bord geben würde, die an die Existenz des Mannes erinnern würden, der einer der größten Teilhaber am europäischen Drogenmarkt gewesen sein konnte.

Noch fehlte mir der Durchblick.

Dieser Steenblock hatte wie eine ständige Bedrohung auf Inga und Kaya gewirkt. Nun war das Schiff sauber und fest in unseren Händen, zumindest vorerst.

Ich schritt an das Bullauge, blickte auf das Meer, auf das die Sonnenstrahlen fielen. Genießen konnte ich den Anblick nicht, denn dieser Friede vor dem wolkenlosen Himmel war nicht mein Friede. Noch war ich ein Fremdkörper auf der Sea Ghost, und das Netz einer weit verzweigten internationalen Rauschgiftorganisation hing über mir.

Auch meine Tochter und Kaya saßen noch in ihren Fängen. Diese gewissenlosen Verbrecher hatten ein Vermögen in die Ladung investiert, um ihren Reichtum zu vermehren. Menschenleben spielten für sie keine Rolle.

Ich nahm meine Kapitänsmütze vom Kopf und dachte an meinen Vorgänger, der von ihnen, was Inga und auch Nababik angedeutet hatten, liquidiert worden war.

Doch wo lag der Weg in die Freiheit? Hatten wir noch Chancen?

Ich schritt an meinen Schreibtisch und bestellte für mich und

Nababik Kaffee. Der Erste Offizier blieb länger aus, als ich erwartet hatte.

Kaya betrat Minuten später die Kabine und setzte das Tablett auf den Schreibtisch. Sie beugte sich zu mir herab und küsste mich.

Am liebsten hätte ich sie ausgezogen, mich auf dem Bett an sie geschmiegt und bei ihr nach Beweisen gesucht, dass ich noch nicht am Ende war, zumindest körperlich nicht.

Kaya wirkte nicht nur glücklicher, sondern auch gelöster. Der Tod des Holländers hatte sie von den größten Sorgen befreit. Ihre Hoffnung auf ein glückliches Ende verstärkte sich.

»Kaya, besuche mich mit Inga um zwanzig Uhr«, sagte ich zu ihr.

Beschwingt verließ sie mich, und ich schaute ihr nach und erfreute mich an dem Rhythmus ihrer Schritte und ihren langen schwingenden Haaren.

Endlich erschien Nababik. Gelassen, mit dem ständigen Siegeslächeln im bärtigen Gesicht, strahlte er Mut und Zuversicht aus.

»Hast du dem toten Steenblock die Reisepässe und wenigen Habseligkeiten nachgeschickt?«, fragte ich ihn. Ich schenkte ihm Kaffee ein, bediente auch mich und stellte die Kanne zurück aufs Tablett.

»Ja«, antwortete er, »aber so zerschnipselt, dass er im Vorhof der Hölle lange damit beschäftigt sein wird, sie zusammenzusetzen.«

»Und wie stehen unsere Chancen?«, fragte ich ihn.

Er lächelte. »Das Leben ist ein ständiger Kampf um Oben und Unten. Doch es gelten Spielregeln, diese fehlen uns jetzt, und damit befinden wir uns in einem Krieg.«

»O Gott«, stöhnte ich, »kann ich noch hoffen?«

»Dieser Steenblock ist ausgeschaltet. Gehen wir davon aus, dass auch er Feinde hatte, vielleicht auch Neider, die ihn loswerden wollten, um selbst an die Quelle zu gelangen. Dann entsteht in der Organisation ein Vakuum, in das seine Nachfolger drängen werden. Der Funkkontakt zu unserer Sea Ghost ist abgebrochen. Ihre Versuche, ihren Boss zu erreichen, bleiben erfolglos. Von unserem Schiff fehlt ihnen jede Spur! Sie werden ihn und die Ware und damit unser Schiff abgeschrieben haben.«

Er langte zur Tasse, trank sie leer und füllte sie mit frischem Kaffee aus der Warmhaltekanne auf.

Ich beobachtete sein Gesicht. Er schien sich lustig über mich zu machen, doch meine berechtigten Sorgen zog er dabei in seine Überlegungen ein.

Er hob den Kopf, sah mich lächelnd an und sagte: »Klaus, dass ein Pauker ihnen das Konzept verderben könnte, den sie als eine Geisel erpressten, war für sie nicht einkalkulierbar. Andererseits sind die Ereignisse den Bossen der Organisation nicht bekannt, und so gehen sie von Tatsachen aus, die erneut nicht stimmen. Die Sea Ghost haben sie bereits aufgegeben, den Schaden verkraftet. Sie wagen es nicht, Suchmeldungen an die Küstenstationen zu senden, und uns wird kein Fluglärm belästigen. Die Machtkämpfe um die Nachfolge Jan Steenblocks werden bereits im Gange sein.«

Seine Vermutungen waren nicht ohne Logik. Nur gelang es mir nicht, in diesen Gedanken mehr Chancen zu erkennen, die Inga, Kaya und auch mich in eine unbehelligte Freiheit überführen konnten. Nirgendwo fand ich ein Schlupfloch aus unserer bedrohlichen Lage. Die Gefahr blieb. Schließlich würde weder Nababik noch die auf ihn eingeschworene Mannschaft von meiner Idee begeistert sein, die Sea Ghost irgendwo auflaufen zu lassen.

Wir könnten die Sea Ghost in Brand setzen und uns auf die kleine Insel Pantelleria retten und uns den italienischen Behörden anvertrauen.

Ich steckte mir eine Zigarette an, trank einen Schluck Kaffee, denn mein Hals war trocken geworden bei dem Gedanken, einen für alle Beteiligten respektablen Ausstieg aus dem Geschäft mit dem Rauschgift gefunden zu haben.

»Ole, hör zu«, sagte ich zu ihm und mir wurde bewusst, dass ich ihn zum ersten Mal mit seinem Vornamen anredete. Meine Tochter hatte ihn mir verraten, denn wir hatten uns nach den schrecklichen Ereignissen, die noch gar nicht lange hinter uns lagen, geduzt.

Ich trug ihm meinen Plan vor.

»Klaus, in dir haben die Gangster einen echten Feind. Würden wir, damit meine ich die Besatzung unseres Schiffes, so edel sein wie du, fürwahr, das wäre eine Tat!«, spöttelte er. »Ich höre bereits ihr Halleluja.« Er blickte in seine Tasse und fuhr dann fort: »Wir sind Seeleute, die es selbst nicht scheuen, eine Fracht zu übernehmen, die uns der Satan anvertraut. Die Prämien müssen stimmen! Sonntagsfahrten für einen warmen Händedruck lehnen wir ab. Und wer würde uns noch ein Schiff anvertrauen, wenn wir die Sea Ghost zum Versicherungsfall machen würden?«

Ich war nicht enttäuscht darüber, dass er nicht aussteigen wollte, im Gegenteil, ich bewunderte seinen Mut, nicht aufzugeben, obwohl er es war, der den Boss der Organisation über Bord geworfen hatte, aber damit keineswegs auch seine Absichten. Er musste den Kontakt zu den Auftraggebern irgendwann und irgendwo wieder aufnehmen.

Das konnte er ohne Schwierigkeiten in Sant Feliu de Guixols. Genau dort würde sich herausstellen, ob die Gangster ihr Versprechen hielten und mich, Inga und vielleicht auch Kaya unbeschadet ziehen lassen würden.

Nababik schaute mich traurig an, so als hätte er meine düsteren Schlussfolgerungen soeben mit mir durchdiskutiert.

Er griff in seine Jackentasche, zog das Blatt hervor, das Steenblock als Verpackung für den teuren Mont-Blanc-Füllfederhalter gewählt hatte.

»Klaus, du kommst aus Ostfriesland, bist dort Lehrer gewesen. Schau dir die kopierte Zeichnung in aller Ruhe an«, sagte er, lehnte sich zurück und schob mir das Blatt zu.

Ich langte nach meiner Lesebrille, starrte auf die schwarzen Linien und nach einer Weile konnte ich sie zusammenfügen, eingrenzen und einordnen in einen Zusammenhang.

Überrascht schaute ich Nababik an.

»Ole, mein Freund, wenn nur einige wenige Zentimeter des Originals mehr auf den Kopierer gepasst hätten, dann könnte ich dir fast zeigen, wo mein Häuschen steht.«

Für Sekunden schwieg er, dann schüttelte er den Kopf und murmelte: »Klaus, dein Haus in Ehren, aber wir schwimmen hier entlang der tunesischen Küste, zurzeit völlig sicher. Das Wetter wird sich ebenfalls nicht ändern. Aber diese Fotokopie könnte einiges ändern. Du hast erkannt, was sie abbildet. Deshalb klär mich auf. Was bedeutet das B vor dem großen Kringel und das E vor dem gestrichelten Feld?«

Ich war sehr aufgeregt und suchte nach einer Bestätigung meiner Erkenntnisse. Da gab es Zweifel, und ich fragte ihn: »Haben wir keine Karte von der holländischen und deutschen Nordseeküste?«

»Nein, das klingt wie ein Witz! Wir sind Mittelmeerfahrer«, antwortete er spontan.

»Hätte Liebenau nicht angedeutet, dass er in Holland von Bord gehen wollte, dann wäre ich nicht dahintergestiegen«, sagte ich. Und dann sprudelte es aus mir hervor. »Das B steht für Borkum, das E für die Ems.«

»Das stimmt«, sagte er und forderte: »Klaus, schau genau hin! Da sitzen vier kleine Kleckse, ein großer Kringel ist mit einem S versehen!«

Ich sah und wusste, was er suchte.

Geografie war nicht mein Fach. Wir besuchten stets die ostfriesischen Inseln, doch die westfriesischen Inseln waren Domänen der Bewohner des Ruhrgebietes. Ich musste überlegen, schloss die Augen und tastete mich heran.

»Schiermonnikoog«, antwortete ich spontan und freute mich, denn das konnte kein Irrtum sein.

»Das sehe ich auch so«, sagte Ole Nababik, und sein Zeigefinger näherte sich einem verrutschten Kreuz oder einem X.

»Dort befindet sich ein Hinweis«, sagte ich, drehte das Blatt und fand versteckt das andere X, an dem SK 433 stand.

Obwohl die Klimaanlage funktionierte, brach mir der Schweiß aus. Noch hatte dieses Suchspiel keine Bedeutung, sondern ich fasste es mehr als eine Denksportaufgabe auf.

Oft genug hatte ich Ablenkung vom Schulstress in Greetsiel gesucht, einer Idylle mit Fischereiromantik und Kuttern vor dem schützenden Seedeich.

Stolz hatte ich Freunde, wenn sie mich besucht hatten, in den Hafen geführt, ihnen die Giebeldächer gezeigt, die wie aus früheren Jahrhunderten mit roten Klinkern über den Deich lugten.

Auch in Norddeich suchte ich gelegentlich den Kutterhafen auf, und ich sah plötzlich die romantischen Namen auf ihren Rümpfen und ihre Registrierungen vor mir.

Mir war, als tauchte ich unter, musste mit Bildern kämpfen, die sich in meine Vorstellungswelt einschlichen.

Der forschende, neugierige Blick meines Gegenübers ruhte auf mir, als ich langsam wie aus einer Narkose zu mir kam.

Der Plan war mein Freund, ihm verdankte ich, dass ich noch lebte und meine Tochter noch Chancen hatte, sich aus einem Teufelskreis zu befreien. Es mochten nur Sekunden gewesen sein, während ich mich in einer anderen Wirklichkeit des Traums befand.

»SK 433 bedeutet die Registrierung eines Fischkutters der Insel Schiermonnikoog«, sagte ich.

Nababik, dem ich nicht anmerkte, ob er mein Abtauchen in die Traumwelt wahrgenommen hatte, zeigte mit dem Finger auf eine bestimmte Stelle der Karte.

»Ganz unten, wo man sich die Küste denken könnte, befinden sich weitere Zahlen. Kannst du sie entziffern?«

Ich hatte Mühe, sie trotz meiner Lesebrille zu lesen.

»287–58«, las ich.

»Wenn wir Punkte mitlesen würden, dann könnte es sich um ein Datum handeln«, sagte Nababik.

Ich bemühte mich erneut. So konnte es sein, denn der 28.7. bis 5.8. konnte gemeint sein. Dahinter musste ich nach einem Sinn suchen.

»Wann erreichen wir Spanien?«, fragte ich.

»Na, in drei bis vier Tagen«, überlegte der Erste Offizier.

»Ole, nehmen wir an, die hätten in Sant Feliu de Guixols einen neuen Kapitän für mich, wie lange wäre die Sea Ghost nach Holland unterwegs?«, fragte ich ihn und wunderte mich selbst über die Sprünge meiner Fantasie.

Nababik begann zu rechnen. Ich sah, dass ihn einiges, was ich spontan geäußert hatte, stark beschäftigen musste. Mehrmals schüttelte er den Kopf.

»Ich muss eine Liegezeit einkalkulieren, wir könnten in etwa zehn Tagen Holland erreichen«, sagte er.

»Und genau das kommt hin«, antwortete ich, »dann schreiben wir den achtundzwanzigsten Juli.«

»Meine Ordern enthalten aber keine entsprechenden Angaben«, sagte er und fuhr fort: »Aber aus dem, was uns jetzt vorliegt, ist zu schließen, dass am besagten Termin ein Kutter bereitliegen wird, um das Rauschgift zu übernehmen. Sie werden uns bezahlen, fürstlich versteht sich, wir werden Waffen übernehmen, allerdings wie üblich in Antwerpen, um sie in den Libanon zu schaffen.«

Er sprach das so vor sich hin, während ich nicht nur ans Ende meiner Kapitänsrolle dachte, sondern meine Liquidierung sowie den Tod Ingas und Kayas befürchtete.

Ängste erfassten mich. Die Organisation würde uns in Spanien von Bord holen und unter dem Vorwand, uns in die Freiheit zu fahren, den Weg in die Berge nehmen und uns irgendwo in der Einsamkeit zwischen rissigen Felsenwänden erbarmungslos erschießen. Die südliche Sonne würde unsere Skelette bleichen, und niemand würde erfahren, welchen verbissenen Lebenskampf wir geführt hatten.

Noch etwa vierzehn Tage können wir unser Leben genießen, rechnete ich mir aus. Das ist nicht viel, für einen Mann der fünfzig Jahre alt ist, noch weniger für Studentinnen, für die die Zukunft mit zweiundzwanzig Jahren erst begann.

Noch vierzehn Tage leben, Kaya in die Augen sehen dürfen, mich an dem jungen, schönen Körper erfreuen zu können, der meine vergessene Manneskraft wie einen schlafenden Vulkan geweckt hatte.

Nababik rief mich in die Wirklichkeit zurück. Seine wohltuende Stimme kämpfte gegen meine Untergangshysterie.

»Wir sind für die Organisation verschollen. Das gibt uns eine Chance! Du und die Mädchen, ihr sollt nicht ihre Opfer werden«, sagte er entschlossen.

»Und wie willst du das verhindern?«, fragte ich und fühlte, wie die Spannung und Hoffnung mein Blut schneller kreisen ließen.

»Wir laufen einen anderen Hafen an. Dort loten wir aus, welche Chancen für euch bestehen«, antwortete er, und seine Augen blickten mich listig an.

»Das gefällt mir«, sagte ich froh und wusste, dass ich diesem Mann vertrauen konnte, denn er hatte sich in Inga verliebt.

Als er mich verlassen hatte, suchte ich Zuflucht in Gebeten, mit denen ich die Mutter Maria um ihren Segen für mich, Inga und Kaya anflehte.

Kapitel 9

Es war 20 Uhr. Ich hatte meine Kabine auf Hochglanz gebracht, Kekse ausgelegt und Achmed Ben Dota hatte englischen Tee persönlich nach meinen Angaben aufgebrüht. Es fehlten nur noch die Kluntjes für meinen Ostfriesenabend.

Die Sonne schien noch im schrägen Winkel auf die Bullaugen. Die Klimaanlage hielt die Temperatur in angenehmer Höhe.

Inga und Kaya betraten mein Reich. Sie schauten vorsichtig hinter sich, als sie die Tür zuzogen.

»Keine Sorge, zurzeit seid ihr hier sicherer als zu Hause«, sagte ich zur Begrüßung.

Ich schritt ihnen entgegen, küsste meine Tochter, und als ich Kaya an mich drückte, wurde ich rot wie ein Jüngling.

»Setzt euch«, forderte ich sie auf und wies auf meine Koje, der eine teppichähnliche Tagesdecke den Bettcharakter nahm.

Ich setzte mich in den kleinen Sessel, schenkte ihnen Tee ein und sagte zu meiner Tochter: »Inga, du weißt, was mich interessiert. Die letzten Tage haben mir mehr Lebenserkenntnisse vermittelt als all die Jahre meiner Tätigkeit als Erzieher. Erzähl mir, was dir zugestoßen ist.«

Meine Tochter wurde weder verlegen, noch sah sie in mir eine Person, die den Richter spielen wollte.

»Vater, du kennst meinen Berufswunsch. Ich möchte Journalistin werden, und sollten wir den Fängen dieses Verbrechersyndikates entkommen, woran zu glauben mir immer noch der Mut fehlt, dann werde ich meine erste große Reportage schreiben!« Ihre Stimme klang nicht weinerlich, eher gefasst und kämpferisch.

Ich trank den köstlichen Tee, der mich an mein Zuhause erinnerte, und bewunderte ihre Selbstsicherheit.

»Papa, es fing harmlos an. Ein junges Ding, gerade siebzehn Jahre alt, hängte sich kurz vor Weihnachten bei einem Bummel in meinen Arm und bettelte mich um zwanzig Euro an. Ich war entsetzt, und als ich sie abschüttelte, drohte sie mit Selbstmord.

Karin hieß sie, sah nett aus, und mir schien ihre Verzweiflung nicht gespielt. Ich wurde weich. Sie erregte mein Mitleid. Kälte und ein beginnender Schneefall taten das ihre dazu.

›Was willst du mit dem Geld anfangen?‹, fragte ich sie.

›Ich benötige dringend einen Schuss! Es ist der letzte, dann höre ich auf damit‹, antwortete sie.

O Gott, dachte ich und gab ihr das Geld. Sie stürzte davon, hatte allerdings nur einen kurzen Weg, wie ich feststellte. Ich folgte ihr neugierig und beobachtete, dass sie mit einem Mann in ein Gespräch verwickelt war. Danach betrat sie eine Disco.

In der Nähe befand sich das Café Kranzler. Ich wollte nachdenken, spürte die nasse Kälte und entschloss mich, einen Kaffee zu trinken. Ich fand einen Fensterplatz und blickte auf den weihnachtlich geschmückten Kurfürstendamm.

Plötzlich stand das Mädchen mitten im Reklamelicht und sprach Männer an. Sie wirkte ruhig und ausgeglichen. Ein enger Pullover brachte ihren knabenhaften Körper voll zur Geltung. Sie blieb nicht ohne Erfolg und hängte sich an den Arm eines Mannes, der groß und kräftig wirkte. Seine Kleidung verriet, dass er zu denen gehörte, die sich alles leisten konnten. Ich vergaß den Vorfall, trank meinen Kaffee, suchte Ablenkung in einer Zeitung und ging nach Hause.

Einige Tage später, der Lehrbetrieb an der Uni hatte wieder begonnen, begegnete ich Karin zufällig wieder. Sie erkannte mich und bettelte mich erneut an. Ich lud sie zu einem Kaffee ein und stellte sie zur Rede. Sie sah verkatert aus, doch die Blässe nahm ihrer Schönheit nur wenig die Wirkung. Ihre Hände waren fahrig und sie selbst gehetzt.

Als der Ober uns bedient hatte, sagte sie zu meinem Entsetzen: ›Ich mache es auch mit dir‹, und legte die unruhigen Hände auf meine Schenkel. Sie hatte mich falsch verstanden und entfachte erneut meine Neugier.

›Zu denen gehöre ich nicht‹, antwortete ich unfreundlich, ›aber sag mir, wozu du das Geld benötigst.‹

›Sieh mich doch an! Wenn ich nicht bald einen Schuss bekomme, mache ich schlapp. Das halte ich nicht durch!‹, stöhnte sie.

›Den letzten?‹, fragte ich ironisch.

Ihre Augen wurden traurig.

›Ja!‹, versprach sie mir.

In diesem Moment dachte ich an meinen zukünftigen Beruf. Diese Karin könnte mir zu einer Story verhelfen, mit der ich bei den Illustrierten vielleicht einsteigen könnte. Dabei ging es mir nicht um Geld, sondern um das Elend.

›Gut‹, antwortete ich entschlossen, ›bleib hier sitzen. Sag mir, wo ich das Zeug bekomme. Ich hole es für dich.‹

Sie strahlte mich glücklich an.

›Drüben in der Disco in der Ferdinandstraße findest du die Typen. Frag nach Charly. Er sieht märchenhaft aus. Frag ihn nach Oldtimern. Er wird mit Bentley antworten, dann schlag ihm mit der Hand auf die Schulter, und er wird wissen, dass du keine von den Bullen bist.‹

Ich gab mir einen Ruck und verließ das Café. Eilig, als benötige ich selbst Gift, stürmte ich auf die Disco zu.

Diesen Charly stellte ich mir in Gedanken als einen dieser Dandys vor, die großtuerisch mit beginnender Dunkelheit den Kurfürstendamm betreten.

Noch war keine Discozeit, und die vielen jungen Menschen aus westdeutschen Großstädten, ja zumeist aus der Provinz, die mit Bussen das ganze Jahr über angekarrt wurden, waren noch nicht unterwegs. Doch welche Gefahren warteten auf sie, wenn es hier um die Ecke Rauschgift wie Zigaretten zu kaufen gab?

Tot waren die Lampen, die in wenigen Stunden mit farbigen Effekten helfen würden, Stimmung zu erzeugen.

Meine Schritte klangen mir in den Ohren, als ich quer über die verwaiste Tanzfläche schritt und mich einem Tresen näherte, vor dem junge Frauen und Männer in ausgelassener Stimmung Drinks zu sich nahmen. Der Barkeeper, aalglatt, vielleicht homosexuell, neigte sich mir entgegen.

›Ich will zu Charly‹, sagte ich und sah angewidert auf seinen geschminkten Mund. Ich kletterte auf den ungewohnten Barhocker. Kleidung und Typ stempelten mich zur Exotin. Schon bei der Bestellung hatte ein Mann seine Augen auf mich gerichtet. Ich begegnete seinem Blick und sah, dass er hervorragend aussah. Er verließ seinen Platz und setzte sich ungeniert neben mich.

Er griff in mein Haar und sagte mit rauer Stimme, die mir bis in den Unterleib ging: ›Miss Nordsee, der geht auf meine Rechnung!‹

›Ja‹, antwortete ich und fuhr fort: ›Sie liegen nicht falsch, ich komme von dort.‹

Der Barkeeper stellte das Glas auf den Tresen. Seine beringte fleischige Hand verdarb mir den Durst, während der Typ mir mit einer unverschämten Sicherheit ins Ohr flüsterte: ›Ab heute kennen wir uns! Wir bekommen noch viel Spaß miteinander!‹

Anstatt aufzuspringen und davonzulaufen, musste ich lachen, denn die fast kindischen Annäherungsversuche der Studenten, mit denen ich meist verkehrte, standen zu seiner Art der Kontaktaufnahme im krassen Gegensatz. Ich prostete ihm zu, und seine Augen schienen mich zu entkleiden, und auch ich verspürte den Wunsch, dieses Bild eines Mannes nackt vor mir zu sehen.

Mir fiel die abgewrackte Karin ein, die im Café auf mich wartete. Dabei legte er seine braun gebrannte Hand auf die meine, und ein Elektroschock floss durch meinen Körper.

›Oldtimer‹, sagte ich und lachte ihn an.

Seine Augen wurden groß und die steile Falte um seine klassische Nase vertiefte sich.

›Du‹, fragte er überrascht. Ich antwortete nicht. Erst als er Bentley sagte, schlug ich ihm auf die Schulter und sagte: ›Charly.‹

Seine Augen studierten mich. Nicht für mich, sagte ich zu meiner Entschuldigung.

›Komm mit‹, sagte er, und ich folgte ihm in den Gang, der zu den Toiletten führte. Ich öffnete meine Handtasche und zog einen Fünfzig-Euro-Schein hervor.

›Hier‹, er drückte mir ein winziges Päckchen in die Hand. ›Für dich ist es billiger‹, sagte er und gab mir einen Zwanzig-Euro-Schein zurück.

Ich schaute noch einmal in seine verführerischen Augen und verließ die Disco mit eckigen Schritten, denn ich spürte seine bohrenden Blicke auf meinem Rücken. Von diesem Charly, so nahm ich mir vor, wollte ich mehr wissen.

Karin saß am Tisch, nervös, zappelig und mit bangen Blicken.

Ich nickte, rief den Ober, bezahlte den Kaffee und trat mit ihr auf den Kurfürstendamm, den Touristen in Leder und Pelzmänteln bevölkerten, als sei die Prachtstraße für Einheimische gesperrt.

Vor den Theatern warteten Trauben dicht gedrängter Besucher, während in den Seitenstraßen gierige Männer durch enge Schlitze weibliche Körper abtasteten, um danach erregt nach preiswerten Nutten Umschau zu halten.

Karin fragte mich erneut, während sie mich begleitete: ›Hast du es?‹

›Ja, aber ich möchte sehen, wie du das machst‹, sagte ich, und mir kam nicht in den Sinn, dass ich sie damit erpresste.

Sie führte mich in eine Gegend mit Altstadtwohnungen, in die ich vorher nie gekommen war. Sie hatte in einem dieser Häuser aus Großvaterzeiten eine kleine Wohnung. Küche, Diele, Wohnzimmer und Balkon. Altes Mobiliar, kitschige Kirmesrosen, Bundesligaembleme und Nacktfotos. Den Mittelpunkt des Wohnzimmers bildete ein Bett, auf dem Steiftiere an Kinderträume erinnerten.

Karin war außer sich, als hätte sie einem bestimmten Moment entgegengefiebert. Sie hastete in die Küche, kam zurück, band sich mithilfe des Kinns gekonnt den Oberarm ab, und dann blickte ich fasziniert und voller Entsetzen auf die spitze Nadel der Spritze, die sie gezielt in die Vene drückte. Ich saß beklommen auf einem Stuhl, beobachtete, wie sich ihr Körper entspannte, in ihr Gesicht der Glanz ihrer Schönheit zurückfand.

›Komm, setz dich zu mir‹, sagte sie glücklich.

Sie tat mir leid, und ich fragte sie: ›Karin, seid wann machst du das?‹

›Noch nicht lange und nicht mehr lange‹, antwortete sie, und ihre Hand berührte dankbar mein Gesicht.

›Komm näher zu mir‹, hauchte sie wie ein Kind, das sich wohl fühlt, weil es die Ängste verloren hatte.

Ich setzte mich auf ihr Bett.

›Karin, warum musste es so weit kommen?‹, fragte ich sie.

Sie begann zu weinen.

›Meine Eltern leben in Hamburg. Es war alles so trist. Hohe Abzahlungsraten und drohende Arbeitslosigkeit. Und immer nur redeten sie über Geld. Wenn sie sich dann wieder einig waren, war ich dran. Lernst du auch gut? Hast du die Schularbeiten gemacht? Wie war die Klausur? Wir tun alles nur für dich! Ich hatte es geschafft! Ich hatte den Realschulabschluss!‹ Sie lächelte glücklich, und ihre Stimme schlug wieder um. ›Da musste auch für mich was drin sein! Es waren fünfunddreißig Absagen auf meine Stellenbettelbriefe! Und dann war da dieser Typ, der neu anfangen wollte in Berlin, und ich bin ab mit ihm. Hier waren wir zusammen, doch sein Geld nahmen die Bullen mit und auch ihn.‹

Karin tat mir leid. Ein Appell an Eltern und Lehrer, dachte ich mir, das wollte ich mir als meine erste journalistische Tat vornehmen.

Karin beugte sich vor, umarmte mich. Ich fühlte ihre Tränen und Küsse auf meinem Gesicht. Sie suchte Liebe und Geborgenheit. Ich hatte mir nie im Leben etwas aus Frauen gemacht, noch heute stoßen mich Lesbierinnen ab, doch es war mein Mitleid, das mich bewegte, Karin an mich zu drücken.

›Ich will mich um dich kümmern‹, versprach ich ihr. Und das tat ich. Aber aus ihrem Versprechen wurde nichts.

Hatte sie ihren Schuss, dann ging sie mit Erfolg auf den Strich. Doch immer dann, wenn dieser Rhythmus unterbrochen war, erbettelte sie von mir Geld.

Getrieben von der Neugierde nach Charly, nahm ich einen Besuch bei Karin, die ich völlig hilflos in ihrer Wohnung vorfand, zum Anlass, den Weg in die Disco zu suchen.

Ich traf ihn an, erkannte eine echte Wiedersehensfreude und genoss, dass er mir den Hof machte. Ich bat ihn um Hilfe, die er mir für Karin zusagte, da einige Briefe an die Eltern bisher nicht beantwortet worden waren. Im Vertrauen seiner großzügigen Worte folgte ich ihm auf die Bude, denn er nannte mich Engel der Gestrauchelten.

Es war keine Absteige. Charly lebte erster Klasse neben Doktoren und Direktoren, die in Berlin ihre Zweitwohnungen hatten. Charly war kein gewöhnlicher Dealer. Reich machten ihn die Tausende von Spielautomaten, die er in Spielsalons, aber auch in den Kneipen in einem Radius von dreißig Kilometern aufgestellt hatte.

Vor allem war es sein Mitleid mit den Opfern des Rauschgiftgeschäftes, das mich beflügelte, eine Story zu schreiben und mit Bildmaterial zu versehen.

Charly war ein zärtlicher Liebhaber. Er liebte mich, verlangte nach meinem Körper und jammerte, wenn ich ihn abblitzen ließ. Großherzig versorgte er mich mit Stoff, als ich meinen Fotoapparat nahm, um Karin zu besuchen.

Nachdem sie sich gierig die Spritze gesetzt hatte, zog sie sich aus, ließ sich in verzückten Posen von mir fotografieren, nachdem ich sie vorher winselnd und bettelnd abgelichtet hatte.

Ohne Gegenrede unterschrieb sie das Schreiben, ließ vorher noch ein Foto ihres zerstochenen Armes zu, vertraute mir einige geknickte Kinderbilder von sich an und hatte gegen eine Veröffentlichung des Materials keinen Einwand.

Im Gegenteil, sie formulierte einige Sätze auf ein leeres Blatt und forderte junge Mädchen mit einfachen, naiven Worten auf, das Glück nicht mit Drogen herauszufordern.

Ich sah ihr kleines Gesicht, die naiven Worte schon als Bestandteil meiner Reportage auf der Titelseite des Sterns.

Doch ich war erst am Anfang meines Unterfangens.

Ich zog ganz zu Charly, vernachlässigte Elisabeth, nahm Charlys Porsche und fuhr als Engel der Süchtigen in die Elendsviertel von Berlin.

Meine Kamera erfasste nur Opfer, die keine Einwände erhoben, wenn sie nur ihren Schuss erhielten. Fast alle hatten sie auch mit Prostitution zu tun. Strichjungen hielten ihre Penisse wie Siegeszeichen der Kamera entgegen, wenn nur das Gift durch ihren Körper strömte.

Charly fand nur lobende Worte für meine selbstlose Tätigkeit. Seine Freunde, eine Schar von Menschen, die es geschafft hatten, oben zu sein, besuchten uns mit ihren Frauen.

Rückeinladungen blieben nicht aus, und so gelangte ich in Prachtbungalows, trug teure Kleider und war glücklich, wenn Charly mich als Miss Nordsee vorstellte.

Niemand störte sich daran, wenn ich mit meiner Kamera nach Schnappschüssen suchte, selbst wenn die Stimmung ausgelassen wurde und das übliche Maß an Moral vergessen ließ.

Auch Charly lichtete ich ab. Nackt mit männlicher Kraft, in Freizeitkleidung oder vor seinem Porsche, auf den ich stolz war. Ich vernachlässigte das Studium.

Doch dann kam der Knatsch!

Karin war von den Nachbarn tot und nackt auf dem Boden ihrer vernachlässigten Küche aufgefunden worden. Eine blutbeschmierte Spritze lag neben ihr.

Erst jetzt begriffen die Eltern, nachdem sie die Polizeifotos identifizierten, was ihre Tochter in den Tod getrieben hatte. Sie erkannten nicht die eigene Schuld, sondern machten nur die Dealer verantwortlich.

Die Kripo begann ihre Recherchen. Eine Frau wurde gesucht, die Karin besucht und – so nahm man an – mit einem Porsche die Lieferantin des Rauschgifts in mehreren Fällen gewesen sein musste. Männerbesuche waren an der Tagesordnung, an einen bestimmten konnte sich niemand erinnern.

Mein Charly war unschuldig, nicht er, sondern ich hatte den Stoff geliefert und – Gott ist mein Zeuge – ich hatte Karin das Rauschgift mit seelischen Hilfestellungen und großer Geduld in immer größer werdenden Abständen übergeben, kostenlos, als eine Art Opfer der Reichen an Arme. Was ich nicht wusste, das traf mich zutiefst, und es war so offensichtlich, dass ich beinahe darüber zerbrochen wäre. Charlys Untergebene hatten brutal kassiert, wenn ich mich in sozialer Geberlaune befunden hatte.

Instinktiv ließ ich das Fotomaterial über einen befreundeten Studenten zu einem nur ihm bekannten Rechtsanwalt schaffen.

Ich selbst wollte nicht wissen, wo der Tresor stand, der mein Dokumentationsmaterial enthielt.

Die Kripo suchte mich, und es stand außer Frage, dass sie mich finden würde. Aber würde sie mir auch Glauben schenken? Mein Beweismaterial konnte mich retten, doch ich geriet auch von dieser Seite her in die Recherchen der Kriminalpolizei.

Den Kommilitonen fand die Polizei erschossen in dessen Wohnung, und die Hausbewohner gaben an, dass eine junge Frau, auf die meine Beschreibung passte, ihn kurz vorher besucht hatte.

Charly, auf den ich gehofft hatte, stand plötzlich das Wasser bis zum Hals. Er verschaffte mir einen Pass, und ich hatte nur die Wahl, unerkannt unterzutauchen in einer Bar, in der die Größen des Films, des Fernsehens und der Industrie verkehrten. Nur im Slip, mit entblößten Brüsten sorgte ich mit meinen Kolleginnen für Umsatz. Wir waren nicht gezwungen, mit Gästen zu schlafen, nein, das konnte jede selbst entscheiden.

Aber Charly liebte mich und überwachte eifersüchtig meinen Job.

Was Charly nie in mir entdeckt hatte, das waren die Fähigkeiten, gezielt lustig zu sein, den Clown zu spielen, um eigene Vorteile zu gewinnen. So war das reiche, übersättigte Publikum begeistert, wenn ich mit einer großväterlichen Kamera Nostalgie erweckte, meinen als Clown geschminkten Kopf unter das schwarze Tuch steckte und sie mit zischenden Blitzen zum Lachen reizte, während ich in der Tat echte Fotos schoss, während sie nur meine Brüste anstarrten. Oder meine Erfolgseinlage, wenn ich als Miezekatze im Schwanzkostüm mit geheimer Kamera Fotos schoss.

Im Gefühl, mit Charly noch verbunden zu sein, hatte ich ihm meine Tricks verraten. Das war mein schlimmster Fehler! Er besann sich auf das Geschäft der Erpressung, verkaufte die

Negative gegen hohe Summen, und erneut suchte mich die Kripo.

Angebliche Freunde beschafften mir einen fremden Pass, ich war plötzlich eine Holländerin und musste, um mich zu retten, nach Amsterdam fliegen. Immer noch glaubte ich an meine Reportage.

In einem als Hotel getarnten Haus in der Amsterdamer Altstadt wies man mir eine Stelle als Empfangsdame zu. Die Geschäftsleitung stand stark unter dem Einfluss des Berliner Nobelschuppens *Dallas Palace*.

Doch die Herren machten ihr Geld mit unzufriedenen Hausfrauen, die teils aus Liebe zur Abwechslung, teils zur Auffrischung der sinkenden Einkommen, sich mit unseren Gästen in den kleinen Apartments vergnügten, in den meisten Fällen, ohne dass ihre Ehemänner davon erfuhren.

Oft war es nur ein gemeinsames Bad mit einigen Streicheleinheiten, das dicke Zahlungen einbrachte. Ich nehme an, dass Charly dahintersteckte, dass mir diese Schmach erspart blieb, denn ich bediente die Telefonanlage, bestellte die Herren, oft Prominente. Und je nach ihren Wünschen wusste ich, in welchen Apartments sie die oft ausgefallenen Wünsche erfüllt bekamen.

Ich fotografierte, wo immer es von meinem Arbeitsplatz aus möglich war, bemüht, sowohl die Gäste als auch die Hausfrauen für die späteren Reportagen unbemerkt einzufangen.

Nun, Vater, ich wurde nicht erwischt, aber gefilzt.

Zwei Männer überbrachten mir einen Brief, dessen Inhalt mir einerseits Tränen der Freude in die Augen trieb, andererseits meine Hände vor Angst erzittern ließ. Eine Entscheidung wurde mir genommen, denn ich sollte dich wiedersehen. Sie schafften mich in ein Wohnmobil, um in der Rolle einer Nutte zu erfahren, dass du in ihrer Gewalt warst.«

Inga unterbrach ihren Bericht.

Es war nicht der lange Vortrag, sondern ihr Rückblick auf das, was sie erlebt hatte, der ihr die Tränen in das Gesicht trieb. Erst jetzt griff sie zum Tee, während Kaya und auch ich schwiegen.

Durch die Bullaugen fiel bereits mattes Abendlicht. Ich schaltete das Licht an und vernahm erst jetzt wieder das mir vertraute Brummen der Maschinen der Sea Ghost.

Für Sekunden war mir meine Kabine fremd geworden, weil ich Ingas Erlebnisse in Bildern vor mir gesehen hatte.

Selbst wenn sie vor ihrem Vater einige eklatante Erlebnisse verschwiegen haben sollte, so tat das meinem Stolz keinen Abbruch. Sie hatte mutig und selbstlos versucht, mit der Besessenheit guter Journalisten den Schleier von geheimen Verbrechen zu reißen, um der Regierung zu zeigen, wo ihr Versagen lag.

Ihr Bericht musste ihr als Entlastung angerechnet werden, und ich setzte meine ganze Hoffnung auf Nababik und seine angedeutete Rettung.

Doch meine Tochter fuhr fort: »Vater, ich habe Fotos von Beerdigungen junger Rauschgifttoter, die sind so herzzerreißend, dass du deinen Unterricht umgestalten würdest, hättest du sie aufgenommen.«

Als Pauker war mir schon vorher aufgegangen, dass es idiotisch war, den Jugendlichen mit dem Märchen vom Tellerwäscher, der Präsident wurde, das Schulentlassungszeugnis in die Hand zu drücken, denn sie bekamen noch nicht einmal einen Job als Tellerwäscher.

»Kind, warum musste ich nach Istanbul reisen?«, fragte ich Inga.

»Vater, tot war ich ihnen wertlos. Sie wollten meine Filme. Aber auch sie konnten mit der Kamera umgehen und besitzen Dokumente, die beweisen, dass ich Rauschgift verkauft habe. Du kamst ihnen gelegen. Auch dich zogen sie in das dreckige

Geschäft, denn sie haben Beweise, dass du Rauschgift transportiert und in der Türkei mit Gangstern zusammengearbeitet hast. Sie wollen die Negative, die bei einem Anwalt in Berlin im Tresor liegen. Ich kenne sein Büro nicht, aber sie enthalten einen Zeitplan. Sie werden nach einem Jahr der Staatsanwaltschaft übergeben.«

Nun verstand ich einige Dinge besser. Sicher hatten sie Inga und mich zusammen in der Hand.

Wenn ich als Kapitän der Sea Ghost in Spanien die Rauschgiftladung sicher angelandet hatte, dann gab es für meine Tochter und für mich nur eines: die Negative oder den gemeinsamen Tod.

Doch konnte man ihnen trauen, wenn sie das hatten, was sie wollten? Waren wir nicht zu Mitwissern ihrer Wege und Methoden geworden?

Mir schwanden die Zweifel. So oder so waren wir von der internationalen Organisation zum Tode verurteilt!

Ich setzte mich zu meiner Tochter, trocknete ihr die Tränen.

»Inga, noch sind wir sicher. Noch hege ich Hoffnung, dass deine erste Reportage ein Erfolg in deinem Sinne wird. Allerdings befinden wir uns im Kriegszustand mit einer starken kriminellen Macht.«

Wir ließen Kaya zu Wort kommen. Ihr Schicksal, in die Abhängigkeit zu geraten, hatte damit begonnen, dass ihr Bruder die Gewalt über die Schwester ausübte, nachdem ihr Vater sich mit den Ersparnissen seiner Arbeit in Deutschland auf Zypern eine Buchhandlung gekauft hatte. Ihr Bruder hatte Spielschulden und zwang Kaya, mit seinen Freunden zu schlafen, um das Geld einzutreiben. Sie sollte später ihrem Vater nach Zypern folgen, doch vorerst in Duisburg mit ihrem Bruder, der einen Job in der Industrie hatte, die kleine Wohnung teilen. Zu Hause zwang er sie zur Prostitution, doch es kam noch schlimmer.

Ihr Bruder begann, das von kriminellen Landsleuten aus Urlaubsreisen eingeschmuggelte Rauschgift an Dealer zu verteilen und nutzte dazu seine Schwester als Botin aus.

Aber Kaya sah noch einen viel ernsteren Hintergrund, als sie berichtete: »Ich kenne mich in der Politik nicht aus. Ich habe vor dem Abitur das Fach Sozialkunde abgewählt. Aber in meiner Heimat gibt es viele Probleme. So wollen die Kurden einen eigenen Staat, aber sie bilden einen Teil vom Ganzen. Außerdem gibt es bei uns viel mehr Grundideologien als in Deutschland. Wir haben erst begonnen mit dem Aufbau einer Demokratie, die nicht den Vorstellungen vieler entspricht.

So sind einige Parteien unerwünscht und versuchen mit Gewalt verbissen ihre Ziele aus dem Untergrund zu verwirklichen. Sie erpressen viele Landsleute in Deutschland und vielleicht auch meinen Bruder. Eine solche Gruppe, denen Intellektuelle und auch kleinere Kaufleute angehören, will einen Umsturz. Die Mitglieder nennen sich auf deutsch *Meerestiere*, da diese Symbole andeuten, dass sie wie in der Urgeschichte die Türkei neu gestalten wollen.«

Kaya sah niedlich aus. Ihre vollen, roten Lippen und ihr asiatisches Aussehen entrückten mich in eine andere Welt.

Ich fand einen Einstieg in ihre Sorgen. Langsam gelang es mir, Puzzlestein für Puzzlestein anzusetzen, denn die Organisation hatte mir Kaya nicht geschickt, damit ich mit meinen fünfzig Jahren noch einmal den Zauber der Liebe erleben durfte.

Sie war mit Inga an Bord geschickt worden, weil ein teuflisches Doppelspiel bis nach Zypern reichte.

Doch noch mehr hatten mir ihre Bemerkungen zu denken gegeben, die sie über die Gruppe der *Meerestiere* gemacht hatte. Ich sah die tätowierten Männer vor mir! Entsetzt begriff ich, dass neben dem internationalen Rauschgiftkonzern auch noch gefährliche politische Strömungen auf unsere beängstigende Situation Einfluss auszuüben schienen.

Ob Kaya mich wirklich liebte oder eine unbewusste innere Angst bei mir die Vaterrolle suchte, das störte mich nicht. Sie hatte feinfühlig mein Selbstvertrauen gestärkt.

Meine Liebe zu ihr war auch nicht die Liebe der jungen Jahre, die ich unwiederbringlich mit Anke geteilt hatte.

»Erzähl uns mehr über deinen Vater, Kaya«, bat ich sie.

Sie lächelte mich wehmütig an.

»Vater ist so groß wie du. Mutter war schon verstorben, als wir nach Deutschland kamen. Er ist immer gegen die *Meeres-tiere* gewesen. Er hatte studiert, aber nicht Technik oder Mathematik, die Gebiete, die in der Türkei am meisten gebraucht werden, sondern deutsche Literatur. Er fand keine Arbeit und ist nach Deutschland gegangen. Dort hat er hart gearbeitet und für uns gesorgt. Nun waren wir erwachsen, und auch hier wurde die Arbeit knapp. Er konnte sich auf Zypern selbstständig machen. Er kaufte dort eine Buchhandlung.«

Das war das Verbindungsstückchen, fuhr es mir durch den Kopf, und dieser Gedanke war so abenteuerlich, dass ich ihn nicht zu Ende verfolgen wollte.

Allerdings fehlte ihm nicht die Logik, und somit ging ich davon aus, dass hier in der Kabine auf der Sea Ghost jetzt Kayas Vater hätte sitzen können.

Ja, wenn wir nicht dem Funker Liebenau das Handwerk gelegt hätten, wäre er vielleicht der Kapitän! Fuhr Kayas Vater, dem es an Sprachkenntnissen nicht fehlte, jetzt als Doktor Udendorf mit meinem Pass durch die Bundesrepublik oder musste er vielleicht erpresserische Aufträge in Amsterdam ausüben, weil die Organisation seine Tochter als Druckmittel in ihren Händen hatte?

Spekulation oder Fantasie, vor uns lag noch ein weiter Weg. Führte er in die Freiheit oder in den Tod?

Nababik erschien, blickte in die Kabine. Ich bat ihn zu uns. Ich räumte ihm den Platz neben Inga ein.

»Wir machen gute Fahrt. Die Stimmung an Bord ist hervorragend. Die Männer halten dich für einen glänzenden Kapitän«, sagte er und nahm Ingas Hände in die seinen. Meine Tochter erhob sich.

»Vater, tschüss«, sagte sie und küsste mich auf die Stirn. Nababik blinzelte mir zu und sagte: »Kopf hoch, Klaus!«

Sie verließen die Kabine.

Kaya saß wie eine Prinzessin aus Tausendundeiner Nacht auf der Koje, und ich wusste nicht, ob uns das Schicksal tausend oder nur vierzehn Nächte bescherte, doch keine wollte ich auslassen.

Ich löschte das Licht, verschloss die Kabine und legte mich zu ihr, als wäre ich Sindbad der Seefahrer.

Es war schon dunkel, als ich Kaya zu ihrer Kabine brachte und danach die Brücke aufsuchte.

Beppo hielt das Ruder, während Nababik schweigend über den Bug in die Nacht blickte.

Das Meer lag ruhig vor uns, und ich hörte, wie die Sea Ghost das Wasser schnitt. Ein herrliches Bild bot sich meinen Augen. Der südliche Sternenhimmel setzte Lichter, denen ich meine Hoffnungen entgegenschickte. Auch ich schwieg, um den Frieden, der uns umgab, nicht zu stören.

Noch am Nachmittag hatte ich mich um die Mannschaft gekümmert, ihnen mein Interesse an ihrer Arbeit gezeigt und bemerkt, dass sich selbst der verräterische Liebenau auf dem Kurs einer beruhigenden Annäherung befand.

Sorgen bereitete mir der angeschossene Seemann, dessen Wunde wir mit Jod und Penizillintabletten nicht in den Griff bekommen konnten. Sicher zählte in den Kreisen, in denen ich mich zurzeit bewegte, ein Menschenleben wenig, aber Maru Malky gehörte immer noch zum Team der Sea Ghost.

Ich wartete lange, bevor ich Nababik fragte: »Wo befinden wir uns?«

Er drehte sich um und sagte: »Du denkst an Malky, das ehrt dich.«

»Ja«, antwortete ich.

»Klaus, auch ich suche nach einer Möglichkeit, Inga, Kaya und dem Seemann das Leben zu retten«, sagte er und trat an meine Seite.

Auf der Brücke war es dunkel, nur die Lichter der Armaturen leuchteten und über den Radarschirm huschte der Suchstrahl. Dankbar legte ich Nababik meine Hand auf die Schulter und wartete auf seine Ausführungen.

Mit fahrigen Händen zog er eine Zigarettenschachtel hervor, entnahm ihr eine Zigarette und hielt mir die Packung hin. Ich bediente mich, und wir rauchten, ohne zu sprechen.

Ich beobachtete Beppo, der eine grünliche Drillichjacke trug und dessen Offiziersmütze wie eine verrutschte Krone auf seinem schwarzen Lockenhaar saß.

Erst nach einer Weile holte Nababik den Aschenbecher, drückte die Kippe aus und hielt ihn mir hin.

Ich folgte seinem Beispiel. Er stellte den Aschenbecher ab, durchsuchte die Seekarten, zog eine aus dem Stapel und sagte: »Komm mit. Wir gehen zu dir.«

Beppo rief uns nach: »Hier oben geht alles klar!«

Ich wusste, dass er zuverlässig war, mehr noch, in Nababik nicht nur seinen Chef, sondern auch seinen Freund sah.

Es war gegen die Vorschriften, ihn allein auf der Brücke mit der Schiffslenkung zu betrauen.

Meine Kabine wirkte friedlich und heimisch. Ich holte Beck's-Bier aus dem Kühlschrank, den Achmed Ben Dota mir aufgefüllt hatte, und stellte die Flaschen auf den Tisch, während Nababik die Seekarte ausbreitete und den Knopf der Tischlampe drückte.

Wir tranken das Bier ohne Gläser. Mein Körper war wie ausgetrocknet, und ich trank, bis die Flasche leer war.

»Wie dir bekannt ist, haben wir im spanischen Hafen Sant Feliu de Guixols Obstkonserven an Bord zu nehmen. Vielleicht eine Finte. Es können Waffen sein, oder wir fahren ohne Fracht weiter«, sagte er.

Sein Gesicht wirkte ernst, und ich hatte den Eindruck, dass er mit irgendwelchen Entscheidungen rang.

Sicher benötigte er von mir keine Zustimmung oder Hilfen, denn keiner wusste besser als er, dass ich an Bord nur eine Marionette war.

Er trug die Verantwortung für die heiße Ware und den Kurs des Schiffes. Nur für den Fall eines Scheiterns seiner Mission konnte er sich darauf berufen, dass er im Libanon nicht an Bord gewesen war, als die Sea Ghost die Fracht übernommen hatte, und er in der Praxis auf See das ausführte, was der Kapitän anordnete. Dann war ich dran als Kapitän Harms, und niemand würde mir meine Geschichte abkaufen.

Mein Blick folgte seinem Finger, den er auf die Karte setzte. Der Ort, vor dem der Finger zum Stehen kam, halbierte die Strecke von der spanisch-französischen Grenze bis nach Barcelona.

»Das wäre natürlich ein Trick«, sagte er und fuhr fort: »Ich bin felsenfest davon überzeugt, dass wir in Sant Feliu de Guixols einen Kapitänswechsel erleben werden. Er wird neue Ladepapiere mit an Bord bringen und den Diesel bezahlt haben, den wir dort nötig bunkern müssen. Schiffsausrüster werden uns Küchenvorräte liefern, um die Vorratskammern zu füllen.«

Mich trafen seine nüchternen Worte wie ein Beilhieb. »Dann werde ich dort im Hinterland meine Seele aushauchen dürfen«, sagte ich wehmütig.

»Allerdings nicht nur du, sondern konsequenterweise auch

Inga und Kaya. Ihr steht der Organisation im Weg«, folgerte er.

Doch dann hob er den Blick von der Karte, schaute mich an, als suche er nach etwas in meinem Gesicht. Doch das war klein geworden, denn ich war seinem Beispiel gefolgt und hatte auf die tägliche Rasur verzichtet. Mein Bart, mit grauen Fäden durchsetzt, konnte selbst den Vergleich mit früheren Kap-Hoorn-Seglern standhalten.

»Eine Chance hätte Maru Malky«, murmelte Nababik. »Allerdings könnte er mir im Weg stehen, wenn er quatscht und die Organisation erfährt, dass ich Steenblock in die Schwimmbahn zum Satan geworfen habe.«

Ich summierte die Seemeilen, teilte sie durch die Tagesleistungen der Sea Ghost. Da blieb nicht mehr viel.

Kaya konnte mir noch die wenigen Tage meines Lebens versüßen, und das auf einem Schiff, das unter südlicher Sonne lief, ein unschuldiges Weiß trug und schön war, aber hässliche Dienste versehen musste.

Während Nababik eine weitere Flasche öffnete, nahm ich mir vor, kurz vor der Einfahrt in den schicksalhaften Hafen die Schnapsvorräte meines Vorgängers leer zu saufen, um bereits als Leiche von den Verbrechern umgebracht zu werden, damit ich nicht Zeuge werden musste, wenn sie meine Tochter und meine kleine Geliebte liquidierten, weil sie ihren Millionengeschäften Schaden zufügen könnten.

Ich langte nach einer Flasche Bier und trank gegen meinen Schweiß an. Nababik sagte: »Prost«, nahm einen mächtigen Schluck, setzte die Flasche hart ab und sagte: »Über die Heimkehr verlorener Kinder freut man sich besonders.«

Ich sah auf seine gebräunte Hand, folgte seinem Blick. Sein Finger glitt an der spanischen Küste vorbei, verharrte vor einer kleinen Landzunge, wie ich auf der Karte sah.

»El Port de la Selva!«, sagte er und lehnte sich zurück, als wolle er sich die Sache noch einmal überlegen. »Sie haben keinen Funkkontakt. Einer ihrer Bosse gilt als vermisst, unsere Sea Ghost als verschollen. Dennoch kennen wir bereits den Anlandeplatz des Rauschgifts. Es soll nach Schiermonnikoog gebracht werden. Sie werden in Sant Feliu de Guixols nervös auf ein Schiff warten, das Rauschgift für Millionen an Bord hat. Da sie uns aufzugeben beginnen, würden sie unsere Prämien erhöhen, wenn wir doch noch im Hafen anlegen würden. Aber die Risiken! Wenn auch ich überleben will, dann müsste ich mit Injektionen Maru Malkys verpfuschtes Leben beenden, da er der Einzige ist, der sich an Jan Steenblock erinnern könnte.«

»Was hast du vor?«, fragte ich ihn.

Er lachte. »Schau her«, forderte er mich auf, während kleine Fältchen sich um seine Augen legten. »Hier befindet sich verborgen der kleine Hafen Port de la Selva! Die französische Grenze liegt in Steinwurfnähe. Unterhalb des Zielhafens Sant Feliu de Guixols anzulegen fände die Bewunderung der Organisation. Aber oberhalb, das entzieht uns ihrer Kontrolle. Steenblock macht es möglich!«

Ich hatte seine Gedanken nicht ganz verstanden, entnahm aber seinen Äußerungen, dass er sich um die Rettung der Mädchen bemühte. Doch was der tote Holländer Steenblock jetzt noch für uns tun konnte, blieb mir schleierhaft.

»Selbst wenn wir aufgebracht würden«, frohlockte Nababik, »Maru Malky kann uns als Alibi dienen. Ein Betriebsunfall. Sein Leben gilt es zu retten!«

Erst jetzt verstand ich seine Absicht. Er wollte die spanische Küste nicht weit vor der französischen Grenze anlaufen und den kranken Seemann als anonymen Patienten in ein Krankenhaus bringen lassen.

»Inga und Kaya gehen dort von Bord. Wir schaffen sie mit einem Taxi nach Frankreich in Sicherheit. Sie fallen dort als Touristinnen nicht auf. Und wir alle stehen fest dahinter, dass weder Steenblock noch zwei Frauen unser Schiff betreten haben, wie auch aus unserem Logbuch zu entnehmen ist.«

Mir fiel ein Stein vom Herzen!

Wenn es dann mein Ende sein sollte, so konnten meine Tochter und Kaya sich retten.

Ich erhob mich und drückte Nababik dankbar die Hand.

Er lachte. »Ja, Klaus, du musst noch an Bord bleiben. So ganz ohne Freund möchte ich nicht durch die Straße von Gibraltar schippern, denn für die Mannschaft bist du als Kapitän der Garant ihrer Prämien.«

Es war schon späte Nacht. Wir fühlten keine Müdigkeit und genossen das herbe deutsche Bier. Nababik wies auf den Boden.

»Ohne Steenblock würde uns dieser Schachzug nicht gelingen«, sagte er trocken, und ich begriff, dass uns der Devisenvorrat des toten Rauschgifthändlers unter den Brettern meines Schreibtisches helfen würde, die Dieselrechnung und den Proviant zu bezahlen.

Für Sekunden verharrte ich ganz still in meinem Schreibtischsessel. Neue Hoffnungen stiegen in mir auf. Ich schloss die Augen und versuchte mich zu entspannen. Früher hatte ich mit geringen Erfolgen das autogene Training benutzt, um nach Ankes Tod meine innere Ruhe zurückzugewinnen. Auf Anhieb spürte ich die Schwere, die in meine Glieder fuhr.

Vor meinen Augen erschien ein Licht, das sich verstärkte, und ich fühlte eine angenehme Wärme.

Anke wollte mir Zeichen geben!

Ihr unsichtbarer Besuch tat mir gut, denn ich hatte befürchtet, sie könnte mir meine körperliche Liebe zu Kaya übel nehmen.

Ihr Licht lag über uns allen, selbst hinter Nababiks vollem Haarschopf sah ich die Strahlen, die sein Abenteurergesicht in den Schatten rückten.

Aber mein Freund ahnte nichts von meinem Eintauchen in

eine Welt, die eine andere Wirklichkeit war und von deren Existenz ich noch vor Wochen nichts gewusst hatte.

Sein selbst gewählter harter Job lag fern solcher meditativer Erfahrungen. Hätte ich ihm erzählt, dass meine verstorbene Frau aus dem Jenseits seine der Organisation gegenüber abtrünnigen Pläne als die momentan beste Lösung bestätigt hatte, er hätte seine Absicht geändert und mich für einen Verrückten gehalten.

Ich öffnete die Augen. Das Licht war nicht mehr da, und dankbar sagte ich: »Hervorragend!«

Er grinste mich an.

»Ich gehe zur Brücke und werde die Sea Ghost auf den Kurs an Menorca vorbei in Richtung Nordspanien bringen.«

Nababik erhob sich und sagte zu mir: »Um dich zu retten, lass ich mir noch etwas einfallen, wenn wir uns Schiermonnikoog nähern.«

Er verließ meine Kabine, während ich mir trotz der späten Zeit noch eine Flasche öffnete.

»Alter Pauker, du hast Glück«, sagte ich zu mir selbst, »du fährst mit Odysseus.«

Kapitel 10

Tage später stand ich auf der Brücke.

Beppo und Nababik steuerten die Sea Ghost dem spanischen Küstenort Port de la Selva entgegen.

Es war einundzwanzig Uhr. Über der Pyrenäenkette lag ein milchiger Dunst. Backbord versank die rote Sonne wie ein Riesenball hinter der zerklüfteten französischen Küste.

Jachten strebten mit gerafften Segeln und tuckernden Außenbordmotoren dem Fischereihafen entgegen. Trawler trieben weiße Bugwellen in den Abend und liefen aus zum Fang.

Spanien! Mein Herz schlug heftig vor Freude. Ich hielt das Fernglas an die Augen und ließ den Blick an den Stränden entlangziehen.

Weiße Bungalows, Apartmenthäuser, Restaurants, dahinter die mit kleinwüchsigen, dunkelgrünen Bäumen bewachsenen Hänge der Berge, die über tausend Meter hoch waren und kahle, felsige Spitzen trugen.

Ich schaute auf die Mole, die weit in das Meer griff, las die bläuliche Lichtreklame, die das Wort *NAUTICO* bildete.

Eine Hand von Trawlern lagen wie Geschwister vertäut nebeneinander. Die braune Hafenmauer wirkte wie eine Festung. Wo sie endete, lag der Jachthafen.

Mir fiel die kleine Kirche auf, die vergessen aus einem Meer von verblassten weißen und gelben Häusern ragte. Ihr Turm war eckig und trug nur eine aus Betonsäulen erbaute stumpfe Spitze. Das seitliche Kirchenschiff zeigte einen geschwungenen Giebel, und ein dunkles Loch ließ der Sonne den Zutritt ins Gotteshaus.

Doch unterhalb erblickte ich eine Zeile voller Leben, Frieden und Urlaub.

Ich schickte ein Gebet in Richtung der San-Pedro-Kathedrale und beobachtete, wie sich auf der Promenade des Jachthafens die Spaziergänger vor den abgestellten Autos in Mengen zusammenfanden.

Es wurden immer mehr, die den Hafen belagerten. Menschen stellten sich auf die Mauer und winkten uns zu.

Unsere weiße Sea Ghost fiel auf! Die türkische Fahne am Heck und das spanische Rot-Gelb-Rot am Mast warfen Fragen auf.

Nababik grinste. »Der Auftritt einer großen Dame. Unsere Sea Ghost stiehlt hier allen Schiffen die Schau.«

Ich sah den Männern in den gepflegten blauen Uniformen zu, die nervös hin und her rannten. Es waren die Bediensteten des Jachthafens, in dem Millionäre Millionen in Schiffe investiert hatten.

Beppo bediente das Ruder und ließ sich nicht aus der Ruhe bringen. Er legte, als müsse er eine Prüfung bestehen, unsere Sea Ghost gekonnt an die Mole, ohne nur einen Pfahl zu rammen.

Die Dämmerung nahm keine Rücksicht und schloss ihre Schleier vor den Pyrenäen, als zöge sie nach einem Sommertheater den Vorhang zu. Die Häuser setzten Lichter, die sich zu Haufen ballten. Einige verloren sich seitlich, während am Ende der Bucht der Ort nur aus tanzenden Lichtern zu bestehen schien.

Ich sah, wie sich ein paar Polizisten in einem offenen Citroën den Weg durch die Neugierigen bahnen mussten.

Unsere Männer lehnten sich an die Reling, bereit, die Herren von der Polizei zu empfangen.

Es dauerte nicht lange, bis sie außer Atem zu uns auf die Brücke stiegen, sich neugierig umsahen und beeindruckt meine Begrüßung in Deutsch vernahmen.

Da sie meiner Sprache nicht mächtig waren, ergriff Nababik zu meiner größten Überraschung das Wort. In fließendem Spanisch führte er die Unterredung, zeigte gelegentlich auf mich, und ich wusste, dass ich dann immer nicken musste, egal was es auch war, was er den Polizisten vorlog. Dabei beobachtete ich, dass die Männer beeindruckt sorgenvolle Mienen zogen.

Nababik sagte zu mir: »Komm, wir müssen ihnen unsere Papiere zeigen.«

Ich lächelte den Männern zu, setzte mich an die Spitze und führte sie in meine Kabine.

Ich holte die Kassette, schloss sie auf und zog unseren Ladeauftrag für Sant Feliu de Guixols vor.

Sie nickten mir mit nachdenklichen Gesichtern zu, die von der spanischen Sonne dunkelbraun gebrannt waren.

Ich wusste, dass wir bereits gewonnen hatten, dennoch holte ich mein Seebuch hervor, ließ mein Kapitänspatent von ihnen beschnüffeln, legte die Mannschaftslisten vor, packte deren Pässe daneben.

Sie winkten ab, sie hatten verstanden.

Nababik führte sie zur Reling und verabschiedete sich von ihnen. Ich packte die Kassette weg und ging wieder zur Brücke.

Von dort konnte ich sehen, wie sich die Polizisten durch die fragende, neugierige Menge den Weg zum Auto erkämpften. Sie waren stolz, denn solche Auftritte genossen sie selten.

Ich wartete auf Nababik. Er strahlte, als er die Brücke betrat. »Die Jungs waren okay«, sagte er, klopfte Beppo auf die Schulter.

»Zwanzigtausend Liter Diesel werden wir heute Abend noch bunkern. Bäcker, Schlachter und Gemüsehändler kommen morgen an Bord.«

»Und was wird aus Maru Malky?«, fragte ich ihn.

»Ein Krankenwagen wird ihn abholen. Damit erhält er seine

unverdiente Chance, denn es gibt in diesem Nest ein Hospital«, sagte er, als hätte er das Vergehen des Mannes noch nicht vergessen.

»Haben sie dir die Story so einfach abgekauft?«, fragte ich und fühlte, wie meine Nervosität stieg, denn hier wollten wir auch die restlichen Teile unseres Planes erfolgreich hinter uns bringen.

»Ohne Weiteres«, antwortete er gelassen.

Musik drang zu uns. Im Klubhaus *NAUTICO* tanzten fröhliche Menschen.

Dunkelheit zog auf, und die Laternen der Hafenpromenade warfen Licht über die Passanten, das sich auch im Wasser spiegelte.

Wir hatten die Bordscheinwerfer eingeschaltet, während die Deckstrahler unsere weißen Aufbauten beleuchteten.

Die Besatzung fand Gefallen an der Bewunderung, die sie nach langem Aufenthalt auf der See genoss. Die Männer lehnten über der Bordwand und haschten nach Blicken junger schöner Frauen.

»Das Monte Carlo Spaniens«, sagte Nababik. Ja, so erschien uns Port de la Selva.

Die Lichtkulissen rund um die Bucht, die vollen Cafés und Restaurants, von denen uns nur wenige Hundert Meter trennten.

Ich zitterte mit Inga und Kaya. Sie warteten mit gepackten Taschen auf ihre Befreiung, um ihrer möglicherweise eingeplanten Ermordung zu entfliehen.

Nababik kam zu mir.

»Die Polizisten fragten mich, warum wir nicht den Bestimmungshafen Sant Feliu de Guixols angesteuert hätten, denn unser verunglückter Seemann wäre dort ebenfalls medizinisch bestens versorgt worden«, sagte er und fuhr fort: »Ich habe ihnen klargemacht, dass du als Kapitän darauf bestanden hättest, hier anzulegen, weil im benachbarten französischen Perpignon eine Universitätsklinik die Aussichten für das Überleben unseres Matrosen verstärken würden, falls das örtliche Krankenhaus überfordert sein sollte.«

»Hervorragend«, sagte ich dankbar, denn er hatte sich erneut als Herr der Situation gezeigt.

Ich fragte mich, was passieren würde, wenn ich mir meinen Pass aus der Kassette nehmen würde und einfach die Sea Ghost mit all meinen Sorgen verlassen würde, wenn die Mädchen in Sicherheit waren. Aber Nababik rief mich zurück in die Wirklichkeit. Ein Trawler legte ab und tuckerte davon in die Nacht seinen Fanggründen entgegen.

»Klaus, uns bleiben nur noch wenige Stunden, Inga und Kaya unerkannt über die Grenze zu bringen«, sagte Nababik. »Der Spielraum unserer Liegezeit, mit Proviantaufnahme und Krankenversorgung zu rechtfertigen, ist eng gezogen, wenn wir nicht das Misstrauen der Polizei erwecken wollen.« Er blickte wie auch ich auf das flackernde Blaulicht des Krankenwagens, der sich über die belebte Straße entlang zur Bucht durchquälen musste.

Ich folgte Nababik aufs Mannschaftsdeck. Der verletzte Maru Malky schaute uns mit fiebrigen Augen an. Vorwürfe konnte er uns keine machen. Ich entdeckte sogar ein dankbares Lächeln in seinem Gesicht.

Nababik schob ihm einige Dollarscheine in die Tasche seines verschwitzten Schlafanzugs. Er schien zu begreifen, trotz seiner Fieberträume, dass ihm unsere Fürsorge galt.

Auch ich hatte gedacht wie Nababik und dem Briefumschlag, der seinen Pass und seinen Seemannsbrief enthielt, Geld zugelegt.

Die Männer in weißen Hosen und Pilothemden erschienen im Krankenzimmer, legten ihn auf die Trage und trugen ihn weg.

Wir folgten ihnen und hörten das »Oh« der Neugierigen, die immer noch die Mole belagerten.

Mit Blaulicht verschwand der Seemann, und wir wünschten ihm in Gedanken alles Gute.

Sicher war er unser Alibi für den Hafenaufenthalt, aber zum Ausgleich konnte er hier die medizinische Behandlung finden, die wir ihm an Bord nicht hatten bieten können.

Wir begaben uns zur Brücke. Beppo hielt wachsam Ausschau, denn nur etwa fünfzig Meter trennten uns von der Zapfsäule der Mole.

Dann sah er glücklich, dass ein Spanier im Overall, auf den das Licht einer Neonröhre fiel, Zeichen gab.

Nababik ließ die Sirene erklingen und schon bugsierte Beppo sich um einen Trawler und legte die Sea Ghost so an die Mole, dass das Bunkern des Diesels beginnen konnte.

Die Promenade hatte sich geleert. Nababik schlich sich davon.

Ich sah von der Brücke zu, wie er das Schiff verließ und eine Telefonzelle aufsuchte. Die Leuchtschrift ließ keine Zweifel zu. Ich las *Teléfono*.

Nababik verließ die Zelle, schritt wie ein Tourist die Mole entlang, rauchte eine Zigarette, und ich sah, als er sich für den Rückweg entschied, die glimmenden Punkte der Glut.

Ich spürte ein Kribbeln im Magen und war erst erlöst, als ich einen sich nähernden Wagen sah und das Wort Taxi erkannte.

Ich hastete zur Kabine der Mädchen, donnerte gegen die Tür und erreichte damit, dass ich ihre aufgestaute Hektik noch steigerte.

Ich bemerkte die roten Flecken im Gesicht meiner Tochter.

»Kommt!«, rief ich und griff nach zwei Taschen, die auf dem Boden standen.

Inga und Kaya folgten mir durch die Gänge des Schiffes mit dem Restgepäck.

Nur wenige Spaziergänger nahmen Notiz von uns, als wir die Sea Ghost verließen. An den abgestellten Autos entlang hasteten wir dem Taxi entgegen.

Ich entdeckte im Licht einer Hafenleuchte das Autoschild eines deutschen Wagens und mir gefror fast das Blut. Ein BMW trug ein Emder Kennzeichen, doch niemand rief mir das übliche »Moin« entgegen.

Nababik stand vor der geöffneten Heckklappe des Taxis, griff nach dem Gepäck und verstaute es. Der Fahrer saß bereits startbereit hinter dem Steuer. Inga, Kaya und ich setzten uns auf den Rücksitz, während sich Nababik neben dem Fahrer niederließ.

»Gruissan – France«, sagte Nababik.

Der Fahrer fragte ihn: »Figueras – Perpignon?«

Und ich vernahm, wie Nababik, als sei er ortskundig: »No, Llançà, Cerbière!«, die Route bestimmte.

»Sí«, antwortete der Fahrer und stellte seine Zähluhr. Über die belebte Buchtstraße ging es nur im Schritt. Alles war noch auf den Beinen, denn die Spanier zogen es vor, sich während der Hitze des Tages zurückzuziehen und erst in der Nacht Kühlung zu suchen.

In voll besetzten Cafés schauten die Touristen in die Bucht, in der als Glanzstück unsere Sea Ghost Abwechslung brachte.

Als wir die Bucht hinter uns ließen und der Taxifahrer uns über die Serpentinen dem nächsten Ort entgegenfuhr, sah ich gelegentlich aus Schwindel erregender Höhe auf unser Schiff.

Oft schaute ich gegen zackige Felswände, über die die Scheinwerfer huschten, dann wieder auf das dunkle Meer, auf dem nur selten Positionslichter von Schiffen für Abwechslung sorgten.

Wir schwiegen. Ich saß zwischen Kaya und Inga, und beide hatten sich vertrauensvoll an mich gelehnt.

Einsam stand das Grenzhaus auf der Plattform eines Berges, dem sich unser Taxi mühsam entgegengekämpft hatte. Die französische Grenzstadt Cerbière war das nächste Ziel. Während wir uns ihr aus den Bergen kommend näherten, lagen vor uns die blinkenden Lichter, Leuchtfeuer und Reklamen eines Fischerhafens.

Ich schlief vor Müdigkeit ein. Die Berg- und Talfahrt nahm kein Ende. Ab Argelès-sur-Mer ging es auf der Autobahn dem nächtlichen Perpignon entgegen.

Inga und Kaya schwiegen und mieden den Blick nach draußen.

Was hatte Nababik vor? Erst in Narbonne verließ unser misstrauisch gewordener Taxifahrer die Autobahn, nachdem Nababik die Gebühren an der Sperre bezahlt hatte.

Nun ging es durch das Flachland. Die Lichter des Wagens streiften Ackerfelder, auf denen die kleinen Weinsträucher ihre winzigen Traubenansätze versteckt hielten.

Endlich erreichten wir einen Ort, der mich an die Italowestern erinnerte.

Wie auf Stelzen stehende Ferienhäuser bedeckten eine Sandwüste. Autos parkten unterhalb der Wohnungen. Streunende Hunde wichen vor uns aus. Nirgendwo brannte ein Licht.

Nababik kannte sich aus. Er dirigierte den eingeschüchterten Fahrer sicher über die Sandwege, die mich an die Filmhelden erinnerten, die es bis zum Präsidenten schaffen konnten.

Eine Lichtreklame zeichnete sich ab, warf Farbe in die Eintönigkeit.

Ich las *Hotel Le Floride*.

Der Wagen hielt, und das Rauschen des Meeres drang zu uns.

Wir stiegen aus. Das Hotel wirkte verlebt. Umso überraschter war ich, als eine dickbusige Madame, die einen Rock zum Bersten füllte, aus der Glastür trat, Nababik umarmte und ihn auf die Stirn küsste.

Ich sah, wie er sich aus ihrer Umklammerung löste, ihr einen Brief in die Hand drückte und auf Inga und Kaya zeigte.

Es ging alles sehr schnell. Ein kurzer Händedruck, ein Kuss zum Abschied mit dem zärtlich geflüsterten: »Macht's gut.«

Die Madame winkte uns kurz zu und führte die Mädchen ins Haus.

Nababik drängte auf Eile. Er stieg hinten ein, und ich setzte mich zu dem Fahrer. Ohne zu fragen, startete er.

»Schlaf, Alter«, sagte Nababik zu mir, »mach dir keine Sorgen mehr, die beiden sind aus der Schusslinie.«

Ich machte es mir bequem im weichen Sitz, wollte weder einschlafen noch nachdenken.

Der Fahrer fragte, als er sich der Auffahrt der Autobahn näherte: »Autopista Figueras?«

»Sí«, antwortete Nababik.

Der Fahrer fuhr an die Sperre, zog die Karte aus dem Automaten und hatte freie Fahrt. Und die hatte er auch auf der Autobahn. Sie lag leer im Scheinwerferlicht vor uns, und der Wagen drosch mit der erlaubten Höchstgeschwindigkeit der spanischen Grenze entgegen.

Ich hing meinen Gedanken nach, glücklich darüber, dass sich meine Tochter und Kaya nicht mehr auf dem Schmugglerschiff ängstigen mussten, ohne zu wissen, wie sich ihre weiteren Wege gestalten würden.

An der Ausfahrt Figueras Norte verließen wir die Autobahn.

Auf der Landstraße nach Port de la Selva begegnete uns kaum ein Wagen, und schließlich hatten wir den Ort erreicht, der längst seine Nachtruhe gefunden hatte. Nur die Positionslichter der Schiffe und unübersehbar die mächtige Sea Ghost beherrschten die Bucht.

Das Taxi folgte den Anweisungen Nababiks. Es setzte uns vor der Gangway ab.

Die Rechnung war hoch, doch Nababik ließ zur Zufriedenheit des Fahrers noch ein paar Euroscheine zusätzlich in seine Hand gleiten.

Auf der Brücke saß Beppo vor einem gefüllten Aschenbecher und begrüßte uns.

»Trinken wir noch ein Bier?«, fragte ich, und Beppo und Nababik folgten mir in meine Kabine.

Mir lag daran zu erfahren, wie mein Erster Offizier die Fäden weiter zu ziehen gedachte.

Er befand sich in einer hervorragenden Laune, die mir unverständlich erschien. Zum einen war die Taxifahrt nach Gruissan anstrengend und auch aufregend gewesen. Zum anderen hatten wir uns von den Mädchen getrennt und sie einer Zukunft überlassen, über deren weiteren Verlauf wir lange nichts erfahren würden. Hinzu gesellte sich die Frage nach meinem eigenen Schicksal.

Selbstverständlich fühlte ich eine innere Freude über die gelungene Rettungsaktion, doch konnte ich Nababik so weit trauen, dass er auch dem massiven Druck des mysteriösen Rauschgiftrings standhalten würde?

Nababik setzte sich auf den Rand meines Bettes, das mich mit jedem Zentimeter an Kaya erinnerte.

Beppo ließ sich in einen Sessel fallen.

Ich holte das Beck's-Bier aus dem Kühlschrank, und während ich einschenkte, fragte ich Nababik mit zweifelnder Stimme: »Sind Inga und Kaya in Gruissan vor den Gangstern sicher?«

Erstaunt schaute er mich an. Ich beobachtete, wie sich sein Gesicht ärgerlich verzog.

»Hast du nicht kapiert, um was es ging?«, fragte er, nahm das Bier und gönnte sich einen langen Zug, der ihn wieder beruhigte. »Deine Tochter und Kaya haben nie auch nur eine Planke der Sea Ghost betreten! Auch Liebenau wird bestätigen, dass weder Steenblock noch zwei Frauen an Bord waren.«

Ich trank ihm zu und fragte, als ich mein Glas absetzte: »Was soll aus ihnen werden? Die Organisation hat viele Arme, die sich über ganz Europa erstrecken können.«

Beppo, über dessen Rolle und enge Verbundenheit zu Nababik ich nicht nachdenken musste, denn beide waren sie echte Abenteurer, die das Schicksal zusammengeschweißt hatte, sagte einlenkend: »Kapitän, vergessen Sie Ihre überflüssigen Sorgen, konzentrieren Sie sich mit uns auf das, was noch vor uns liegt. Wir sind für die Organisation wichtiger, als Sie glauben. Die Mädchen waren nie an Bord, die Mannschaft kann das beschwören. Vielleicht halten sie sich in der Türkei auf.« Er lachte mich verschmitzt an.

Das sollte reichen, sagte ich mir.

Nababik erhob sich, kam zu mir, legte mir seine Hand auf die Schulter und sagte: »Der Diesel ist gebunkert, der Hafenmeister hat unseren Aufenthalt notiert und die lebensnotwendige Überführung unseres Mannschaftsmitgliedes Maru Malky ins Krankenhaus bestätigt. Ohne Funkkontakt gelten wir immer noch als verschollen! Aber die Sea Ghost ist wild darauf zu beweisen, dass sie die geheimnisvollste und erfolgreichste Dame des Mittelmeeres ist, mon ami!«

Die Flaschen waren leer. Ich erhob mich und holte Nachschub, während Nababik an das Bullauge schritt und in die Nacht schaute.

»Bald wird die Sonne aufsteigen«, sagte er und setzte sich wieder an den Tisch. »Wenn es uns gelingen wird, die Ladung unbeschadet nach Holland zu schaffen, dann bekommst du eine Lebensstellung bei der Organisation, Klaus«, warf Nababik ironisch ein und fuhr fort: »Aber solltest du uns im Stich lassen und dich im frühen Morgengrauen unter die Touristen mischen, wenn die Trawler ihre Fische anlanden, dann jagen sie dich wie ein wundes Tier, und dann gibt es weder für dich noch für Inga und Kaya eine Rettung.«

Seine Sätze eröffneten eine Hoffnung und enthielten sogleich eine Drohung. Die Sache war klar! Ich musste weiterhin die mir von der Organisation aufgezwungene Rolle des Kapitäns spielen.

Ich schluckte trocken, denn von Spielen konnte keine Rede sein. Es ging um Millionen im Kampf mit der Legalität, der Macht, der Bestechung und des Glücks!

Mich ergriff eine Welle neuer Energie. Durchhalten wollte ich, mich dem Schicksal stellen!

Ich dachte an Anke. Sie hatte mich geliebt, und auch meine Liebe zu ihr würde nie verlöschen. Zusammen hatten wir unser Nest geschaffen, und Inga hatte unser Glück vervollkommnet. Ihr hatten wir die letzten Jahre gewidmet.

Noch lebte ich, und ich wusste, wenn mich die Gangster umlegen würden, dass ich zu ihr gehen konnte, um das irdische Glück mit dem jenseitigen fortzuführen.

Beppo und Nababik sprachen schon von heute, waren den restlichen Nachtstunden schon entwichen, planten die Fortsetzung unserer Reise.

»Noch eine Zigarette«, sagte Nababik und blies genussvoll den Rauch von sich. »Klaus, bist du zufrieden mit deiner stillen, besinnlichen Bilanz?«

Ich nickte und antwortete ehrlich: »Ohne deine Hilfe säße ich nicht hier. Danke.«

»In wenigen Stunden werden die Händler an Bord erscheinen. Eine Mütze voll Schlaf kann jetzt nicht schaden«, sagte Nababik, als er die Kippe ausdrückte.

Sie reichten mir die Hand und verließen meine Kabine. Ich schritt an das Bullauge, öffnete die Halterung und ließ frische Luft herein.

Der Himmel hellte sich hinter den Bergen bereits auf, und der kleine Leuchtturm vor der Bucht warf seinen Strahl auf das dunkle Wasser, in dem er sich spiegelte.

Als ich erwachte, fühlte ich mich zerschlagen und unausgeruht.

Achmed Ben Dota hatte mir ein Frühstück mit viel Liebe hergerichtet. Frische Tomaten und saftige Melonenscheiben zierten den geschnittenen Rohschinken.

Glücklich über den Verlauf des gestrigen Tages, den wir bis in den Morgen hinein ausgedehnt hatten, schmeckte es mir vorzüglich.

Ich schob das leere Gedeck beiseite, als Nababik die Messe betrat.

»Klaus, ich gehe in deine Kabine und entnehme dort Steenblocks Schatz das Geld für den Diesel und die Händler. Sie werden gleich erwartet. Wenn du Lust hast, kannst du für zwei Stunden das süße Leben eines Urlaubers genießen. Ich bleibe an Bord. Aber, Klaus, du weißt Bescheid! Kein Telefon! Kein Taxi!«

Er hatte das Heft in der Hand und meinte es gut mit mir.

Ein Bäcker kam mir mit einem offenen Pritschenwagen entgegen. Ich sah die frischen langen Weißbrote, deren Krusten in der Sonne blinkten.

Über den Pyrenäen zogen weiße Dunstwolken auf, die der aufsteigenden Sonne nicht lange standhalten würden.

Im Klub *NAUTICO* wurden die Tische unter dem Baldachin für frühe Gäste hergerichtet. Eine schmale Straße führte mich vorbei an abgestellten Bootsanhängern zur Promenade. Ich bewunderte die malerischen Fassaden der kleinen Häuser und schritt an winzigen Läden vorbei, in denen dunkelhaarige Mädchen Tomaten, Pfirsiche und Melonen verkauften.

Froh gestimmte Urlauber in leichter Sommerkleidung hatten keine Eile. Sie bewegten sich nur langsam im Strom der Passanten.

Ich schaute einem Maler zu, der die Kühle des Morgens unterhalb der Steinbefestigung zwischen bunten Kähnen nutzte, um den südlichen Zauber auf seine Leinwand zu bannen. Ich beneidete ihn seines Berufes wegen, denn kein Klingelzeichen rief ihn wieder zur Arbeit, kein Direktor wartete auf seine Fehler.

Unterhalb der San-Pedro-Kathedrale, gegenüber von den Fischhallen, setzte ich mich an einen Tisch unter einem Segeltuchdach, das, von runden Stahlsäulen getragen, dem Café Barcelona gegenüber auf der anderen Straßenseite stand. Die Eisenrohrstühle in bunten Farben hatten bisher nur wenige Besucher angelockt.

Der Blick war in alle Richtungen offen. Über die Straße schoben sich die Menschen. Auf der Bucht glitten Surfer mit ihren bunten Segeln im lauen Wind, der mich nur kaum spürbar kühlte.

Ich bestellte mir einen *cortado*, rauchte und richtete meinen Blick auf unsere Sea Ghost, die majestätisch mit hohem Bug und Hochseeaufbauten zwischen den heimgekehrten Fischerbooten lag, die auf grünes Licht warteten, denn seitlich in der Rundung der Bucht parkten Kühlwagen, die von den Fischern lärmend beladen wurden. Mit herben Gesichtern schoben sie die Loren, von denen das Wasser des Eises tropfte.

Es gab keinen Zweifel für mich, Nababik konnte ich vertrauen.

Der Ober brachte den Kaffee.

Wie leicht wäre es mir gefallen, den kurzen Weg über die Straße zu nehmen, denn nach einem Tante-Emma-Laden, einem Restaurant und einer Bodega folgte die grüne Fassade, die das Wappen der Guardia Civil trug, vor der zwei Beamte in Uniform mit umgeschnallten Pistolen Wache hielten.

Auch ohne Sprachkenntnisse hätte ich sie mit genügend Gezeter auf die verbotene Fracht unseres Schiffes aufmerksam machen können. Tausende von jungen Menschen in Berlin oder Amsterdam hätte ich vor einer kläglichen Abhängigkeit schützen können, die sie in den gesundheitlichen Ruin führte.

Aber Inga und Kaya, waren sie immer noch das Faustpfand der Organisation?

Und Nababik, dem ich mein Wort schuldig blieb, würde rücksichtslos die Mädchen seiner Rache ausliefern, denn er war ein Kerl, der zu dem stand, was er sagte.

Mir wurde bewusst, dass ich nicht mehr der Lehrer war, der sich kopfüber in ein Abenteuer gestürzt hatte.

Ich trank den Kaffee, und die Schönheit der Bucht legte sich auf meine Stimmung.

Hinter dem Bergmassiv, auf das jetzt die Sonne bereits fiel, lag Cadaqués, ein romantisches Dorf, mir bekannt durch das Fernsehen, weil dort der Maler Dalí wie ein Gott gelebt hatte.

Ein Landsmann suchte wie ich die Ruhe, den Kaffee zur Anregung und den Blick zum Verweilen. Geknickt lag auf seinem Tisch eine deutsche Boulevardzeitung, auf die ich neugierig schaute.

Mich reizte es, die neuesten Nachrichten zu erfahren, doch ich wagte es nicht, den Mann anzusprechen, der wie ein Lehrer aussah.

Der Kellner erschien und kassierte.

Mein Weg führte zurück zum Schiff. Die kleine Gasse, durch die ich ging, war kühl, und nur ein Hund kam mir entgegen. Er schnupperte an mir, ohne zu bellen.

Der große Platz vor San Pedro lag leer vor mir, seitlich lugten Sommerblumen aus Kübeln. Ich betrat das kahle Gotteshaus. Kerzen lagen bereit. Ich steckte eine Euromünze in den Schlitz der Opferdose, nahm eine Kerze, zündete sie an und spießte sie auf die Halterung. Ihre Flamme neigte sich im Verein mit den bereits brennenden.

Erst jetzt bemerkte ich die alten Frauen, die Schwarz trugen. Ein Gebet glitt über meine Lippen, das ich an die Mutter Maria richtete, und ich hoffte, dass Anke ihr nach ihrem qualvollen Tod nahe gekommen war.

Weder gestärkt noch deprimiert verließ ich San Pedro. Dem Weihwassergeruch folgte der von Jod und Salz.

Ich sah auf die Schiffe, die an den Tauen vor den Zementstegen lagen und Lücken aufwiesen. Vom Schlauchboot mit Außenbordmotor bis zur Superhochseejacht berührten sie sich friedlich, wenn kleine Schwappwellen mit ihren Rümpfen spielten. Seitlich lagen Apartments mit Panoramablick, als ich die Treppe zum Hafen nahm, die von der Promenade wegführte.

Nababik stand an der Reling und winkte mir zu. Die Sea Ghost empfing mich mit dem Lärm der warmlaufenden Maschinen.

Ich kletterte an Bord.

»Klaus, hol deine Mütze! Wir müssen los«, sagte Nababik und schlug mir, als hätte er all meine Gedanken erraten, aufmunternd auf die Schulter.

Die Stimmung an Bord war ausgezeichnet. Schnell entschwand die Bucht, und wir erreichten das offene Meer.

Ohne Wehmut sah ich, wie der hübsche Ort winzig wurde und vielleicht auch für meine Zukunft unbedeutend verschwand. Nur wenn ich das Abenteuer überlebte, konnte er für meine Erinnerungen einen Stellenwert bekommen.

Wir ordneten uns ein in die Meeresstraße, zogen mit Frachtern und Tankern, die wir mit voll aufgedrehten Maschinen hinter uns ließen, der Straße von Gibraltar entgegen.

Müßiggang ist aller Laster Anfang, hatte Nababik mir gesagt, und wir hatten befohlen, dass alle Mannschaftsmitglieder, die für die Aufrechterhaltung der Fahrt nicht eingesetzt waren, sich mit Farbe und Pinsel um die Beseitigung der Roststellen an Heck und Bug zu bemühen hatten.

Während wir mit vollen Touren ohne Wetterstörungen unter

einem wolkenlosen Himmel den Niederlanden entgegenstampften, saßen die Männer auf Holzbrettern, die Taue hielten, und pinselten, um unsere stolze Dame mit weißer Farbe schön zu halten.

Die meiste Zeit verbrachte ich auf der Brücke. Hin und wieder stieg ich hinab in die Mannschaftsräume, suchte das Gespräch mit den Männern, rauchte mit ihnen Zigaretten und erkundigte mich nach ihren kleinen Sorgen.

Auch der Funker Liebenau trug einen fleckigen Overall und ordnete sich völlig ein in den Arbeitsrhythmus. Er wirkte ruhiger und ausgeglichener. Ich lud ihn zu mir ein in meine Kabine und trank mit ihm Bier. Kleinlaut fand er entschuldigende Worte und trauerte dem nach, was geschehen war.

Als er mich verließ und überschwänglich sagte: »Kapitän Harms, für Sie gehe ich durchs Feuer, denn ich bin Ihnen zu großem Dank verpflichtet!«, ahnten weder er noch ich, dass daraus eine ernste Wirklichkeit werden sollte.

Auch ich erlebte einen Wandel. Die Mannschaft hatte keinen Durchblick. Für sie war es gleichgültig, ob sie Maschinenpistolen, Handgranaten von Antwerpen oder Tanger in den Libanon schifften oder Rauschgift von dort nach Europa brachten. Die Hauptsache für sie war, dass die »Kohle« stimmte.

Von der Seetüchtigkeit der Sea Ghost waren sie zu Recht überzeugt. Sie kannten sich aus, was Schiffe betraf. Für sie war es wichtig, dass die, die das Sagen an Bord hatten, ihr Vertrauen besaßen. Sich ständig Bestrafungen gegenüberzusehen, das lehnten sie ab. Und genau diese Menschenführung lag mir.

Mir kam es seltsam vor, dass ich als Oberstudienrat für Mathematik zu der Figur an Bord wurde, der sich alle verpflichtet fühlten. Ihre Anhänglichkeit war mir oft peinlich. Ich, der falsche Seemann, war für diese Menschen der echte Kapitän!

Nababik spielte treu und brav mit, trat nie ohne Order von mir an sie heran.

Hätten wir nicht Rauschgift als Fracht an Bord und nicht die Anweisung, auf der Rückfahrt Waffen in den Libanon zu schaffen, sondern übliche Handelsgüter, die Rolle als Kapitän Harms hätte ich bis an mein Lebensende spielen mögen.

Müde saß ich abends vor meinem Bier, wenn ich meine Kontrollgänge hinter mir hatte und Nababik mich nicht unbedingt auf der Brücke brauchte.

Nur selten fanden meine Gedanken zurück zu meinem Gymnasium, denn noch konnte ich mir nicht vorstellen, wieder wie früher zu den Büchern zu greifen und meine Kraft den jungen Menschen zu widmen, sie in den von mir vertretenen Fächern zur Hochschulreife zu bringen. Diese Aufgabe war von mir nie ohne Witz und Humor versehen worden, denn ich hasste jede Art von Drill und liebte eine aufgelockerte Lern- und Lehratmosphäre.

Mein Schulleiter war kein Kapitän mit Mannschaftsgeist. Unsere Beamtenhierarchie ließ nur wenig Raum für Teamgeist. Jahrelange Arbeit vor der Klasse, mit Menschlichkeit gefüllt, zerplatzte wie eine Seifenblase und hinterließ keine greifbare Materie, wenn er in seinem Edelbüro *Rücksprache* auf kleine Zettel kritzelte.

Wie mochte sich der große Präsident des Männergesangvereins vorkommen, wenn er das Nordseelied sang, ohne zu begreifen, dass seine angepasste Obrigkeitsmentalität den Fortschritt – bescheiden ausgedrückt, die Übernahme neuer Ideen – unterdrückte?

Doch mich bewegte mehr die Frage, ob es mir gelingen würde, mich aus allen Verwicklungen zu befreien. Konnte ich am Ende meine Tochter wohlbehalten an die Hand nehmen und nach Hause führen und Kaya an mich drücken?

Mir war es zum Kotzen! Ich entdeckte plötzlich eine wenn auch geringe Mitschuld daran, dass Kinder unsere Schulen hassten und viele von ihnen auf das warteten, was Nababik im zweiten Frischwassertank unserer Sea Ghost versteckt hatte, nämlich ein gefährliches Mittel, den Frust zu vergessen, wobei die Gesundheit vor die Hunde ging.

Taten wir wirklich alles, das zu verhindern? Ich wusste, dass es zwecklos war, mir zusätzlich Probleme aufzuladen, die einen Stammtischabend füllen konnten. Doch ob ich jemals wieder in einer bürgerlichen Kneipe von Kumpeln umgeben aus einer gesicherten Position heraus Probleme diskutieren würde, war und blieb fraglich.

Ich sehnte mich nach Kaya. Ihr junger Körper hätte mich ablenken können!

Aber war auch das verwerflich?

Stand mir mit meiner strengen Kritik das Recht zu, ein hübsches Mädchen zu lieben, das im Alter meiner Tochter war? Unterlag ich in meinem Unterbewusstsein einer trüben Hoffnung, irgendwo in der Fremde einen Neuanfang zu suchen? Auch dort war die Welt keineswegs in Ordnung!

An vielen Abenden liefen meine Gedanken so im Kreis, wenn ich beim Bier Ablenkung und Beruhigung suchte. Ich zählte dann die Tage und sah besorgt in meine ungewisse Zukunft.

Es war nicht nur die Fracht, die mich zum Mitschuldigen stempelte. Hinzu kam das menschliche Versagen, dass ich Chancen ausgelassen hatte, Mannschaft und Schiff, wenn auch unter Opfern, hochgehen zu lassen. Meine Sea Ghost – ja, ich ergriff immer mehr Besitz von dem weißen Schiff, das mit zwanzig Knoten Holland entgegenstampfte, als erfülle sich dort ihr Schicksal und das meinige – hatte für mehr als hundert Millionen Euro Rauschgift an Bord, das viele junge Menschen in den Tod treiben konnte.

Am wohlsten fühlte ich mich auf der Brücke, wenn das Schiff mit seinem scharfen Bug das Mittelmeer pflügte.

Bis auf einige Sommergewitter, die mit starken Winden unserer Sea Ghost hohe Brecher entgegengeschleudert hatten, war das Wetter gut gewesen.

Doch unvergessen bleiben mir die Bilder, als sich die Blitze im Zickzack rund um uns vor dem weiten Himmel mit grellen gelblichen, bis ins Rötliche gehenden Farben entluden und die Donner wie Kanonenschläge das Rauschen der Bugwellen übertönten. Unser Schiff hatte im starken Seegang Wellenberge genommen, während Wassermassen gegen die Fenster geklatscht waren, als hätten uns die aufgewühlten Wellen überrollt.

Ansonsten hatten wir keine Zwischenfälle erlebt. Erst als wir uns der holländischen Küste näherten, füllte sich der Himmel mit schweren Wolkenbänken. Die Temperaturen fielen und näherten sich herbstlichen Werten.

Es war bereits sechzehn Uhr, als ich die Brücke betrat.

Beppo löste Ben Salotto ab, der zum Abendessen ging.

Nababik stand schweigend vor den Armaturen. Ich nahm das Fernglas, setzte es an meine Augen und ließ den Blick erst über das Wasser gleiten, bevor ich es auf den Horizont richtete.

Ich machte einen Landstrich aus. Nach der Seekarte musste das Texel, die erste der Westfriesischen Inseln sein.

Mich überfiel eine innere Unruhe, denn in wenigen Stunden würde ich mehr über mein Schicksal erfahren.

Auch Nababik schaute ernst drein und bewegte sich wortkarg hin und her.

Achmed Ben Dota zwängte sich zwischen uns.

»Heißer Kaffee und Gebäck ist gut für Nerven«, sagte er, grinste und servierte uns den Kaffee. Er fühlte wohl, dass er hier oben überflüssig war, und verließ uns. Ich war ihm dankbar, trank aber dennoch den Kaffee, ohne sein Aroma zu schmecken. In Gedanken nahm ich auch einige Kekse, die ich mir in den Mund steckte und kaute, ohne es zu wissen.

Durch das Fernglas beobachtete ich, dass die Insel größer wurde, doch gleichzeitig damit stieg die Dunkelheit langsam auf.

Ich schaute Beppo zu, den nichts erschüttern konnte und der das Ruder hielt wie während der vielen Tage, als wir auf dem Mittelmeer von der Sonne verwöhnt worden waren.

Die Stunden zerrannen, und im grauen Dunst erkannte ich die zweite Insel.

Es war Vlieland.

Wir machten volle Fahrt. Noch stampften wir ohne Beleuchtung und Seescheinwerfer an Terschelling, der dritten Insel, unserem Ziel entgegen. Unsere Sicht wurde aber zusehends schlechter.

Unerwartet sprach Nababik plötzlich in die Stille: »Steuerbord passieren wir Ameland. In etwa zwei Stunden erreichen wir unser Ziel!«

Ich suchte mit dem Fernglas nach der Insel, von der uns das Flackerlicht der Leuchttürme entgegenblinkte.

Nababik fuhr fort: »Es gibt zwei Möglichkeiten. Die eine sehne ich mir herbei. Der Fischkutter mit dem Zeichen SK 433 schippert auf seiner vorgesehenen Position und übernimmt die Ladung. Das Wetter ist kein Hindernis. Die andere birgt Gefahren in sich. Es ist mehr eine theoretische Schlussfolgerung.«

»Das habe ich nicht verstanden, Ole«, antwortete ich.

Nababik kümmerte sich nicht um meinen Einwand und fuhr fort: »Nehmen wir einmal an, wir hätten, was ja aus den hinterlassenen Angaben Steenblocks nicht ersichtlich wurde, noch einige Vorbedingungen erfüllen müssen, bevor wir auf die Fischer treffen. Steenblock nahm vielleicht eine Art Rückversicherung mit auf seinen Weg in die Hölle.«

»Du meinst, die Organisation könnte Verdacht geschöpft haben und uns einen unfreundlichen Empfang bereiten?«, fragte ich und fühlte sofort ein starkes Sodbrennen.

»So könnte es sich verhalten. Für uns war Steenblock nie an Bord. Seine Leute könnten aber annehmen, dass er sich noch auf der Sea Ghost befindet und mit der Funkstille vorgetäuscht hat, die Sea Ghost sei verschollen oder aufgebracht worden«, folgerte Nababik.

»Die Ladung könnte auch Konkurrenzunternehmen auf den Plan rufen«, sagte ich, nachdem ich lange nachgedacht hatte. Dieser Gedanke brachte mir eine Gänsehaut, die dann von einem Schweißausbruch abgelöst wurde.

»Klaus, verteil du die Waffen an die Mannschaft, damit wir einen ersten plumpen Überrumpelungsversuch abwehren können«, schlug Nababik vor. Sein Gesicht zeigte mir an, dass er keine Lust verspürte, jetzt irgendwelche Diskussionen zu führen.

Beppo ließ das alles kalt, er starrte auf die See und ließ dabei keinen Blick vom seitlichen Radarschirm, der in sein Blickfeld reichte.

Ich drückte die Sprechtaste und forderte mit trockener Stimme die Männer auf, zum Waffenempfang in meine Kabine zu kommen.

Ohne Murren, als sei das ein selbstverständlicher Abschluss ihrer Reise, nahmen sie die Pistolen und Maschinenpistolen an sich, tauschten sie nach einem System aus, als wisse jeder, wie er sich zu verhalten habe.

Nababik erschien, nahm noch weitere Waffen für sich und Beppo mit auf die Brücke.

Wir waren gerüstet. Nababik ließ die Sea Ghost mit Positionslichtern und eingeschaltetem Bugscheinwerfer in die Dunkelheit preschen. Wir fuhren Höchstgeschwindigkeit.

Erst als Schiermonnikoog vor uns lag und wir es trotz der

Dunkelheit fast mit den bloßen Augen ausmachen konnten, stoppten wir die Fahrt.

Näher durften wir uns nicht heranwagen, denn dann liefen wir Gefahr, aufzulaufen.

Wir ließen den Anker zu Wasser, löschten alle Lichter, nur unsere Positionsleuchten sollten dem Fischkutter unsere Anwesenheit anzeigen. Nach unserem Tidekalender hatten wir Niedrigwasser, allerdings musste die Flut bald einsetzen.

Ein leichter böiger Wind pfiff um die Brücke, und der Horizont lag hinter schweren bauschigen Wolken. Von Schiermonnikoog zuckte der Lichtstrahl eines Leuchtturms zu uns.

Auf der Brücke lag ein beklemmendes Schweigen. Beppo stand wie eine Statue vor der Armaturentafel, die Hände griffbereit, um – falls es notwendig werden sollte – den Motor zu starten und davonzufahren.

Nababik kam zurück, er hatte mit den Leuten die Situation noch einmal besprochen und sie postiert, wie es zwischen ihnen abgesprochen war. Er rauchte nervös, sagte kein Wort und starrte nach draußen.

So weit hatte ich noch den Durchblick, dass sich uns der Kutter SK 433 bald nähern musste. Die Situation war für mich fremd, aber dennoch packend. Irgendetwas musste geschehen!

Nababik und Beppo trugen ihre Maschinenpistolen wie Soldaten und blickten in die Nacht, als erwarteten sie aus der Dunkelheit einen feindlichen Angriff.

»Endlich«, sagte Nababik, und ich hörte, wie er aufatmete. Auch ich sah die grünen und roten Positionsleuchten, die sich uns von Westen näherten. Das musste der Fischkutter sein, der sich uns zur Tarnung nicht von Schiermonnikoog, sondern von Ameland zu nähern schien.

Auch Beppo löste sich aus seiner Verkrampfung. Der Fahrplan schien zu stimmen. Es ist nur noch eine Frage von Minuten, dachte ich, als ich die Geschwindigkeit der Lichter abschätzte.

Doch plötzlich traf uns Nababiks Aufschrei wie eine Lanze. Ich fuhr herum und sah drei grelle Lichter, die sich uns von der Insel kommend mit rasender Geschwindigkeit näherten.

»Das sind Sportboote!«, rief Beppo überrascht.

Ohne Nababik zu fragen, drückte ich die Alarmtaste. Die Lichter sah ich erst in einer Front, dann schienen sie sich zu überholen und fuhren hintereinander. Auf der Brücke hörten wir das Heulen ihrer hochtourigen Motoren.

Nababik schrie ins Bordmikrofon, während ich die Brücke verließ.

Die Boote näherten sich uns mit einer wahnsinnigen Geschwindigkeit, doch als sie dicht vor uns aufkreuzten, erstrahlten die Scheinwerfer der Sea Ghost.

Ich sah, dass die Boote mit Männern besetzt waren, doch als veranstalteten sie ein sportliches Rennen, flitzten sie an unserer Sea Ghost vorbei und hinterließen schaumige Wellen, die gegen den Rumpf unseres Schiffes klatschten.

Ich betrat die Brücke.

»Das passt mir nicht«, sagte Nababik.

Beppo deutete auf den Kutter, der sich uns näherte.

Der Lärm der Sportboote verebbte, und wir konzentrierten uns auf das Schiff, das uns ein Lichtsignal setzte.

»Er ist es«, sagte Beppo.

Es war der Fischkutter, der seine Scheinwerfer einschaltete, und ich las das Zeichen SK 433.

»Bleib oben, Klaus«, sagte Nababik und verließ die Brücke.

Scheinwerfer beleuchteten das Stück Wasser, das uns vom Fischkutter trennte. Im Ruderhaus des Kutters brannte ein mattes Licht. Ich erkannte drei Männer, die hinter den Scheiben standen.

Das Tuckern des Diesels erlosch, und das Quietschen der Fangbäume, die sich dem Meer näherten, drang zu mir. Ich sah, wie das Fischernetz ins Wasser tauchte.

Ich konnte Nababik erkennen, der an der Reling stand, als er mit unseren Männern das Manöver besprach.

Auf dem Kutter begaben sich zwei Männer an den Bug und warfen Bojen aus.

Wie aus dem Nichts sah ich plötzlich die rasenden Lichter der Boote wieder aus der Dunkelheit aufkreuzen. Instinktiv drückte ich die Alarmtaste.

Nababik hielt einen Seemann zurück, der einen Jutesack aufs Wasser werfen wollte.

Schon näherten sich die Schnellboote, die, als hätten sie sich abgesprochen, auseinander scherten. Während eines die Geschwindigkeit abbremste und im Schatten des Fischkutters eintauchte, zogen die beiden anderen eine Schleife und legten backbord an der Sea Ghost an.

Etwa acht bis zehn Männer, so schätzte ich, kletterten an Bord, ohne dass wir es verhindern konnten oder Nababik vor der Gefahr gewarnt wurde.

Sie waren nach einem festen, vorbereiteten Plan verfahren, mussten Strickleitern benutzt haben und hatten auch den Zeitpunkt ihres Angriffs so gewählt, dass sie uns hilflos angetroffen hätten.

Doch wir waren vorbereitet.

Blitzschnell schaltete ich die Bordscheinwerfer an und richtete die grellen Strahlen auf die Gestalten.

Es waren schlanke, sportliche Typen in Jeans und Windjacken, deren Taschen sich verdächtig beulten.

Ich eilte die Treppe abwärts und betrat wenige Sekunden später das Deck.

»Was soll das? Was wollen Sie hier?«, schrie ich nach Luft ringend ihnen mutig entgegen.

»Where is Mister Steenblock?«, rief einer auf Englisch, und ich hörte an der Aussprache, dass es nicht seine Muttersprache war.

»He is unknown!«, brüllte ich zurück und blickte plötzlich in den Lauf einer Pistole.

»Der schießt!«, rief jemand und warf sich aus dem Schatten auf mich.

Ich sah das Mündungsfeuer im Sturz, hörte den Schuss und fast gleichzeitig einen Schrei und fiel auf den Boden. Neben mir schlug ein Körper auf, der leblos liegen blieb.

Ein zweiter Schuss drang durch die Nacht. So, als führte eine Theatertruppe auf meiner Sea Ghost ein Stück ihres Sommertheaters auf, knickte der Mann ab, der auf mich geschossen hatte.

Langsam folgten die Arme seinem Körper, der sich noch einmal zu drehen schien, auf den Boden.

Ich sah Nababik, der wie in einer Zeitlupenaufnahme den Schutz der Ladebäume verließ, die Maschinenpistole im Anschlag.

Nun erkannte ich auch Beppo, der hinter den Männern auftauchte und eine Salve in die Luft schoss.

»Hands up!«, brüllte Nababik.

Die ungebetenen Gäste standen wie versteinert an Bord im grellen Scheinwerferlicht.

Ich lag noch immer auf dem Boden und wusste, dass sich alles in wenigen Minuten abgespielt hatte.

Zu mir drang das Tuckern eines Dieselmotors, und ich nahm an, dass der Kutter SK 433 das Weite suchte. Vielleicht befanden sich auf ihm ebenfalls Piraten, die dort jetzt das Sagen hatten.

Ich versuchte mich zu erheben, doch ein Schreck durchfuhr mich und lähmte mich für Sekunden.

Meine Hände glitten durch eine warme, klebrige Flüssigkeit, und ich wusste, dass es Blut war.

Ich beugte mich über den Mann und sah, dass eine große Schusswunde das blasse Gesicht des Funkers Liebenau entstellt hatte.

Die Kugel war für mich gedacht gewesen. Der arme Mann, den Geldsorgen verfolgt hatten, der wegen seiner Schulden erpressbar und ein Mittelsmann der Organisation geworden war, hatte sein Leben für mich geopfert!

Nun war er seine Sorgen los, und ich kämpfte mit den Tränen, während mir speiübel wurde.

Ich torkelte mehr, als ich ging, einer Ladewinde entgegen, lehnte mich an das kalte Eisen, versuchte meine Hände vom Schleim und Blut an meinen Hosenbeinen zu befreien. Mir wurde übel, und ich spuckte mir den Magen frei.

Doch es war nur ein Schwall, der mir Befreiung brachte. Die harte Stimme Nababiks riss mich zurück in das Geschehen, das fürwahr kein Traum war.

»Los, Kapitän! Sorge für eine Festbeleuchtung! Die Sea Ghost soll ihre ganze Schönheit präsentieren! Betätige die Sirene, als hättest du Geburtstag!«

»Habe ich?«, fragte ich verwirrt und schleppte mich zur Brücke.

Unsere Männer standen im sicheren Abstand und hielten ihre Waffen auf die Piraten. Ich betrat die Brücke, drückte auf den Knopf der Sirene und freute mich über den kreischenden Ton, ließ ihn anschwellen, absinken und spielte mit ihm kurz, lang, kurz.

Keinen Schalter ließ ich aus. Rund um uns legte sich eine Lichtfülle, die die Nacht zum Tage machte.

Ich wagte es nicht, an den Traum von der Freiheit zu glauben. War ich in Sicherheit? Konnte ich bald meine Tochter und Kaya wieder in die Arme schließen?

Ich griff nach einer Zigarette, vergaß den Blutgeruch und rauchte mit zitternden Händen. Dann schaute ich nach Osten in die Dunkelheit und wusste, dass dort in nur knapp achtzig Kilometern Luftlinie meine Heimatstadt Norddeich liegen musste.

Meine Augen gewöhnten sich an die Dunkelheit, die sich wie eine Mauer hinter unserem erleuchteten Schiff auftat.

Ich langte nach dem Fernglas und richtete es nach dort aus, wo ich Norddeich und Norden vermutete, als könnte es mir gelingen, im tiefen Schwarz die Heimat zu finden.

Doch das hoffnungsvolle Lachen erstarb mir auf den Lippen. Licht fiel in das Dunkel, und in meinen Blick hinein stampfte ein Schiff mit hochgehender Bugwelle.

Wie vom Blitz getroffen, setzte ich das Fernglas ab, schüttelte ungläubig den Kopf und richtete das Glas erneut aufs Meer.

Jetzt erkannte ich die Aufbauten. Das Schiff schien uns entgegenzufliegen. Es war hell erleuchtet. Ich beobachtete Männer, die sich auf dem Bug aufhielten, und nahm das Fernglas ab, als mich eine grelle Mündungsflamme blendete.

Ich vernahm den Knall und hörte den Aufschlag des Geschosses, das in sicherer Entfernung aufs Meer schlug.

Ein Kanonenboot der Polizei, dachte ich und begriff, dass es uns den berüchtigten Schuss vor den Bug gesetzt hatte.

»O Gott«, flüsterte ich in Panik, drückte die Alarmsirene und stürzte aufs Deck.

Aber dort hatte sich die Situation nicht verändert. Immer noch hielten Nababik und Beppo die Piraten in Schach. Auch die übrigen Männer blieben ungerührt stehen, die Waffen auf die Gangster gerichtet. Der erschossene Pirat und der Funker Liebenau lagen vor ihren Füßen.

Weit entfernt von uns, dort wo ich die Insel Schiermonnikoog vermutete, entdeckte ich das Licht eines zweiten Polizeischiffes.

Nababik schenkte mir keine Beachtung. Er hatte nur das eine Ziel, wachsam jeden weiteren Angriff zu unterdrücken.

Mich irritierte es, dass niemand den Warnschuss vernommen hatte und alle die Gefahr übersahen, die uns von den holländischen Polizeischiffen drohten.

Erst als ich außer mir laut rief: »Sie legen bei!«, und vor Angst fast schlotterte, sah ich, wie sich das Kanonenboot gekonnt an den Bauch der Sea Ghost legte und uniformierte Männer an Bord kletterten.

Auch sie waren bewaffnet. Aber niemand schoss. Ich verstand die Welt nicht mehr!

Litzen und weitere Uniformzutaten verrieten, dass der große schlanke Mann ein Offizier sein musste, der sich auf Holländisch an Nababik wandte und eine Frage stellte, die ich nicht verstand.

Mein Erster Offizier wies auf mich.

»Kapitän?«, fragte der Offizier und steckte seine Pistole in die Ledertasche, die an seinem Koppel hing.

Ich nickte ihm zu, sah keine Feindschaft in seinem Gesicht und führte ihn in meine Kabine.

Dort bot ich ihm einen Platz an, schritt wortlos an meinen Rollschrank, holte wie eingeübt die Stahlkassette heraus, stellte sie auf den Tisch, öffnete den Deckel und schob sie ihm zu.

Sollte kommen, was kommen musste, nun konnte ich dem Schicksal nicht mehr entrinnen.

»Sie wird viele Ihrer Fragen beantworten«, sagte ich.

Der Polizist lächelte höflich, griff in die Kassette, studierte, als hätte er viel Zeit, jedes Dokument und fragte zwischendurch nur: »Deutsch?«

Doch dass ich genickt hatte, das war an ihm vorbeigegangen. Mein Mund war trocken. Ich wusste nicht, was er denken würde, wenn ich nun nach dem Bier griff und ihm ein Glas anbot.

Er hob den Blick, strich seinen gewaltigen, gekräuselten blonden Schnurrbart glatt und sagte: »Das Spiel ist aus! Ich gratuliere!«

Dass das Spiel aus war, hatte ich bereits vorher gewusst, aber dass er mir dazu gratulierte, verwirrte mich. Ich schaute ihn fragend an und wartete auf weitere Überraschungen.

»Wir schätzen den Wert des Rauschgiftes auf zwanzig Millionen Euro, doch dabei handelt es sich um Angaben unserer Spitzel. Wir werden sehen«, sagte er gelassen.

Ich stand immer noch wie ein Sünder vor meinem Schreibtisch und starrte den Offizier an, der keine Konsequenzen durchblicken ließ.

Nababik betrat die Kabine.

Ohne auch nur einen Ton von sich zu geben, durchquerte er den Raum und schritt an den Kühlschrank.

Ich vernahm das mir vertraut gewordene Klicken der Tür und sah, dass er drei Flaschen des kühlen Biers auf den Tisch vor uns stellte.

»Es geht auch ohne Gläser, Herr Kommissar«, sagte er und öffnete die Flaschen. Dann sah er mich an, und ich wusste nicht, was er an mir so lustig fand.

»Prost, Kapitän!«, rief er mir zu und trank mit lachenden Augen.

Auch der Polizeibeamte griff zur Flasche. Ich ließ meine stehen aus Protest, weil ich nicht wusste, was hier gespielt wurde.

»Klaus, happy birthday to you!«, sagte Nababik zu mir und wandte sich an den Offizier. »Kollege, er kann es noch nicht fassen!«

Mir wurde heiß. Das Blut stieg mir in den Kopf und fassungslos vor Freude gelang mir kein Versuch, Worte der Erleichterung zu formulieren.

Die Kabine erstrahlte vor mir in einem Licht, das nur ich zu sehen schien, und eine angenehme, unbeschreibliche Wärme überzog meinen Körper, die mich unheimlich glücklich machte.

»Anke, ich danke dir!«, rief ich laut, und Nababik fragte grinsend: »Klaus, hast du zu Hause noch eine heimliche Geliebte?«

»Nein«, antwortete ich ohne Scham, »ich dachte an meine verstorbene Frau, an Ingas Mutter.«

Erst jetzt griff ich zur Bierflasche, trank und setzte sie erst wieder ab, als sie keinen Tropfen mehr enthielt.

»Nababik, nun heraus mit der Sprache, wer bist du?«, fragte ich.

Er gab mir die Hand, die meine fest umschlang.

»Mein Name ist Jan ten Woolf, Interpol Amsterdam! Fünf Jahre habe ich benötigt, den Schweinen das Handwerk zu legen«, sagte er nicht ohne Stolz.

Mich durchrieselte ein Gefühl der Freude und des Glücks, dass dieser Mann mein Freund war.

»Und Beppo?«, fragte ich.

»Auch Interpol«, antwortete er lächelnd.

Ich dachte an Liebenau, der sein junges Leben für mich geopfert hatte, und fragte wehmütig: »Und der Funker?«

Ten Woolf sagte mitfühlend: »Ihn erwischte die Kugel, die für dich bestimmt war. Er hatte Waffen verschoben für alle Seiten, die sich im Libanon bekriegen. Die Gewinne hat er auf den Kopf gehauen. Er besaß nur eine Chance, ungeschoren nach Deutschland zu gelangen. Alles Weitere weißt du.«

»Prost«, sagte der Polizeikommissar, »trinken wir auf Jan!«

Ich holte frisches Bier und öffnete die Flaschen.

»Feiern können wir später, aber einen Schluck können wir uns noch gönnen«, sagte Jan ten Woolf.

»Herr Harms, Jan hat seine Mannschaft selbst aufgebaut. Die Kerle werden glücklich sein, wenn wir ihre Vergehen übersehen und ihnen die Möglichkeit eines Neuanfanges bieten«, sagte er.

Ich hatte begriffen und wusste, dass ich tatsächlich Geburtstag hatte, und sagte: »Ich heiße Udendorf, Doktor Klaus Udendorf, und bin von Beruf Lehrer.«

»Wir wissen noch nicht alles«, antwortete der Kommissar,

erhob sich und sagte: »Wir nehmen die Gangster mit. Alles andere regeln unsere Kollegen vom Rauschgiftdezernat. Sie sind bereits informiert.« Er verließ uns.

Nababik, der Jan ten Woolf hieß, sagte: »Klaus, bleib auf der Brücke. Ich begleite den Kommissar und mache Reinschiff. Hier ist dein Platz, denn du sollst die Sea Ghost gemeinsam mit mir und Beppo nach Amsterdam bringen.«

Ich war froh darüber, denn ich wollte den toten Liebenau nicht mehr sehen.

Niemand dachte an Schlaf. Die Stimmung war ausgezeichnet, und auch die Mannschaft feierte die Beschlagnahme der Sea Ghost wie einen Sieg.

Den toten Liebenau und den erschossenen Piraten hatten die Polizisten mitgenommen. Es hatte noch eine Weile gedauert, bis sich das Kanonenboot vor uns setzte und wir ihm mit Kurs auf Amsterdam folgten. Ein Polizeikommissar befand sich zur Bewachung des Rauschgifts an Bord.

Ich hatte angeordnet, dass Achmed Ben Dota das Beste seiner Küche auftischen sollte und in den frühen Morgenstunden servierte er in der Mannschaftsmesse ein Festessen, das auf der Speisekarte des Heiligen Abends hätte stehen können.

Um die überschwängliche Freude nicht überschwappen zu lassen, hatten Nababik und ich den Mannschaftsgraden pro Person und Nase vier Flaschen Bier austeilen lassen.

Das Trinken von harten Sachen hatten wir strikt untersagt, und wir wussten, dass wir uns auf die Mannschaft verlassen konnten. Aber auch Beppo, Nababik und ich hielten uns an die Vorschriften, die für die Mannschaft galten.

Es war eine herrliche Fahrt. Wir waren ausgelassen wie Kinder, und obwohl sich das Wetter noch verschlechterte und unsere Sea Ghost mit einer harten und schweren See zu kämpfen hatte, fiel uns die Navigation des Schiffes in den Zollhafen nicht schwer.

Wir kamen aus der Nacht in den späten Nachmittag, hatten nicht geschlafen und den Rhythmus der Wachablösung unterbrochen. Auch auf das Festessen hatten wir auf der Brücke verzichtet und nur einige Tassen Brühe mit Toastscheiben, die Achmed uns gebracht hatte, zu uns genommen. Abgesehen von der Menge Kaffee, der uns in Warmhalteflaschen ständig zur Verfügung gestanden hatte.

Doch auch als wir die Sea Ghost vertäut und Zollbeamte die heiße Fracht von Bord geholt hatten, diktierten wir in Abwechslungen ohne Hektik und Müdigkeit unsere Erlebnisse in die Akten der Behörden.

Kuchen wurde uns auf die Brücke gebracht, der mich erneut an meinen Geburtstag erinnerte.

Ein Zolldirektor erschien uns zu Ehren, gratulierte und bat uns, die Nacht über noch einmal an Bord zu bleiben, da für die Mannschaft noch nach angemessenen Quartieren gesucht werden musste.

Das war uns nur recht, denn so hatten wir die Gelegenheit, nicht nur einige Flaschen Bier zu uns zu nehmen, sondern unseren Abschied auch mit Proben aus dem großen Sortiment meines unglücklichen Vorgängers zu würzen.

Um die Mannschaft kümmerten sich noch zur späten Stunde Abgesandte der Ausländerpolizei und hielt sie damit davon ab, sich richtig volllaufen zu lassen.

Auf der Brücke wurde es richtig gemütlich. Hier hatten wir so viele gemeinsame Stunden verbracht, dass wir zum Feiern die Kabinen ablehnten.

Beppo hatte nicht geflunkert. Er wollte in der Tat mit der Prämie, die er von Interpol erwarten konnte, in Zagreb das Restaurant zurückkaufen, das seine Mutter einst hatte verkaufen müssen.

Nababik, es fiel mir schwer, ihn Jan zu nennen, prostete mir mit einem eiskalten Genever zu und meinte: »Erst wenn die

Aktendeckel Staub ansetzen, werden sie mir die Prämie zahlen und mir den Urlaub gönnen, der sich zu einem halben Jährchen aufgesummt hat. Klaus, sei kein Spielverderber. Ich werde mit deiner Tochter Urlaub machen und zwar in Port de la Selva! Einen hübscheren Ort kann ich mir zurzeit nicht vorstellen.«

Dagegen hatte ich nichts einzuwenden. Nur rüttelte er an meinen geheimen Sorgen. Ich war frei. Aber wie stand es um die Mädchen?

Lebten sie noch im *Hotel Floride*, im südfranzösischen Gruissan, wie Urlauberinnen? Hatten sie sich am Strand vergnügen können, ohne den Gangstern des Syndikats in die Fänge zu geraten?

»Jan, hör zu, mir liegt genauso viel am Wiedersehen mit Inga wie dir«, sagte ich sorgenvoll, »nur bist du dir deiner Sache sicher, während mich Zweifel bedrücken.«

Beppo, glücklich, alles hinter sich zu wissen, versuchte mich zu beruhigen.

»Kapitän«, sagte er, »die Organisation ist zerschlagen und, das wird Jan bestätigen, in Frankreich hat sie nie eine große Rolle gespielt.«

Doch das war nicht alles. Inga hatte mit Fotos, die Mitglieder des Jetsets belasteten, ihre Reise in die Gefangenschaft begonnen.

Hatten diese Leute meine Tochter aus den Augen verloren?

Jan ten Woolf lachte in meine Sorgen hinein.

»Madame Ivon, die Inhaberin des *Hotel Floride*, war für viele Jahre Kollegin im Kampf gegen das Rauschgift und erzwungener Prostitution. Sie war es, die der holländischen Polizei den Wink gab. Auf sie kann ich mich voll verlassen«, sagte er.

»Darauf trinken wir einen Klaren«, sagte ich beruhigt und suchte nach der Doornkaat-Flasche, die der tote Harms zwischen Hennessy, Bols, Genever, Napoléon und Gordon's Gin gelagert hatte.

Ich küsste die Flasche, öffnete sie und sagte, während ich mir ein Gläschen füllte: »Wo dieser Schnaps zu Hause ist, da steht meine Schule! Aber auch mein leerer Bungalow. Ich freue mich auf das Gesicht meines Direktors, der für mich keine Prämie bereithält, aber mich vielleicht noch einmal rund um die Welt schicken wird, damit ich mir überall Entschuldigungen besorgen kann.«

Wir lachten ausgelassen, denn die Schlussstriche unter einem Kapitel, das mit dem Tode hätte enden können, waren gezogen und der Alkohol hatte alle Dämme gebrochen.

Zu unserer Überraschung führte Achmed Ben Dota zwei Herren zu uns auf die Brücke. Sie trugen sommerliche Cordjeans und Lederjacken, der eine in Grün, der andere in Beige.

Achmed, der nie einen Tropfen Alkohol trank, blickte uns verächtlich an und hinterließ uns den Besuch als Allahs Strafe.

»Kriminalpolizei«, sagte einer der Männer, die um die dreißig sein mochten.

»Ein Bier oder einen Genever?«, fragte Jan ten Woolf, der glaubte, das Verhör ginge weiter.

Die Herren lehnten ab und fragten mich zielsicher: »Sie sind der Kapitän Bodo Harms?«

Ich lächelte die Männer an, die nicht unsympathisch aussahen.

»Sie müssen uns leider zum Kommissar folgen«, sagte einer der Männer. Er trug sein blondes Haar lang.

Empört sagte ich: »Ich bin nicht Harms. Ich bin Doktor Klaus Udendorf, Lehrer in Norden!« Ich hoffte, damit die Unklarheiten beseitigt zu haben.

Der Beamte reichte mir ein Formular.

»Genau diesen Herrn suchen wir«, sagte er streng.

Mir verschlug es die Stimme. Mitten aus meiner Siegesfeier

gerissen, rief ich böse: »Mann, nun bin ich endlich aus der Scheiße raus, und Sie wollen mich in etwas hineinziehen, was mir ein verkrüppelter Paragrafenhengst, der seine Nachbarschaft als feindliches Ausland betrachtet, angehängt hat!« Ich hatte an meinen Direktor gedacht.

Der Alkohol unterstützte meine Empörung. Wütend warf ich das Formular Jan ten Woolf entgegen.

»Sieh nach, was sie von mir wollen«, forderte ich ihn auf.

Ich beobachtete, dass er immer ernster wurde, dann das Blatt von sich hielt und todernst sagte: »Klaus, sie werfen dir vor, mit einer türkischen Extremistengruppe, die die amtierende türkische Regierung bekämpft und die sich *Meerestiere* nennt, zusammengearbeitet zu haben!«

Hing ich nun, nachdem ich den Rauschgifthändlern entkommen war, erneut in geheimnisvollen Fängen? Hatten die tätowierten Männer mich belastet, nachdem sie mich quer durch Europa gejagt hatten?

Mir wurde schlagartig bewusst, dass es eine Verbindung von einem zum anderen geben musste. Die Angehörigen der *Meerestiere* benutzten die gleichen Kanäle wie die Rauschgifthändler.

Beppo und ten Woolf, denen ich während unserer gemeinsamen Zeit auf der Sea Ghost keine Einzelheiten meines Schicksals anvertraut hatte, blickten mich mitfühlend und traurig an.

»Das ist doch unmöglich«, sagte ich entsetzt, wusste aber, dass alles Protestieren und Lamentieren umsonst war, denn die beiden Beamten der Kriminalpolizei hatten nur ihr Dienstgeschäft zu verrichten.

»Das wird sich alles aufklären«, sagte ten Woolf und half mir, meine Reisetasche zu packen, nachdem wir in meine Kabine gegangen waren.

Was ich allerdings nie für möglich gehalten hatte, trat ein.

Als ich ihm und Beppo die Hand zum Abschied reichte und

die Kabine verließ, die mir für viele Tage zur Heimat geworden war, kamen mir die Tränen.

Ich winkte den Männern der Mannschaft zu, die Bierflaschen in ihren Händen hielten. Feine Kerle, dachte ich, als ich den beiden Kriminalbeamten folgte und von Bord der Sea Ghost stieg.

Kapitel 11

Ich saß hinten im Polizeibully und blickte wie abwesend durch die Fenster auf die belebten, hell erleuchteten Straßen von Amsterdam. Gerade hier in dieser Stadt blühte das Geschäft mit den Drogen wie nirgendwo in Europa. Es war das Mekka der jugendlichen Aussteiger, die hier mit dem Traumstoff das Versagen der Umwelt und ihr eigenes vergessen wollten.

Ich fühlte keine Angst und ging bei meinen Überlegungen davon aus, dass die türkische Polizei mich vielleicht auf meinen Irrwegen durch Istanbul hatte beschatten lassen.

Die korrekten Beamten würden schnell herausfinden, dass ich ein Opfer der Terroristengruppe *Meerestiere* geworden war. Die Protokolle, die ich noch vor wenigen Stunden unterschrieben hatte, legten Zeugnis dafür ab, dass ich mitbeteiligt war an einem großen Sieg über den internationalen Rauschgifthandel. Sicher konnte ich der Kripo helfen, den Gangstern auf die Spur zu kommen.

Nur traurig war ich darüber, dass sie mir den Abschiedsabend von echten Freunden verdorben hatten. Auch wusste ich nicht, wie ten Woolf die Fäden gezogen hatte, die Inga und Kaya wohlbehalten zu uns zurückkehren lassen sollten.

Konnte ich sie hier in Amsterdam noch begrüßen oder vielleicht erst in Berlin?

Mein Gott, Berlin! Dort stand mein Golf unter grünen Bäumen, die bald ihre Blätter abwerfen würden, vor einem Hotel, in das ich zufällig abgestiegen war, um von dort aus eine Reise anzutreten, die meine Kollegen zu Hause für die Ausgeburt eines kranken Hirns halten würden.

Mir verschlug es den Atem. Ich hatte nichts Unrechtes getan, dennoch musste ich mich fragen, wie die holländischen Polizeibeamten auf meine Geschichte reagieren würden. Mir selbst kam sie traumhaft vor.

Das Kommissariat entpuppte sich als ein Hexenkessel. Kriminelle, Dealer, Süchtige, Schläger und weiteres Gesindel, das die Nachtstunden nutzte, um den Gelüsten ihrer kranken Hirne nachzugehen, belagerten, von Polizisten bewacht, die Büros.

Dieser Abschaum mit seiner Vielfalt und den geplanten oder zufälligen Verbrechen hielt eine unterbezahlte und überbeschäftigte Polizeitruppe auf Trab, die oft unter Einsatz ihres Lebens mit wechselnden Erfolgen kämpfte.

Mich, den Unschuldigen würden sie schnell loswerden, wenn sie erfuhren, dass auch ich mein Leben eingesetzt hatte im Kampf gegen eine übermächtige Rauschgiftorganisation.

Mich erfüllte Stolz. Meine Tochter Inga hatte ebenfalls selbstlos in das Elend der Opfer eingegriffen, in der lobenswerten Absicht, als Bürgerin nicht einfach die Hände in den Schoß zu legen.

Im Hafen lag die Sea Ghost mit beschlagnahmter Ladung, die einen Wert von hundert Millionen Euro hatte. Und ich, der harmlose Gymnasialpauker, hatte das Schiff befehligt!

Die beiden Beamten hatten auf Handschellen verzichtet, so sehr hatte sie wohl ihr Kollege ten Woolf von Interpol überzeugt.

Aber warum sollte ich fliehen?

Wir betraten Räume, in denen Computer liefen, Fernschreiber tickerten, näherten uns einem Raum, der nur einem Mann gehörte, der hinter einem Schreibtisch saß und mir einen Stuhl zuwies.

Sein düsterer Blick irritierte mich.

»Sie sind Doktor Klaus Udendorf, wohnen in Norddeich?«,

fragte er, und ohne auf meine Antwort zu warten, fuhr er fort: »Sie leugnen nicht?«

Ich konnte auf seiner Armbanduhr ablesen, dass es kurz vor Mitternacht war.

»Nein«, antwortete ich, »nur mein Name als Kapitän auf der Sea Ghost war Bodo Harms. Aber auch meine Patente und das Seebuch trugen diesen Namen.«

Er schaute mich an, als täte ich ihm leid, und dann legte sich sein Gesicht in viele Falten.

»Sie haben also zwei Namen?«, fragte er.

»Ja, ich gehöre zur Crew des Schiffes, das von Izmir kommend die Organisation um Rauschgift in Höhe von hundert Millionen geprellt hat«, antwortete ich und hoffte auf eine Aufhellung seines Gesichts.

»Herr Udendorf, um achtzehn Uhr hatte ich Feierabend, als mir per Computer mitgeteilt wurde, dass Sie holländischen Boden betreten hatten. Um zwanzig Uhr war es uns gelungen, zu erfahren, dass Sie sich im Hafen aufhielten. Nun ist es vierundzwanzig Uhr, und Sie stehen vor mir«, sagte er, um mir zu beweisen, dass er seinen Dienst nicht leichtnahm.

»Aber Ihr Kommissar Jan ten Woolf, Deckname Ole Nababik, von der Interpol wird alles bestätigen«, sagte ich verzweifelt.

»Rauschgift geht mich nichts an«, sagte er. »Hier liegt ein Auslieferungsantrag der Bundesrepublik Deutschland auf meinem Schreibtisch. Morgen, beziehungsweise heute früh, werden Sie auf Staatskosten nach Düsseldorf fliegen, bis dahin bleiben Sie unser Gast.« Er gab den beiden Beamten einen Wink.

»Aber ...«, schrie ich auf.

Er erhob sich, griff nach seiner Tasche, während mich die Beamten abführten.

Wir verließen den Trakt, nahmen Aufzüge, wechselten das

Gebäude. Die beiden Kripobeamten sprachen nicht mit mir. Wozu auch?

Erst als ich an Türen vorbeischritt, die ohne Klinken und mit kleinen Öffnungsklappen versehen waren, nahm ich an, dass wir uns in den Vorräumen eines Gefängnisses befinden mussten.

Zwei Uniformierte übernahmen mich, wiesen mir eine Kammer zu und verschlossen sie.

Ich hielt sie für ein möbliertes Zimmer, denn es gab Schränke, Regale und eine Liege. Doch mein Interesse an meiner Umgebung war gesunken. Vielleicht zeigte auch der Alkohol Nachwirkungen, denn ich war müde und wusste, dass ich hier sicher war, und die Aussicht, nach Düsseldorf zu fliegen, fand ich plötzlich hoffnungsvoll, denn dann war ich in Deutschland und konnte dort endlich den Weg in die verdiente Freiheit antreten.

Ich warf mich auf die Liege und schlief sofort ein.

Höflich, das kann ich nur bestätigen, weckten mich die uniformierten Aufseher, nachdem ich, wie mir schien, gerade eingeschlafen war.

Es musste noch früh sein. Ich brauchte einige Sekunden, bevor ich begriff.

Ich warf mir ein paar Hände voll Wasser in das Gesicht, blickte kurz in mein Spiegelbild, lächelte ihm siegessicher zu. Das Rasieren konnte ich mir ersparen, denn ich hatte mir auf See einen prächtigen Vollbart zugelegt.

In der Kantine war noch nicht viel los, dafür aber servierte man mir ein Frühstück, das bewies, dass die Holländer sich nicht lumpen lassen wollten. Weißbrot, Roggenbrot und Brötchen zur Auswahl, Käse, Schinken und Nugatcreme, Butter im Übermaß und einen Kaffee, dessen Duft schon ausreichte, mich friedlich zu stimmen.

Niemand störte mich, keiner verscheuchte mir meine Gedanken. Ich muss so etwas wie ein Edelgefangener sein, dachte ich. Alles sprach dafür, dass man mich in Amsterdam nicht für einen schweren Jungen hielt.

In diese Linie passte auch der kleine Mann mit Glatze, der einen Trenchcoat trug und mich mit breiter Denkerstirn aus kleinen, dunklen Augen taxierte.

»Herr Doktor Udendorf? Wigges, Kommissar. Ich habe die Aufgabe, Sie nach Düsseldorf zu begleiten.«

Das war alles, was er gesagt hatte, denn ich erinnere mich nicht an weitere Worte aus dem schmalen Mund des Mannes.

Ein Polizeiwagen, Wigges und ich saßen hinten, brachte uns in der Morgendämmerung über die Stadtautobahn zum Flughafen.

Als hätte das Flugzeug auf uns gewartet – es gab weder Passkontrollen noch Zollschranken – passierten wir ungehindert alle Schalter und Sperren. Der Ausweis des Kommissars, den er wie eine Erkennungskarte zwischen seinen gespreizten Fingern hielt, hatte das möglich gemacht.

Der voll besetzte Mittelblock zeigte an, dass die beiden freien Fensterplätze für Wigges und mich reserviert waren.

Kurz danach heulten schon die Triebwerke auf.

Der Himmel war grau, und das Flugzeug tauchte ein in eine Wolkendecke, die weder Oben noch Unten erkennen ließ.

Das Gesicht meines Begleiters deutete mir an, dass er von mir nicht viel hielt und auch von mir nichts hören wollte. So ließ ich meine Gedanken in die dichten Wolken ziehen.

Noch war ich erfüllt von Siegesfreude und ging die bestandenen Abenteuer nicht ohne Stolz noch einmal durch. Alles schien sich zum Guten zu wenden. Angst, einem Justizirrtum zum Opfer zu fallen, hatte ich nicht.

Sicher war das Schicksal der Mädchen noch nicht restlos geklärt, aber ich vertraute auf ten Woolf, der ja nicht in Pension ging, sondern noch am Ball war.

Aber hatten wir die Organisation zerschlagen, oder hatte sie in Düsseldorf gewaltiges Anklagematerial gegen mich gesammelt? Meine Blanko-Unterschriften?

Mein Optimismus verflog. Nun stellte ich mir eigentlich zum ersten Mal die Frage, warum ich nach Düsseldorf musste und nicht nach Berlin. Würden die Beamten mir dort meine Geschichte abkaufen?

Wigges neben mir zeigte keine Regung. Sein Gesicht war geradeaus gerichtet.

Der Jumbo flog eine Schleife, stieg nach unten, und ich sah den Rhein, der eine große Schleife zog und Düsseldorf von Neuss trennte.

Im Grau lagen die Häusermeere, die Industriebetriebe und Schiffe. Doch im Anflug auf den Flugplatz schoben sich weite, grüne Rheinwiesen in den Blick. Auf Pisten neben Grün landete die Maschine, rollte an das Fluggelände.

Wigges verharrte still in seinem Sessel. Wir verließen als Letzte das Flugzeug.

Im sicheren Abstand zu den Passagieren bummelten wir den Sperren entgegen. Auch hier reichte der Ausweis des Kommissars aus. Ohne Wortwechsel, nur den Blick auf die Polizeimarken gerichtet, übernahmen mich zwei Männer in Zivil.

Nicht einmal eine Quittung war ich ihnen wert, stellte ich fest, als ich die Hallen des Flughafens mit ihnen verließ und in einen Polizeiwagen stieg.

Die Fahrt führte streckenweise am Rhein entlang. Als die Beamten von der Rheinallee abbogen, erkannte ich den alten Schlossturm und fragte mich erneut, ohne eine Antwort zu finden, warum sie mich nach Düsseldorf holten.

Konnte der riesige Bau des Polizeipräsidiums für mich zur Falle werden? Mit Sicherheit nicht. Aber warum hatte man mich nicht nach Bremen oder Hamburg gebracht? Ich war ein Bürger der Stadt Norden und nicht ohne Stolz Ostfriese!

Als wir parkten, konnte ich noch schnell einen Blick auf die

Stelzen werfen, die eine Stadtautobahn trugen. Doch dann ging alles sehr schnell.

Pendeltüren, Paternoster, lange Flure und schon stand ich in einem Büro, das drei Kommissaren Arbeitsplätze bot.

Und wie in Amsterdam, so war es auch hier der Stuhl, der mir angewiesen wurde und eine Begrüßung überflüssig machte.

Wer sitzt ist kleiner, dachte ich empört, als ich ohne Übergang die Frage vernahm: »Sie heißen Klaus Udendorf, sind am siebenundzwanzigsten Januar neunzehnhundertsechzig in Torfhusen geboren und wohnen in Norddeich.«

Ich nickte nur.

Doch ein anderer Beamter, dessen Schreibtisch in dem U, das sie bildeten, links von mir lag, fragte: »Sie sind nach Istanbul geflogen, um an einer pädagogischen Tagung teilzunehmen?«

Ich musste nachdenken, konnte nicht einfach nicken. Warum begannen sie nicht das Verhör mit der Anlandung der Sea Ghost, mit der wir der Polizei Rauschgift für hundert Millionen Euro überbracht hatten?

»Ich flog nach Istanbul, aber nicht zu einer pädagogischen Tagung!«, antwortete ich gereizt, vielleicht auch enttäuscht, denn das konnte mir niemand verübeln. Ich fühlte mich wie ein Held, dem Bewunderung gebührte.

»Genau das ist es, Sie suchten nämlich stattdessen eine Aktivgruppe der Terroristen auf, die sich *Meerestiere* nennt. Dort bereiteten Sie mit den Regimefeinden den Anschlag auf den türkischen Politiker Mustafa Öchigyl vor!«

Mein Zutrauen in die deutschen Behörden fiel schlagartig von mir ab. Ich spürte, wie mein Herz zu rasen begann und der Schweiß meine abgelebten Klamotten durchdrang.

»Damit habe ich nichts zu schaffen! Ich kenne diesen Mann nicht!«, rief ich entsetzt.

»Erzählen Sie«, forderte der Beamte mich auf, der mir am Schreibtisch gegenübersaß.

Ich ging davon aus, dass er hier der Chef war, und ich dankte ihm, mich hier zu Wort kommen zu lassen.

Nun, berichten konnte ich einiges. Da gab es Dinge, die sie zu Zwischenfragen veranlassten, und es gelang mir, meine Erlebnisse pointiert und ohne Übertreibungen vorzutragen. Ihre misstrauischen Blicke trafen mich wie suchende Scheinwerfer, und die große Uhr an der Wand zeigte mir, dass ich ihre Mittagspause überzog.

Noch immer wusste ich nicht, was es mit diesem Politiker auf sich hatte, der wohl Öchigyl geheißen hatte.

Die Herren wünschten eine Pause, um sich zu beraten und mir mit Kaffee und Kuchen eine Erholungsphase zu gönnen. Entsprechend war der Tisch in einem Besucherzimmer gedeckt. Doch während ich mich bediente und ein Beamter, der schweigsam in Türnähe saß, keine Fragen stellte, liefen im Recherchierzimmer die Telefone heiß.

Doch noch hatte ich nicht alles von mir gegeben. Über das Schicksal meiner Tochter hatte ich ihnen nichts berichtet.

Zeitschriften lagen neben dem Kuchenteller. Doch ich suchte keine Ablenkung. Ich fieberte der Fortsetzung des Verhörs entgegen.

Nach einer weiteren Zigarettenlänge riefen mich die Herren zurück in das Verhörzimmer. Ihre Gesichter betrachteten mich mit einem Quäntchen Respekt, ohne ihr Misstrauen gänzlich verloren zu haben.

Der mir gegenübersitzende Kommissar begann das Gespräch.

»Herr Doktor Udendorf, eine Lehrerin aus Kiel, sie war Teilnehmerin der pädagogischen Expertengruppe, hat Sie im Flugzeug gesehen und das Foto auf Ihrem Reisepass wiedererkannt. Dass Sie in Istanbul waren, bestätigt ebenfalls ein Kollege, der Sie dort im Stadtzentrum erkannt haben will. Wir fanden Ihren Pass im Fluchtauto der Terroristen, die den türkischen Politiker Mustafa Öchigyl, der sich zu Handelsgesprächen hier in Düsseldorf aufhielt, erschossen haben.«

Die Aussage traf mich hart. Die *Meerestiere* hatten meinen Pass benutzt, um einen Mörder in die Bundesrepublik einzuschmuggeln.

Natürlich nahm von den Kommissaren niemand mehr an, dass ich mit dem Anschlag direkt etwas zu schaffen hatte, denn sie besaßen genügend Informationen aus Amsterdam, die meine Aussagen bestätigt hatten.

»Zu dieser Zeit hieß ich Bodo Harms und spielte auf Druck der Rauschgifthändler oder, wie mir jetzt klar zu werden beginnt, der terroristischen Vereinigung *Meerestiere*, den Kapitän des Schmugglerschiffes, um die libanesische Fracht nach Spanien, wie wir annehmen mussten, zu transportieren.«

Einer der Kommissare griff ein. »Herr Doktor Udendorf, Sie haben uns noch nicht glaubhaft genug berichten können, wie Sie in die Hände der Organisation geraten sind.«

Nun legte ich los, ließ nichts aus. Ich begann meine Darstellung beim Hotel *Michels*, ließ diesen Charly aufkreuzen, gab wieder aus zweiter Hand, was Inga mir anvertraut hatte.

Es mochte bereits achtzehn Uhr gewesen sein, als eine Sekretärin eine Reisetasche in das Zimmer brachte. Einer der Kommissare erhob sich. Er verließ seinen Schreibtisch, kam zu mir und sagte: »Mein Name ist Paul Hammes.«

Mir war aufgefallen, dass er bisher keine Fragen gestellt, sondern mich nur beobachtet hatte. Er trug eine bläuliche Baumwollhose im modernen Schnitt und ein teures Hemd. Sein blondes Haar war kurz geschnitten, sein Gesicht freundlich.

Der mir gegenübersitzende Kommissar sagte: »Herr Doktor Udendorf, wir sehen leider keine andere Möglichkeit. Herr Hammes wird Sie nach Berlin begleiten, weil unsere dortigen Kollegen mehr mit Ihren abenteuerlichen Erlebnissen anfangen können.«

Mir war das recht. Ich hoffte, dass mein Freund Werner Selter in seiner kleinen Stadtwohnung weilte, denn ich sehnte mich nach einem Vertrauten, nach einem Kumpel, bei dem ich mich freisprechen konnte von allem, was mich bedrückt hatte und noch bedrückte, denn ich musste neue Wege in die Zukunft suchen.

»Ich habe zwar keinen Koffer in Berlin, aber noch ein Auto«, sagte ich, ohne zu ahnen, dass es mit der ersehnten Freiheit noch weit hin sein würde.

Paul Hammes begleitete mich. Er hatte eine flotte rote Leinenjacke vom Haken genommen und ein Taxi bestellt, das uns zum Flughafen brachte.

Wir standen nicht lange in der Halle herum, die von Urlauberscharen mit auffallend gebräunten Gesichtern beherrscht wurde, die sich übermäßig laut verhielten.

Schon im Bus auf dem Weg zum Flugzeug bot Paul Hammes mir das Du an, und im Gegensatz zu seinem holländischen Kollegen Wigges war er sehr gesprächig und neugierig, doch nicht nur aus dienstlichen Gründen. So endete der an sich kurze Flug ohne Langeweile in Berlin.

Ein Taxi brachte uns schnell über die Stadtautobahn in die Innenstadt.

Die Lichter des Kurfürstendamms, die bummelnden Menschen, die besetzten Cafés und Restaurants empfingen mich – so gaukelte mir eine innere Stimme vor – wie einen verlorenen Sohn.

Mit welchen Ängsten hatte ich damals Berlin besucht, und nun lag alles hinter mir und die Früchte der strapaziösen Reise zum Greifen nah.

Und welch ein reizender Zufall – oder war es ein Entgegenkommen? –, Paul Hammes hatte im Hotel *Michels* für uns ein Doppelzimmer bestellt.

Der Kreis hatte sich geschlossen.

Als das Taxi hielt, sah ich, dass mein Golf nicht mehr unter dem Baum stand.

Die Polizei wird ihn abgeschleppt haben, dachte ich.

Paul Hammes ging voraus. Im Büro saß Frau Michels, so wie bei meinem ersten Besuch. Das hellblonde Haar frisch gefärbt, den wuchtigen Oberkörper gebeugt, glitten ihre fleischigen Hände über die Eintragungen, hielten an.

Ihr Blick fiel auf mich. Sie nahm den Schlüssel vom Haken und sagte: »Zimmer siebenundzwanzig.«

Ich beobachtete, wie sie nach Atem rang und rote Flecken in ihr Gesicht stiegen.

Ohne ihr Beachtung zu schenken, folgte ich Paul Hammes zum Zimmer. Er schloss hinter uns die Tür ab.

»Wenn du dich etwas frisch machen willst, Klaus, bitte. Ich möchte gerne den *Dallas Palace* kennenlernen«, sagte er und grinste.

Er stand vor dem Spiegel, hatte seine Jacke abgelegt, und ich sah, dass er eine Pistole unter seiner Armhöhle trug.

Ich erschrak, befürchtete für den Bruchteil einer Sekunde, dass sich das Karussell erneut zu drehen beginnen würde. Doch was sollte passieren?

Auch dem Oben-ohne-Engel hatte ich mit meiner abenteuerlichen Reise, so hoffte ich, einen Dienst erwiesen.

»Gut«, antwortete ich, blätterte meine Brieftasche durch, die noch voller Devisen steckte, und immer noch lautete mein Pass auf den Namen Bodo Harms.

»Die Rechnung bezahle ich«, sagte Paul.

Wir gingen los, und ich glaubte den Schatten der dicken Michels am Bürofenster gesehen zu haben.

Im *Dallas Palace* ging es hoch her. Dennoch fanden wir einen kleinen Tisch mit zwei Stühlen.

Lichter blitzten in allen Farben von den Wänden und der

Decke, spiegelten sich auf den Slips der Tänzerinnen, die ihre Brüste und Beine im Rhythmus südamerikanischer Musik bewegten. Braune Haut verzauberte und weckte Gelüste.

Die Bedienung in Minidreiecken mit strammen Beinen auf zierlichen Schuhen aus Riemchen und High Heels war in ständiger Bewegung, schaffte Sektkübel mit Eis an die Tische der Prominenz.

Mein Oben-ohne-Engel schien in der Zwischenzeit eine Beförderung erfahren zu haben, denn ich beobachtete, wie er stramm und aufrecht, das verführerische Lächeln im himmlischen Gesicht, die Gäste nach ihren Getränkewünschen befragte, doch den Servierdienst kleinen, niedlichen Thaimädchen überließ, deren schwarze, schräge Augen Charme versprühten und es zu genießen schienen, wenn gierige Männerblicke von ihren kleinen Brüsten zu den Glimmerdreiecken wanderten.

Ich ging in Deckung, war so schnell auch nicht wiederzuerkennen, da ich nicht mehr das weiße Gesicht des bürgerlichen Paukers trug, sondern die tiefe Bräune des Mittelmeers und einen von Silberfäden durchzogenen Vollbart.

Das Mädchen erschien an unserem Tisch, strahlte Paul an wie mich damals, und ich beobachtete, wie er hingerissen die wippenden Brüste taxierte und ihren schönen Körper mit seinen Augen zu verschlingen schien.

Paul Hammes spielte mit der Getränkekarte, ohne sie zu öffnen.

»Sekt der Hausmarke!«, sagte er, und ich fügte hinzu: »Ein zweites Glas für mich und wenn Sie wollen ein drittes für Sie.«

Ihre Augen wurden größer. Das hübsche Puppengesicht setzte Fragezeichen.

Mein breites Lachen irritierte sie, denn mein Blick suchte nicht die prallen Brüste, glitt nicht hinab auf das Glitzerdreieck.

Plötzlich hatte sie die Einordnung geschafft. Ihr süßer Mund bildete einen Schmollwinkel, dann zog sie entschlossen davon.

Meine Blicke verfolgten sie.

Am Tresen, der jetzt im Copacabanastil erstrahlte, stand sie aufrecht und sprach mit einem Mann, der ihr einen Sektkübel reichte, den sie an ein Thaimädchen übergab, mit Gesicht und Augen unsere Richtung taxierend.

Ich war mir sicher, dass dieser süße Engel es war, der mich auf die Schaukel gesetzt hatte, natürlich im Auftrag der Organisation!

Paul Hammes fand Gefallen an dem schrägäugigen Püppchen, ließ sich von ihr die Rechnung reichen, legte einen Geldschein auf den Tisch, winkte mit der Hand zum Zeichen, dass es so stimmte, und übersah dabei die Brüskierung, denn gezahlt wurde normalerweise erst, wenn der Gast die Rechnung fordert.

»Mein Gott, gehen die hier scharf zur Sache«, sagte er zu mir und goss die Gläser voll.

Wir tranken auf unser Du, und Paul fand genügend Spaß an der Nacktheit der Mädchen. Die Calypsomusik erregte seine Heiterkeit.

Wie bei meinem ersten Besuch witterte ich plötzlich Gefahren und nahm mir vor, nicht in eine Falle zu tapsen.

Hier in der Nachbarschaft fröhlicher Menschen aus Film, Funk und Fernsehen waren wir so sicher wie in Abrahams Schoß.

Wir rauchten, tranken den Sekt in kleinen Schlucken und genossen das Spektakel.

»Kennst du noch die Adresse des Typs aus dem Hochhaus?«, fragte er mich plötzlich, während er den Rest der Flasche in die Gläser schenkte.

Ich nickte.

»Prost«, sagte er und leerte sein Glas. Ich tat wie er und folgte ihm mit schnellen Schritten durch das Lokal nach draußen.

Wir tauchten ein in die Menge der Spaziergänger, fanden einen Taxistand. Paul ergriff die Tür eines Wagens, stieg ein und sagte zu mir: »Sag dem Fahrer, wo wir hinwollen.«

Ich setzte mich auf die Rückbank und nannte die Adresse. Der Wagen schoss davon.

In der Dunkelheit kannte ich das Wohnviertel nicht wieder. Die vielen erleuchteten Fenster, die in den dunklen Fassaden saßen, und auch die Straßenleuchten verwirrten mich.

Paul bat den Fahrer zu warten. Ich führte ihn an eine Haustür, und ich wusste, dass alles stimmte. Doch mein Blick auf die Klingelknöpfe verriet mir, dass Mai hier nicht mehr wohnte.

Ich drückte den Knopf, den ich damals benutzt hatte.

Ein Summton erklang, die Tür ließ sich aufdrücken. Ich führte Paul Hammes in den beleuchteten Flur, der Wohnung entgegen. Jeden Schritt versuchte ich so zu setzen wie bei meinem unvergesslichen Besuch.

Die Tür wurde geöffnet und ein dunkelhaariger Mann erschien, eine Schar neugieriger Kinder zurückschiebend.

Ich schaute auf seine behaarte Hand und den entblößten Oberarm und machte im Licht der Flurlampe einen springenden Fisch aus.

»Oh, Verzeihung«, sagte ich. »Hier wohnte früher mein Freund Fedor Mai.«

Das Gesicht des Mannes lag im Schatten, ließ dennoch Feindschaft erkennen.

»Nichts wohnen hier Mai, ist immer meine Wohnung gewesen!«, sagte der Mann und hieb hinter sich die Tür zu.

»Seltsam«, stöhnte ich.

Paul legte den Arm auf meine Schulter. »Komm Klaus, wir trinken auf dem Kurfürstendamm noch ein gut gezapftes Bier.«

Wir ließen uns von dem Taxifahrer zum Ausgangspunkt zurückfahren.

Erst jetzt begann ich nach logischen Erklärungen zu suchen, denn in mir verhärtete sich der Verdacht, dass dieser Mai der Türkenfamilie nicht rein zufällig die Wohnung überlassen hatte. Auch er gehörte zur Terrorgruppe der *Meerestiere!*

Die Sache stank mir, und verunsichert drehte ich mich ständig um, sah aus dem Taxirückfenster und fand natürlich auch die entsprechenden Scheinwerfer eines Wagens, der uns zu verfolgen schien.

Doch nichts geschah, und wir erreichten unser Ziel, stiegen aus und bezahlten den Fahrer.

Wir mischten uns unter die flankierenden Menschen und strebten dem Kurfürstendamm entgegen.

Es war in einer dieser kurzen Stichstraßen, in denen nur verräucherte Pinten existierten. Die verbauten Wohnhäuser hier hatten für elegante Geschäfte keine Anziehungskraft. Ein Teil des Bürgersteiges gehörte den parkenden Autos, und das Licht der Straßenbeleuchtung wurde von Baumkronen abgefangen.

Plötzlich bedrängten mich Männer, drückten mich mit ihren Schultern gegen eine schmutzige Klinkerwand.

Ich sah erschrocken, wie sie Paul zu Fall brachten, und verspürte danach einen Schlag gegen meinen Kopf. Ich drehte mich um und sah, dass jemand eine Pistole in der Hand hielt.

Sollte alles umsonst gewesen sein?, schoss es mir durch den Kopf, und Wut der Verzweiflung machte mich rasend.

Ich stieß die Männer beiseite, warf mich auf den kleinen Mann, griff verbissen nach seiner Gurgel. Ein Schuss löste sich. Ihm folgte ein Schrei. Männer umringten uns, verschafften uns Platz. Sie trugen Waffen. Ein Martinshorn dröhnte uns entgegen.

Auch Paul war unverletzt. Er klopfte einem Polizisten, der keine Uniform trug, auf die Schulter.

»Danke Kumpel«, sagte er und zog mich vom Schauplatz weg.

»Auf die Berliner Kollegen war schon immer Verlass«, sagte er zu mir. »Komm Klaus, nun trinken wir erst recht ein kühles Bier.«

Paul Hammes stand vor meinem Bett. Er hatte mich geweckt, und es dauerte eine Weile, bis ich begriffen hatte, dass ich diesen Mann duzte und er Beamter der Düsseldorfer Kriminalpolizei war, mit dem ich den Abend und einen Teil der Nacht geteilt hatte.

Ich verjagte die wilden Träume, die mir während meines Schlafes den Schweiß aus den Poren getrieben hatten.

Sein optimistisches Lächeln entsprach dem Sonnenschein, der hell ins Zimmer fiel.

Schnell zog ich mich an, rasierte die Stoppeln oberhalb und unterhalb des Bartes weg und wunderte mich über mein Gesicht, das trotz der vielen Biere keine Blässe zeigte.

Im Gegenteil, die tiefe Bräune stand mir gut, und der Vollbart verlieh mir das Aussehen eines Abenteurers, wozu mittlerweile auch meine abgenutzte Kleidung beitrug.

Ich hatte vielen Gefahren getrotzt, und während ich ein Lächeln in den Spiegel setzte, vertraute ich weiterhin meinem Schutzengel, sprach ein Gebet, ohne die Lippen zu bewegen, und dachte an Anke.

Ich war mir sicher, dass sie bisher aus einer anderen Welt alle meine Schritte verfolgt hatte.

Paul verließ mich und suchte bereits den Frühstücksraum auf.

Als ich ihm folgte, fiel mir die vorherrschende Hektik auf. Der Frühstücksraum war gut besucht. Ich setzte mich zu Paul.

Der Blick aus dem Fenster fiel auf geneigte Dächer mit verblichenen Dachziegeln und endete irgendwo bei den Balkonen der modernen Wohnburgen.

»Wir müssen Geduld aufwenden. Die Bedienung hat Schwierigkeiten. Die Polizei hat Frau Michels abgeholt«, sagte Paul zu mir und grinste genüsslich.

»Ist sie auch beteiligt?«, fragte ich überrascht.

»Ja, man hat ihr Telefon abgehört, seit wir hier wohnen«, antwortete er.

Mir wurde einiges klar. Es war kein Zufall, dass man uns überfallen hatte.

»Paul, sei nicht böse, aber ich muss bürgerlich werden. Was wurde aus meinem Golf?«, fragte ich ihn.

»Die Frage nehmen wir mit. Wir haben um zehn Uhr einen Termin im Rauschgiftdezernat«, antwortete er.

Das Frühstück kam zwar verspätet, war aber gut und reichlich.

Wir rauchten noch eine Zigarette und warteten auf das Taxi, das Paul bestellt hatte.

Während all der Jahre als Lehrer hatte ich nie mit der Polizei zu tun gehabt, und nun betrat ich erneut ein riesiges Gebäude, in dem nicht nur die Verbrecher einer Großstadt bekämpft wurden, sondern auch die Fäden zu allen Stationen der europäischen Städte, ja sogar bis in ferne Kontinente liefen.

Die moderne Technik hatte es fertiggebracht, dass die Herren, die wie übliche Verwaltungsbeamte oder Industrieangestellte vor ihren Schreibtischen saßen, bereits das gesamte Material zu einem Fall Doktor Klaus Udendorf mit Nummer und Aktendeckel zusammengestellt hatten.

So nahm ich neben Paul Hammes nicht als Angeklagter vor dem runden Besuchertisch Platz, sondern mehr als Kollege.

Dankbar und stolz nahm ich die lobenden Worte entgegen, die der Chef dieser Abteilung vor seinen Kollegen fand.

Seine Leute hatten in der Nacht auch in Berlin zugeschlagen und den mit der Organisation verbundenen Dealerkreis gesprengt.

Rauschgiftbestände von mehreren Hunderttausend Euro waren ihnen in die Hände gefallen.

Mich freute es ganz besonders, dass sie, wie ich erfuhr, auch Charly das Handwerk gelegt hatten.

»Herr Doktor Udendorf, wir haben den *Dallas Palace* schließen lassen, allerdings erst in den Morgenstunden, nachdem die Besucher gegangen waren. Sie verstehen. Zu viel Prominenz, und ohne Beweismaterial können wir sie nicht belasten.«

Ich nickte.

»Bestand eine Verbindung?«, fragte ich neugierig.

»Und ob! Die Beamten sind noch mit der Aufklärung des Materials beschäftigt. Was uns die Arbeit allerdings erschwert, ist die Tatsache, dass auch hier eine Verfilzung zu dieser türkischen Untergrundbewegung bestehen kann.«

»Dafür spricht auch, dass dieser Mai nicht mehr in seiner Wohnung anzutreffen ist, sondern dass dort jetzt ein Türke mit seiner Familie lebt. Auch er trägt eine Tätowierung.«

Der Oberkommissar belächelte meinen Eifer.

»Herr Doktor Udendorf, was ich noch von Ihnen wünsche, ist die Teilnahme an einer Gegenüberstellung. Die Lehrergruppe, die im Rahmen des Kulturaustausches Istanbul besucht hat, erinnert sich an zwei deutsche Kollegen, die sich Ihnen angeschlossen hatten. Wir wissen, dass Sie mit ihnen gemeinsam in die Türkei geflogen sind, aber den Kollegen, der sich, versehen mit Arbeitsmaterialien der Tagung, den Rückflug mit Ihrem Pass ergaunert hat, müssen wir von den Pädagogen identifizieren lassen. Ein gestern in Duisburg festgenommener türkischer Staatsangehöriger befindet sich in unserer Haft, während sich einige Teilnehmer der Lehrergruppe auf dem Weg nach Berlin befinden.«

Ich hatte schweigend zugehört. Gegen das Vorhaben der Polizei war nichts einzuwenden. Doch noch bevor ich mich besonnen hatte, plapperte ich idiotischerweise dazwischen.

»Hat dieser Pseudokollege in Duisburg einen Sohn?«

Der Kommissar blickte mich misstrauisch an.

»Sie wollen doch nicht etwa behaupten, dass Sie den Mann kennen, der mit Ihrem Reisepass einen politischen Mord inszeniert hat?«, fragte einer der Beamten, der bisher geschwiegen hatte und nur interessiert dem Gespräch gefolgt war.

»Herr Udendorf, ist Ihr Protokoll lückenhaft?«, fragte der Oberkommissar und fuhr fort: »Hätte unser Kollege vom niederländischen Rauschgiftdezernat, der für Interpol gearbeitet hat, uns nicht fast alle wesentlichen Punkte bestätigt, dann hätten wir Sie, Herr Udendorf, Sie werden uns verzeihen, schlichtweg für einen Spinner gehalten. Dennoch, wir verlangen von Ihnen korrekte Aussagen!«

»Es war meine Aufregung«, antwortete ich kleinlaut. »Daran sehen Sie, wie sehr ich noch gestresst bin, da ich glaubte, dass ich von allen Albträumen befreit sei, als wir die Sea Ghost festgemacht hatten. Doch noch gestern Abend wäre ich beinahe Opfer eines Mordanschlags geworden.«

Erleichtert bemerkte ich, dass die Sache aus der Welt war, denn wenn meine Gedankenkombination stimmte, dann war dieser Türke, den sie in Duisburg festgenommen hatten, kein anderer als Kayas Vater!

Er würde es sein, den sie mir gegenüberstellen würden.

Die Berliner Polizei hatte fleißig gearbeitet. Mich interessierte es plötzlich, was sie über den Verbleib von Inga und Kaya wussten.

Dumm war er nicht, dieser Oberkommissar. Seine Augen waren auf mich gerichtet, als durchschauten sie mich.

»Ihre Tochter und deren Freundin Kaya Bayranük befinden sich auf dem Flug von Toulouse nach Berlin. Sie sind für uns wichtige Zeugen, und ich muss darauf hinweisen, dass von Ihrer Tochter bei uns bereits eine belastende Akte vorliegt.«

Über diese Nachricht freute ich mich. Nur beunruhigte mich sein Hinweis auf Ingas angebliche Beteiligung am Dealergewerbe, denn nur das konnte sie belasten.

Es wäre falsch gewesen, ihm den Hinweis zu liefern, dass es Filmmaterial gab, das geachtete Prominenz schwer anklagen konnte, und dass gerade Inga es gewesen war, die unter dem Einsatz ihres Lebens den Kampf gegen den Rauschgifthandel eingeleitet hatte.

Ich schwieg. Meine Tochter hatte bewiesen, dass sie selbstständig zu handeln gelernt hatte.

»Ach, Herr Oberkommissar, ich habe noch eine kleine Sache vorzubringen«, sagte ich. »Ich reiste damals mit einem Golf an, den ich vor dem Hotel *Michels* abgestellt hatte. Können Sie mir etwas über den Verbleib des Wagens sagen?«

Er wollte höflich bleiben, denn er erwartete von mir, dass ich wusste, dass diese Frage nicht in seinen überlasteten Bereich gehörte.

Er schaute auf die Uhr.

»Wenden Sie sich an die Abteilung Autodiebstähle. Und zu dem, was in mein Ressort fällt, ordne ich an, dass Herr Hammes Ihnen weiterhin zum Schutz zur Verfügung steht. Von der Seite der Rauschgiftorganisation dürfte Ihnen keine Gefahr mehr drohen. Inwieweit die *Meerestiere* Interesse an Ihrer Existenz zeigen, vermag ich nicht einzuschätzen. Für heute ist das Hotel *Michels* noch für Sie und auch für Sie, Herr Hammes, gebucht. Ich wäre Ihnen dankbar, Herr Doktor Udendorf, wenn Sie den Termin um sechzehn Uhr ernst nehmen und uns für die Gegenüberstellung zur Verfügung stehen.«

Ich nickte.

Paul Hammes begleitete mich nach draußen.

Über Berlin lag ein blauer Himmel. Die Hitze war erträglich.

Mein Begleiter und ich bummelten ohne Angst vor Attentätern durch Berliner Straßen. Wir tranken Kaffee, aßen ausgiebig in einem Restaurant zu Mittag. Die Welt war heil.

Nur als ich Paul von meinem Freund Werner erzählte und meinen Wunsch aussprach, ihn zu besuchen, winkte er ab.

Verlegen gab er zu, dass er mich nicht nur schützen sollte, sondern mich auch dem Kontakt allzu Neugieriger entziehen musste.

»Klaus, vergiss nicht, die Regierung in Ankara legt großen Wert auf die Aufklärung des Mordes an Mustafa Öchigyl, der mit Großaufträgen an die westdeutsche Industrie angereist war.«

Beklommen fühlte ich, dass es noch lange nicht so weit war, mich ohne Bedrohung frei und glücklich zu fühlen.

Kapitel 12

Berlin, Polizeipräsidium, sechzehn Uhr zehn.

Der Mann, der mir entgegentrat, interessierte mich. Er wirkte um einige Jahre älter, als ich ihn mir vorgestellt hatte, und er war einige Zentimeter größer als ich. Sein Gesicht war gebräunt, knochig und schlank, seine Haare tiefschwarz, und über den schmalen Lippen saß ein dichter Schnurrbart. Er war korrekt gekleidet mit einer dunkelblauen Hose, weißem Hemd und Jackett.

Er reichte mir die Hand, und ich fühlte das Vertrauen, das sein harter Druck in mir hervorrief. Ein Blick in seine Augen verriet mir, dass sie nicht einem Mörder gehören konnten.

In seinem schlanken Gesicht wiesen die steilen Gesichtsfalten ihn eher als einen Intellektuellen aus. Das war kein Mann, der Bomben bastelte und andere umbrachte, weil sie seine Gesinnung nicht teilten.

Ein Beamter führte uns in einen Raum, in dem um Tische die Kommissare und Pädagogen saßen und uns mit neugierigen Blicken empfingen.

Wie ein Dressman auf einer Textilmesse kam ich mir vor. Ich sah in die Augenpaare der gut gekleideten, unverheirateten Lehrerinnen, die uns betrachteten.

Fernab von echten Sorgen, mit stimmigen Gehältern hatten sie stets im Baedeker nach den Rosinen im Reiseangebot gesucht und auf das verzichtet, was dem Leben Würze gibt, nämlich Partnerschaft, Liebe und Kinder. Mit gespreizten, beringten Fingern rührten sie in Kaffeetassen, denn für sie war bereits alles entschieden. Sie hatten der Polizei einen Dienst erwiesen.

Ich hörte, wie sie tuschelten, sich wie Schüler laut gegenseitig zu übertönen versuchten, als wir den Raum verließen.

Unser Beobachter bot uns Zigaretten an. Wir rauchten, und ich wusste, dass der Mann neben mir den Weg zurück in die Untersuchungshaft antreten musste, während ich meine Freiheit hatte.

Als der Beamte für einen Moment ans Fenster trat, fragte ich den Mann: »Sind Sie Herr Bayranük?«

Er schaute mich überrascht an. Seine Augen flackerten leicht, als wittere er Gefahr.

»Ja«, antwortete er leise.

»Sie hatten meinen Pass«, flüsterte ich ihm zu.

»Terrorristen?«, fragte er nur.

»Kaya geht es gut. Sie ist frei«, sprach ich leise. Ich hatte mein Gesicht seinem Ohr genähert.

»Keine Unterhaltung!«, rief der Wachbeamte forsch und fügte mit einem Lächeln hinzu: »Bitte.«

Bayranük atmete tief durch. Ich bemerkte, wie sich sein Gesicht entspannte.

Ich fragte den Beamten, der den Fensterplatz verließ: »Wissen Sie, ob meine Tochter und ihre Freundin Kaya schon in Berlin angekommen sind?«

Ahnungslos fragte der Polizist zurück: »Sie meinen die beiden Zeuginnen im Rauschgiftfall, die aus Frankreich kommen sollten?«

Ich nickte nur.

»Die sind bereits im Hause«, fuhr er fort.

Bayranük, dem man – wenn nicht gerade den Mord an dem Minister Öchigyl – aber zumindest die Mittäterschaft vorwarf, war wohl in diesen Minuten einer der glücklichsten Menschen im Polizeipräsidium.

Kurz danach holten ihn zwei Polizisten ab. Er warf mir einen dankbaren Blick zu, als er das Zimmer verließ.

Mich bat man zu den Kolleginnen und Kollegen, die nun als Experten des türkischen Schulwesens galten. Der Oberkommissar hatte sich hinreißen lassen und einige Details meiner abenteuerlichen Seereise erzählt. Für sie war ich ein Held aus ihren Reihen, und sie klatschten in ihre Hände und spendeten mir mit Respekt Beifall.

Mir war das unangenehm, und ich konnte mir meine Abneigung gegen sie nur damit erklären, dass ich noch alles ablehnte, was mich an meine Schule erinnerte.

Die schöne Kollegin, meine Nachbarin im Flugzeug, traktierte mich mit hinreißenden Blicken.

Ich schüttelte meine Frostigkeit ab, verzieh dem Pädagogenkränzchen die Art, in der sie naive Fragen stellten und mir mitteilten, wie sie untereinander in Istanbul um mich in Sorge gewesen waren.

Für den Kommissar, der gelangweilt auf ihren Abschied wartete, hatte die Gegenüberstellung ein brauchbares Ergebnis gebracht.

Dieser Bayranük hatte sich als Doktor Klaus Udendorf in die Szene der *Meerestiere* geschlichen und, so der Stand, den Mord an dem türkischen Minister Öchigyl vorbereitet oder ausgeführt.

Die Pädagogen verließen das Zimmer. Ihr Geschirr wurde abgeräumt.

Paul Hammes kam zu mir.

»Szenenwechsel«, sagte er und grinste.

»Sie dürfen jetzt mit Ihrer Tochter reden, ohne dass wir ein Protokoll anfertigen, Herr Udendorf«, sagte er offiziell und fuhr fort: »Sie befindet sich allerdings in Begleitung ihrer Freundin. Ihnen sind die Gründe bekannt, die uns daran hindern, beide in die Freiheit zu entlassen.«

Ich freute mich und spürte das Lampenfieber, das in mir hochstieg. Was soll's, dachte ich, verglichen mit den Gefahren, die sie ständig bedroht hatten, waren beide für mich so gut wie frei.

Ich hatte sie noch nicht erwartet, als die Tür geöffnet wurde und ein Beamter meine Tochter und Kaya hereinführte.

Inga war braun gebrannt, sah gepflegt und erholt aus, als käme sie frisch von einer Urlaubsreise zurück. Sie stürzte sich auf mich und weinte in meinen Armen vor Glück.

»Kind, wir haben es geschafft«, sagte ich, um sie zu beruhigen, und auch ich konnte die Tränen nicht zurückhalten. Ich streichelte ihr Gesicht und sprach in ihr Schluchzen: »Nur noch einige Formalitäten.«

Inga schien die fremden Männer nicht wahrzunehmen. Sie löste sich aus meiner Umklammerung und ging zu Kaya, die ich erst jetzt bemerkte, nahm sie an die Hand und zog sie zu mir: »Hier ist er. Küss ihn. Vater ist überglücklich.«

Und das war ich auch!

Warum schauspielern?, fragte ich mich.

Ich schloss Kaya in meine Arme, drückte sie an meinen Körper, und das zierliche Mädchen verschwand fast vor den überraschten Blicken der anderen unter meinem vorgebeugten Oberkörper. Für Sekunden verharrten wir so und verstanden uns, ohne ein Wort zu sprechen.

Ich küsste Kaya auf den Mund, als sie ihren Kopf anhob und mich glücklich und dankbar anschaute.

Kaya verließ mich und ging zurück zu Inga. Der Oberkommissar wies ihnen Stühle zu.

»Wie ist es euch in Gruissan ergangen?«, fragte ich die Mädchen, die mit ihrem guten Aussehen die Bewunderung der anwesenden Männer fanden.

»Hervorragend«, antwortete Inga, »nur hatten wir Angst um dich und Nababik. Als uns das Strandleben zu langweilig geworden war, haben wir im Hotel mit angefasst. Die Madame hatte in uns gute Mitarbeiterinnen, dafür versorgte sie uns mit

Nachrichten, denn von ihr hatten wir erfahren, dass Nababik ein Interpolagent war.«

Inga und Kaya trugen noch einige Einzelheiten bei, bis schließlich die strenge Stimme des Oberkommissars sagte: »Herr Doktor Udendorf, Sie müssen sich von den Damen verabschieden, denn wir benötigen Ihre Aussagen und die Bestätigung von Protokollen, die in Perpignon die französischen Kollegen angefertigt haben. Außerdem hatte ich die Möglichkeit, Kommissar ten Woolf telefonisch zu erreichen.«

Er hatte recht. Die Verwaltungsmühlen mussten in Gang gesetzt werden.

Inga und Kaya waren nun in Berlin. Was sollte noch passieren?

Ich küsste Inga zum Abschied auf die Stirn, und Kaya drückte ich kurz an mich und blickte dann beiden nach, als sie aus dem Zimmer geführt wurden.

Der Oberkommissar fragte so nebenbei, als hätte meine Antwort weder für mich noch für ihn eine Bedeutung: »Herr Doktor Udendorf, diese kleine Türkin, die Sie doch etwas näher zu kennen scheinen, trägt denselben Familiennamen wie der mutmaßliche Terrorist. Ist das Zufall?«

Leugnen war zwecklos.

»Ich vermute nicht. Kaya dürfte seine Tochter sein«, antwortete ich und sah, wie die Anwesenden überrascht aus ihrer Ruhe emporfuhren.

»Also doch«, sagte ein Kommissar, und ich fragte wütend: »Was meinen Sie damit?«

»Ich möchte Sie an das Protokoll erinnern«, sagte er.

»Fragen Sie Herrn Bayranük, den ich hier bei Ihnen zum ersten Mal zu Gesicht bekommen habe«, sagte ich empört. »Ich bin nur den Gesetzen der Logik gefolgt, die auch für Verbrechen ihre Gültigkeit behalten.«

»Das werden nicht die einzigen Fragen sein, die noch ohne

Antwort sind, Herr Udendorf«, antwortete der Beamte bissig.

»Ihr holländischer Kollege ten Woolf wird ebenfalls zur Aufklärung beitragen, denn ihm liegt es nicht, in gemütlichen Büros zu palavern«, antwortete ich.

Paul Hammes klopfe mir beschwichtigend auf die Schulter. Der Oberkommissar sagte zu mir: »Herr Doktor, Sie können sich auf die Korrektheit unserer weiteren Arbeit verlassen.«

Ich erhob mich und niemand hielt mich zurück.

»Auf Wiedersehen«, sagte ich und verließ mit meinem Beschützer das Polizeipräsidium.

»Klaus, um uns richtig abzureagieren, gehen wir in ein Kino«, schlug er vor.

Ich nickte, denn mein letzter Filmbesuch lag Jahre zurück.

Der Film, ein amerikanischer Streifen, enthielt weniger die üblichen Klischees, dafür versuchte er mit einer Supertechnik von der Wirklichkeit unserer Problemwelt abzulenken, um zwei menschenähnlichen Wesen den Sieg in einer Fabelwelt urtümlicher Riesen über das Böse zu vergönnen.

Mir gelang es nicht einmal, darin eine Unterhaltung zu finden, denn mich beschäftigte zu sehr mein eigener Kampf mit irdischen Monstern.

Nach dem Kinobesuch schlenderten wir unbehelligt zwischen den Massen, hatten schließlich Glück, denn wir fanden eine nette Kneipe.

Ohne Nachbarn saßen wir um einen einfachen Holztisch, und Paul Hammes hörte mir zu, als ich ihm von den tätowierten Männern erzählte, die meine abenteuerliche Reise nicht nur eingeleitet, sondern auch ständig verfolgt hatten. Ich machte Paul klar, warum ich so sicher war, dass Bayranük so wie ich erpresst worden war.

Ich gestand ihm ein, dass ich Kaya liebte, und er sah ein, dass sie wie Inga ein Faustpfand in den Händen der Verbrecher gewesen sein musste.

Paul Hammes versprach mir, mit ten Woolf zu sprechen, und ich dankte ihm, denn ich wusste, dass Kayas Vater dank seiner Hilfe bei den recherchierenden Beamten in ein anderes Licht gestellt werden würde.

Niemand kam uns in die Quere an diesem Abend. Auch im Hotel herrschte friedliche Nachtruhe, als wir unsere Zimmer aufsuchten.

Die Nacht verlief ohne Störungen, und Paul und ich hatten uns nicht viel zu erzählen, als wir am Frühstückstisch saßen.

Wir nahmen ein Taxi, nachdem wir den Kaffee und reichlich Käse- und Wurstbrote zu uns genommen hatten.

Im Polizeipräsidium trennten sich unsere Wege. Paul suchte eine Besprechung der Sonderkommission auf, die sich jetzt der Frage gegenübersah, ob die *Meerestiere* als politische Organisation mit dem zerschlagenen Rauschgiftsyndikat zusammengearbeitet haben konnte.

Ich suchte die Abteilung Autodiebstähle auf, denn ich wollte von den Kriminalbeamten erfahren, was aus meinem Golf geworden war, den ich unter der Baumkrone des Hotels *Michels* zuletzt gesehen hatte.

Es war zum Kotzen. Denn die Tour begann von vorne.

»Füllen Sie das Formular aus«, sagte ein junger Beamter und wies auf ein Stehpult, auf dem sich an einem Kettchen ein Schreiber mit Grüßen der Stadtsparkasse anbot.

Ich mühte mich durch die Fragen.

Autokennzeichen, Erstzulassung, Motornummer, PS, Gestellnummer, TÜV-genehmigte Einbauten, Farbe, Händler, wann, wo, warum, wer ...

Ich nahm den Fragebogen, schritt an den Tresen: »Herr Kommissar, es ist für mich unmöglich, dieses Ding auszufüllen! Seien Sie so nett und schicken Sie ihn an das Rauschgiftdezernat, denn ich habe ein Schmugglerschiff von Izmir nach Amsterdam gesteuert, erinnere mich nicht mehr an Uhrzeiten und Wochentage. Mein Golf wurde irgendwann, als ich auf dem Mittelmeer schwamm, vor dem Hotel *Michels* entwendet.«

Ein Kollege kam zu seiner Unterstützung an den Tresen. Sie sahen mich an und grinsten.

»Ein bisschen wirr?«, fragte der junge Mann.

»Leckt mich«, rief ich vor Enttäuschung, »ich muss zum Staatsanwalt!«

Hinter mir kicherten sie, als ich die Tür zuschlug.

Mein Weg zum Staatsanwalt bereitete mir mehr Kopfschmerzen als das flapsige Verhalten der Beamten. Ich fragte mich, ob Inga und Kaya bereits verhört worden waren. Hielt die Staatsanwaltschaft den alten Haftbefehl trotz der Änderung der Situation noch aufrecht?

Die Vorzimmerdame hatte mir den Termin gegeben und erwartete mich. Nur wenige Minuten verbrachte ich auf einem Stuhl.

Staatsanwalt Doktor Busker war groß, breit und dickbäuchig. Seine Hornbrille und sein volles graues Haar verliehen ihm ein professorales Aussehen. Er schien nur wenige Jahre älter zu sein als ich und begrüßte mich mit den Worten: »Mein lieber Doktor Udendorf.« Er hatte bereits in die Akte geschaut. »Mutig, Sie als Lehrer, ohne Rücksicht auf beamtenrechtliche Konsequenzen! Hut ab, Herr Udendorf!«

»Herr Staatsanwalt, es geht zurzeit nicht um meine Person. Noch ist meine Mission nicht beendet, und deshalb ist es für mich unmöglich, in den nächsten Zug zu springen, um mich in Norden bei meinem Schulleiter zu melden. Sie haben einen Haftbefehl älteren Datums, den ich gern vom Tisch hätte. Meine Tochter Inga wurde von einem Charly irregeführt, schließlich erpresste er sie, wie Sie wissen werden. Ebenfalls hat die Terroristenbande der *Meerestiere* die Türkin Kaya Bayranük unter Drohungen zum schmutzigen Geschäft mit Rauschgiften missbraucht.«

»Aber, lieber Herr Doktor Udendorf«, sagte er jovial, »unterschätzen Sie die Radikalität türkischer Untergrundbewegungen auf deutschem Boden nicht. Selbst wenn die Untersuchungen bereits zu Ende geführt worden wären, würde ich eine Schutzhaft anordnen. Ansonsten müssen noch etliche Zeugen gefragt werden, die uns ein Urteil über die Beteiligung Ihrer Tochter Inga an der Berliner Szene ermöglichen. Fassen Sie sich mit Geduld, denn Sie wissen so gut wie ich, dass sofort Gangster in die Lücken springen, die wir gerade geschaffen haben. Die Nachfrage steigt.«

»Das sagen Sie als Fachmann bitte den Politikern«, stöhnte ich.

Der Staatsanwalt grinste. »Diese werden den Schwarzen Peter an die Kultusminister weiterreichen.«

Er mochte in allem recht haben, dennoch bäumte sich mein Inneres auf. Soll er mich ruhig abspeisen, dachte ich böse, bisher bin ich auch ohne ihn zurechtgekommen.

»Herr Doktor Busker, meine Erlebnisse haben mein Gefühl für die Zeit gestört. Ich könnte in den Kalender schauen, doch das würde mir nicht weiterhelfen, denn ich habe nur noch Fakten, Ereignisse und Begebenheiten im Kopf. Darum gestatten Sie mir eine Frage: Hier in Berlin wurde in der Rauschgiftszene ein Student erschossen, der Journalistik studierte. Er verstarb in seiner Wohnung. Seine Adresse würde mich interessieren.«

Doktor Busker blickte mich mit verkniffenen Augen an.

»Kannten Sie ihn?«, fragte er mich.

»Ich benötige einen Namen, seine Straße und die Hausnummer, um Ihre Frage zu beantworten«, sagte ich.

»Einen Augenblick«, sagte er und verließ das Büro. Als er

zurückkam, meinte er: »Ich verrate Ihnen kein Geheimnis, denn die Archive der Zeitungen stehen Ihnen offen.«

Das Telefon klingelte. Er nahm ab, nickte mir zu und schrieb mit der freien Hand einen Namen auf ein Blatt Papier. Als er einhängte, reichte er mir den Zettel.

Hans-Dieter Dotter, Gablentzstraße 45, las ich.

»Herr Staatsanwalt, eine vorletzte Frage. Soll ich mich für meine Tochter Inga und deren Freundin Kaya um einen Rechtsanwalt bemühen?«

Doktor Busker lachte. »Mein lieber Herr Doktor Udendorf, warum so misstrauisch? Sparen Sie sich das Geld, und reagieren Sie nicht nervös, denn noch ist keine Entscheidung gefallen.«

Er mochte auch jetzt wieder recht haben, und so stellte ich ihm meine letzte Frage. »Herr Doktor Busker, Autodiebstähle beschäftigen Sie nur als Delikt, wenn es um Untersuchungs- und Haftbefehle geht. Aber mich haben die Kriminalbeamten ausgelacht, als ich mich auf dem Schmugglerschiff Sea Ghost um andere Dinge kümmern musste, als Fahrgestellnummern, Motornummern und Fahrplanzeiten auswendig zu lernen. Kümmern Sie sich bitte um den Verbleib meines Wagens, den ich damals vor dem Hotel *Michels* stehen ließ.«

Wie einem einflussreichen Freund gab er mir seine kraftvolle Hand zum Abschied.

Der Himmel war milchig weiß, als ich das Polizeipräsidium verließ.

Zuerst einmal musste ich in Ruhe nachdenken. Ich kaufte mir einen Stadtplan an einem Kiosk, suchte ein Café auf, bestellte mir Kaffee und war bemüht, mich nicht zu auffällig zu verhalten, denn Paul Hammes würde nach seiner Konferenz nach Düsseldorf zurückfliegen, und die Kripo und Staatsanwaltschaft sahen im Moment keine Gefahr, die mein Leben oder meine Gesundheit bedrohte. Aber vielleicht ließen sie mich beschatten.

Unter Hausfrauen, die Sahneteilchen schnatternd verschlangen, fühlte ich mich weder bedroht noch beschattet.

Ich suchte die Gablentzstraße im ausgebreiteten Stadtplan, setzte mit einem Kugelschreiber einen Kringel um den vermuteten Tatort und nahm mir vor, die Kleinarbeit auf mich zu nehmen.

Mit der U-Bahn gelangte ich zum Kurt-Schumacher-Platz, von dort war es nicht weit.

Die Gablentzstraße war nicht übermäßig lang und auch nicht außergewöhnlich auffallend. Die üblichen Geschäfte, Ärzteschilder an bürgerlichen Fassaden, Steuerberater, Kioske und Kneipen.

Ich ließ kein Haus aus. Kein Schild entging meinem Blick. Erst nach einer Stunde stellte ich fest, dass ich mich kindisch benahm. Zwar war ich an dem Wohnhaus vorbeigekommen, in dem Hans-Dietrich Dotter die tödliche Kugel getroffen hatte, doch das interessierte mich nicht.

Ich betrat die Below-Straße, die die Gablentzstraße kreuzte, schritt auch diese ab.

Über Berlin lag eine schwüle Hitze, und unter den Schatten der Kastanienbäume hatte ich gelegentlich Rast gemacht.

Ein kleines Bistro, halb Café, halb Restaurant, diente einem gemischten Publikum, den kleinen Hunger zu stillen oder eine Erfrischung zu sich zu nehmen.

Unter dem Mannschaftsbild von Hertha BSC bestellte ich mir einen Espresso. Hier musste ich nicht befürchten, dass mir aufgelauert wurde, denn nur laute Schüler einer benachbarten Schule belebten das Lokal.

Es war eine junge Türkin, die mich bediente. Sie war nicht so schön wie Kaya, aber nicht ohne Reize. Am liebsten hätte ich mich mit ihr unterhalten, ihr von Istanbul erzählt, denn sie war noch jung und hatte vielleicht schon als Kleinkind die Heimat verlassen.

Ich breitete den Stadtplan aus und dachte nach.

So schaffte ich mein Ziel nicht. Doch dann kam mir die rettende Idee. Ich suchte nach Kleingeld, betrat die Telefonzelle, die hinter der Musikbox stand, und fand die Nummer der Rechtsanwalts- und Notariatskammer heraus.

Ich tippte die Zahlen, horchte, nannte mich Doktor Stein von der Berliner Morgenpost und wünschte die Namen und Anschriften aller Niederlassungen der Rechtsanwälte und Notare, die im Radius von drei Kilometern um die Gablentz-Straße lagen.

Als Grund gab ich an, dass es sich um eine Untersuchung handele, die meine Zeitung durchführte.

Ich bedankte mich im Voraus im Namen der Zeitung und sagte, dass ich mich in dreißig Minuten wieder melden würde.

Meinen Espresso nahm ich in kleinen Schlucken, ließ mir einen zweiten bringen, denn die Aufregung, die mich erfasst hatte, tat mir gut.

Endlich handelte ich und nicht andere!

In meinem Gedankenkonzept ging ich davon aus, dass der Student Hans-Dieter Dotter, der keinen Wagen besessen hatte, sich mit den ihm von meiner Tochter anvertrauten Filmrollen nicht zu den angesehenen Notariatsbüros der Innenstadt begeben hatte. Andererseits nahm ich an, dass er den Auftrag meiner Tochter so ernst genommen hatte, dass er auch sein Versprechen gehalten hatte. Denn auch er hatte als Student von großen Reportagen für Zeitschriften wie *Spiegel* und *Stern* geträumt.

Daraus zog ich nun die Schlussfolgerung, dass sich Hans-Dieter Dotter an einen Rechtsanwalt gewandt haben musste, der irgendwo in seiner ihm vertrauten Wohngegend praktizierte.

Unter Umständen würde ich Tage benötigen, alle Hausfassaden nach den weißen Emailleschildern abzusuchen.

Das kleine Fenster des Bistros ließ mir den Blick auf ein Grundstück frei, nicht größer als mein Garten zu Hause, über das eine türkische Mutter ihre Kinder führte.

Meine Uhr zeigte an, dass bereits fünfunddreißig Minuten verstrichen waren. Ich suchte wieder die Telefonzelle auf.

»Herr Doktor Stein, es sind sieben Anwaltsbüros. Ich diktiere …«, klang es mir entgegen. Ich schrieb die Adressen mit.

Mein Espresso war kalt geworden. Ich ging die Anschriften durch. Drei der genannten Büros trugen Doppelnamen.

Ich setzte sie ans Ende. Die übrigen ordnete ich nach dem Stadtplan ein. Der jungen Türkin überließ ich ein großzügiges Trinkgeld.

Der erste Name, Doktor Heermann, entpuppte sich als Niete. Aber ich lernte aus der Abfuhr, dass meine zurückhaltende Art nicht ankam. Ich musste forscher auftreten.

Es war bereits kurz vor achtzehn Uhr, als ich vor dem Emailleschild eines Josef Weidenreich stand und mich noch einmal zusammennahm.

Der jungen Frau nannte ich dringende Angelegenheiten und wartete, als sie ihre Unterschriftenmappe in das Chefbüro trug.

Weidenreich rief mich zu sich. Der Mann gefiel mir. Er trug einen kleinen Lippenbart, war knapp über die dreißig und konnte zuhören. Pfiffig fragte er mich: »Herr Doktor Udendorf, Sie sind Lehrer. Sie suchen nach einem Studenten Dotter? Und ich kann davon ausgehen, dass Sie nicht familiäre oder kriminalistische Ziele verfolgen?«

Ich nickte und wusste nicht, ob er mich nur so ausfragte oder ob er der war, den ich suchte.

»Und was könnte Dotter mit mir zu tun gehabt haben?«, fragte er.

»Er wollte Filmrollen loswerden, die nicht alltägliches Material enthielten und von meiner Tochter kamen«, sagte ich und beobachtete ihn.

»Nun, der Junge wurde erschossen. Ob sein Tod mit seiner Deponie bei mir im Zusammenhang steht, kann ich erst feststellen, wenn das Hinterlegungsdatum abgelaufen ist«, sagte er.

»Herr Weidenreich, die Zeit ist abgelaufen. Meine Tochter befindet sich in Untersuchungshaft und gleichzeitig in Schutzhaft! Ich bin von Amsterdam nach Düsseldorf, dann nach Berlin geflogen worden, weil ich an der Zerschlagung eines Rauschgiftkonzerns beteiligt war, der immerhin versucht hatte, für hundert Millionen Euro Rauschgift nach Holland zu schaffen. Die Filmrollen haben mir möglicherweise und auch meiner Tochter bestimmt das Leben gerettet.«

Er schaute mich lange an.

»In meinem Tresor liegen die Filme. Aber, wenn Sie Lehrer sind, wieso genießen Sie eine andere Ferienordnung?«, fragte er mich.

»Ich bin erpresst worden und habe mein Gymnasium seit Wochen nicht mehr gesehen«, antwortete ich.

»Das trifft sich hervorragend. Sind Sie in der GEW?«, fragte er mich.

Ich nickte.

»Das ist großartig! Dann kann ich Sie vertreten, denn das Beamtenrecht ist meine Spezialität. Die Probleme Ihrer Tochter fallen damit in meinen Bereich. Verstehen Sie?« Das war eine klasse Argumentation. Ich fühlte instinktiv, dass dieser Mann mir helfen konnte.

»In Ordnung, ich kann auch Ihre Gebühren übernehmen, falls die GEW nicht zahlt«, sagte ich.

»Warten Sie ein Viertelstunde. Ich unterschreibe die Post, dann können wir in die Details gehen«, schlug er vor.

Nun, so lange konnte ich warten, denn er hatte neue Hoffnungen in mir geweckt.

Als die junge Frau ihn mit der Geschäftspost verließ, wandte er sich mir zu.

»Ich bin noch nicht lange selbstständig. Es gibt zu viele arbeitslose Juristen, und es ist schwer, gegen alteingesessene Namen zu kämpfen.« Er ließ seinen Daumen über das flache Bärtchen gleiten. »Erzählen Sie mir Ihre Geschichte, damit ich den ermordeten Hans-Dietrich Dotter einordnen kann.«

Ich begann, und er unterbrach mich nicht. Es tat mir gut, einen Mann vor mir zu wissen, dem ich mich ohne Scheu anvertrauen konnte.

Es dämmerte bereits, als ich meine Erlebnisse hier in seiner Kanzlei auslaufen ließ und ihm klarmachte, dass er nun Teil der Fortsetzung sein würde.

»Wo bleiben Sie heute Nacht?«, fragte er mich.

»Noch besitze ich genügend Geld, um mir ein Hotel zu nehmen«, sagte ich.

Er schaute mich ernst an.

»So offen würde ich mich nicht präsentieren. Wenn die Presse auch nur einen leisen Wink erhält, dann stehen Sie mit Foto in den Spalten der Boulevardpresse und werden ausgeschlachtet, bevor Ihre Tochter auch nur einen Fuß in die Freiheit setzt. Außerdem müssen Sie sich nicht gerade vor den *Meerestieren* auf einem Tablett präsentieren.«

»Sie haben recht«, antwortete ich. »Denn bis heute Morgen hatte ich Paul bei mir.«

Weidenreich überlegte. »Ich besitze eine kleine Wohnung, die ich mit meiner Verlobten teile, die als Ärztin zurzeit Nachtdienst im Krankenhaus hat. Sie können zu mir kommen.«

»Das ist sehr freundlich«, antwortete ich. Doch mir fiel Werner ein. »Vielleicht ist mein Freund in Berlin und nimmt mich auf.«

Weidenreich langte zum Telefonhörer.

»Wir wollen nichts dem Zufall überlassen. Welche Nummer hat er?«

Ich diktierte ihm die Nummer in die Scheibe.

»Ach, Frau Selter, Sie sind es. Mein Name ist Weidenreich. Ich rufe aus Berlin an. Ist Ihr Mann zu sprechen?« Der Anwalt blinzelte mir zu.

»Danke«, sagte er und hängte ein.

»Ihr Freund ist mit seinen Studenten auf einer Exkursion in Süddeutschland, Herr Doktor Udendorf. Er wird erst in drei Wochen zurück erwartet«, sagte Weidenreich.

»Sie meinen, ich sollte ...?«, fragte ich ihn überrascht.

»Er ist doch Ihr Freund, und Sie sitzen in der Klemme«, stellte er fest.

Wir verließen sein Büro. Er schloss die Tür hinter sich ab und führte mich zum Parkplatz. Er trat an einen alten Mercedes, öffnete die Tür, stieg ein und ließ mich zusteigen.

»Den Wagen habe ich von meinem Vater übernommen. Ich bot ihm mehr als die Werkstatt«, sagte er, als müsse er sich entschuldigen.

Ich nannte ihm die Adresse. Es war bereits dunkel. Die Straßenlaternen brannten. Weidenreich ließ sich Zeit, wagte keine Überholmanöver und hielt die Geschwindigkeitsvorschriften ein.

Die Bilder der späten Großstadt ermüdeten mich. Ich sehnte mich nach Ruhe.

Weidenreich fand in einer Nebenstraße eine Parklücke. Er öffnete die Heckklappe des Wagens, reichte mir meine Reisetasche und durchwühlte eine kleine Werkzeugkiste.

»Ich hoffe, dass dieser Dietrich passt«, sagte er.

Ich führte ihn in das Haus, das unbelebt wirkte. Niemand

begegnete uns. Wir versuchten die Wohnungstür zu öffnen, doch es gelang uns nicht.

»Warten Sie hier auf mich«, forderte er mich auf und eilte davon.

Ich lehnte mich an ein Fenster am Ende des Korridors und rauchte eine Zigarette. Draußen sah ich nur die Lichter der Nachbarhäuser und dahinter den hellen Himmel von Berlin.

Weidenreich erschien mit einem Handwerker, der ihm in wenigen Sekunden einen Schlüssel aushändigte.

»Bezahlen Sie im Geschäft, Herr Rechtsanwalt«, sagte er, packte sein riesiges Schlüsselbund in die Handwerkertasche und ging.

Weidenreich begleitete mich in die kleine Wohnung, die mir wie ein Stück Heimat vorkam.

Ich schritt an den Kühlschrank. Zu meiner Freude hatte Werner gekühltes Bier auf Vorrat. Ich entnahm ihm zwei Flaschen, stellte sie auf den Tisch und fragte Weidenreich: »Ein Bier?«

Der Anwalt nickte. Wir setzten uns im Wohnzimmer an den Tisch, berieten uns und beschlossen, dass ich ihn morgen Nachmittag, das war ein Mittwoch, aufsuchen sollte.

Von dort wollten wir die Filme meiner Tochter zu einem Fotogeschäft bringen, das ein Tennisfreund von ihm führte, auf den Weidenreich sich voll verlassen konnte. Erst danach wollten wir uns über die weiteren Schritte einigen.

Es war etwa dreiundzwanzig Uhr, als der Anwalt mich verließ. Ich fühlte meine Knochen, doch eine innere Ruhe und Zufriedenheit ließ mich die bleierne Schwere leicht ertragen. Ich löschte das Deckenlicht und begnügte mich mit dem matten Schein der kleinen Tischlampe.

Ein Hauch von Daheim, dachte ich, und beruhigt wusste ich meine Tochter und meine geliebte kleine Kaya nicht nur in Sicherheit, sondern fühlte auch ihre Nähe.

Natürlich war ich noch lange nicht am Ziel. Aber ein Rückblick auf die Bilanz meiner langen Reise ließen das winzig erscheinen, was ich an Schwierigkeiten noch vor mir hatte. Mein Optimismus setzte sich durch, und das gekühlte Bier krönte meine kleine Siegesfeier.

Auch der Rechtsanwalt Weidenreich fügte sich ein in die gedachte Harmonie. Ich hatte in der kurzen Zeit einen Freund gewonnen, der ehrgeizig nach Chancen seiner beruflichen Bewährung suchte. Das konnte mir nur recht sein, denn meiner Tochter musste die Rehabilitation gelingen.

Ich war gespannt auf die Fotos, die dem jungen Studenten das Leben gekostet hatten. Ich wollte mehr über diesen Studenten erfahren, der Hans-Dietrich Dotter hieß.

Viele junge Menschen hatten meine Klassen besucht, um sich danach einem Studium zu widmen. Ich kannte ihren Idealismus, der sie prägte. Sie wollten kämpfen, die Welt verändern!

Ich sah junge Menschen vor mit, mit erhitzten Gesichtern und glühenden Augen. Irgendeiner dieser traumhaften Gestalten meiner Fantasie war Hans-Dieter Dotter, Student der Journalistik. Auch er durfte nicht umsonst von den geldgierigen Gangstern erschossen worden sein.

Sollte ich jetzt von meinem Hort der Sicherheit aus meinen Schulleiter anrufen?

Ich spielte mit dem Gedanken, doch es war wohl der gute Geist meiner Frau, der mir dieses Vorhaben schnell ausredete.

Wie sollte sich dieser Mann, dessen geistiger Radius einige Paragrafenbücher von entsprechender Dicke umfasste, einfühlen können in Welten, die surrealistischen Bildern eines Salvador Dalí glichen?

Seine Abrechnung mit mir stand bevor, wie das Amen in der Kirche. Aber noch musste ich für Inga und Kaya, vielleicht auch für den Studenten Dotter bildlich gesprochen Unkraut zupfen, Schlingwerk aus dem Wege räumen, damit Voreingenommene einsichtig werden konnten.

An diesem Abend hatte ich das Gefühl, als gäbe es nicht eine Welt, sondern so viele verschiedene, wie es Menschen gab.

Inga und Kaya wurden von Paragrafen festgehalten, die von Menschen interpretiert wurden. Es musste mir gelingen, den Juristen klarzumachen, dass die Mädchen unter Zwang mit Rauschgift gehandelt hatten und dass Inga in der Absicht gehandelt hatte, etwas Gutes zu tun. Sie und der Student hatten gewollt, dass hier in Berlin Missstände beseitigt wurden. Konnten die Richter daran vorbeigehen?

Es war spät, als ich mich aufs Bett legte, um an nichts mehr zu denken.

Ich hatte mich richtig ausgeschlafen, stand auf und ging ans Fenster, um es zu öffnen.

Der Himmel war grau verhangen. Ein kühler Wind drang ins Zimmer, und ich beobachtete, wie er draußen von den Bäumen die ersten welken Blätter abriss.

Mir tat die Ruhe gut. Niemand hetzte mich, nur meine Neugierde auf das Fotomaterial meiner Tochter rief in mir ein leichtes Lampenfieber hervor.

Ich zog mich an und bemerkte, dass meine Kleidung einen abgetragenen Eindruck machte. Sollte ich meine freie Zeit dazu benutzen, mich in einem Kaufhaus neu einzukleiden?

Dazu konnte ich mich nicht entschließen, weil mir die Warnung meines Anwaltes noch frisch in den Ohren klang.

Werners Kühlschrank war bis auf den Biervorrat leer. Auf das Frühstück hätte ich verzichten können, aber eine Tasse Kaffee wollte ich mir schon gönnen.

Ich verließ das Apartment, fand hinter dem Häuserblock einen Tante-Emma-Laden, in dem ich mich eindecken konnte.

Ich kehrte in die Wohnung zurück, aß ein Schinkenbrötchen, trank mehrere Tassen Kaffee und suchte Ablenkung in den

Regalen, aus denen ich Bücher nahm und sie wie ein Kind nach Bildern absuchte.

Um vierzehn Uhr klingelte, wie verabredet, Weidenreich an der Tür. Er wirkte salopp in seinen Jeans und dem Strickhemd. In der Hand hielt er eine Ledertasche, deren Riemchen sich um seine Hand verstrickten.

»Kommen Sie«, sagte er und hielt die Ledertasche hoch. »Sie ist mir so wichtig, dass ich sie nicht einmal in meinem Wagen liegen lassen wollte.«

Wir stiegen in den Mercedes und fuhren in Richtung Innenstadt.

Am Ende des Kurfürstendamms fanden wir einen Parkplatz. Es blieben nur einige Meter Fußweg bis zum Fotogeschäft.

Der Geschäftsinhaber begrüßte uns und führte uns am Tresen vorbei, hinter denen Verkäuferinnen Kunden bedienten, in sein kleines Büro. Er verschloss die Tür hinter sich.

Der Anwalt löste die Riemchen von seinem Handgelenk und reichte ihm die Ledertasche.

»Josef, das erledige ich selbst«, sagte der Mann, der sich in seinem blauen Blazer und der grauen Hose seiner Kundschaft angepasst hatte. Er verließ uns durch eine Seitentür.

Für uns begann eine lange Wartezeit.

Wie in einem Eisenbahnabteil saßen wir uns gegenüber und unterhielten uns über Alltägliches, dabei immer den Zeiger der Uhr im Auge, der einfach nicht voranzuschreiten schien.

Was sollten wir auch zur Sache beitragen? Im Labor entschied sich, ob meine Tochter Entlastungsmaterial besaß, das unseren Einsatz rechtfertigen konnte.

Schließlich erstarben die Geräusche, die aus dem Geschäft zu uns drangen. Der Zeigerstand der Uhr bestätigte, dass die Verkäuferinnen bereits Feierabend hatten.

Doch es dauerte noch eine Weile, bevor der Geschäftsinhaber mit bleichem Gesicht, wie mir schien, das Büro betrat. Seine Schultern waren gesenkt. Sorgen schienen ihn zu bedrücken.

Seine Hände hielten eine kleine rote Plastikwanne, die er so vorsichtig an seinen Bauch presste, als befände sich in ihr ein badendes Baby. Behutsam stellte er die Wanne auf den Schreibtisch.

Durch die Blindscheiben der Wand fiel nur noch wenig Licht. Ich sah, dass seine Hände zitterten, als er sie dem Druckknopf der Tischlampe näherte, um sie einzuschalten.

»Josef, ich möchte, dass niemand erfährt, dass ich es war, der die Filme entwickelt hat«, sagte er müde. »Schau sie dir an und urteile selbst. Ich brühe uns einen Kaffee in der Kantine der Verkäuferinnen auf.« Er legte Handtücher um die Wanne und schloss das Büro auf, um uns zu verlassen.

»Soll ich?«, fragte Josef Weinreich. In seinem Gesicht hatten sich rote Flecken gebildet.

Ich nickte und spürte schlagartig wieder mein Sodbrennen.

In der Wanne lagen die Fotos in zwei Stapeln. Sie waren noch nass. Weinreich griff in die Wanne, entnahm ein Bild und starrte das Foto an.

»Das kann doch nicht wahr sein!«, stöhnte er und reichte mir die Aufnahme. Ich studierte sie.

Ein Mann, er war etwa sechzig Jahre alt, hielt ein kleines geöffnetes Papiertütchen in der Hand, in dem ich ein feines weißes Pulver erkannte, während seine Begleiterin mit entrückten Blicken eine selbst gedrehte Zigarette rauchte.

Beide waren sie nackt. Ein barbusiger Engel, nur mit dem mir bekannten Warndreieck und einem Bauchladen bedeckt, stand neben ihm.

Ich begriff, dass die Zigarette präpariert sein musste und genauso wie das Papiertütchen Rauschgift enthielt. Allerdings waren mir die abgelichteten Personen nicht bekannt.

»Das ist Miltes mit seiner jungen Gemahlin. Sie ist ein Mannequin und er ein Sponsor für Kunst und Wissenschaft!«, sagte Weidenreich entsetzt und schaute mir über die Schulter, um sich erneut zu vergewissern.

Ich blickte ihn an und hob die Schultern.

»Ein hochkarätiger Mann. Ehrendoktor der Universität! Er besitzt noch eine Hotelkette und vertritt große Brauereien.«

»Geschmack hat er«, sagte ich nur, denn seine Begleiterin konnte einen schon umhauen.

Wie einer, der Urlaubsfotos seiner Bekannten betrachtet, nahm ich die Bilder, von denen noch Wasser tropfte, aus der Wanne. Die Kommentare meines Anwalts, der sich im Berliner Jetset auskannte, stellten mir auf diese Art Künstler mit Weltrang, Politiker, Schauspieler und selbst Männer der Kirche vor, von denen ich einige nur flüchtig vom Fernsehen her kannte, die, so bewiesen es die Aufnahmen meiner Tochter, nicht nur Rauschgift konsumierten, sondern ich stierte fassungslos auf sich verkeilende Leiber, Hände und Münder, die andere bedienten, während ihre Geschlechtsteile im Wirrwarr wilder Orgien verstrickt waren.

»Sodom und Gomorrha!«, stöhnte ich laut, während Weidenreich wie ein Reporter die Akteure mit Namen benannte, die mir nichts sagten.

Mir war es unverständlich, wie meine Tochter dabei kühl und berechnend den Blick durch den Sucher ihres Fotoapparats gefunden hatte, um das verwerfliche Geschehen auf Zelluloid zu bannen.

Doch dann kamen wir zum anderen Stapel, als der Geschäftsinhaber uns den Kaffee servierte. Wir rauchten Zigaretten, tranken Kaffee und warteten voller Spannung auf die Fortsetzung.

»Josef, nimm dir Zeit«, sagte der Fotograf.

Wir folgten seinem Wink, fünf Minuten das absacken zu lassen, was uns innerlich aufgewühlt hatte. Doch dann hielt Weidenreich es nicht mehr aus. Er schob seine Tasse beiseite und langte in den Stapel.

Junge Mädchen lagen nackt auf dem Fußboden. Im Rausch verkrampften sich ihre Hände vor dem Unterleib, den sie mit gespreizten Beinen und festen Waden anhoben.

Auf einem anderen Bild setzte sich ein hübscher junger Mann die Spritze an die Ader des abgebundenen Armes, während ein verdrehter Mädchenkörper ihm zu Füßen lag, und, wie es schien, ihren geöffneten Mund mit abwesenden Augen seinem Penis entgegenhielt.

Weitere Bilder zeigten verkommene Höhlen, die einst Wohnungen waren. Junge Menschen auf zerflatterten Matratzen liegend, zu Skeletten abgemagert, waren von Unrat umgeben.

Mir wurde übel, und ich verzichtete auf die Durchsicht der weiteren Fotos.

»Mir ging es ebenso«, sagte der Geschäftsinhaber mitfühlend, »ich habe die letzten Fotos mit geschlossenen Augen entwickelt.«

Aber Weidenreich besaß gute Nerven. Kein Bild ließ er aus, während wir uns mit Kaffee zu stärken versuchten.

Ich hörte, wie er aufatmete.

»Herr Doktor Udendorf, schon allein die Regie beweist, dass Ihre Tochter eindeutig auf der Seite der Opfer steht.«

Das war nicht viel, aber mir tat der Satz gut.

»Sie hat selbst nie Rauschgift genommen«, sagte ich.

»Gerade diese Tatsache macht Ihre Tochter so sehr gefährlich!«, sagte er. »Wir besitzen, dank ihrer unbeteiligten Teilnahme an diesen Ausschweifungen, Beweise gegen eine Schar Prominente, die, falls wir ihnen die Negative anbieten würden, uns zu Millionären machten. Nur die Serie des Elends kann uns dazu verhelfen, den Richtern klarzumachen, dass Ihre Tochter nicht die Bilder geschossen hat, um sich daran zu bereichern.«

O Gott, an was Juristen nicht alles dachten!

Wir packten die Fotos in einen großen Karton. Die Negative verstaute der Anwalt wieder in seiner Ledertasche, deren Riemchen er um sein Handgelenk band.

»Die Rechnung wird prompt bezahlt«, sagte Josef Weidenreich, als uns der Geschäftsinhaber seine Tür noch einmal aufschloss und uns müde ziehen ließ.

Auch wir sprachen nicht, blickten uns ständig ängstlich um und erreichten den Mercedes. Wir verstauten die Bilder im Kofferraum des Wagens, während Weidenreich die Ledertasche ins Handschuhfach einschloss. Wir fuhren zu seinem Büro und deponierten Bilder und Negative in seinem Tresor.

Uns war niemand gefolgt. Er brachte mich zu Werners Apartment und bat mich, ihn morgen gegen Mittag aufzusuchen.

Mein üblicher Griff zum Bier, mein Versuch, meine Belastung wie eine Arbeit abzulegen, um mich einem Feierabend hingeben zu können, führte mich in die Stimmung, die ich benötigte, meinen Gedanken freien Lauf zu lassen.

Doch an diesem Abend musste ich über Hans-Dietrich Dotter nachdenken, der gewusst hatte, auf was er sich einließ, als er die Filmrollen zu Weidenreich gebracht hatte.

Die Sehnsucht nach einer idealen Welt, der Wunsch, das Böse anzuprangern, hatten Dotter in Konflikte gestürzt.

Im Gegensatz zu ihm hatte Inga Glück gehabt. Ich war im richtigen Moment aufgekreuzt. Und ich dachte wieder an das, was mir kein Außenstehender je abnehmen wird, nämlich an die Tatsache, dass es für meine Tochter keine Rettung gegeben hätte, wenn meine verstorbene Frau mir nicht aus einer auch mir unverständlichen Welt Hinweise gegeben hätte!

Ich trank das gekühlte Bier meines Freundes und wusste, dass es doch noch einige Zeit dauern konnte, bevor ich mich zurück nach Norddeich begeben durfte.

Ich saß Weidenreich gegenüber. Er hatte mich zum Essen überredet. Das Restaurant blitzte vor Sauberkeit und an den Wänden hingen alte Gemälde, die Romantiker mit bunten Farben gestaltet hatten und Berlin im preußischen Glanz zeigten.

Die dicken Deckenbalken knüpften dort an, wo die Bilder endeten.

Ober in schwarzen Jacken versorgten viel Prominenz. Selbst mir kamen einige Gesichter bekannt vor.

»Ich werde Doktor Busker, dem Staatsanwalt, einen Besuch abstatten«, sagte Josef Weidenreich. »Er soll wissen, dass ich Ihre Tochter vertrete. Dabei werde ich auf das Beweismaterial hinweisen, das wir bei einem Prozess ausreizen werden.«

Wir aßen Schweinebraten, der zart und hervorragend gewürzt war. Die Kartoffeln waren mehlig, wie ich es erhofft hatte.

»Soll ich mich zurückhalten?«, fragte ich zwischen zwei Bissen.

»Bei dem Staatsanwalt würde ich Ihnen das empfehlen«, sagte Weidenreich und fuhr fort: »Es könnte der Situation nicht schaden, wenn Sie Ihre Freunde ten Woolf und Paul Hammes einschalten würden. Es ist wichtig für uns, dass wir wissen, ob uns von den *Meerestieren* Gefahr droht.«

Er hatte recht. Es war vor allem Kaya, die es schwer hatte, denn ich kannte nicht den Stand der Recherchen der Kripo und wusste nicht, ob ihr Bruder in den Anschlag auf den Minister Öchigyl verstrickt war oder der Rauschgiftszene von Duisburg angehörte.

Nach dem Essen ließ ich mich von dem Anwalt nach Hause fahren, soweit ich Werners Apartment so bezeichnen konnte. Am nächsten Morgen sollte ich mich bei ihm telefonisch melden.

Für eine Weile setzte ich mich auf den Balkon. Die Sonne kam nur gelegentlich durch, doch mir ging es auch nicht um Sonnenbräune. Ich dachte nach.

Weidenreich hatte recht. Ich betrat das Wohnzimmer und kramte aus meiner Brieftasche den kleinen Zettel hervor, den ten Woolf mir beim Abschied zugeschoben hatte.

Ich ging zum Telefon und wählte die Nummer. Holländisch kann man, wenn man Ostfriese ist und Plattdeutsch spricht, gut verstehen.

Ich erfuhr von einer Dame, dass Mijnheer ten Woolf zurzeit nicht zu sprechen sei, er aber heute noch zurückrufen werde. Dankbar nannte ich ihr die Rufnummer, die auf Werners Apparat stand.

Mein zweiter Versuch galt Paul Hammes. Das gelang mir auf Anhieb. Das Polizeipräsidium meldete sich und gab die Verbindung direkt frei.

Ich erkannte ihn am rheinischen Tonfall. Er freute sich über meinen Anruf, denn schließlich hatte uns nicht nur Dienstliches verbunden.

»Paul, wie sieht es aus?«, fragte ich ihn.

»Die Sache beginnt Spaß zu machen, Klaus! Wir stehen kurz vor einem großen Schlag. Ich kann dir keine Einzelheiten nennen, aber einen guten Rat erteilen. Halt dich in den nächsten Tagen in Berlin versteckt. Du verstehst mich?«

Ich antwortete mit »Ja«, denn ich hatte ihn verstanden.

Hammes fuhr fort: »Übrigens, ten Woolf aus Amsterdam sucht dich.«

Ich bedankte mich bei ihm und unterbrach die Verbindung.

Mich überfiel eine Beklemmung. War ich doch noch nicht aus der Gefahrenzone? Mir fehlte der Durchblick.

Ich nahm an, dass die Polizei entweder weitere Bosse des Rauschgiftsyndikates hochnehmen lassen wollte oder gegen die Terroristengruppe *Meerestiere* erfolgreich vorzugehen beabsichtigte.

Ich setzte mich auf den Balkon und konzentrierte mich auf das Telefon.

Die Warnung aus Düsseldorf konnte ich nicht in den Wind schlagen. Hier war ich sicher, denn niemand konnte wissen, dass ich mich in die Wohnung eines Professors der Berliner Universität einquartiert hatte.

Um siebzehn Uhr hatte Jan ten Woolf noch immer nicht angerufen. Ich bereitete mir einen Tee zu.

Mein Biervorrat ging zur Neige und, wenn ich mich hier von der Außenwelt abschirmen sollte, brauchte ich einige Lebensmittel.

Im Telefonbuch fand ich unter S einen Service, dem ich meine Proviantliste diktierte.

Um achtzehn Uhr wartete ich noch immer auf ein Zeichen meines Freundes ten Woolf.

Die Lebensmittelbestellung kam prompt an. Ich bezahlte an der Haustür, um den Anruf nicht zu verpassen.

Erst um neunzehn Uhr nahm ich voller Spannung den Hörer ab.

Endlich! Die vertraute Stimme des Freundes drang mir entgegen.

»Hallo, Kapitän, wir sitzen zwar noch gemeinsam in einem Boot, allerdings nur sinngemäß.« Ich vernahm sein Kichern und sah ihn in meiner Vorstellung.

»Jan, ich verstehe die Welt nicht mehr«, sagte ich. »Mein Schulleiter wird mich von der Gehaltsliste gestrichen haben, und es wird Zeit, ihm als Sindbad der Seefahrer auf den Leib zu rücken.«

»Na und?«, fragte er belustigt. »Interpol kann solche wie dich gut gebrauchen.«

»Jan, bitte keine Witze«, antwortete ich empört, »komm zur Sache!«

»Klaus, auf meinen verdienten Urlaub muss ich noch warten. Ich komme nach Berlin. Zwei Gründe zwingen mich dazu. Der eine ist dienstlich. Die Sonderkommission erwartet mich. Der andere ist privat. Ich möchte Inga wiedersehen.«

»Wann kommst du?«, fragte ich.

»Gib mir deine Adresse. Ich fliege in einer Stunde«, antwortete er.

Ich schaute auf die Uhr, gab ihm meine Anschrift und wusste, dass es zwecklos war, ihn jetzt zu weiteren Stellungnahmen aufzufordern.

Neue Hoffnung stieg in mir hoch. Er konnte vielleicht auch für Kaya Schritte unternehmen, die andere nicht wagten.

Über Berlin zog der Abend auf, und obwohl noch Kalendersommer, hatte sich die Luft stark abgekühlt. Ich verschloss die Balkontür, zog die Vorhänge zu und holte mir aus dem Kühlschrank eine Flasche Bier.

Wie lange mussten Inga und Kaya noch die Zellen des Untersuchungsgefängnisses bewohnen? Was würde ten Woolf sagen, wenn er das Fotomaterial meiner Tochter zu Gesicht bekam?

In meine Überlegungen klingelte das Telefon. Das schrille Geräusch traf mich wie ein Messer. Sollte ich abnehmen?

Ich riss mich zusammen.

Wer es auch sein konnte, der Anrufer hatte Geduld. Ich ließ mich nicht erweichen. Erst nach einer Weile wählte ich die Nummer des Anwalts.

Weidenreich versprach mir, sofort zu kommen, um mit Jan ten Woolf zu reden.

Ich rauchte eine Zigarette, trank mein Bier und war froh darüber, dass ich in wenigen Minuten nicht mehr allein in Werners Wohnung ausharren musste.

Das vereinbarte Klingelzeichen kündigte den Rechtsanwalt an.

Weidenreich wirkte munter und ausgeruht, wie ein Kumpel schritt er an den Kühlschrank und entnahm ihm eine Flasche Bier.

»Prost, Herr Doktor Udendorf«, sagte er, trank, setzte die

Flasche ab und fuhr fort: »Das kann nur in Ihrem Interesse sein, dass die Fäden in Berlin zusammenlaufen.«

In diese Richtung spekulierte ich auch.

Der Rechtsanwalt klopfte an die Innentasche seiner Freizeitjacke.

»Ich habe einige Bilder eingesteckt«, sagte er, »mal sehen, was der Mann von Interpol davon hält.«

Weidenreich strahlte Zuversicht und Ruhe aus, die sich auf mich übertrugen. Das Telefon klingelte in unseren Frieden.

»Ten Woolf kann das noch nicht sein«, sagte ich nervös.

»Das haben wir gleich«, sagte er, nahm den Hörer ab, und während er mich konzentriert anschaute, meldete er sich mit: »Professor Doktor Selter.« Er lauschte für Sekunden.

»Nein. Sie meinen sicher einen Bekannten von mir. Er war vor Wochen kurz bei mir. Seitdem habe ich nichts mehr von ihm erfahren. Er wird in Norddeich sein. Nichts zu danken.« Der Rechtsanwalt legte auf.

»Waren sie es?«, fragte ich.

»Ich vermute ja. Sie suchen Sie«, meinte Weinreich.

Gefahr konnte mir nur von den *Meerestieren* drohen. Wir theoretisierten, warfen Fragen auf und näherten uns einer Strategie, die wir allerdings mit Jan ten Woolf besprechen wollten.

Gegen zweiundzwanzig Uhr klingelte jemand an der Haustür. Weidenreich öffnete, während ich mich versteckt im Hintergrund hielt, den Blick auf die Tür gerichtet.

Doch unsere Vorsicht war umsonst, denn es war ten Woolf, der den Anwalt kampfbereit musterte. Ich lief ihm entgegen. Wir umarmten uns wie Brüder. Ich stellte ihn meinem Rechtsanwalt vor.

Jan ten Woolf hatte sein Gepäck am Flughafen deponiert und, um mögliche Verfolger abzuschütteln, mehrmals das Taxi gewechselt.

Ich kannte seine Anspruchslosigkeit und nahm an, dass er

über Nacht zu seinem eigenen und auch zu meinem Schutz hierbleiben wollte.

Er strahlte, als ich ihn in das Wohnzimmer führte und Bier servierte.

»Hast du deine Marke gewechselt?«, frotzelte er.

»Jan, stoßen wir darauf an, dass ich endlich meine Freiheit zurückgewinne, meine Tochter wieder in den Hörsälen weiß und Kaya helfen kann, ihren Vater reinzuwaschen.«

Wir tranken uns zu. Weidenreich sagte ernst: »Herr ten Woolf, über Ihrem Freund, der mein Mandant ist, ziehen sich Gewitterwolken zusammen. Noch vor zwei Stunden erkundigte sich ein anonymer Anrufer hier nach seinem Verbleib.«

Jan ten Woolf lehnte sich zurück. In seinem Gesicht lag wie damals auf der Sea Ghost das siegessichere Lächeln.

»Nicht nur wegen Klaus musste ich auf meinen wohlverdienten Urlaub verzichten. Meine Dienstgeschäfte umfassen auch den Schutz seiner Tochter Inga und Kaya Bayranüks vor der Terrorgruppe der *Meerestiere*. Hinzu kommt noch die Suche nach einem geheimnisvollen Mister X, der sich als letzter Teilhaber des Rauschgiftsyndikats noch auf freiem Fuß befindet und, wie ein Spitzel glaubhaft versicherte, Teile seines sündhaften Einkommens der Organisation der *Meerestiere* zukommen lässt. Unsere Recherchen ergaben, dass es hier eine Verbindung Istanbul-Libanon-Berlin geben muss.«

Nun befanden wir uns mitten in der Problematik. Rechtsanwalt Weidenreich berichtete, wie Staatsanwalt Doktor Busker ihn eiskalt hatte abblitzen lassen.

Als ginge es um Staatsgeheimnisse, hatte er selbst den Hinweis auf das Fotomaterial als eine böse Einmischung abgetan.

Jan ten Woolf war ein dankbarer Zuhörer. Er lächelte über unsere Versuche, Inga von dem Verdacht des vorsätzlichen Handels mit Rauschgift zu befreien.

»Darf ich die Fotos mal sehen?«, fragte er und nahm die Bilder an, die Weidenreich ihm zuschob.

»Es ist nur eine kleine Auswahl der Serie«, sagte er.

Jan ten Woolf ordnete die Fotos wie ein Skatspieler zwischen den Fingern der einen Hand. Sein Gesicht verriet uns nichts.

»Inga hat sich eine Audienz beim Papst verdient«, sagte er, als spräche er vor sich hin. »Welch eine Wut! Was für eine Selbstlosigkeit!«

Weidenreich rauchte nervös und misstrauisch. Als fühlte er sich verschaukelt, zog er sein Gesicht in Falten.

Aber Jan ten Woolf haute ein Foto auf den Tisch, als eröffne er die Skatrunde, und seine Stimme klang dienstlich, fordernd.

»Herr Weidenreich, ist es Ihnen möglich, bis morgen Mittag fünf Seiten aus dem Lebenslauf dieses Mannes zu erstellen?«

Der Rechtsanwalt blickte überrascht auf.

»Der Mann heißt Heemerfeld«, sagte er. »Er gilt als unbescholten und genießt Bewunderung als Unternehmer. *Rund um die Welt mit Heemerfeld.*«

»Busse und Reisen?«, fragte ten Woolf.

»Nicht nur. Er besitzt in Berlin etwa zehn Reisebüros und sicher auch noch einige in Westdeutschland«, antwortete der Rechtsanwalt.

»Herr Weidenreich, ich bin von der Polizei und kann mich von dem Ansehen, das eine Person genießt, nicht beeinflussen lassen. Bleiben wir dabei. Fünf Seiten, Herr Rechtsanwalt. Ihr Honorar ist gesichert!«

Ten Woolf legte die restlichen Fotos ab, so als interessierten sie ihn nicht. Er stand auf und holte sich ein frisches Bier aus dem Kühlschrank.

Für mich und meinen Anwalt war es klar, dass nur Jan ten Woolf es sein konnte, der den richtigen Weg nach vorne finden musste.

»Ich schlage vor, dass wir drei hier die Nacht gemeinsam verbringen, denn wir wissen nicht, ob die *Meerestiere* sich an unsere Spuren geheftet haben«, sagte er. »Schließlich wären sie sowohl der türkischen Polizei als auch dem BKA entgangen, wenn unser Freund Klaus mit seinen Paukeraugen die Tätowierungen als das gemeinsame Erkennungszeichen übersehen hätte. Wir müssen mit ihrer Rache rechnen.«

Weidenreich machte keine Einwände, denn das Apartment meines Freundes bot genügend Platz, um jedem von uns eine Ecke zu bieten. Schließlich gehörten wir nicht zu den Typen, die abends im Spiegel geduscht, eingecremt und mit quer gestellter Zahnbürste nach ihrer Manneswürde suchten.

Ich begab mich auf die Suche nach Decken und Bettzeug.

Da sich mein Freund hier auch für strenge Winter eingerichtet hatte, konnte dieses Problem leicht gelöst werden.

Als ich die Decken heranschaffte, fragte ich Jan ten Woolf: »Jan, Paul Hammes vom Landeskriminalamt Düsseldorf machte Andeutungen, dass ein großer Schlag bevorstehen würde, der mit unseren Sorgen im Zusammenhang steht.«

»Ja, Klaus, und damit er nicht in die falsche Richtung führt, haben wir uns heute hier versammelt«, antwortete er.

Wir richteten die Schlafgelegenheiten ein und tranken noch einige Biere, bevor wir uns schlafen legten.

Am Morgen begnügten wir uns mit schwarzem Kaffee und teilten das, was von meinem Einkauf noch verwendbar war.

Weidenreich verließ als Erster die Wohnung und fuhr in seine Kanzlei.

Jan ten Woolf bat mich, hier in der Wohnung auf ihn zu warten. Er wollte versuchen, mit Inga und Kaya zu sprechen.

Wie eine Hausfrau bemühte ich mich um den Abwasch, fuhr mit einem surrenden Staubsauger durch die Wohnung und ließ mir vom eingeschalteten Radio die Langeweile vertreiben.

Der Zufall wollte es, dass der Schulfunk eine Sendung über die Türkei ausstrahlte, die half, mein Wissen über das Land zu erweitern.

Mit Aspekten, die in der Sendung aufgezeigt wurden, war ich nicht einverstanden, denn Begriffe wie Stabilität und junge Demokratie ließen solche außer Acht, die hier in Berlin momentan mein Leben bedrohten.

Hinzu kam, dass die *Meerestiere* mit ihren Terrorakten hier in der Bundesrepublik das friedliche Leben ihrer Landsleute störten, und was noch gefährlicher war, Wasser auf die Mühlen primitiver Geister gossen, die den Fremdenhass schürten.

Gegen Mittag kam Jan zurück.

Ich sah ihm an, dass er Neuigkeiten mitbrachte.

Doch ohne sich weiter auszulassen, langte er nach dem Telefonhörer und bat Weidenreich, uns aufzusuchen.

»Wusstest du, dass Kaya in Duisburg einen Bruder hat?«, fragte er mich.

»Ja, das hat sie mir erzählt. Er brachte sie dazu, zu dealen«, antwortete ich.

»Nun, er ist zurzeit flüchtig, und wenn unsere Spitzel ernst zu nehmende Informationen geliefert haben, dann könnte er sich hier in Berlin aufhalten. Sein Vater hat gegen ihn ausgesagt und ihn schwer belastet. Wir wissen nicht, ob er den türkischen Minister erschossen hat, müssen aber annehmen, dass er seine Schwester umbringen will, weil er sich von ihr verraten sieht.«

»O Gott«, stöhnte ich.

Jan ten Woolf fuhr fort: »Klaus, damit noch nicht genug. Da du mit Kaya geschlafen hast, so die Information, stehst du ebenfalls auf der Liste als Beschmutzer der Familienehre!«

Für Sekunden liefen mir Schauer über die Haut.

»Deine Wohnung wird von uns überwacht. Um deine Sicherheit bemühen sich ausgesuchte Beamte«, warf er ein.

Jan ten Woolf machte mir plausibel, dass Kayas Bruder in dem Moment erledigt sein würde, in dem er sein Schlupfloch verließ.

Rechtsanwalt Weidenreich gesellte sich zu uns. Stolz legte er einen Schnellhefter auf den Tisch.

»Kommissar, lesen Sie!«, forderte er ten Woolf auf. »Mehr war in der kurzen Zeit nicht herauszubekommen.«

Während Jan sich in die Akte vertiefte, schwiegen wir. Schließlich klappte er den Ordner zu.

»Herr Weidenreich, ich danke Ihnen, doch ich hätte gern erfahren, woher die Informationen stammen«, sagte er, und ich merkte ihm an, dass er innerlich beunruhigt schien.

»Ein Mann lieferte sie mir, der Türke ist und die *Meerestiere* hasst und bekämpft«, antwortete der Anwalt. »Seinen Namen und seine akademische Herkunft preiszugeben brächte ihn in Lebensgefahr.«

»Diesen Mann würde ich gerne kennenlernen«, sagte Jan.

»Ich kann ihn fragen. Allerdings müssten Sie für seine und die Sicherheit seiner Freunde die Garantie übernehmen.«

»Das ist ohne Schwierigkeiten machbar«, sagte ten Woolf.

Weidenreich ging zum Telefon, wählte die Nummer und wartete. Wir hörten zu, als er sagte: »Ich bin es – Josef. Kannst du unseren türkischen Freund an den Hörer bekommen? Danke.« Der Anwalt wartete, dann sagte er: »Hör zu. Der Kommissar von Interpol möchte dich sprechen.« Er legte auf und kam zu uns.

»Heute Abend um zwanzig Uhr im *Ankara?*«, fragte er.

Ten Woolf nickte. »Für seine Sicherheit ist dann gesorgt«, sagte er.

»*Ankara* ist eine türkische Tee- und Kaffeestube«, erklärte Weidenreich. »Dort verkehren keine Deutschen und erst recht keine *Meerestiere.* Es liegt in Kreuzberg.«

Ten Woolf nickte. »In Berlin befinden sich nur einige Schlupflöcher. Im Moment haben wir hier keine ernsthaften Bedenken, denn heute Abend werden unsere Kollegen aus Düsseldorf das eigentliche Nest der *Meerestiere* ausheben. Im Industriegebiet in der Nähe einer Aluminiumhütte befindet sich innerhalb einer vor etwa zwanzig Jahren erbauten Arbeitersiedlung eine Zentrale mit eigener Druckerei und einem Waffen- und Schießkeller. Paul Hammes hat gute Arbeit geleistet.«

Ich staunte, denn mit diesen Ausmaßen hatte ich nicht gerechnet, und mir kam der Gedanke, dass Kaya und ich dieser Organisation im Weg standen. Werners Wohnung war also nicht mehr der sichere Hort.

Ten Woolf sah mich an.

»Klaus, mach uns einen Kaffee. Ich telefoniere mit meiner Kommission, damit wir heute Abend nicht die Opfer zufällig geworfener Handgranaten werden.«

Während er sich mit seinen Kollegen besprach, hantierte ich sorgenvoll in der Küche mit dem Geschirr herum.

Seinen Aussagen am Telefon konnte ich keinen Sinn entnehmen. Er sprach von Stiefmütterchen, die lila blühten, Geranien, die sich gut entwickelten und von einer Thujahecke, die gestutzt werden musste. Circa zehn Säcke Torf benötige er für den Rasen, denn er hätte Beete mit einem, vierzehn, elf, einem, achtzehn und wieder einem Quadratmeter zu versorgen.

Auch Rechtsanwalt Weidenreich hatte keinen Durchblick gewonnen, als Jan den Hörer auflegte und zu uns kam. Ich servierte den Kaffee und sagte: »Leider habe ich kein Gebäck im Hause.«

Jan lachte: »Klaus, noch werden uns die süßen Dinge vorenthalten. Aber nicht mehr lange.«

Wir rauchten zum Kaffee. Noch immer lag der Ordner auf dem Tisch, der fünf Seiten über Heemerfeld enthielt, der einer der erfolgreichsten Neuunternehmer Berlins war und entsprechend nicht nur Anerkennung fand, sondern auch Einladungen in die Kreise erhielt, die sich in Berlin zur Elite zählten.

Heemerfeld war zugegen, wenn die Bundeskanzlerin ein Essen gab oder der Bundespräsident bei Kaffee und Kuchen im kleinen Kreis sprach.

»Was hat die Akte auf sich?«, fragte ich Jan.

»Mein Freund, wir jagen alle nach Wohlstand und Anerkennung. Wenn ein Mann es nach amerikanischem Muster geschafft hat, aus dem Nichts aufzutauchen, während seine Bankkonten bersten und platzen, wechselt er die Seiten.«

Er trank vom Kaffee und sagte zu Weidenreich: »Herr Rechtsanwalt, wir sehen uns heute Abend im *Ankara* in Kreuzberg.«

»Wenn Sie das wünschen und ich Ihr Vertrauen genieße«, antwortete Weidenreich.

»Davon können nicht nur Sie ausgehen, sondern auch Ihr türkischer Bekannter«, sagte Jan.

Der Anwalt erhob sich. »Ich muss in die Kanzlei.«

Als er uns verließ, hatte ich das Gefühl, dass er nicht nur mein Rechtsberater, sondern auch mein Freund war.

»Ein Glückstreffer«, sagte Jan und fuhr fort: »Wir beide unternehmen noch einen Spaziergang. Kein Todesschütze wird eine Pistole auf dich anlegen, denn wir werden bewacht wie bei einem Staatsbesuch.« Er schlug mir vertrauensvoll auf die Schulter, wie er das so oft auf der Sea Ghost getan hatte.

»Und wohin führst du mich?«, fragte ich und setzte ironisch hinzu: »In den botanischen Garten oder in den Zoo?«

»Weder noch. Wir werden uns im Reisebüro Heemerfeld nach einer Reise erkundigen, die wir, so hoffe ich, nicht antreten müssen!«

Schon von Weitem fiel unser Blick auf das große Werbetransparent mit stilisierten Bussen, Flugzeugen und Eisenbahnen.

In fetter roter Schrift las ich die Reklamezeile *Rund um die Welt mit Heemerfeld* und im leuchtenden Orange *Ihr Kleinasienspezialist*.

Im Reisebüro lief das Geschäft mit dem Urlaub, denn der sich nahende Herbst bot denen, die ohne Schulkinder verreisen konnten, spürbare Preisabschläge.

Ein hübsches Mädchen im luftigen bunten Firmenkleid schenkte uns ihr dienstliches Lächeln.

Jan ten Woolf, dessen krausen Bart die Meeressonne gebleicht hatte, schritt an den Tresen.

»Wir benötigen eine Spezialauskunft. Mein Freund hat einen Lehrstuhl an der Universität in Ankara angenommen.« Er wies auf mich, und ich nickte der Schönheit zu.

»Oh«, entfuhr es ihr, und ich genoss ihre Bewunderung. Doch ten Woolf präzisierte seinen Kundenwunsch weiter: »Da gibt es Probleme. Es ist nicht nur der Umzug, sondern die vielen Formalitäten!«

»Wir haben uns auf solche Aufträge spezialisiert. Wenn Sie die Treppe nehmen wollen. Auf der ersten Etage befindet sich unsere Abteilung Orientumzüge.«

Erst jetzt bemerkte ich den Pfeil mit der Werbetafel. »Danke«, sagte Jan. Er schritt mir voraus.

Die Telefonanlage lag hinter Glas, an dem ein Schild mit der Aufschrift *Auskunft* hing, und erneut hörte sich eine schöne junge Frau unseren Wunsch an.

»Dritte Tür links«, sagte sie lächelnd.

Ohne anzuklopfen, öffnete Jan die Tür. Ein Angestellter erhob sich hinter seinem Schreibtisch. Er bat uns höflich, Platz zu nehmen, hörte sich unser Anliegen an und wurde aktiv. Er wollte mehr wissen.

»Wir führen die Umzüge in eigenen Fahrzeugen durch. Es könnten höchstens geringe Terminschwierigkeiten entstehen, denn, wie Sie wissen, die Arbeit wird knapp und viele türkische

Familien ziehen in ihre Heimat zurück.« Er grinste uns an, fügte, als seien wir seiner Meinung, hinzu: »Gott sei Dank.«

Mich stieß sein blasses, borniertes Gesicht ab, und ich hätte ihm am liebsten eine in die Fresse geschlagen, denn seine Arroganz missfiel mir.

»Dann verdienen Sie doch hübsch an diesen Armen«, sagte Jan ten Woolf.

Der Angestellte lächelte und spielte mit seinem Siegelring. So als verrate er ein Staatsgeheimnis, neigte er sich vor.

»Viele Diplomingenieure und auch Militärberater der Nato vertrauen uns ihr Hab und Gut an«, flüsterte er uns zu.

»Dann sind wir ja an der richtigen Adresse«, stellte Jan fest. »Professor Doktor Theo Stock ist nämlich Hobbyfunker und möchte seine Anlage mitnehmen.«

Der Angestellte musterte mich mitleidig wie ein Arzt einen kranken Patienten.

»Da müssen wir ein wenig nachhelfen«, antwortete der Angestellte, und sein Gesicht verriet einen pfiffigen Zug.

»Aber das ist nicht das einzige Problem. Mein Freund schätzt den guten deutschen Wein. Sein Weinkeller umfasst Hunderte von ausgezeichneten Moseltröpfchen, Ahr- und Pfälzerraritäten.«

»Das dürfte im Rahmen unserer Verbindungen machbar sein, allerdings wird als Gegenleistung eine geringe Bakschischzulage anfallen«, gab er mit weicher Stimme von sich.

»Machen Sie uns einen Kostenvoranschlag, und bitten Sie Ihren Chef zu uns, damit er uns die Leistungsfähigkeit Ihres Hauses bestätigt«, forderte Jan ten Woolf ihn auf.

»Sofort, doch ich benötige noch den Umfang Ihres Umzugsguts«, sagte der Angestellte.

»Na, ich schätze wir werden einen Zugwagen mit Anhänger füllen können«, antwortete Jan.

Der Angestellte langte zum Telefon.

»Herr Heemerfeld, ein Türkeiauftrag der Stufe zwei. Die Herrschaften warten in meinem Büro.«

Ich studierte die Wände, an denen werbewirksam aufgemachte Großposter imponierende Möbelwagen vor verkarsteten Gebirgswänden zeigten. Kesselwagen mit dem Schriftzug Heemerfeld standen auf weißen Fährschiffen, über die sich das Licht des Südens ergoss.

Ich erschrak, als Heemerfeld das Büro betrat. Er war so groß wie Jan ten Woolf, allerdings hatte er sein doppeltes Gewicht, wie ich schätzte.

Seine dunklen, stechenden Augen beherrschten das Umfeld, und als ich seinem Blick standhielt, stieg Angst in mir hoch. Ich befürchtete, er könnte bereits wissen, dass ich ihn von den geheimen Fotos meiner Tochter kannte. Das verhielt sich allerdings nicht so, denn schnell hatte er die Daten erfasst, die sein kommerzielles Denken bestimmten.

Jovial setzte er sich in einen Sessel, streckte die Beine von sich, hielt uns eine Zigarrenkiste entgegen und begann das Gespräch.

»Es sind oft verrückte Dinge, die sich unsere Kunden mit in den Orient schleppen lassen wollen. Grenzbeamte und Zollrichtlinien unterliegen andererseits einer nicht immer verständnisvollen Logik oder Konsequenz. Aber, meine Herren, ich habe Verbindungen, die ich gern zum Wohle meiner Kunden spielen lasse.«

Er biss das Ende der Zigarre ab, spuckte es trocken auf den Boden, hielt ein Feuerzeug an die Zigarre und machte ein paar tiefe Züge.

»Herr Heemerfeld, der Gedanke, so ganz ohne heimischen Wein, als Amateurfunker ohne Möglichkeit, mit Freunden zu korrespondieren, würde meinem Freund reichen, die Professur abzulehnen«, sagte Jan.

Ich schaute den Boss wehmütig an. »Als Junggeselle bleiben mir nur meine Hobbys«, sagte ich.

»Meine Stärke beruht auf der Partnerschaft mit einem türkischen Freund und Kollegen. Er sorgt drüben für mich und ich hier für ihn«, sagte Heemerfeld stolz.

Der Angestellte reichte seinem Chef ein Blatt.

»Preiswerter und sicherer wird keine Firma in Europa Ihr Hab und Gut, inklusive Funkanlage und Weinkeller, nach Ankara befördern. Abgesehen vom Preis würden sie Zoll- und Grenzschranken nicht passieren können. Mein Angestellter hat den Kostenvoranschlag errechnet. Unser Angebot beträgt vierzehntausend. Sie bekommen doch den Umzug erstattet?«

»Ja«, antwortete ich und nahm das Schriftstück entgegen.

Jan ten Woolf erhob sich. »Sie hören von uns, Herr Heemerfeld«, sagte er.

Wir verließen eine Firma mit hervorragendem Ruf.

Kapitel 13

Jan ten Woolf, der wie ich nur wenig Lust verspürte, im engen Apartment die Zeit abzuwarten, führte mich zu einem Café am Kurfürstendamm.

Über Berlin lagen Wolken, die sich immer enger zusammenzogen. Regen kündigte sich an.

Wir fanden unter dem internationalen Publikum noch einen kleinen Fenstertisch und bestellten Kaffee und Kuchen.

Die Geschäfte schalteten die Lichtreklamen ein. Wir sahen den Menschen nach, die an den Schaufenstern vorbeihasteten, als der Regen einsetzte.

»Klaus, dieser Heemerfeld ist weder der Gentleman noch der Biedermann, deren Rolle er spielte. Der Kerl ist ein eiskalter Gangster«, sagte Jan und rührte die Milch in seinen Kaffee. Jan wusste, wovon er sprach.

»Hat er uns durchschaut?«, fragte ich, als mir sein Blick einfiel. Mein Freund lachte.

»Ich hoffe nicht. Das wäre reichlich früh und würde meine Pläne durchkreuzen.«

»Hat er Verbindungen zu den *Meerestieren?*«, fragte ich naiv.

»Um das herauszufinden, haben wir ihn aufgesucht. Die Möglichkeit, einen fetten Auftrag an Land zu ziehen, und unsere Bürgerlichkeit haben seine Instinkte gelähmt«, sagte Jan.

»Du sprichst seine Beziehungen an?«

»Ja, vergiss nicht, dass ich jahrelang Waffen in den Libanon transportiert habe, mit Akkreditiven und Konnossementen, die sauberer waren als Wäsche nach einer Persilbehandlung«, antwortete er.

Wir aßen den Kuchen mit kleinen Pausen. Alles drehte sich plötzlich wieder um den Kampf, endlich in Freiheit leben zu können.

Jan blickte mich verzeihend an.

»Klaus, ich habe noch ein Telefonat zu erledigen.« Er erhob sich und verließ den Tisch.

Sicher konnte und durfte er mich nicht in sein Vorwissen einführen, schließlich saß er nicht nur als Freund bei mir, sondern auch in der Rolle eines Kommissars von Interpol.

Ich schaute auf den Kurfürstendamm, auf den nun der Regen prasselte. Menschen eilten unter Schirmen vorbei. Ich entdeckte zwei junge Männer, die sich in sommerlicher Kleidung wie Brüder an einen Baum lehnten. Sie gehörten zu den Beamten, die uns vor den *Meerestieren* schützen sollten.

Ich hatte den Kuchen gegessen, ohne dass ich mich an seinen Geschmack erinnern konnte.

Vielleicht hatte auch Inga hier an dem Tisch gesessen, als ihre Samariterrolle sie ins Abseits geführt hatte.

Ich wusste, dass wir in Kürze ein Taxi anhalten würden, um uns zu dem türkischen Lokal *Ankara* fahren zu lassen.

Zehn Säcke Torf, hatte Jan ten Woolf bestellt, und ich vermutete, dass zehn Beamte das Lokal versteckt, vielleicht auch verkleidet bewachen würden.

Jan kam zurück. Aufgeräumt, als stimme ihn alles fröhlich und uns stünde ein Fest bevor, sagte er: »Klaus, alter Kumpel, vertreib die Sorgenfalten aus deinem Gesicht. Denke an Kaya. Sie wartet darauf, dass du wie ein Prinz im Märchen die Hecken überspringst.«

Er winkte die Bedienung an den Tisch und bezahlte. Draußen klatschte uns der Regen ins Gesicht. Ich hastete hinter Jan her, der ein Taxi anhielt. Während ich mich hinten kleinlaut auf die Rückbank verzog, wies Jan den Fahrer an, uns nach Kreuzberg zu fahren.

Durch die Heckscheibe beobachtete ich einen VW-Bully, der uns folgte.

In Kreuzberg forderte Jan den Fahrer auf, uns in der Nähe des *Ankara* abzusetzen.

Hohe Wohnsilos alter und neuer Prägung, Laternenschein, buntes Licht aus Geschäften. In grüner Schrift tauchte das *Ankara* vor uns auf. Jan ließ den Fahrer noch eine Straßenecke nehmen, dann standen wir im Nieselregen vor grauen Häuserfronten.

Ich wollte mir die Frage nicht stellen, was mich das eigentlich noch alles anging. Denn die Antwort war leicht zu finden. Es ging um die Zukunft meiner Tochter Inga. Doch auch Kaya bedurfte unseres Einsatzes, und ich hoffte auf die Entschädigung, die darin bestehen konnte, noch ein Jahrzehnt an der Seite der kleinen Person zu leben, deren zerbrechliche Schönheit mein Altern bremsen helfen sollte.

Jan ten Woolf sprach nicht. Er suchte ein Ziel, dem ich mich anschloss.

Es war nicht so, als hätte ich meinen Mut verloren. Im Gegenteil, auch ich war bereit zu kämpfen. Nur legte sich die triste Umgebung auf mein Gemüt, und ich atmete erst erleichtert auf, als wir das *Ankara* betraten.

Ich hatte das Gefühl, Berlin verlassen zu haben. Orientalische Lichtfeindlichkeit zauberte eine Gemütlichkeit, wie ich sie in Istanbul kennengelernt hatte.

Eine Welt für sich, hinter einer eigenen Mauer, abgeschirmt vom Stress der Uhr, saßen Türken vor ihrem Tee, ließen Steine über Brettspiele hopsen. Teelichter schufen eine Atmosphäre, die dem Land entnommen war, das auch Kayas Heimat war.

Jan ten Woolf hatte Rechtsanwalt Weidenreich entdeckt, der in einer dunklen Ecke mit einigen Männern am Tisch saß.

Jan stieß mich an, und ich folgte ihm. Josef Weidenreich erhob sich, stellte uns vor, wies dann auf die Männer und sagte:

»Sie sind Freunde der türkischen Demokratie, die alle Gewalt ablehnt.«

Ein schwerer Mann mit umgebundener weißer Schürze fragte nach unseren Wünschen.

Wir bestellten Kaffee. »Espresso?«, fragte er. Wir nickten.

Meine Augen hatten sich an die Dunkelheit gewöhnt, und ich betrachtete die drei Türken, die uns gegenübersaßen.

Die Männer hatten kantige Gesichter. Ihr Kampf um die Existenz ihrer Familien hatte sie geprägt.

Niemand sprach. Erst als der Wirt uns den Kaffee servierte, sagte Josef Weidenreich: »Lieber Herr Doktor, mein Freund ten Woolf ist Ihnen dankbar über die Studie des Herrn Heemerfeld. Er möchte aber noch gern, wenn Sie es gestatten, einige Fragen stellen.«

Jan sagte: »Wir haben vor wenigen Stunden den Unternehmer Heemerfeld aufgesucht, ihm einen Umzugsauftrag nach Ankara avisiert. Er gab freimütig zu, als es um illegales Umzugsgut ging, einen Partner in der Türkei zu haben, der diese Geschäfte für ihn regele, wie er sie auch für seine Aufträge in Deutschland einsetze. Kleine Verstöße gegen Einfuhrbeschränkungen gibt es demnach auf beiden Seiten?«

Dieser türkische Doktor sah gut aus. Er hatte auf den landesüblichen Schnurrbart verzichtet. Sein Haar war kurz geschnitten. Sein Gesicht verriet Bildung und Intelligenz.

»Herr ten Woolf, Sie sehen die Rolle des Unternehmers Heemerfeld richtig. Sie suchen allerdings nach einem Plan, nach dem große Rauschgiftsendungen in die BRD oder in den benachbarten EU-Raum verbracht werden. Ihr Erfolg mit der Sea Ghost in Amsterdam war nur ein Teilsieg.«

Ich verspürte, wie Jan nervös seine Oberschenkel hin und her bewegte. Er neigte sich vor. »Herr Doktor, ich glaubte, den Handel mit Rauschgift vergessen zu können. Mir geht es um den Boss der *Meerestiere*«, sagte er forsch.

Das zynische Lachen des Türken stieg auch mir unter die Haut.

Der Mann, der neben dem Doktor saß, ein kräftiger Türke mit riesigem Schnurrbart, zog ein DIN-A4-Foto hervor und schob es Jan zu.

Das Licht der Tischleuchte fiel darauf. Ich erkannte die Werbeschrift *Heemerfeld* und stellte fest, dass der LKW auf einem Autofriedhof zu stehen schien.

Der Türke schob ein zweites Bild nach. Um einen Tankzug standen Soldaten und zogen Gewehre aus den Anschlussstutzen.

»Heemerfeld schmuggelt Waffen«, stellte Jan ten Woolf fest.

»Und zurück Opium«, antwortete der Türke, der der Dritte im Bunde war. Er fuhr fort: »Ich nicht sprechen gut Deutsch, aber noch muss ich sprechen von diese Foto, die nicht haben will jemand.«

Auch seine Bilder waren im Großformat. Sie zeigten einige Männer, die mich mit ihren ausgemergelten Gesichtern und den kahl geschorenen Köpfen hinter Gittern an Fotos unserer dunklen Vergangenheit erinnerten.

»Das sind Fahrer der Autos, gesteuert große LKW. Angeklagt wegen Waffenschmuggel und Opiumtransport, und sie nicht kennen Fracht, sondern glauben an Brief, was ist internationales Dokument. Und dann Gefängnis! Aber ist türkische Gefängnis nicht deutsches. Es ist Hölle!«

Mir liefen Schauer über den Körper, denn ich hätte mit ein wenig Pech auch dort landen können.

Der Doktor ergriff das Wort. Er beherrschte unsere Sprache perfekt und sagte: »Hinzu kommt, dass die Fahrzeuge hoch versichert sind, als verschrottet gelten, beziehungsweise für verunglückt erklärt, die Fahrer für tot gehalten werden und Heemerfeld hohe Versicherungssummen kassiert, ohne sich um die in Gefängnissen darbenden Fahrer zu kümmern. Dabei ist die Gewinnaussicht so hoch, dass es reicht, wenn von drei Lastzügen nur einer sein Ziel erreicht.«

Das klang in der Tat nach einem Riesenverbrechen.

Aber Josef Weidenreich suchte nach der fehlenden Logik.

»Wenn Fahrzeuge der Firma Heemerfeld in der Türkei beschlagnahmt werden, weil sie illegales Gut transportieren, dann müssen die Behörden doch gegen seine Firma vorgehen«, sagte er.

Der Doktor lachte erneut.

»Mein Freund, das würde in Berlin so gehandhabt werden, aber bei uns ist die Logik eine andere. Der Fahrer ist es, der verantwortlich ist für das, was er transportiert, und nicht ungreifbare Gesellschaften, Strohmänner oder Drahtzieher ferner Länder. Das hat historische Ursprünge. Der, der auf dem Kamel sitzt, der kennt das Gepäck, nicht der, der behauptet, es sei sein Tier.«

Das wirkte nicht konstruiert.

Jan ten Woolf fragte: »Aber die Fahrer haben Angehörige. Diese wenden sich doch sicher an die Botschaft, und der Schwindel muss dann doch auffliegen!«

Der Doktor sagte ernst: »Heemerfeld hat es leicht. In Deutschland sind viele junge Leute arbeitslos.« Er schob Jan einen verschlossenen Briefumschlag zu. »Lesen Sie den Brief zu Hause!«

Jan nahm den Umschlag und steckte auch die Fotos wie Heiligtümer unter seine Wetterjacke.

»Wie heißt die türkische Partnerfirma, die mit Heemerfeld zusammenarbeitet?«, fragte er.

So, als hätte er den ganzen Abend nur darauf gewartet, den Namen loszuwerden, sagte der Doktor: »Chegül, Istanbul, Muraf Cadde 13.«

Er fuhr fort: »Er ist der Anführer der *Meerestiere*. Ihm und

Heemerfeld gehören Wohnungen im Düsseldorfer Raum, in denen die Terroristen Unterschlupf finden.«

»Ich danke Ihnen, Herr Doktor, ich habe verstanden«, sagte Jan ten Woolf.

Als wir Anstalten machten, unsere Getränke zu bezahlen, protestierten die Türken. Wir verabschiedeten uns und verließen das *Ankara*.

Weidenreich führte uns zu seinem Mercedes. Wir sahen den VW-Bully, den als städtische Bedienstete getarnte Polizeibeamte in der Nähe abgestellt hatten. Sie besserten eine defekte Straßenleuchte aus und luden das Gerät auf, als wir davonfuhren.

»Legen Sie die Fotos vorerst in Ihren Tresor, Herr Weidenreich«, sagte ten Woolf.

Der Anwalt steuerte den Wagen zu seiner Kanzlei. Wir blieben im Mercedes sitzen, als er die Fotos an sich nahm und die Tür seiner Kanzlei aufschloss.

Doch wie vom Blitz getroffen, erschien er nur wenige Sekunden später und stotterte aufgeregt: »Ein Einbruch!«

Wir folgten ihm in die Kanzlei. Der Tresor war aufgesprengt worden. Die Tür hing zerfetzt in den Angeln.

»Die Fotos und Negative?«, fragte ich entsetzt, denn mir war blitzschnell klar geworden, dass sich Ingas Situation ohne Beweismaterial sehr verschlechtern würde.

Weidenreich sah mich an. »Die liegen im Safe meiner Bank«, antwortete er erleichtert.

»Herr Weidenreich, lassen Sie alles so, wie wir es vorgefunden haben«, sagte ten Woolf. »Wir fahren zum Apartment. Dort sind wir vor Nachstellungen sicher.«

Wir schwiegen, während der Anwalt den Mercedes durch den aufgelockerten Verkehr fuhr.

Ich sah den VW-Bully in sicherem Abstand hinter uns.

Weidenreich fand eine Parklücke, und als wir das Haus betraten, grüßten uns Beamte, die ten Woolf kannten.

Mein Biervorrat reichte. Wir setzten uns an den Tisch.

Jan öffnete den Brief, den der türkische Doktor ihm ausgehändigt hatte, und las ihn uns laut vor.

Ein Fahrer der Firma Heemerfeld war der Absender, ein junger Mann, in dessen Fahrzeug die türkische Polizei Waffen gefunden hatte.

Lebenslänglich, so das Gerichtsurteil. Ohne Anwalt und ohne Sprachkenntnisse lebte er unter Mördern in total menschenunwürdigen Zellen innerhalb eines Barackenlagers, aus dem keiner gesund in die Freiheit zurückfinden konnte.

Sein Schreiben an die deutsche Botschaft in Ankara war nicht weitergereicht worden.

Er vegetierte ohne Hoffnung im Schmutz und Dreck, im Winter hinter offenen Fenstern ohne Heizung, im Sommer während der Hitze bei Wasser und Brot.

Heemerfeld hatte die Versicherungsprämie kassiert, so verkündete der hinzugefügte Nachsatz eines Helfers. Der Fahrer galt dabei als tödlich verunglückt.

Uns war klar, dass dieses herzzerreißende Schreiben illegal in die Hände des türkischen Doktors gelangt war.

Entsetzt sagte ich: »Der große Mann genießt höchste Ehrungen, während meine Tochter, die sich in Gefahr begeben hat, um Verbrechen aufzudecken im Vorgriff auf ihren späteren Beruf, im Gefängnis sitzt. Der junge Student Dotter musste sein Leben lassen für seine idealistische Gesinnung.«

Rechtsanwalt Weidenreich, der die Schrift des Briefes sehr genau analysierte, hätte mit Sicherheit die Möglichkeit einer Fälschung in Erwägung gezogen, wenn die Gangster nicht in seiner Kanzlei eingebrochen hätten.

Jan ten Woolf, dem das Bier besonders gut zu schmecken schien, sagte scherzhaft: »Heemerfeld hält sein Versprechen. *Rund um die Welt mit Heemerfeld*, nicht wahr, Klaus?«

Dann erhob er sich, ging zum Telefon, und wir hörten, wie er mit mehreren Dienststellen sprach und dazu fast eine Stunde benötigte, bis er wieder zu uns kam.

Ich musste lachen, als ich mir vorstellte, was mein Freund Werner Selter sagen würde, wenn die Post ihm die Gebühren vom Konto abbuchte.

Gegen acht Uhr rief Weidenreich seine Büroangestellte zu Hause an, berichtete ihr den Vorfall und bat sie, den Klienten höflich neue Termine zu nennen, da er dringend außer Haus sei. Er bat sie auch, die Kripo über den Einbruch zu benachrichtigen, und entzog sich auf diese Weise den zu erwartenden neugierigen Fragen der Polizei.

Wir kamen gern dem Vorschlag Jan ten Woolfs nach, in einem Café am Kurfürstendamm zu frühstücken.

Wir verließen das Apartmenthaus nicht allein. Zwei Kombifahrzeuge folgten uns. Selbst als wir einen Tisch fanden, der im hinteren Raum des Cafés lag, nahmen nicht weit von uns junge kräftige Männer an einem Tisch Platz.

»Wir stehen auf der Abschussliste der Terroristen«, sagte ten Woolf so ruhig, als spräche er über Brötchen, die uns die Bedienung in einem Körbchen servierte.

Die Menschen gingen ihren Alltagsgeschäften nach, die breiten Bürgersteige füllten sich, und wir sahen, wie uns gegenüber die Geschäfte ihre Türen öffneten.

Ein junger Mann vom Tisch mit unseren Bewachern näherte sich mit einer Zigarette in der Hand unserem Tisch. Er bat ten Woolf um Feuer, und ich beobachtete, wie ein Briefumschlag blitzschnell in Jans Hand verschwand.

Jan legte die Fotos und den Brief aus dem Gefängnis unbemerkt zwischen die Seiten einer Morgenzeitung und reichte sie dem anderen.

»Wir benötigen sie nicht mehr«, sagte er.

Jan ten Woolf öffnete den Brief, las und informierte uns.

»Die amtlichen Kennzeichen des Lastkraftwagens«, flüsterte er und steckte den Brief in seine Jackentasche.

Mir gelang es nicht, das Frühstück zu genießen. Mein Magen war wie zugeschnürt, obwohl ich auf der Sea Ghost in ganz anderen Situationen meinen Appetit nie verloren hatte.

Ten Woolf bezahlte schließlich.

Nicht weit entfernt vom Café fanden wir ein Taxi. Jan ließ sich vom Fahrer umständlich einen Stadtplan vorlegen, benutzte seine holländische Sprache, während er sich dauernd orientierend umsah. Schließlich sagte er: »Fahren Sie uns zur Universität.«

Meinen Angstgefühlen erlegen, blickte ich mich nervös um, während Weidenreich gelassen neben mir dösend aus dem Fenster schaute.

An der Uni wechselten wir das Taxi und fuhren auf Umwegen wieder in die Innenstadt. Vor dem Glaspalast einer Versicherungsgesellschaft stiegen wir aus und betraten das Gebäude.

Jan hielt seinen Dienstausweis in der Hand und stellte mich als Kollegen vor. Weidenreich konnte sich als Rechtsanwalt ausweisen.

Der Mann in Livree winkte einen jungen Mann zu sich, der bereits auf uns gewartet zu haben schien.

»Direktor Doktor Zeh erwartet Sie«, sagte er und führte uns zum Aufzug.

Als das Anzeigefenster die Acht aufleuchten ließ, hatten wir die Chefetage erreicht.

Das Büro glich einem luxuriösen Apartment, und Doktor Zeh entsprach dem Abbild eines Managers, wie ich sie gelegentlich in den Zeitungen abgebildet sah.

Höflich, als seien wir drei Könige aus dem Morgenland, wies er uns die weichen Sessel an, in denen wir fast versanken. Er bot uns Getränke an, wie ein Ober einer Promiabsteige, schob uns die Kiste mit den gängigen Zigarettenmarken zu und deutete an, dass er zu unseren Diensten stand.

Der junge Mann, vielleicht sein akademischer Assistent, war bereit, unsere Wünsche zu erfüllen.

Aber ten Woolf, der das krasse Gegenbild des gepflegten Mannes darstellte, der selbst seine Gesichtszüge morgens zu bügeln schien, kam direkt zum Thema.

Er zog einen Brief aus der Tasche. »Uns interessiert ein Schadensfall, den Sie abgewickelt haben«, sagte er forsch. »Es handelt sich um einen Lastzug, Kesselfahrzeug mit Anhänger, amtliches Kennzeichen B-AX 6161, Unfallort Lüleburgaz bei Istanbul.«

Doktor Zeh rauchte, hielt seine Zigarette vornehm in der Nähe der Fingerkuppen zwischen seinen Fingern.

»Die Unterlagen werden uns sogleich zur Verfügung stehen«, antwortete er und fragte: »Wollen Sie nichts annehmen, nicht einmal einen Kaffee?«

Jan ten Woolf winkte ab. »Wir kommen gerade vom Frühstück.«

Doktor Zeh versuchte es mit dem Wetter, um uns gesprächig zu machen. Doch es gelang ihm nicht.

Der Assistent kam nicht allein zurück. Ihn begleitete ein etwa sechzigjähriger Glatzkopf, der sich als Doktor Riehm vorstellte und die juristische Betreuung der Schadensabwicklung versah, die Lappaliensummen überstiegen.

Wir hörten zu, als er dozierte, dabei die Akte in den knochigen Händen hielt: »Der Lastzug ist auf der Strecke von Edirne nach Istanbul nach einem Überholmanöver vor Lüleburgaz durch Verschulden des Fahrers gegen eine Felswand geprallt. Der Fahrer kam dabei ums Leben. Als Zeugen haben drei türkische Staatsbürger unterschrieben, deren Namen und Adressen hier verzeichnet sind.«

Wir sahen uns an.

»Was stört Sie daran?«, fragte Doktor Zeh. »Ein entsprechender Bericht der türkischen Polizei ist beigeheftet.«

»Wie hoch war die Versicherungssumme?«, fragte Weidenreich.

Der Glatzkopf las die Akte: »Nach genauer Ermittlung, unter Berücksichtigung der Abschreibung und der wertvollen Fracht, chemische Grundsubstanzen, zahlten wir vierhundertfünfzigtausend Euro an den Fuhrunternehmer Heemerfeld.«

Jan ten Woolf erhob sich.

»Herr Doktor Zeh, reicht Ihnen meine Position als Kommissar von Interpol aus, uns eine Kopie auszuhändigen? Herr Weidenreich als Anwalt kann eine entsprechende Bestätigung anfertigen. Oder ist es Ihnen lieber, wenn der Staatsanwalt selbst diese Akte anfordert?«

Doktor Zeh wurde böse.

»Wenn dieser Fall Ihr Interesse gefunden hat, dann möchte ich lieber, dass der Staatsanwalt ihn übernimmt!«, sagte er scharf.

»Danke«, antwortete Jan ten Woolf.

Wir verließen das Prachtbüro, durch dessen Fenster wir bis zum Olympiastadion sehen konnten.

Zu meiner Verwunderung nannte Jan dem Fahrer des Taxis, das uns der Portier herbeitelefoniert hatte, die Anschrift des Apartments meines Freundes Werner.

Während der Fahrt schwiegen wir. Erst als wir wieder in der kleinen Wohnung saßen, sagte Jan ten Woolf: »Gut, dass wir über Telefon die Außenwelt erreichen können. Wir sitzen hier sozusagen in einer Festung.«

Er machte langen Gebrauch von dieser Möglichkeit, sprach mit vielen Dienststellen und gab schließlich noch eine Bestellung an einen Supermarkt durch.

Als er zurückkam, sagte er grinsend: »Verhungern werden wir nicht. Selbst unser Biervorrat wird aufgefrischt. Das Haus ist umstellt, und die Beamten lassen niemanden zu uns, den sie nicht bis auf die Geschlechtsteile untersucht haben. Die Aktionen laufen auf vollen Touren.«

Und so war es auch.

Beamte brachten uns die Lebensmittel, und ein Skatspiel meines Freundes sorgte für eine angenehme Beschäftigung.

Bis in die Nacht spielten wir, reizten die Karten, denn wir wussten, dass die, die unser Verderben wünschten, nun zu Gejagten geworden waren.

Wer konnte es uns verdenken, dass wir während der Nacht eine Siegesfeier vorweg feierten.

Jan und ich nahmen Weidenreich im beseelten Zustand, dafür dennoch aufrichtig und herzlich, als Dritten im Bunde auf.

Am Morgen duzten wir uns und schleppten mit leeren Blicken und brummenden Schädeln das Leergut beiseite.

Wir putzten, spülten und saugten Staub, um Werner Selter für seine Rückkehr aus seinen dienstlichen Verpflichtungen das Apartment wieder im vollen Glanz zu übergeben.

Wir empfanden es als Ehre, als uns gegen elf Uhr ein Polizeiwagen abholte, um uns zum Präsidium zu bringen. Dort empfing uns ein Kriminaldirektor, den wir bisher noch nicht gesehen hatten.

Nach seinem Händedruck, den er uns wie eine Segnung zuteilwerden ließ, führte er uns in ein Besucherzimmer, in dem bereits die Kommission Platz genommen hatte, der Jan angehörte.

Das Empfangsgemurmel war der Beifall für das, was sich ohne unser Wissen in der Nacht ereignet haben musste. Auch Doktor Busker nickte mir freundlich zu.

Ich traute meinen Augen nicht, als Inga und Kaya hereingeführt wurden, doch nicht in Handschellen, nein, sie hatten aus ihren Koffern gezaubert, was dem Empfang entsprechen konnte.

Inga stürzte mir entgegen, küsste mich, und es fehlten auch nicht ihre und meine Tränen, die ein Kapitel abschlossen, in das die anwesenden Beamten erst am Ende Einblick gewonnen hatten.

Jan nahm mir Inga aus den Armen, winkte Kaya zu mir, und dieser Partnerinnentausch fand keine bösen Zungen.

Ohne Rücksicht küsste ich Kaya, und meine Liebe gab ihr das Selbstbewusstsein, den Herren entgegenzulächeln, die hier das Verbrechen von Büros aus bekämpften, während ich draußen wie einer von ihnen die Front gesehen hatte.

»Nun wird alles wieder gut«, flüsterte ich Kaya zu, und ich weiß nicht, ob es Weidenreich war, der in die Hände klatschte, dem sich alle Anwesenden anschlossen. Ein wahres Happy End!

Kaffee wurde gereicht und Kuchen ausgeteilt. Inga saß neben Jan, sie hielten sich an den Händen.

Doch noch mussten Protokolle getippt werden, und wir erfuhren, dass Heemerfeld verhaftet worden war und die Leitung nach Istanbul stand, denn dort hatte man Chegül festgenommen, der mit seinem Rauschgifthandel die *Meerestiere* finanziert hatte.

Aus Düsseldorf erfuhren wir, dass Paul Hammes einen vernichtenden Schlag gegen die *Meerestiere* gelandet hatte.

Wir klatschten bei jeder Erfolgsmeldung vor Begeisterung in die Hände.

Auch in Berlin hatte man Terroristen festgenommen.

Als ein Beamter der Schutzpolizei erschien und meldete, dass mein Golf aus Holland überführt worden sei und mir vor dem Präsidium wieder zur Verfügung stand, fasste ich den Gedanken, mich so schnell wie möglich zu meinem Schulleiter zu begeben.

Nun, es dauerte eine Weile. Wir unterschrieben die ersten Protokolle und wussten, dass weitere später noch folgen würden, wenn wir bereits das Geschehen in die Vergessenheit verbannt hatten.

Eine Beamtin brachte Inga ein Fernschreiben.

Ich sah, wie meine Tochter blass wurde. Jan ten Woolf nahm sie in den Arm, als sie ihm das Schreiben reichte.

Er strahlte.

Schließlich kam ich in den Besitz der glücklichen Botschaft.

Eine große Illustrierte hatte meiner Tochter ein Angebot unterbreitet, ihr Bildmaterial mit einem Bericht zu veröffentlichen.

Ein Bilderbuchende, dachte ich und wusste nicht, warum meine Freude mich nicht dazu hinriss, überschwänglich den Abschied zu suchen, ein Festessen zu arrangieren oder zumindest allen Anwesenden die Hände zu drücken.

»Inga, begleitest du uns nach Norddeich?«, fragte ich meine Tochter.

»Vater, Jan und ich, wir werden uns verloben«, sagte sie. »Ich bleibe bei ihm. Und nun muss ich mich ja um meinen Bericht kümmern.«

Alle Anwesenden wünschten uns Glück, und Weidenreich erinnerte mich daran, dass er mir als Spezialist für Beamtenrecht zur Verfügung stand.

Mein Golf wurde mir gegen Quittung ausgehändigt.

Ich fuhr nicht direkt auf die Autobahn, um Ostfriesland zu erreichen.

Mein Freund Werner Selter konnte nichts dagegen haben, wenn ich nach all dem, was ich erlebt hatte, sein Bett während meiner letzten Nacht in Berlin mit Kaya teilen würde.

Am späten Morgen fuhren wir los. Ich zählte die Kilometer mit, die uns von Berlin zu trennen begannen.

Kaya saß neben mir. Sie hatte die Karte auf dem Schoß liegen, die wir eigentlich bei der exakt ausgeschilderten Strecke nicht benötigten.

Das Sommerkleid stand ihr gut, obgleich sie sich darin nicht sonderlich wohl fühlte, denn sie hatte kaum Möglichkeiten gehabt, ihre verbrauchte Garderobe auszubessern oder gar zu erneuern.

Hin und wieder strich ich ihr über das lange schwarze Haar und erzählte ihr von meiner Heimat, die sie bald auch als die ihre betrachten würde.

Unser Golf fraß die Kilometer. Wir unterbrachen die Fahrt erst, als wir Hannover hinter uns gelassen hatten. In einer Autoraststätte tranken wir einen Kaffee, tankten den Wagen auf und fuhren wie Kinder unseren Träumen entgegen.

Natürlich dachte ich an meine Schule, während Kaya auf die Musik lauschte, die der Rundfunk sendete. Sie liebte wie ich klassische Konzerte.

Die Argumente, die, wie ich annehmen konnte, mein Direktor in einer Anklageschrift zusammengetragen hatte, mussten zerplatzen wie Luftballons angesichts meiner hinterlassenen mehrbändigen Protokolle, die nicht nur deutsche Polizeidienststellen interessierten.

Erst recht müsste Inga, meine Tochter, zum Star Ostfrieslands avancieren, wenn ihre Fotos und ihre Erlebnisse als Sensation in der berühmten Illustrierten erscheinen würden. Inga war schließlich eine Schülerin unseres ehrwürdigen Norder Gymnasiums!

Musste nicht auch mein Oberschulrat nach Abwägung aller Tatsachen meinen Einsatz im Kampf gegen das Verbrechen mit lobenden Worten anerkennen?

Aus dem Radio erklangen die vier Jahreszeiten von Vivaldi.

Ich warf einen Blick auf Kaya, die versunken die Augen geschlossen hielt und bequem im Autositz saß.

Der Sommer würde sich mit wenigen Sonnentagen bald verabschieden und dem Herbst das Feld überlassen. Unsere Strände, ohne Strandkörbe, lagen dann unter dichten, tief ziehenden grauen Wolken, und Herbststürme trieben bei Flut hohe Wellen heulend gegen die schützenden Deiche.

Ich liebte diese Stimmungen und verkroch mich gern nach langen Spaziergängen in meinem Bungalow, zündete das Feuer im Kamin an und überließ mich Gedanken, die mir im Sommer nicht kamen.

Vivaldi drückte das aus, was ich dachte, und Kaya neben mir schien es zu träumen.

Ich überlegte mir, ob ich mit Kaya nicht noch einen Urlaubstag im Sauerland verbringen sollte, sozusagen als ein Geschenk für unsere zurückgewonnene Freiheit!

Die Sonne schien, und morgen konnte es regnen. Mein Bungalow in Norddeich konnte auch noch einen weiteren Tag unbelebt auf uns warten.

Es war schon später Nachmittag, als ich die Autobahn verließ und die Bundesstraße nahm, die über die bewaldeten Hänge des Hochsauerlandes führte. Kleine Fachwerkhäuser, Dörfer mit stumpfen Kirchtürmen entsprachen unseren Träumen vom gemeinsamen Glück.

Völlinghausen hieß der kleine Ort, durch den wir fuhren, und nach etlichen Kilometern folgten wir einem Hinweisschild, das uns zu einer romantischen Pension führte, die sich *Talblick* nannte.

Schon vor dem Parkplatz blickten wir hinunter auf die sich um einen Fluss schlängelnde Straße und die mit Tannen bewachsenen Berghänge.

In der Pension gab es noch ein freies Zimmer.

Ein Spaziergang durch einen Buchenwald, Hand in Hand, füllte unsere Lungen mit frischer Luft. Erste Nebel zogen Schleier, und das Rascheln der Baumkronen, wenn der leichte

Wind nach ihnen griff, schuf eine Melodie, die Vivaldi übertraf.

Oft blieben wir stehen und küssten uns, schworen uns Treue und haderten nicht mehr mit unserem Schicksal.

Was hinter uns lag, sollte das Fundament für die Zukunft sein.

Verlaufen konnten wir uns nicht, denn der Rundweg endete dort, wo wir ihn betreten hatten.

Wir fühlten uns wie auf Wolken und selbst im Restaurant verspürten wir noch den Holzgeruch des Waldes, als wir an einem Tisch saßen, die getäfelten Wände und Deckenbalken uns wie Garanten der Zukunft erschienen.

Bratkartoffeln mit Zwiebeln und Schinkenwürfeln und Gurken aßen wir wie ein vorgezogenes Hochzeitsessen.

Den Abend krönten wir mit einem Gläschen Wein.

Ich zeichnete auf einem Bierdeckel den Grundriss des Hauses, das für viele weitere Jahre unser Zuhause sein würde.

Unser Zimmer mit soliden Holzmöbeln und breitem französischen Bett wurde zum Paradies.

Durch das Fenster strömte die würzige Waldluft herein, und die kleinen Nachttischlampen warfen Schatten auf die Holzwände, während sich unsere nackten Körper mit ihrer braunen Sommerfarbe im gelben Licht von dem weißen Bett abhoben.

Unvergesslich die Liebesfunken, die wie zuckende Blitze unsere Körper erregten.

Aber auch unvergesslich die Mattheit, die uns als Lohn für himmlische Minuten überfiel, in denen wir in einer Welt waren, die wir zusammen als eine Einheit erlebt hatten.

Ich warf Kaya die leichte Decke über, küsste sie, ordnete ihr Haar und schritt ans Fenster, eine Zigarette zum Abschluss rauchend.

Unter mir lag das Tal, in dem nur wenige Lichter brannten.

Ich atmete die nach Moor, Blütenstaub und Fichten duftende

Luft tief ein und suchte vergeblich die schwarze Wand der Tannenwälder nach weiteren strahlenden Punkten ab.

Aber selbst der Himmel zeigte keinen Stern, denn Wolken mussten aufgekommen sein, während wir das sauerländische Bauernfrühstück zu uns genommen hatten.

Kaya schlief bereits, als ich mich zu ihr legte und die Decke mit ihr teilte.

Zum Frühstück gab es Milchkaffee, krustiges Bauernbrot, sauerländische Zwiebelwurst und Käse, mit dem Blick auf die Berge durch unverhangene Fenster.

Es war frisch und kühl, als wir die Pension *Talblick* verließen. Die Sonne fand nur gelegentlich den Weg aus den Wolken.

Die Wälder, die seitlich der Straße standen, trugen in den Spitzen bereits das erste Bunt des sich ankündigenden Herbstes.

Wir fuhren an der Möhne-Talsperre vorbei und gelangten bald darauf auf die Autobahn.

Nun hatten wir es eilig, denn Kaya fieberte förmlich ihrer zukünftigen Heimat entgegen.

Ich hatte ihr erzählt, dass wir von einem Ferienland in das andere fuhren, von den weiten grünen Wiesen mit dem Buntvieh, den rot gedeckten Bauernhöfen und den aus Backsteinen und auf Warfen errichteten Kirchen, die Eindrücke hinterließen, wie sie in Europa einmalig waren.

Unser Autoradio stand mir zur Seite mit einem gesendeten Suchspiel für Hörer, die um diese Zeit aus vielen versteckten Hinweisen einen Ort entdecken mussten, der in der Nachbarschaft Nordens lag, wie ich schnell erkannte.

Kaya machte gedanklich mit, hörte die Shantymusik, fand Gefallen an dem Lied *Wo die Nordseewellen trecken an den Strand*, und meine Hinweise machten sie noch neugieriger.

Es war Greetsiel, das Fischerdorf. Doch das Funkrätsel sollte nicht ich, sondern die mitratenden Hörer lösen.

Ich fuhr fast Höchstgeschwindigkeit auf der Hansalinie, denn auch ich sehnte mich plötzlich nach meinem Zuhause und wusste, dass mein Bungalow mich nun nicht mehr mit trister Stille empfing, wenn ich vom Dienst kommen würde.

Wir gönnten uns keine Pause mehr. Kaya fand bestätigt, was ich ihr vorgeschwärmt hatte, als wir uns Ostfriesland näherten.

Aus dem Autoradio klang eine Orgelmusik, die von einem kanadischen Meister gespielt wurde. Der Organist entlockte den Pfeifen jubilierende Töne, die nach Hochzeit und Taufe klangen.

Als der Reporter verkündete, dass wir die Arp-Schnitger-Orgel der Ludgerikirche von Norden gehört hatten, konnte ich Kaya unsere gemeinsame Heimat noch schmackhafter machen.

Die Bundesstraße, die verglichen mit der Autobahn das letzte Stück der Autofahrt quälend langsam gestaltete, lag endlich hinter uns.

»Wir sind zu Hause«, jubelte ich und fuhr über die Norddeicher Straße, die Norden mit Norddeich verband.

Mein Bungalow lag in einer Nebenstraße. Ich sah keinen Nachbarn, als ich den Wagen auf mein Grundstück fuhr.

Der graue Himmel hing tief über uns und nahm dem späten Nachmittag das Licht. Die Feuchtigkeit und der driftende Wind griffen in unsere noch sommerliche Kleidung. Er kühlte unsere sonnengebräunte Haut.

Verwundert blickte ich auf Kaya, die für einige Sekunden in ein Schweigen gehüllt in ihrem Autositz verharrte.

»Komm, meine kleine orientalische Perle. Träum deine Träume aus Tausendundeiner Nacht in meiner bescheidenen Hütte weiter«, forderte ich sie fröhlich auf.

Kaya verließ das Auto, warf die Tür hinter sich zu und folgte mir mit kleinen Schritten.

Ich schaute mich nach allen Seiten um, sah keine Nachbarn, die ich begrüßen musste, und war froh darüber, denn so entging ich neugierigen Fragen.

Die letzten Sommerblumen hatten sich ohne meine Pflege mitten im Unkraut prächtig entfaltet.

Plötzlich kam mir mein Haus unheimlich vor.

Gerade trieb eine tiefe schwarze Wolke über uns und nahm dem rötlichen Klinker und den blauen Fensterläden, die ich vor der Reise verschlossen hatte, den farblichen Glanz.

Ich nahm Kaya an die Hand. Sie wirkte kalt und feucht in der meinigen.

»Kaya, die Strapazen der Reise, die Sorge um deinen Vater und das fehlende Mittagessen, vergiss es! Wir stehen vor dem Paradies«, sagte ich, um sie und auch mich aufzumuntern.

Ich ließ Kaya los, nahm den Schlüssel und öffnete die massive Holztür.

Mir kam die Dunkelheit des Korridors unheimlich vor, und ich fand die Erklärung darin, dass uns die Sonne des Mittelmeers mit Licht verwöhnt hatte.

Ich fand den Schalter der Deckenbeleuchtung. Kaya folgte mir ängstlich. Der lange Flur lag im Schatten. Ich öffnete die Tür zum Wohnzimmer. In der Dunkelheit erkannte ich die Umrisse unserer Möbel, die meine verstorbene Frau mit viel Geschmack ausgesucht und mit Liebe gepflegt hatte.

Ich griff nach Kayas Hand, umschloss sie, als plötzlich ein Feuerblitz für ein Hundertstel einer Sekunde das Wohnzimmer erhellte.

Kayas Aufschrei mischte sich in den Knall, der in meine Ohren drang, und ich fühlte, wie sich ihre Hand in der meinen verkrampfte.

Blitzschnell, ohne irgendetwas denken zu können, wandte

ich mich Kaya zu. Trotz der Dunkelheit sah ich, wie sie zu Boden ging, als ein erneuter Blitz aufleuchtete.

Ich fühlte einen Schlag in meinem Gesicht. Erneut blitzte es auf.

Im Fallen sah ich, dass eine dunkle Gestalt an uns vorbei huschte, der Haustür entgegen.

Hart schlug ich neben Kaya auf den Boden, und ich stürzte aus meiner Welt in ein Reich aus sich drehenden Farbrädern, das mich willenlos aufnahm.

Drachen und Gedanken, die galoppierenden Pferden glichen, Lichter, die sich kreisend zu Feuerkugeln entwickelten, Sterne, die wie Riesenparkplätze verheißungsvoll mit goldenen Rasthäusern lockten, zogen mich weg von dem, was geschehen war.

Über eine bunte sommerliche Blumenwiese, in Farben, die ich nicht zu beschreiben in der Lage war, schwebten mir zwei Frauengestalten entgegen, die so schön waren, dass ihr Anblick mir den Atem nahm.

Doch sie kamen näher, und ich erkannte mit einem unsagbaren Glücksgefühl meine verstorbene Frau und Kaya, Hand in Hand. Sie strahlten jugendliche Frische und Glück aus. Sie gesellten sich zu mir. Ihre Anwesenheit erfüllte mich mit Wärme.

Doch dann schwebten sie davon, ließen mich allein. Kälte stieg in meinen Körper, und ich wusste nicht, was war und wo ich war, ohne ein Ende zu finden.

Epilog

Nie wird es mir gelingen, Klarheit in die wirren Träume zu bringen, die mich befallen hatten, während ich nicht mehr ich war.

Mal hatte ich mich außerhalb meines Körpers in den Fängen sadistischer Teufel befunden, die mich quälten, mir ihre glühenden Feuerzangen in den Leib bohrten.

Dann wieder schritt ich mit Anke und Kaya über bunte Wiesen, während Glück und Musik uns eingehüllt hatten.

Erleichtert schlug ich die Augen auf, spürte einen leichten Kopfschmerz und begann die Träume zu vergessen.

Doch erschrocken stellte ich fest, dass es mir nicht gelang, mich zu bewegen.

Die Umgebung hellte sich langsam auf, und erneut durchfuhr mich eine Beklemmung.

Ich entdeckte, dass ich auf einem Krankenbett lag, und der Raum, in dem ich überall vor weißen Wänden Blumen sah, entpuppte sich als ein Krankenzimmer.

Befremdet zerrte ich an den Fesseln, die meine Arme auf dem Laken hielten.

Ein Mann näherte sich mir. Er strahlte mich an, obwohl ich ihn nicht kannte. Er trug einen weißen Kittel.

»Herr Doktor Udendorf, ich gratuliere«, sagte er mit weicher Stimme.

Seine Begrüßung tat mir gut.

Verzweifelt suchte ich nach dem Gestern, nach Erlebnissen, die mich wieder Herr der Geschehnisse werden lassen konnten. Mir fiel nichts ein, nur der leichte Kopfschmerz beherrschte mein Gedächtnis.

Ein Mann im weißen Kittel lockerte meine Fesseln. Meine Arme waren wie gelähmt. Doch es gelang mir, den rechten Arm leicht zu beugen, während der linke meinen Befehlen nicht gehorchte.

Ich sah, wie der Fremde ihn leicht anhob und mit Lockerungsübungen nachzuhelfen begann.

»Herr Doktor Udendorf, auch Ihre gefährlichste Reise haben Sie mit viel Glück und Gottes weiser Vorsehung überstanden«, sagte der Mann, und ich begriff, dass er ein Arzt war und ich sein Patient!

Mir gelang es, den rechten Arm zu heben, um mit der Hand die Quelle des Kopfwehs zu finden. Doch die Finger berührten einen Verband.

»Was ist mit mir?«, fragte ich unruhig.

Der grauhaarige Arzt zog einen Stuhl an mein Bett, legte beide Hände auf meinen bewegungslosen Arm und sprach mit freundlicher Stimme, seine gutmütigen Augen auf mich gerichtet: »Ich bin Professor Gander. Mein lieber Udendorf, wir haben Sie dem Totengräber von der Schippe genommen. Ein Geschoss hat unterhalb der Wangenknochen Ihr Gesicht durchschlagen. Doch das war nicht alles. Eine zweite Kugel hat nur knapp Ihr Herz verfehlt. Dabei hatten Sie sehr viel Blut verloren. Ihre Nachbarn haben Sie kurz vor Ihrem Exitus aufgefunden.«

Noch immer fand ich nicht zurück. Krampfhaft versuchte ich mich zu erinnern. Ungläubig fragte ich: »Herr Professor, hat denn jemand auf mich geschossen?«

»Herr Udendorf, seien Sie ohne Sorgen, es bleiben nur wenige Narben zurück. Und alle Helden tragen Narben«, sagte er beruhigend.

Erst jetzt fühlte ich in meiner linken Gesichtshälfte die Betäubung, wie ich sie von Zahnbehandlungen her kannte.

»Vielleicht kann Ihnen Ihre Tochter helfen, die sicher für Sie schrecklichen Szenen in Ihr Gedächtnis zurückzurufen. Sie wartet draußen«, sagte der Professor.

»Inga«, stöhnte ich und starrte gegen die Decke. So als projiziere jemand dort Dias, sah ich plötzlich bruchstückhaft die Sea Ghost, das Mittelmeer und die Moscheen mit ihren Minaretten, das fordernde Gesicht meines Direktors – und es gelang mir nur schwer, aus den Bildern meinen Weg zu rekonstruieren.

Doch dann sah ich meine Tochter.

»Inga!«, rief ich und wusste nicht, warum ich weinen musste.

Durch die Tränenschleier lachte mich ein Mann an, dessen kantiges, bärtiges Gesicht wie auf einer Wasseroberfläche von kleinen Wellen zusammengetragen wurde.

»O Gott, Nababik!«, stöhnte ich, und mein Erinnerungsvermögen nahm die Arbeit auf.

Inga und Jan ten Woolf standen vor meinem Bett, doch dann schlich ein Mann in meine Nähe, den ich nicht kannte. Ich sah einen Blitz – und als erlebte ich einen Erdrutsch, wurde mir bewusst, was in meinem Bungalow geschehen war.

Inga beugte sich zu mir, küsste meine Wangen und sagte: »Vater, das Schlimmste hast du überstanden.« Sie sah, wie ich irritiert auf die Tür schaute.

»Der Mann war von der Zeitung«, erklärte sie mir.

Ich konnte nicht antworten, reichte Jan meine rechte Hand und spürte dankbar seinen harten Händedruck, den ich zu deuten wusste.

»Kaya«, hauchte ich, während ich mit den nebelhaften Erinnerungen kämpfte.

Lag auch sie in einem Krankenzimmer dieses Krankenhauses? Hatte sie mehr abbekommen als ich?

»Sie ist tot«, antwortete Inga und legte ihr Gesicht an meine Wange, und ich spürte, wie mein Verband ihre Tränen aufnahm.

Auch ich weinte, während ein Film vor meinen Augen ablief

und ich die Szene noch einmal erleben musste, wie ich ihre Hand gehalten und sie ins Wohnzimmer geführt hatte, als der feige Mörder seine Waffe abgedrückt haben musste.

Mein Körper schüttelte sich, kämpfte gegen die Wahrheit an, die mich zu hart traf.

Ich lag im Krankenbett und schämte mich, dass ich überlebt hatte.

Die Gefühle meiner Trauer zu beschreiben kann mir nie gelingen.

Die körperlichen Schmerzen, die die Operationswunden hervorriefen, während sich mein Körper aufbäumte, waren vergessen, denn meine Seele kämpfte mit meinem Überlebenswillen.

Kaya hatte mir nicht nur die Schönheit ihres dunkelhäutigen Körpers in Liebe geschenkt, sondern Harmonie in mein Alter gebracht.

Die Bilder um mich herum verschwanden, das Zimmer dehnte sich aus, Inga und ten Woolf sah ich zwischen bunten Blumen weit entfernt, als seien sie Besucher eines Stadions.

Licht umflutete mich plötzlich.

Wie in einem Märchen schwebten Anke und Kaya in luftigen Sprüngen an mein Bett. Sie hielten sich an den Händen und ihre Gesichter waren voll Frieden einer sorgenlosen fremden Wirklichkeit.

Sie neigten sich zu mir und küssten mich. Ich schaute ihnen nach, wie sie froh winkten, über Blumen an Inga und ten Woolf vorbei in einem goldenen Strahlenmeer verschwanden. Ich weinte vor Glück, doch geweint hatte ich auch vorher.

Traum oder Wirklichkeit? Waren es Sekunden oder Stunden? Hatten Medikamente meine Fantasie beflügelt?

»Kaya lebt«, sagte ich mit fester Stimme.

»Vater, Kaya ist bereits vor einer Woche nach Istanbul überführt worden«, sagte Inga und schluchzte.

Ich griff nach ihrer Hand. »Mein Kind, Kaya lebt! Sie ist Mutters Freundin geworden.«

»Vater, du hast zehn Tage im Koma gelegen. Schau her, wer dir alles gute Genesung gewünscht hat«, sagte sie, um mich froh zu stimmen und abzulenken. Sie nahm Karten von einem vollen Stapel.

Es waren die Polizeibeamten, mit denen ich zusammengekommen war, auch Paul Hammes natürlich, meine Kollegen und der Bürgermeister. Selbst unsere Heimatzeitung hatte Blumen geschickt und wartete auf einen Termin.

Was mir besonders gut gefiel, mein Oberschulrat und mein Direktor hatten ein Kärtchen geopfert und wünschten mir noch viele Dienstjahre. Die Welt war für sie wieder in Ordnung.

Doch noch war ich nicht am Ende. Für mich gab es eine letzte Aufgabe, nämlich einen Mörder zu jagen!

Als Jan ten Woolf, mein bester Freund, mir eröffnete, dass er sich mit Inga verloben wollte und den Termin der Feier von meiner Genesung abhängig mache, sagte ich voller innerer Unruhe: »Jan, da wird nichts draus! Ich muss den feigen Attentäter jagen, selbst wenn ich dabei hops gehe!«

Mein Freund lächelte verlegen. Er nahm ein Foto aus seiner Jackentasche und legte es mir in die bewegliche rechte Hand.

Inga sorgte für meine Lesebrille, die unbenutzt in der kleinen Schublade des Nachtschränkchens gelegen hatte.

Das Foto zeigte einen jungen Mann.

Mich verblüffte die Ähnlichkeit. Das tiefschwarze Haar, die fein geschwungenen Züge des Gesichts erinnerten mich an Kaya.

»Ihr Bruder?«, fragte ich erregt.

Doch die Antwort erübrigte sich, als ich das kleine Kreuz entdeckte, das Jan auf das Bild gemalt hatte, und die Bemerkungen las: *Auf der Flucht von mir in Duisburg erschossen.* Selbst das Datum seines Todestages hatte Jan vermerkt.

Der Professor erschien.

»Mein lieber Udendorf, muten Sie sich nicht zu viel zu«, sagte er in Sorge.

»Mein Schwiegervater wird sich schnell erholen«, sagte Jan und grinste mich an, und ich dachte wehmütig, dass ich doch alt geworden war. Inga sagte mitfühlend: »Vater, sorge dafür, dass du schnell wieder auf die Beine kommst. Wenn du Langeweile hier im Krankenhaus verspürst, dann lese die Illustrierte hier. In dieser Ausgabe begann sie mit meiner Fortsetzungsserie. Auch du kommst darin vor!«

Sie legte die dicke Illustrierte auf meinen Nachttisch.

Professor Gander trieb sie höflich nach draußen, erschien dann augenzwinkernd erneut in der Tür meines Krankenzimmers und fragte listig: »Udendorf, verkraften Sie noch einen Besuch, der uns seit Tagen um Besuchserlaubnis anbettelt?«

»Wenn das so ist, ja«, antwortete ich und blickte erwartungsvoll auf den Türrahmen.

Mein Direktor erschien. Er hielt seine Baskenmütze verlegen in seinen Händen. Sein grauer Haarschopf wippte, als er mit Hochachtung sprach: »Herr Kollege, unser Gymnasium ist stolz auf Sie und Ihre Tochter. Werden Sie erst gesund, dann freuen wir uns alle wieder auf Ihre Dienstaufnahme.«

Sein Besuch tat mir gut. Sollte ich ihn um Verzeihung bitten wegen all meiner bösen Gedanken, die viele Stunden meiner Irrfahrt gefüllt hatten?

Nein, das durfte nicht sein. Sein Lernprozess musste nun permanent erhalten bleiben.

»Danke«, sagte ich und schaute gerührt auf sein Geschenk, das er aus dem Schmuckpapier zu lösen begann.

»Lieber Kollege, damit Sie sich in diesen Wänden nicht zu sehr langweilen, habe ich Ihnen das während Ihrer Abwesenheit erschienene Buch von Elke Domminga mitgebracht. Sein Titel: *Die Ursprünge des ostfriesischen Buntviehhandels mit China im 17. Jahrhundert*«.

»Danke«, sagte ich und spielte den Begeisterten. Er wollte nicht länger bleiben, doch noch den Gruß des Oberschulrates loswerden und mir mitteilen, dass eine Anfrage vom türkischen Gymnasium in Istanbul vorliege, ob ich die dort frei gewordene Stelle als Oberstudienrat für Mathematik besetzen wollte.

Damit hatte er mir, als er mich verließ, mehr Stoff im Kampf gegen langes Liegen im Krankenbett geliefert, als das ostfriesische Kühe schaffen konnten, die bereits im 17. Jahrhundert vom Greetsieler Hafen in alle Welt als Zuchtvieh exportiert worden waren.

Istanbul, die Heimat Kayas, vielleicht ihr Grab in Reichweite? Da konnte ich schon anbeißen!

Ich nahm mir vor, mit meiner Tochter und Jan die Entscheidung zu suchen, denn schließlich hatte ich auch ein Grab auf unserem ländlichen Friedhof zu pflegen.

Ein Mörder, der die Menschen liebt – und tötet, damit seine Opfer glücklich sind

Claus Cornelius Fischer
TOTENENGEL
Roman
400 Seiten
ISBN 978-3-404-16512-4

In Amsterdam werden mehrere Menschen ermordet aufgefunden. Ihnen allen gemeinsam ist, dass die Opfer keinen Sinn mehr im Leben sahen; der Tod kam als Erlösung zu ihnen. Die Ermittlungen führen Commissaris Bruno van Leeuwen in ein kleines Dorf im Norden Hollands, wo vor fast fünfzig Jahren ein schreckliches Verbrechen begangen wurde ...

»Das ist große Krimikunst, wie sie derzeit hierzulande nur wenige beherrschen.« Reinhard Jahn, WDR 5

Bastei Lübbe Taschenbuch